슈니츨러 명작 단편선

어떤 이별

어떤 이별: 슈니츨러 명작 단편선

© 이관우, 2021

1판 1쇄 인쇄__2021년 08월 10일
1판 1쇄 발행__2021년 08월 20일

지은이__아르투어 슈니츨러
옮긴이__이관우
펴낸이__홍정표
펴낸곳__작가와비평
　　　　등록__제2018-000059호

공급처__(주)글로벌콘텐츠출판그룹
　　　　대표__홍정표　이사__김미미
　　　　편집__최한나 하선연 권군오 홍명지　기획·마케팅__김수경 이종훈
　　　　주소__서울특별시 강동구 풍성로 87-6
　　　　전화__02) 488-3280　팩스__02) 488-3281
　　　　홈페이지__http://www.gcbook.co.kr　메일__edit@gcbook.co.kr

값 15,800원
ISBN 979-11-5592-274-3　03850

※ 이 책은 본사와 저자의 허락 없이는 내용의 일부 또는 전체의 무단 전재나 복제, 광전자 매체 수록 등을 금합니다.
※ 잘못된 책은 구입처에서 바꾸어 드립니다.

슈니츨러 명작 단편선

어떤 이별

아르투어 슈니츨러 지음 I 이관우 옮김

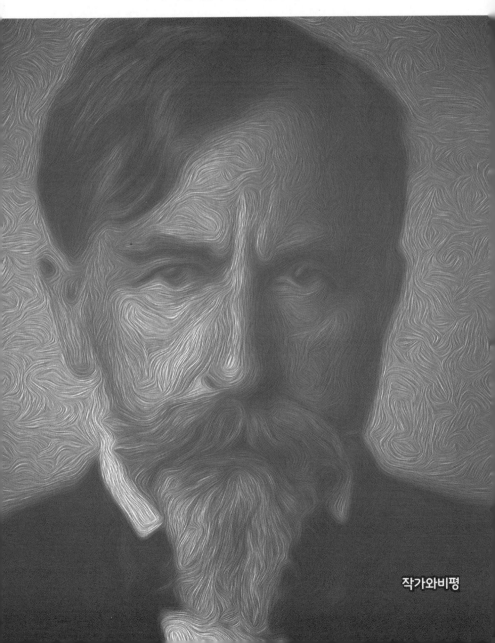

작가와비평

옮긴이의 말

아르투어 슈니츨러(Arthur Schnitzler, 1862~1931)는 오스트리아의 의사이자 소설가 겸 극작가이다. 그는 유대계 의학교수이자 후두과 의사인 아버지와 유명한 외과 의사의 딸인 어머니 사이에서 장남으로 태어났다. 고등학교를 졸업한 후 일찍이 1880년부터 문학잡지에 글을 쓰기 시작했다. 1885년부터 1888년까지는 빈 대학병원에서 정신의학 및 피부과 의사로 근무했다. 그 후 1893년까지 빈의 외래전문병원 후두과에서 아버지의 조수로 일하면서 여러 편의 의학 관련 기고문과 학술 논문을 발표했다. 1890년부터 후고 폰 호프만슈탈, 헤르만 바르, 리햐르트 베어-호프만 등과 문학 동아리 '젊은 빈'의 일원으로 활동했고, 이때 유명한 정신분석학자 지크문트 프로이트도 알게 되었다. 1893년 아버지가 별세하자 자신의 병원을 개업했다. 그는 세기 전환기(1890년대 말)에 오스트리아-헝가리 제국을 가장 신랄하게 비판한 인물 중 한 사람이었고, 군대에서의 이중적이며 비겁한 장교의 모습을 비꼰 소설 『구스틀 소위』(1900)를 발표한 후 제국 육군의 군의관으로 복무해 받았던 예비역 수석군의관 직위를 박탈당했다. 이때부터 그는 의사 생활을 접고 빈에서 자유 작가로 활동했다.

그의 문학은 주로 죽음과 성(性)의 문제를 다루고 있으며, 특히 같은 시대를 산 지크문트 프로이트의 영향을 받아 정신분석 기법을 통해 인간의 심리 상태를 예리하게 묘사한다. 프로이트가 당시 시민 사회가 감추고 덮으려고만 해오던 성이나 죽음 같은 금기들을 심리분석을 통해 끌어냈다면 슈니츨러는 그것들을 언어로 치밀하게 들춰냈다고 할 수 있다. 그리하여 프로이트는 자신이 지난한 임상시험을 통해 얻을 수 있었던 비밀스러운 심리분석적 지식을 슈니츨러가 그토록 손쉽게 작품을 통해 드러내는 것에 놀라워하면서 작가로서의 슈니츨러를 시기하기까지 했다고 한다. 슈니츨러는 인간의 영혼과 충동의 세계를 날카롭게 파헤침으로써 심미적이고 세련된 감각주의를 바탕으로 하는 이른바 '신 빈파'의 대표적 작가로 이름을 날렸다.

슈니츨러의 작품은 성행위에 대한 지나치리만큼 솔직한 표현과 함께 반유대주의 정서를 반박하는 주제로도 잘 알려져 있다. 무엇보다도 그는 외설이 문제된 드라마 『윤무』(1897)의 초연에 의해 1921년 재판까지 받게 되었다. 제목이 암시하듯 이 드라마는 여럿이 둥글게 돌아가며 추는 춤 형식인 윤무를 기본 구조로 하고 있다. 다섯 쌍의 남녀가 한 번씩 상대를 바꿔 모두 열 쌍이 대화를 해나가면서 예외 없이 성적인 결합에 이른다. 꼬리에 꼬리를 무는 식으로 창녀와 병사, 병사와 하녀, 하녀와 젊은 남자, 젊은 남자와 젊은 부인, 젊은 부인과 남편, 남편과 귀여운 소녀, 귀여운 소녀와 작가, 작가와 여배우, 여배우와 백작이 쌍을 이룬 후 마지막에는 백작과 첫 장에 한 번만 나온 창녀가 한 쌍을 이룬다. 이 작품이 초연된 후 사람들은 슈니츨러를 포르노 작가로 규정하고, 그것을 "유대인이 그린 지저분한 작품"이라며 비난했으며, 히틀러는 "유대의 배설물"이라고 경멸했다. 그 연극은 그 후 60여 년 동안 공연 금지 조치를 당했다. 1931년, 뇌출혈로 69세의 삶을 마감한 슈니츨러는 빈 중앙묘지의 유대인 묘역에 안장되어 있다.

이 책에서는 슈니츨러의 단편들 중 아직 국내에서 번역되어 소개된 적이 없는 것을 포함하여 모두 15편을 선정해, 발표 연대순으로 옮겨 실었다. 우연히 길에서 주운 악보로 돌연 세상의 명성을 얻게 되지만 결국 떳떳하지 못한 성공적 삶을 참회하며 자살을 택하는 작곡가의 삶을 그린 『어찌 이런 멜로디가』(1885), 아내가 남긴 편지들을 통해 아내의 불륜을 알게 된 남편이 아내의 장례식에서 두 남자가 함께 울 수는 없다며 결투를 통해 불륜남을 살해하는 『상속』(1887), 여자의 과거, 현재, 미래를 모두 지배하여 자신만의 여자로 만드는 독점적 사랑을 꿈꾸다 결국 여자를 죽음에 빠뜨리는 남자의 이야기 『3종의 영약』(1890), 아내가 죽은 직후 아내가 모아둔 편지들을 통해 가장 친한 친구가 아내와 깊은 사랑을 맺어온 것을 알게 된 남편이 아내의 장례식에 문상 온 친구 앞에 내보이는 복잡미묘한 심리를 다룬 『홀아비』(1894), 유부녀에 대한 몰입적 사랑과 그녀의 죽음에서 비롯되는 내연남의 심리적 방황과 갈등을 그린 『어떤 이별』(1896), 불륜 관계의 남녀가 마차 여행을 즐기던 중 전복 사고로 남자가 치명상을 입은 후 전개되는 여자의 심리 변전을 의식의 흐름을 통해 치밀하게 묘사한 『죽은 자는 말이 없다』(1897), 젊은 아내가 병사한 후 우연히 아내와 똑같은 모습의 여인을 만나 그녀에 대한 욕망과 죽은 아내에 대한 죄책감 사이에서 방황하다가 결국 그녀를 죽음으로 모는 젊은 홀아비의 양면적 심리 상태를 그린 『친숙한 여인』(1899), 이웃 제빵사에게 모욕을 당해 군인의 명예가 실추됨으로써 자살을 결심했다가 제빵사가 뇌졸중으로 급사했다는 소식을 듣고 다시 삶을 찾아 의기양양해하는 장교의 이중성을 그린 『구스틀 소위』(1900), 어릴 적 실수로 동생을 눈멀게 하여 평생을 동생의 눈이 되어 헌신하고자 하는 형과 앞을 보지 못해 일어나는 형에 대한 오해와 불신으로 황폐해져 가는 동생 사이의 눈물겨운 형제애를 그린 『눈먼 제로니모와 형』(1900), 아내가 흑인 남자와 간통하여 까만 피부색의 아이를 낳았음에도 불구하고 아내의 정숙함과 결백함을 믿고 이를 증명해 주기 위해 마지막 편지를 남기고 자살하는 남편의 신비에 찬 심리를 묘사한 『안드레아스 타마이어의 마지막 편지』(1900), 사랑하는 여인을 차지하기 위해 모든 것을 걸고 끝없이 구애 행각을 이어가는 남자가 여인의 또 다른 정부(情夫)의 음모에 빠져 비극적 종말을 맞는 과정을 신비적 요소를 곁들여 정교하게 형상화한 『라이젠보크 남작의 운명』(1903), 오랫동안 사랑해 온 여자가 병으로 앞을 보지 못하게 되자 그녀를 버리는 남자와 버림받은 것을 비관하여 자살로 생을 마감하는 여자의 이야기 『새로운 노래』(1905), 나이 든 총각이 오래전부터 친구들의 아내들과 불륜 관계를 맺어왔다는 고백 편지를 남기고 죽자 편지를 읽은 친구들이 아내의 부정에 대해 내보이는 미묘한 반응을 묘사한 『총각의 죽음』(1907), 한 마리 나비를 과대망상에 빠진 천재로 의인화하여 삶의 무상을 비유적으로 나타낸 『어느 천재의 이야기』(1907), 신의 계시를 거역하는 인간의 오만과 불손이 초래할 불행한 결과를 경고하는 『삼중의 경고』(1911)가 그것이다. 이 가운데 『홀아비』, 『친숙한 여인』, 『안드레아스 타마이어의 마지막 편지』, 『새로운 노래』, 『총각의 죽음』은 국내에서 처음 번역되어 소개되는 것이다.

죽음은 인류사를 관통해 오면서 종교와 철학은 물론 문학, 연극, 영화 등 예술 자체를 형성하는 커다란 한 축이 되어왔다. 모든 종교는 죽음을 또 하나의 영원한 삶으로 인식하여 다루고 있으며, 사상가나 문필가들 중에서 죽음의 문제를 한 번쯤 다루지 않은 이는 드물 것이다. 앞서 수록된 단편들에 대한 짤막한 소개에서도 알 수 있듯 죽음은 슈니츨러에 있어서도 작품 세계를 관통하는 대표적인 모티브로 잘 알려져 있다. 그리하여 옮긴이는 슈니츨러의 문학을 감히 '죽음의 문학'으로 지칭하곤 한다. 좀 더 엄밀히 말한다면 그것은 죽음과의 연결고리에서 나타나는 인간의 복잡하면서도 오묘한 심리 상태를 파헤치는 문학인 것이다. 슈니츨러의 작품들에서 죽음은 직접적으로든 간접적으로든 사건을 성립시키거나 전개하거나 완결 짓는 핵심적 기제가 되고 있다. 죽음은 질병으로 인한 것이든, 사고에 의한 것이든, 자살이든, 타살이든 다양한 모습으로 등장하여 사건의 동인이 되기도 하고, 사건 자체를 이루기도 하고, 사건의 결과로 나타나기도 하면서 무엇보다도 인간의 자기중심적인 타산적 성향 내지는 이중적 심리를 비유적으로 세밀하게 들춰내고 있다. 죽음과 연관되어 이루어지는 인간에 대한 이러한 속성 묘사는 문학을 넘어 심리분석학적 경지에 이를 정도로 치밀하다. 슈니츨러가 문학에서의 프로이트라고 불리는 이유도 프로이트의 정신분석학에 바탕을 둔 듯 인물의 내면세계로 깊이 파고들어 인간의 위선과 약점을 예리하게 들춰내는 심리 묘사에 있다.

무엇보다도 슈니츨러는 인간의 의식이 단순히 눈앞에 표면적으로 드러나 보이는 것에 머물러서, 그 배후나 밑바닥에 감춰져 존재하는 또 다른 힘을 보지 못하거나 인정하지 않을 경우 누구에게나 예기치 않은 돌발적 죽음이 닥칠 수 있음을 경고해 주고 있다. 특히 『상속』, 『3종의 영약』, 『친숙한 여인』, 『새로운 노래』, 『삼중의 경고』 등에 등장하는 주인공들의 죽음은 그 대표적인 사례가 되고 있다.

작품 속에서 주인공의 심리 상태는 대부분 내적 독백을 통해 그려지며, 그 속에서 '…', '—'와 같은 부호가 지나치리만큼 많이 사용되고 있다. 이는 주인공인 화자가 시간을 끌면서 보다 깊고 신중하게 생각을 가다듬고 있음을 암시하며, 따라서 내적 독백의 호소력과 진술성을 높이는 작용을 하고 있다. 하지만 우리말 표기상 부자연스럽거나 불필요하다고 판단되는 부호들은 생략하여 표현의 이질감을 완화했음을 밝힌다.

슈니츨러의 작품들은 예리한 심리 묘사와는 달리 문장 구성이나 표현 방식에서는 다소 모호하여 읽는 이를 혼란스럽게 하는데, 예컨대 작가 자신의 생각인지 작품 속 인물의 생각이나 느낌인지가 명확하게 구별되지 않고 있다. 이에 따라 옮긴이는 작품 속 인물의 생각이나 느낌으로 판단되는 부분은 원문에는 없지만 인용 부호(' ')로 묶어 작가 중심의 3인칭 화법을 작중 인물 중심의 1인칭 화법으로 바꿈으로써 독자들이 보다 분명하고 쉽게 맥락을 이해할 수 있도록 했다. 또한 이해를 돕기 위해 일부 용어나 표현에 각주를 달아 설명해 놓았는데, 원문에는 없는 것임을 밝힌다.

아무쪼록 이 15편의 단편을 통해 예리한 심리 묘사를 바탕으로 한 슈니츨러의 독특한 죽음의 문학 세계를 일목요연하게 들여다볼 수 있게 되길 희망한다.

2021년 8월
옮긴이 이관우

목차

어찌 이런 멜로디가

Welch eine Melodie

이건 마치 동화같이 들리는 이야기인데… 어떤 소년이 시골집 창가에 앉아 집과 경계를 이루고 있는 아래쪽 숲을 어쩌다 한 번씩 내려다보고 있었다. 숲속에서는 나뭇가지 하나 흔들리지 않는 듯 고요했다. 졸음이 밀려오는 어느 여름날 오후였으며, 검푸른 공기가 무겁고 뜨겁게 대지 위를 맴돌고 있었다. 소년은 창문틀에 악보 용지를 올려놓고, 머릿속에 막 떠오르는 음악 부호들을 무턱대고 적어 넣었다. 그는 가능한 모든 것들을 생각하면서 아주 기계적으로 여러 가지 음표들을 종이 위에 그려 넣고는 일종의 어린애다운 흥분에 빠져 박자, 올림표 등을 한 줄 가득 채워 넣었다. 그런 다음 만족스러운 미소를 지으며 자신이 한 장난 짓거리를 훑어보았다. 그러나 지금 종이 위에 적혀 있는 것이 도대체 무언지 알 수가 없었다. 열린 창문으로 들어오는 후텁지근한 공기로 나른해진 그는 손에서 연필을 내려놓고 눈을 뜬 채 꿈을 꾸듯 멍하니 앞을 내다볼 뿐이었다. 부드러운, 아주 부드러운 바람이 불어와 창밖으로 악보를 날려 보냈지만 소년은 마음 아파하지 않고 그것을 지켜보았다. 악보는 처음에는 나뭇가지에 걸렸다가 천천히 숲속의 좁은 길 위로 미끄러져 내려간 다음, 길 가장자리에 멈춰 있었다. 소년은 더이상 그것에 신경 쓰지 않고 잠시 후 자기 방으로 올라가 피아노 앞에 앉아 음계 연습을 했다.

얼마 지나지 않아 겉모습만 얼핏 보아도 전도가 유망한 예술가거나 적어도 예술에 미친 사람이라는 것을 알 수 있는 어떤 젊은이가 노래를 흥얼거리며 숲속의 샛길을 가로질러 큰길을 향해 걸어왔다. 이후 그의 시선은 길가에 떨어진 그 종이에 머물렀다. 바람에 날아갔던 그 종이는 악보가 적혀 있는 면이 젊은이 쪽을 향해 있었다. 그는 땅바닥에서 종이를 잽싸게 집어 들고 호기심에 찬 눈으로 들여다보았다. "어이쿠, 이것 좀 보게!"라고 그는 익살을 떨었다.

"그러니까 도시에서 멀리 떨어진 이 숲속에서도 나만이 유일무이한 작곡가는 아니라 이 말이지! ─ 어디 보자, 이건 정말 개발새발 휘갈겨 쓴 악보인데, 어떤 낯모르는 친구가 여기 이 나무 그늘에 앉아 끄적거려 놓은 거겠지!"

그는 이제 애써 정신을 집중하여 그 연습 용지에 담긴 악보를 조금씩 풀어내어 멜로디를 한 구절 한 구절 흥얼거리고 있었다.

"어이구, 나쁘지 않은데! 그래, 의심할 여지가 없이 이 악보에는 무언가가 숨겨져 있어! 이런 것을 내버릴 수 있는 사람이라면 그의 머릿속은 또 다른 영감들로 가득 차 있을 거야 ─ 정말이지 내게 이런 악보가 떠올랐다면 이걸 결코 숲속에 버리진 않았을 거야."

그러면서 젊은이는 소년이 아무런 생각 없이 종이에 끄적거려 놓았던 멜로디를 전체적으로 연결하여 다시 한번 부르기 시작했다. 그리고 머리를 흔들며 말했다.

"감동적이야, 매우 감동적이야. 여자들을 위한, 귀여운 엔헨을 위한 노래야!"

그래서 그는 자신의 애인인 엔헨에게로 급히 달려갔다. 그녀는 아주 매혹적이고 상냥한 아이였으며, 과부가 된 불쌍한 어머니에게 유일한 기쁨이자 행복을 안겨주는 딸이었다. 그녀의 얼굴 표정은 해맑은 순수함을 말해주고 있었고, 그 젊은 예술가는 불같이 뜨겁게 정열적으로 그녀를 사랑했다. 그러나 순진무구한 어린 소녀는 그 남자가 품고 있는 정열의 좀 더 깊숙한 실체가 무엇인지에 대해서는 아직 전혀 알지 못하고 있었다. 이제 그는 그녀를 찾아 방으로 들어갔다. 그녀는 혼자 있었는데, 어머니는 친척집에 가 있었던 것이다. 그는 그녀에게 건성으로 급하게 인사를 하고는 곧바로 피아노에 앉아 건반 위에 손을 올려놓고 즉흥적으로 연주를 했다. 그녀는 그의 곁에 다가가 조용히 앉았고, 우아하고 다정한 눈빛으로 차분하게 그의 눈을 들여다보며 피아노 연주에 귀를 기울였다. 그러나 몇 개의 곡조와 화음이 연주되자 그녀의 얼굴 표정이 변했다. 그녀는 더 긴장하며 좀 더 주의 깊게 연주에 귀를 기울였다. 그녀의 창백한 두 뺨 위에 붉은빛이 엷게 번졌고 조금 전까지만 해도 초롱초롱하고 진지했던 그녀의 눈은 이상야릇하게 촉촉한 광채를 내보였다. 그녀의 표정에서는 격렬한 감정의 동요가 나타났다. 그녀는 무언가에 어마어마하게 사로잡힌 듯했고, 한없이 깊은 감동을 받은 것 같았다. "어찌 이런 멜로디가!"라고 그녀는 속삭였다. 젊은 예술가는 숲속에서 우스꽝스럽게 우연히 얻게 된 그 테마곡을 계속해서 즉흥적으로 연주해 나갔다. 신비롭게도 그의 손가락들은 건반으로부터 장중하게 완성된 변주곡조들을 만들어냈고, 그 모든 변주곡조들에서는 놀랍도록 기이한 바로 그 멜로디가 울려 나왔다. 그 멜로디는 연주를 하면 할수록 점점 더 간절하고 아름답게 울려왔던 것이다! ─ 어찌 이런 멜로디가! 이런 것은 천재만이 생각해 낼 수 있는 건데! 이처럼 짧고 단순한 모티브를 통해 듣는 사람을 이 세상을 벗어난 듯 그 어떤 것과도 비교할 수 없는 극도의 황홀경에 빠지게 하는 이런 비범한 작용은 천재만이 할 수 있는 것인데….

어찌 이런 멜로디가! 젊은 예술가가 마지막으로 건반을 두드려 서서히 멜로디가 사라지는 가운데 연주를 마치자 그녀는 마치 자신을 에워싼 공기가 그 감미로운 음을 몽땅 들이마셔서 흠뻑 취해버리기라도 하려는 듯 느껴져 오래도록 몸을 떨었다.

그 소녀는 천국의 꿈에 빠져 있는 듯 넋이 나간 채 꼼짝도 하지 않고 그대로 앉아 있었다. 물론 몇 초 후 그녀의 반짝이는 커다란 눈이 그에게로 향했다. 그녀의 시선은 제어할 수 없는 격렬한 감동을 드러내며 그에게 머물렀다. 그가 막 입을 벌려 말을 꺼내려는 순간, 그녀는 그의 발밑에 주저앉아 소스라치게 놀라는 그의 두 손을 잡아 자신의 입술에 가져다 대고 뜨거운 키스를 퍼부었다. 그가 말없이 그녀에게 몸을 숙이자 그녀가 한숨을 쉬며 웃으면서 그를 거칠게 끌어안았다. 그녀의 그런 거친 모습은 그가 지금까지 보지 못해왔고, 기대하지도 않았던 것이었다. 그녀는 그의 품에 안겼고, 그녀의 호흡이 사랑하는 남자를 정신이 아득해질 정도로 감미롭게 휘감았다.

어찌 이런 멜로디가! ─ 이 멜로디는 그에게도 그녀에게도 한없는 행복의 서곡이었다.

오, 그런데 그가 그녀와 결혼하고 싶어 했던 건 아니었으니 ─ 위대한 예술가라면 자신의 가장 흥미진진한 모험을 그토록 싱겁게 끝맺지는 말아야 하는 건데! 하지만 그는 한동안은 — 두어 달 동안은 그녀에게 충실했고, 우연히 얻게 된 그 악보로 그 사이에 피아노곡을 한 편 써서 유명해졌다.

정말이지 이 얘기는 한 편의 동화처럼 들린다!

예술에 열광하는 사람들이 말하는 것처럼 그 곡 안에는 믿을 수 없을 만큼 놀라운 모티브가 들어 있었다. 그래서 어떤 비평가는 "연주는 충분한 재능이 담긴 정도지만 그 영감만큼은 천재의 것이다"라고 말했다. 음악계는 온통 그 곡으로 난리가 났고, 특히 여자들이 열광했다. 그 곡은 사랑하는 남자가 작곡한 것이 아니라 바로 사랑 그 자체가 창조해낸 것이었다. 정말 그것은 하나의 테마였고 무엇보다도 여자들에게서 그러했던 것이니! — 불쌍한 엔헨, 그녀가 몸소 그것을 체험했던 것!

그 작곡가는 다음에 더 위대한 작품을 내놓았는데, 사람들이 이 작품에서처럼 무언가에 그토록 사로잡힌 적은 드물었다. 그를 보려면 오랫동안 기다려야 했고, 그러는 사이 그는 아름다운 음악적 영감의 훌륭한 창시자로 인정받았다. 그는 온갖 사회 집단에서 환영을 받았으며, 수많은 모임에서 높이 추앙받았고, 지극히 아름답고 고상한 도시 여인들의 품속에 안겨 지내면서 곧 애인 엔헨을 잊게 되었으니⋯ 여자들은 예술가들 앞에서는 돈을 아낌없이 펑펑 쓰며, 자신들이 제공받은 향락에 대해 보답하기를 좋아한다.

그의 피아노곡은 널리 유행했는데 — 현악합주단에서 연주하도록 편곡되기도 했고, 곡의 모티브는 세상의 모든 음악 홀을 돌며 무대에 올려졌다. 그런데 그는 얼마나 시간이 흘러야 무슨 곡이든 다시 쓰게 될까? 사람들은 기다리고 또 기다렸지만 헛일이었고 ― 실망하기 시작했다. 사람들은 곧 그 훌륭한 모티프가 어떻게 탄생한 것인지에 대해 더 자세하게 알게 되었고, 그리하여 그 작곡가의 이름은 서서히 잊혀져 갔다.

일 년쯤 지난 후 그 도시에서는 소문이 꼬리에 꼬리를 물고 나돌았다. 얼마 전에 그토록 열광적으로 환영받았던 그 작곡가가 자신의 가슴에 총을 쏘아 자살했다는 것이었다. 그것은 사실이었고 ― 그 젊은 예술가는 죽었던 것! 그가 왜 총으로 자살을 했을까? 그 남자와 함께 살았던 사람들 가운데에서도 그것을 알 수 있는 사람은 아무도 없었다. 그의 죽음과 함께 위대한 어떤 것도 사라져 버렸는지 ― 누가 그렇다고 단정할 수 있을 것인가?

아마도 어둠이 밀려드는 시간이면 그가 갑작스러운 명성을 얻게 된 것이 자기 자신의 능력 덕분이 아니라 ― 어느 별난 우연의 영향 때문이며, 바로 그 악보 용지를 숲속에서 잃어버린 어떤 몽상가의 행복에 찬 영감 덕이 아닌가 하는 인식이 그의 내면에서 깨어났을 것이다. 그렇다면 그를 죽음으로 내몬 것은 어쩌면 후회, 아니면 병적인 허영심, 혹은 그 테마를 창작해 낸 사람에 대한 시기심 자체였는지도 모른다. 어쨌든 그는 이 세상을 떠났고, 그에 대한 추억은 더 이상 그를 추앙했던 사람들 사이에서도 남아 있지 않았다.

그럼 비록 무의식적인 상태에서였지만 그 멜로디를 실제로 창작해 낸 그 소년은 무엇이란 말인가? 이건 무슨 동화 같은 얘기로 들리지 않는가? 마치 인간의 역사와도 같이 우스꽝스럽고, 음울하면서도 동시에 경악스러우니!

그 소년은 유명한 그 피아노곡을 연주해 보려고 애를 썼지만 제대로 해내지 못하자 자신의 피아노 선생님이 대신 연주해 주었다. 그는 손으로 머리를 받치고 자기 자리에 앉아 경이로운 화음에 주의를 집중하여 귀를 기울였고, 모든 사람들이 그 테마의 아름다움에 푹 빠져들듯 자신도 그런 느낌을 받았다. 이제껏 알지 못하고 있던 새로운 세계가 그 곡에서 솟아올랐고, 마음속 깊은 곳에서는 충분히 느끼고 있지만 쉽게 이해할 수는 없는 아득히 멀리 있는 환상적인 장엄함에 대한 예감 같은 것이 그에게 밀려왔다.

그의 몸을 에워싸고 솟구쳐 오르는 것은 무한한 천공에서 울려나오는 음악이었다.

"어찌 이런 멜로디가!"

상속

Erbschaft

그 시절은 그에게 말로 다 표현할 수 없을 만큼 달콤한 행복감이 밀어닥쳐 온 열정적인 순간들 중 하나였다. 그는 임페리얼 카페 앞의 한 작은 식탁에 앉아 있었다. 식탁들은 어둠침침한 실내에서 밖으로 나와 여름날 오후의 햇볕이 따갑게 내리쬐는 탁 트인 거리에 내놓여 있었다. 그는 생각에 잠겨 하바나 담배를 피우며 아네테를 생각했다.

아네테를! 그녀의 커다란 갈색 눈과 여름이면 땋고 다니던 검은 머리칼을. 그는 그녀가 살았던 시골집을 생각했다. 빈에서 아주 가까이에 있으면서도 인적이 드문 외딴 전원주택이었다. 그는 일주일에 한 번이나 두 번, 경우에 따라 세 번까지도 저녁이면 그 집을 찾아가 문을 두드렸고, 그때마다 아네테는 거칠면서도 달콤한 입술로 수없이 많은 입맞춤을 해주며 그를 맞이했다. 이제 그는 며칠씩 집을 비웠던 그녀의 남편을 생각했다. 일요일에 집 밖을 지나던 사람이 우연히 그녀의 남편과 눈을 마주칠 때면, 그녀의 남편은 식사를 마치고 안락의자에 누워 반쯤 눈을 감은 채 손에 쥔 담배를 돌려가며 피우고 있었다.

에밀은 희끗한 머리칼과 턱수염을 한 이 진지하고 원숙한 남자를 거의 사랑할 정도로 좋아했다. 아무것도 모른 채 속고 있는 이 남자의 길쭉한 이마를 볼 때면 공경과 연민의 감정이 살며시 밀려왔다. 그리고 이제 그는 그녀와 마지막으로 만났던 때를 생각했다. 아네테와 그녀의 남편은 블랙커피가 놓여 있는 작은 식탁 옆에 앉아 있었다. 그녀가 커피 잔을 들고 홀짝거리며 마시는 동안 그녀의 눈은 에밀의 눈 속을 들여다보며 불타올랐다. 그때 남편의 손에서 담배가 떨어졌다. 그는 자고 있었던 것이다. 아네테는 미소를 지으며 일어났다. 그녀는 발꿈치를 들고 정원으로 들어가는 문으로 서둘러 가서는 에밀에게 신호를 보냈다. 그녀가 재빨리 앞장서 걸어가는 동안 에밀은 천천히 그녀 뒤를 따라갔다. 그는 큰 나무 두 그루 사이에 설치되어 있는 해먹 위에 그녀가 누워 있는 것을 보았다. 도톰한 입술과 촉촉한 눈을 하고 욕망 어린 가쁜 숨을 내쉬며! 그녀는 에밀에게 키스를 하고 뺨을 깨물었다. 그는 하마터면 소리를 지를 뻔했다. 그러나 그는 그녀의 남편이 집 안에서 잠자고 있다는 걸 생각했다. 그녀는 그가 무슨 생각을 하고 있는지를 알아차린 듯했다. 그녀는 "그 사람은 깨지 않아요"라고 말하고는 웃으면서 에밀의 머리를 양손으로 감싸 안고 머리칼에 따스한 입김을 내뿜었다.

'그러고 보니 이 모든 일은 정확히 사흘 전에 일어난 거로군. 그런데 그날 이후 내가 그녀에게 간 적이 없으니 어떻게 이럴 수가 있지?'라고 에밀은 생각해 보았다. '그녀는 왜 나한테 편지를 쓰지 않았지? 아마도 집에 들어가 보면 편지 한 통이 와 있을지도 모르지. 그 동안 보내온 편지들처럼 단 두 마디만 적혀 있겠지. "오늘 저녁" 그러면 나는 마차를 잡아타고 달려가는 거야. 그녀는 나를 마중 나올 거고, 그러면 우리는 숲속의 길로 걸어 들어가는 거야. 그녀는 며칠 전처럼 내가 마지막으로 보낸 편지를 보여줄지도 모르지. 그녀는 그 편지를 가슴에 품고 있다가 꼬깃꼬깃 접어 입을 맞추고, 가슴에 꼭 끌어안았었지.'

에밀이 이런 생각에 빠져 있을 때, 돌연 누군지 제대로 알아볼 수는 없지만 키가 큰 어떤 남자가 검정색 옷을 입고 길 건너편에서 카페를 향해 걸어오는 것이 보였다. 그는 곧장 에밀이 앉아 있는 식탁을 향해 걸어왔다. 아네테의 남편이었던 것! 그는 올 여름에 두 번인지 세 번인지 임페리얼 카페에 와서 신문을 읽고는 돌아갔다. 이제 그는 정중하지만 아주 냉랭한 인사를 건넨 다음 에밀이 앉아 있는 식탁에 앉으면서 "여기서 당신을 만날 거라 생각했소"라고 말했다.

에밀은 살며시 불안감이 들었고, 농담을 던져 불안을 떨쳐내려고 했다. 그는 미소를 지은 채 그 남자의 검정색 양복을 유심히 바라보면서 말했다.

"화창한 여름날에 너무 칙칙한데요?"

그 남자는 이 말에 관심을 두지 않고 그저 짤막하게 말할 뿐이었다.

"당신의 편지들을 읽었소."

순간 에밀의 마음속에서는 끔찍한 예감이 솟아올랐다. 하지만 그는 다시 미소를 지으며 대답했다.

"저는 당신에게 편지를 쓴 적이 없는데요."

이 순간 에밀은 자신의 대답이 멍청하고 비열하다는 생각이 들었다. 그러나 그 남자는 지금까지와 마찬가지로 차분하게 이어서 말했다.

"당신이 내 아내에게 쓴 편지 말이오."

에밀은 그게 무슨 말이냐는 듯 어깨를 으쓱했다. 그리고 무언가 말을 해야겠다고 생각하면서 모욕당한 사람의 표정을 지었다. 그러나 그 순간 그 남자의 무섭도록 진지하고 무언가에 홀린 듯한 시선과 마주쳤다. 에밀은 짓눌린 목소리로 단 한 마디밖에 내뱉을 수가 없었다.

"어떻게…."

"그 편지들을 어떻게 읽게 되었느냐 그 말이군요?"라고 말하고 그 남자는 계속해서 말했다.

"아, 그건 아주 간단하오. 내가 아내의 상속인이 되었으니까요."

에밀은 그를 뚫어지게 바라보았다.

하지만 그 남자는 아주 침착하게 이어서 말했다.

"아네테는 어제 죽었소. 의사 말로는 심장마비라는데, 그거야 우리 두 사람에게는 관심거리가 아닐 거라 생각되오. 그녀가 쓰러졌을 때 사람들이 그녀의 옷과 코르셋을 풀어주었고, 편지들을 발견했소. 나는 편지들에 적잖이 관심이 있어 그 자리에서 상속을 개시했는데, 당신도 이해하겠지요. 2분 후에 나는 당신이 아네테의 연인이었다는 것을 알게 되었소."

에밀의 눈앞에서는 이런저런 온갖 것이 떠올랐다가 가라앉았다. 화창한 여름날이었고, 거리에는 햇볕이 내리쬐고 있었으며 — 하얀 광채 같은 것을 보자 그의 눈이 시려왔다. 그리고 검정색 상복을 입은 그 남자는 옴짝달싹하지 않고 그 광채의 한가운데에 앉아 있었다. 에밀은 그 남자의 모자에 달린 상장을 보았고, 자신도 그런 상장을 모자에 둘러야겠다는 생각이 뇌리를 스치고 지나가자 스스로도 놀랐다. 그러나 말은 단 한 마디도 할 수가 없었다.

그 남자는 이야기를 이어갔다.

"당신이 내 말에 대꾸하는 것이 쓸데없는 일이라는 걸 알고 있으니

고맙소. 당신은 우리가 더 길게 얘기할 필요가 없게 해주고 있구려. 나역시 내가 여기에 온 궁극적인 이유를 당신에게 구구절절 털어놓을 필요가 없게 되었구려."

그는 말을 멈추고 모자를 벗은 다음 손으로 이마와 눈을 훔쳤다.

"나는 당신이 요구하면 언제라도 응할 준비가 되어 있습니다"라고 에밀은 억양은 없지만 충분히 신뢰감을 주는 말투로 말했다. 그러자 홀아비가 된 그 남자가 대답했다.

"내가 다른 걸 바라는 게 아니오. 단지 나는 비록 고통스럽겠지만 이 일을 어느 정도 신속하게 끝내야겠다는 생각뿐이오. 내일 정오에 아네테의 장례식이 거행되니까요."

"그럼 모레 아침에"라고 에밀이 말했다. 그러면서 에밀은 유별나게 친근감 넘치는 표정을 지었는데, 옆 식탁에 앉아 있던 몇 명의 남자가 두 사람을 건너다보고 있었기 때문이다.

에밀의 말에 그 남자가 대답했다.

"그건 너무 늦을 것 같소. 당신에게 꼭 알려야 할 게 있는데, 내 아내… 아니 죽은 그 여자를 땅에 묻는 그 시간에 그 여자의 남자 둘이 무덤 옆에 함께 서서 눈물 흘리는 일이 생긴다면 내 윤리적인 감정이 상할 거라는 사실 말이오. 물론 우리 둘 다 그때까지 살아 있다면 말이오. 내 말알아듣겠소?"

에밀은 그 사이 앞서와 같은 몸가짐으로 돌아가서 대답했다.

"충분히 알아들었습니다. 그럼 괜찮으시다면 내일 아침으로 하지요."

에밀은 자리에서 일어나려고 하다가 계속하여 말했다.

"이 순간부터 우리는 나머지 일들은 다른 사람들에게 맡길 수 있으리라 봅니다. 그리고 의사에 관한 일은 내가 손수 알아서…."

"우리는 의사 따윈 필요 없을 거요."

홀아비가 된 그 남자는 이렇게 말하고 자리에서 일어났다.

그제야 에밀은 이마에서 턱수염으로 굵은 땀방울이 뚝뚝 떨어져 내리는 것을 알게 되었다. 그는 모자를 다시 쓰면서 덧붙여 말했다.

"내가 살고 있는 집이 어딘지는 잘 알고 있겠지요. 내 쪽 입회인들이 저녁 8시 정각에 집에서 당신 측 입회인들의 방문을 기다리고 있겠다는 말을 당신 측 입회인들에게 꼭 좀 전해주기 바라오."

에밀도 자리에서 일어났다. 그 남자는 인사를 한 뒤 위엄 있는 걸음걸이로 길을 건너갔다. 에밀은 몸을 조금 굽혀 답례를 하고는 다시 자리에 앉아 기계적으로 블랙커피의 잔을 잡았다. 커피는 아직 손도 대지 않은 채 그의 앞에 놓여 있었다. 그는 커피를 마셨고, 아직까지도 커피가 따뜻한 것에 놀랐다. 그리고는 담배에 다시 불을 붙이려고 했는데, 담배도 아직 타고 있었다. 그는 심장이 쿵쿵 뛰고, 다리가 떨리기 시작하는 것을 느꼈다. 그리고 두려웠다. 이제 그는 자신의 입회인들을 찾아 나설 생각을 했다. 그는 입회인으로 8기병대 소속의 페히너 소위와 의사 빌너를 마음속으로 정해놓고 있었다. 그는 종업원에게 아직 커피 값을 치르지 않았다는 생각이 떠올랐다. 그는 잠깐 동안 '내일이지'라고 생각했다. 그때 어쩌면 자신에게 내일 아침은 존재하지 않을지도 모른다는 생각이 갑자기 그의 머릿속을 스쳐 지나갔다. 그는 의자에서 몸을 일으켜 세울 수 없을 것만 같았다. 그는 권총을 들고 자기 앞에 마주서 있는 그 남자를 그려보았다. '누가 먼저 쏘게 될까?' 자신도 모르게 어떤 풍자 잡지에서 본 그림 하나가 그의 눈앞에 아른거렸다. 두 결투자를 묘사한 그 그림에서는 두 사람이 권총으로 동시에 서로를 쏘아 둘 다 땅바닥에 사지를 뻗고 쓰러져 있는 모습이 그려져 있었다. 그는 그 그림 아래에 쓰여 있던 우스개 글을 생각해 내려고 했다. 하지만 영 생각이 나지 않았다. 옆 식탁에 앉아 있던 두 사람이 자리에서 일어나 카페 홀 안으로 들어가면서 말했다.

"그럼 우리 당구 한 게임 하자. 너한테 열 개를 잡아주고 쳐주지."

에밀은 '오늘 같은 날에도 당구를 칠 수 있구나'라고 생각했다. 그에게는 그것이 이상하게 여겨졌다. 그때 종업원이 나타났다. 어쩌면 에밀은 자신도 모르는 사이 그를 불렀을 것이다. 그는 커피 값을 계산하고 일어났다. 그리고 종업원에게 "의사 빌너 씨가 오면 내가 올 때까지 기다리라고 말해주게. 페히너 소위에게도"라고 말했다. 그런 다음 에밀은 더는 맛이 나지 않는 담배를 바닥에 던져버리고 거리로 나갔다. 거리에 깔린 돌들이 단단하여 발이 아팠다. 영업용 마차를 타고 어떤 여배우가 그의 옆을 스쳐 지나갔다. 그는 잠시 멈춰 서지 않을 수 없었고, 이 아름다운 여자의 몸을 위아래로 훑어보고 얼굴을 뚫어져라 들여다보았다. 그리고는 하마터면 감탄하여 소리를 지를 뻔했다. 그는 이제야 아네테 생각이 났다.

다음 날 아네테의 무덤 옆에는 그녀의 남자들 중 한 사람만이 서 있었다. 합법적인 남자만이! 아네테의 또 다른 남자는 총알이 가슴을 관통한 상태로 들것에 누워 있었다. 그는 결투 중 총을 맞고 연한 풀들이 길게 자란 풀밭 속으로 고꾸라져 그 자리에서 죽었고, 8기병대 소속의 소위가 그의 눈을 감겨주었던 것이다.

소위는 그날 저녁 카페에서 동료들에게 이야기했다.

"살아 있는 동안 나는 결코 잊지 못할 거야. 죽은 그 친구를 커튼이 내려진 영업용 마차에 태우고 빈으로 돌아갈 수밖에 없었던 일 말이야. 다른 교통수단을 찾을 수가 없었거든. 그때는 정말 소름이 끼치도록 무서웠지. 그의 셔츠에 묻은 피는 말라 비틀어져 있었고, 나는 그 친구의 머리를 계속 붙잡고 있어야만 했어. 그 친구가 앞으로 고꾸라지지 않도록 말이야."

모두가 입을 다문 채 침울하게 앉아 있었다. 그들에게는 가스등불이 전보다 더 음울하게 타고 있는 것 같았고, 코냑도 전처럼 그렇게 독하지 않은 듯했다. 거리를 지나는 마차의 방울 소리도 축 처져 서글프게 울려왔다.

3종의 영약

Die drei Elixiere

그는 끝없는 고통에 시달렸다. 어떤 여자와 함께해도 행복하다는 느낌을 얻지 못했다. 의심이 그를 괴롭혔기 때문이다. 그는 이 여자를 자신보다 앞서서 사랑했던 다른 남자들과 자신에 이어 사랑하게 될 남자들을 한순간도 생각하지 않을 수가 없었다. 여자들이 하지 않고는 못배기는 거창하고 끝없는 거짓말이 그를 고문하듯 괴롭혔다. 모든 것이 꿈처럼 사라져 버린 듯하다거나 그의 품안에서야 비로소 삶과 사랑이 무엇인지 알게 되었다는 등의 거짓말. 여자들은 자신들의 과거는 순전히 실수였다고 그를 속이곤 했다. 아! 그 여자들은 어떤 남자와도 사귀지 않았고 — 속아 왔으며 — 스스로를 속여 왔고 — 그만을 찾아오다가 마침내 그를 찾게 되어 말할 수 없이 행복하다는 것이었다. 그러나 그는 마음이 편치 않았다. 그는 자신보다 먼저 누가 이 여자를 경모했는지, 누가 이 여자에게 깊이 빠져 있었는지 반드시 알아내려 했고 — 그럴 때마다 이 여자가 쉬지 않고 내뱉는 "난 과거는 다 잊었어요!"라는 대답을 듣고는 부들부들 몸을 떨었다. 그는 자신도 그렇듯이 여자들이 그렇게 과거를 잊었다고 말하는 동안 실제로는 그들의 과거가 기억을 꿰뚫고 지나간다는 것을 뼈저리게 느꼈기 때문이다. 그는 확실하게 믿을 수 있는 대답을 얻고 싶었고 — 그리하여 오랜 옛날부터 전해 내려오는 마법의 나라 오리엔트로 들어갔다. 그곳은 지상의 신동이라 할 시인들을 위해 지금도 여전히 동화에나 나올 법한 꽃들이 피어 있는 나라이며, 꽃들의 비밀은 시인들밖에는 아무도 모르고 있었다.

그는 기나긴 여행 끝에 즙을 내어 신비한 영약을 만들어낼 수 있는 꽃을 찾아냈다. 이 영약은 놀라우면서도 음험한 위력을 지니고 있었다. 이 영약 한 방울이 여자의 입에 닿기만 하면, 입은 그녀의 마음속에 막 떠오른 영상을 그에게 반드시 말하도록 되어 있었다.

그는 얼마나 기뻐하며 집으로 돌아왔는지 모른다. 이제 그의 의심과 고통은 끝나가고 있었다. 그는 서둘러 애인에게로 갔다. 그리고는 그녀가 마시려고 맨 처음 입으로 들어 올린 포도주 잔에 자신의 영약 한 방울을 섞었다. 그러자 그녀는 꿈속으로 빠져들어 몽롱한 눈을 크게 뜨고 허공을 바라보았다. 그는 몸을 떨며 그녀에게 물었다.

"지금 무엇을 생각하고 있지?"

그러자 그녀가 대답했다.

"당신을 알기 전에 내게 입맞춤했던 키 큰 금발의 남자를요."

그러자 그는 소스라치게 놀랐다. 그리고 더 이상 묻지 않았고, 다음 날 아침 그녀 곁을 떠났다.

그가 접근한 두 번째 여자의 잔에도 속마음을 드러내게 하는 그 약물을 넣었지만 감히 물어볼 수가 없었다. 두 사람은 함께 앉아 있었다. 그는 그녀가 다른 여자들과 마찬가지로 미소 짓는 것을 보았지만 묻지는 않았다. 그럼으로써 행복하게 있고 싶었던 것이다. 그는 행복해질 것으로 생각하고 그녀와 함께 어둑어둑한 방으로 들어갔다. 공원의 나무들이 방 안으로 인사를 건네고 봄바람이 불어오자, 그는 더 이상 스스로를 억제하지 못하고 말했다.

"무엇을 생각하고 있지?"

그녀는 그리움이 가득 담긴 미소를 띠며 말했다.

"아, 지난봄 어느 날 지금처럼 저녁 무렵에 공원의 나무 아래에서 내가 오기를 기다리고 있던 가수를 생각하고 있어요. 그는 내가 자기를 껴안고 입맞춤해 주기를 원했지요."

그는 이번에도 깜짝 놀라 그녀 곁을 떠났다. 그는 그 영약을 저주했다. 그리고 온갖 의심을 품고 지내는 것이 지금보다 훨씬 더 행복할 것 같은 생각이 들었다. 그는 여러 번 그 약물을 없애려고 했지만 가까스로 그런 충동을 잠재우고 그것을 전보다 더 소중하게 간수했다.

그가 그 약물을 사용하지 않고 지낸 지 오랜 시간이 흘렀다. 그는 기가 막히게 아름다운 한 여자와 함께 살았는데, 그녀가 그를 올려다볼 때면 마치 신을 올려다보는 듯했다. 그는 마음속을 다스리게 된 후로는 모든 것이 마음속에서 사라졌다는 것을 알았다. 그에게는 예상치 않은 안도감이 밀려왔고, 그래서 이렇게 자신을 향해 혼잣말을 할 때도 있었다.

"이제 너는 행복을 찾아봐도 돼!"

두 사람은 베네치아의 해변에 머물렀다. 그들은 막 곤돌라 유람을 하고 돌아왔다. 푸르스름한 달빛이 침대 위로 기어들었고, 그들은 오래전부터 늘 해온 달콤한 말들을 속삭이듯 주고받았다. 발코니에는 그들이 먹다 남은 음식이 그대로 놓여 있는 식탁이 있었고, 그가 그 약물 한 방울을 넣은 술잔도 있었는데, 그녀는 아무것도 모른 채 그 잔을 들고 홀짝홀짝 마셨다. 이제 그는 승리를 확신하듯 미소를 지으며 그녀에게 물었다.

"누구 생각하고 있지?"

그녀는 촉촉하게 반짝이는 눈빛을 하고 대답했다.

"노를 저어 우리를 집에 태워다 준 그 검은 눈의 곤돌라 뱃사공을…."

이 말에 그는 부들부들 떨었고, 마음속 깊이 고통을 느끼며 서둘러 그녀를 버리고 떠났다.

그는 열을 올리며 급하게 다른 여자를 계속 찾아 다녔다. 그는 자기에 앞서 어떤 남자의 여자도 아니었던 순결하고 청순한 존재를 찾게 되길 원했다. 그리고 마침내 그런 여자를 찾았다. 그녀는 때 묻지 않은 순수함을 간직하고 있었고, 더할 나위 없이 싱냥하고 진실했다. 그녀는 그를 사랑했고, 그는 그녀를 유혹했다. 봄과 사랑의 향기가 풍기는 어느 날 밤이었다. 그 소녀는 그의 입술에 매달려 있었고, 그는 자신의 첫 입맞춤에 앞서 어느 누구도 그 입술을 건드리지 않았다고 생각했다. 그리고 그는 이번에도 그녀에게 물었다.

"내 사랑하는 아이는 지금 누구를 생각하고 있지?"

그러자 그녀는 꿈꾸는 듯한 눈으로 그를 지나 먼 곳을 바라보며 말했다.

"아, 지난여름 어스름이 내리던 어느 날 저녁에 푸른 초원에서 함께 놀며 내가 입맞춤하고 싶었던 그 갈색 곱슬머리를 한 젊은 애를…."

이 말을 듣고 그는 그녀의 포옹에서 **빠져나와** 그녀에게 눈길 한 번 주지 않은 채 그녀를 버리고 떠났다.

이제 그는 다시 방랑길에 나섰다. 또 다른 기적의 약물을 찾고자 했기 때문이다. 그는 행복해질 수 있기 위해서는 그것을 반드시 찾아야

한다고 생각했다. 마침내 그는 가장 축복받을 만한 최고의 약물을 찾아 냈다. 그 약물 한 방울이 여자의 입술에 닿기만 하면 그녀는 즉시 이전 에 겪었던 모든 일을 망각하게 되고 — 자신의 가슴에 안겨 있는 남자가 그녀의 유일한 첫 남자가 되는 것이었다. 오, 이제 마음껏 황홀하게 사 랑을 나눌 수 있게 된 것이다. 다른 남자들이 존재하지 않으므로 더 이 상 고통도 없다. 이제 그는 남자를 더 이상 기억하지 못하는, 즉 과거의 애인들을 몽땅 잊은 그런 여자들을 차지하게 되었다. 그는 자신을 유혹 해 낸 남자를 더 이상 기억하지 못하는 윤락녀들의 품에 안겨 진한 사 랑을 즐겼으며, 우연히 걸려든 거리의 창녀들은 그의 키스를 받고 다시 순결해져서 지금까지 몰랐던 색다른 기쁨을 느끼며 천진난만하게 웃 고 날뛰었다. 그는 그렇게 어딜 가나 마주하게 되는 그토록 많은 순결 에 취해 있었다. 이제 그는 가장 순결한 여성에게서도 피어나지 않은 것을 버림받은 거리의 여자에게서 느꼈다. 그는 여자들에게 단 하나뿐 인 남자를 만들어줬고, 그 남자는 바로 그였던 것!

그는 자부심에 차 있었다. 그는 지금까지 어느 누구에게도 주어지지 않은 것을 부여받은 것이다. 우리가 거리의 여자 같은 불행한 이들과 키스 후 응당 그들을 버리고 가버리는 것과는 달리 그는 다른 여자들의 키스를 받고 나서도 그들을 버리지 않았고, 다른 여자들이 꾸는 꿈을 불쾌해하지 않았다. 그에게서는 사랑의 깊은 호흡 속으로 추억의 한숨 이 밀려드는 일은 없었다. 그리하여 그는 질투를 모르는 단순한 사람이 면서 세상에서 단 하나뿐인 사람이라고 할 만했다.

그러나 그는 어떤 여자에게도 자신의 비밀을 누설하지 않았다. 왜냐 하면 자신으로 인해 기억에서 잊혀진 다른 남자들처럼 자신도 잊혀질 수 있다는 생각을 하면 가슴이 찢어질 듯 아팠기 때문이었다.

그러나 그는 아직 온전히 행복한 것은 아니었다. 그는 모든 여자들의 현재와 과거를 모두 손아귀에 쥐고 있었지만 미래에 대해서는 아직 지배자가 되지 못했다. 그러나 여자들은 모두가 그에게 이렇게 말했는데, 이 말은 지금은 기억에서 사라져버린 남자들에게도 똑같이 속삭였으리라.

"나는 영원히 당신의 여자가 될 거예요."

그리하여 그는 또 다시 방랑길에 올라 찾고 또 찾았다. 그는 다시 오리엔트의 숲속을 훑고 다니면서 그에게 마지막의 가장 큰 행복을 가져다줄 약물을 찾았는데 — 그것은 그와 사랑을 나눈 여자는 이후 어떤 남자도 사랑하지 않게 된다는 확신을 줄 약물이었다. 그의 방랑은 밤낮 없이 여러 날 계속되었고, 마침내 숲속에 숨어 있는, 그 외에는 어떤 사람의 눈에도 띄지 않는 진귀한 꽃을 찾아냈다. 그 꽃의 즙에는 기적이 잠자고 있었다. 그는 그 어느 때보다 더 큰 기쁨에 넘쳐 고향으로 돌아갔다.

그곳에는 화사한 봄처럼 아름답고 청순한 어느 소녀가 그를 기다리고 있었다. 그의 마음은 그녀를 향해 뜨겁게 불타올랐는데, 이전의 어떤 여자에게서도 그런 적은 없었다. 아! 바로 그녀를 위해 그는 그 먼 곳을 헤매고 다녔던 것이다. 그 여자야말로 그가 평생 자신의 여자라고 부르고 싶은 여자였으며, 그리하여 그녀는 이전의 어떤 여자보다 더 완전하게 그에게 속할 수밖에 없었다.

그는 어느 안개 낀 가을날 아침, 거리에서 그녀를 만났을 때 그녀에게 첫눈에 반하고 말았다. 그리고 그녀가 과거에 경험했던 모든 것을 알아내고 싶은 욕구로 인해 지금까지 품어온 다른 어떤 여자에게서보다 더 심한 고통을 느꼈다. 그래서 그녀에게 앞서의 그 첫 번째 약물을 먹였다. 그러자 그녀는 그의 앞에서 주절주절 모든 것을 털어놓았다. 들을 만한 얘기가 많았고, 그는 분노의 눈물을 머금은 채 그녀의 말에 귀를 기울였다. 그녀는 자신이 마음 내키는 대로 몸을 맡겼던 젊은 녀석들, 헝클어진 곱슬머리의 시인들, 멋진 제복의 기사들, 늙은 난봉꾼들에 대해 이야기했다. 그 얘기를 듣자 그는 거의 미쳐버릴 지경이었고, 도저히 견딜 수가 없었다. 그는 고통을 참지 못해 비명을 지를 뻔했다. 그리고 그녀에게 모든 것을 잊게 하는 두 번째 약물을 먹였다. 그러자 그는 이제 원하는 말을 듣게 되었다. 그녀는 자신을 품에 안고 황홀경에 빠져 있는 그만을, 오로지 그만을 처음부터 지금까지 사랑해 온 것이다. 온 세상에 오직 한 남자밖에 없었으니, 그것은 바로 그, 그였던 것이다! 그녀는 몸과 마음을 통틀어 그의 것이었다. 하지만 그것만으로는 충분하지 않았다. 그는 그녀의 미래 또한 갖고 싶었고, 그리하여 세 번째 약물이 필요했다. 이 약물 없이는 그에게 완전한 행복은 있을 수 없었다.

그가 여행에서 돌아오자 천국에서나 있을 환희로 가득 찬 재회가 이루어졌다. 그녀는 그를 열렬히 그리워하며 기다리고 있었다. 이제 다시 그의 품에 안긴 그녀는 이대로 죽고 싶을 만큼 마음속 깊이 기쁨을 맛보았다. 그는 밤중에 그녀가 잠자고 있는 사이 뜨겁게 달아오른 손으로 여행에서 가져온 작은 병을 집어 들었다. 그리고는 방금 전의 입맞춤으로 인해 아직도 촉촉한, 반쯤 열린 그녀의 입술에 천천히 두 방울을 떨어뜨렸다. 그런 다음 그는 구원받은 듯 안도의 숨을 내쉬며 혼잣말을 했다.

"이제 너는 영원히 내 것이니 나 다음으로 어떤 남자도 더는 사랑할 수 없으리라! 이제 너는 완전하게 내 것이 된 거야!"

약물 두 방울은 천천히 그녀의 빨간 입술로 흘러들어 갔다. 그는 그녀가 꼼짝하지 않고 잠들어 있는 동안 그녀의 머리맡에 앉아 있었다. 그리고 그녀의 곱슬머리에서 흘러나오는 향기를 들이마셨다.

아침이 되었지만 사랑하는 소녀는 깨어날 기색을 보이지 않았다. 그리고 그가 몸을 숙여 그녀의 창백한 입술에 입을 맞추자 차디찬 기운이 엄습해 왔다. 입술이 유별나게도 차가웠던 것이다. 그리고 그 귀여운 소녀는 그에 이어 다른 어떤 남자도 더 이상 사랑할 수가 없었다. 숨을 거두었기에!

홀아비

Der Witwer

그는 어떻게 그런 갑작스러운 일이 일어났는지 아직도 도무지 이해할 수가 없다.

그녀는 몸이 아파 여름날 이틀을 저택에서 누워 있었다. 이틀 모두 날씨가 너무 좋아서 꽃이 피어 있는 정원이 내려다보이는 침실의 창문들을 계속 열어 놓을 수 있었다. 그런데 둘째 날 그녀가 죽었고, 너무 갑작스러운 일이라서 사람들은 그걸 알아차리지도 못했다. 그리고 오늘 사람들은 그녀를 집에서 끌어내어 점차 오르막을 이루는 거리를 지나 저쪽으로 운구해갔고, 그는 지금 발코니에서 등받이 의자에 앉아 그 거리가 끝나는 곳, 그녀가 잠들어 있는 조그만 공동묘지를 에워싸고 있는 낮은 하얀색 담장으로 시선을 던진다.

이제 저녁이다. 검정색 마차들이 천천히 굴러 올라갔던 몇 시간 전만 해도 햇볕이 내리쬐던 거리는 어스름 속에 놓이고, 공동묘지의 하얀 담장은 더 이상 반짝이지 않는다.

사람들은 그를 혼자 있게 내버려 두었다. 그가 그러기를 원했다. 조문객들은 모두 도시로 돌아갔다. 처음 며칠은 혼자 있고 싶다는 그의 소망에 따라 아이도 할아버지, 할머니가 데려갔다. 정원 안도 아주 조용하다. 밑에서 이따금 속삭이는 소리만 들릴 뿐인데, 일하는 사람들이 발코니 밑에 서서 나지막하게 서로 얘기를 나누고 있다. 그는 이제 지금껏 느껴보지 못한 엄청난 피곤함을 느낀다. 점점 눈꺼풀이 감겨온다. 그는 눈을 감은 다음 작열하는 오후의 여름 햇살 속에 놓인 거리를 다시 보고, 천천히 굴러 올라가는 마차들을 보고, 그를 에워싸고 몰려드는 사람들을 보며 — 그들의 목소리까지 다시 그의 귀에 울려온다.

여름휴가를 맞아 아주 멀리 떠나지 않은 사람이라면 거의 모두가 문상을 왔다. 그들은 그 젊은 여인의 때 이른 돌연한 죽음으로 깊은 충격에 사로잡혀 있었고, 그에게 따스한 위로의 말을 해주었다. 멀리 떨어진 곳에서까지도 그가 전혀 생각지도 않은 많은 사람들이 왔으며, 그가 이름도 거의 알지 못하는 많은 사람들이 그의 손을 꼭 잡아주었다. 단지 그가 가장 그리워한 그의 친한 친구만은 오지 않았다. 그는 물론 꽤 멀리 떠나 있는데 — 북해 해변의 한 해수욕장에 가 있어 틀림없이 사망 소식을 너무 늦게 접함으로써 제때에 출발하지 못했을 것이다. 그는 내일에나 올 수 있을 것이다.

리햐르트는 다시 눈을 떴다. 거리는 이제 저녁 어둠 속에 완전히 묻혀 있고, 공동묘지의 하얀 담장만이 아직 어둠을 뚫고 희미하게 빛나고 있는데, 그것이 그를 소름끼치게 한다. 그는 일어나서 발코니를 떠나 맞붙어 있는 방으로 들어간다. 그것은 그의 아내 방이었다. 그는 생각조차 할 수 없을 만큼 급히 방으로 뛰어 들어왔지만, 어둠 속에서 아무것도 분간해 낼 수 없다. 친숙한 향기만이 그를 향해 흩날려온다. 그는 책상 위에 서 있는 파란 양초에 불을 붙이고, 밝고 정겨운 마음으로 방 안을 둘러볼 수 있게 되자 안락의자에 주저앉아 운다.

그는 오랫동안 운다. 넋을 잃고 마구 눈물을 흘린다. 다시 일어서자 머리가 먹먹하고 무겁다. 그의 눈물 서린 눈앞에 불빛이 가물거리는데, 책상 위의 촛불이 희미하게 타고 있다. 그는 불을 더 밝게 밝히고 싶어 눈물을 닦고, 피아노 옆 조그만 원탁 위에 놓인 샹들리에의 일곱 개의 양초에 모두 불을 붙인다. 이제 밝은 빛이 이 구석 저 구석으로 온 방 안에 퍼져나가고, 양탄자의 보드라운 금박 문양이 반짝인다. 그리고 이제 이곳은 그가 방으로 들어설 때 책을 읽거나 편지를 쓰는 그녀의 모습을 보곤 했던 흔한 저녁의 일상처럼 보인다. 그럴 때면 그녀는 그를 올려다보고, 미소를 지으면서 그에게로 몸을 돌려 그의 입맞춤을 기다렸다. 그의 주위에 있는 물건들의 무심함이 그를 고통스럽게 한다. 그것들은 이제 무언가 슬프고 스산한 것이 되었는데도 그걸 모르는 것처럼 계속해서 그 자리에 존재하고 변함없이 빛나고 있는 것이다. 그는 이 순간 자신이 얼마나 외로운 존재가 되었는지를 그 어느 때보다 뼈저리게 느끼고, 그 어느 때보다 친구에 대한 그리움을 거세게 느낀다. 그는 머지않아 친구가 와서 다정한 말을 해주리라 상상하면서, 자신에게 위로와 같은 무언가를 얻을 운명이 아직 남아 있다는 것을 느낀다. 그가 마침내 오기만 하면 얼마나 좋을까! 그는 오고 있을 것이고, 내일 아침에는 도착할 것이다. 그 친구는 틀림없이 그의 곁에 몇 주 동안 오래 머물 것이며, 그는 꼭 떠나야 할 일이 생기기 전에는 친구를 보내지 않을 것이다. 그리고 그들은 정원에서 산책을 할 것이고, 이전에 자주 그랬듯이 평범한 일상의 운명에 관한 심오하고 기이한 것들에 대해 얘기할 것이다. 그리고 저녁에는 전처럼 잠잠하고 거대한 어두운 하늘을 머리 위에 두고 발코니에 앉아서 밤이 깊어질 때까지 함께 이야기를 주고받을 것이다. 그들이 그럴 때면 그녀는 자신의 활달하고 급한 성격과는 맞지 않는 그런 진지한 대화가 별로 마음에 들지 않아, 일찌감치 웃으면서 잘 자라는 인사를 하고는 자기 방으로 들어가곤 했었다. 일상의 걱정거리들과 시시콜콜한 것들에 대한 대화들이 얼마나 자주 그의 기분을 북돋워 주었는지 모른다. 이제는 그런 대화가 그 이상이 될 것이며, 그에게 더 많은 은혜이자 구원이 될 것이다.

리햐르트는 여전히 방 안에서 이리저리 거닐다가 마침내 자기 발걸음의 단조롭고 똑같은 톤에 싫증을 느끼기 시작한다. 그러자 그는 파란 양초가 서 있는 조그만 책상 앞에 앉아서 일종의 호기심을 느끼며 자기 앞에 놓여 있는 예쁘고 우아한 물건들을 바라본다. 지금까지는 그것들을 하나하나 제대로 살펴본 적이 없고 항상 전체를 한꺼번에만 보아왔다. 상아로 만든 펜대, 가느다란 편지 개봉용 칼, 손잡이가 마노로 된 길고 가느다란 도장, 금줄에 한데 묶여 있는 조그만 열쇠 꾸러미였다. 그는 그것들을 하나씩 손에 잡아 이리저리 돌려보고는, 소중하며 깨지기 쉬운 것이라도 되는 것처럼 다시 살며시 제자리에 놓았다. 그런 다음 그는 가운데 책상 서랍을 열어 열려 있는 종이 상자 속에서 그녀가 편지를 쓰곤 했던 우중충한 회색 편지지, 그녀 이름의 머리글자가 적힌 조그만 편지 봉투들, 그녀 이름이 적힌 좁고 긴 명함들을 본다. 그런 다음 그는 기계적으로 측면 서랍에 손을 대는데, 그것은 잠겨 있다. 그는 처음에는 잠겨 있는 것을 모르고 아무 생각 없이 반복하여 서랍을 잡아당긴다. 그러나 점차 헛되이 흔들고 있다는 걸 알아차리고는 애를 써서 끝까지 열고자 책상 위에 놓여 있는 조그만 열쇠 꾸러미를 손에 쥔다.

그가 시도한 첫 번째 열쇠가 곧장 들어맞아 서랍이 열린다. 이제 그는 파란색 끈으로 묶어 세심하게 한데 모아놓은 편지들이 들어 있는 것을 보는데, 그것은 자신이 그녀에게 쓴 편지들이다. 그는 맨 위에 있는 편지를 곧장 알아본다. 그것은 결혼 후 아직 신혼 시절이었을 때 그녀에게 쓴 그의 첫 편지였다. 그는 애정 어린 그 편지글을 읽자, 그것은 기만당한 듯 믿을 수 없는 그녀의 삶을 황량한 방으로 다시 불러들이는 마법의 말들이 된다. 숨을 쉬기 어려워하다가 나지막하게 혼잣말을, 혼란스럽고 처절한 똑같은 말을 연거푸 내뱉는다.

"안 돼… 안 돼… 안 돼…."

그가 편지들을 묶어놓은 비단 끈을 풀자 편지들이 손가락들 사이로 미끄러져 내린다. 그는 뒤죽박죽 혼란스러운 말들을 혼잣말로 후다닥 내뱉었다. 한 통의 편지도 끝까지 읽을 용기가 나지 않았다. 그는 단지 짧은 문장 몇 개가 담긴 ― 그가 저녁 늦게야 시내에서 빠져나올 것이며 사랑하는 귀여운 얼굴을 다시 볼 생각에 말할 수 없이 기쁘다 ― 라는 마지막 편지만을 한 음절 한 음절 주의를 기울여 읽는다. 그리고는 이 애정 어린 말들이 불과 1주일 전에 쓴, 그래서 오래 되지 않은 것인데도 몇 년 전에 쓴 것처럼 여겨져 크게 놀란다.

그는 무언가 또 찾을 것이 있을까 봐 서랍을 더 끌어당겨 연다.

거기에는 몇 개의 조그만 꾸러미들이 더 있는데, 모두 파란색 비단 끈으로 둘러매어 있다. 그는 자신도 모르게 슬프게 미소 짓는다. 거기에는 파리에 살고 있는 그녀의 언니들이 보낸 편지들이 있는데 ― 그는 그 편지들을 언제나 그녀와 함께 읽었다. 그녀 어머니의 편지들도 있는데, 그것들은 글씨체가 남성적이어서 그가 늘 의아해하곤 했다. 그가 곧장 알아볼 수 없는 필체로 된 편지들도 있어 그는 비단 끈을 풀어 서명을 보는데 — 그녀의 여자 친구들 중 한 사람에게서 온 것들이다. 그 친구는 오늘도 와서 새파랗게 질린 채 무척 많이 울었다. 그리고 맨 뒤에 조그만 꾸러미 한 개가 더 있어 그는 다른 것들과 마찬가지로 꺼내어 바라본다. 누구의 필체일까? 모르는 필체다. 아니다, 모르는 필체가 아니다. 그것은 후고의 필체다. 파란 비단 끈을 풀어 내리기도 전에 리햐르트가 읽는 맨첫 단어가 한순간 그를 굳어버리게 한다. 그는 눈을 크게 뜨고 모든 것이 전에 있던 그대로 방 안에 있는지 둘러보고, 그런 다음 천장을 올려다본다, 그리고 나서 그의 앞에 아무 말 없이 놓여 있으면서, 잠시 후면 그 맨첫 단어가 짐작케 한 모든 것을 말해주게 될 그 편지들을 다시 바라본다. 그는 편지들을 묶은 끈을 벗겨내려고 하는데 — 그에게는 마치 끈이 저항하는 것처럼 보인다. 그는 손을 떨며, 마침내 끈을 세차게 끊어버린다. 그런 다음 그는 일어난다. 그는 그 작은 편지 꾸러미를 양손에 들고 피아노 쪽으로 가는데, 피아노의 반짝이는 검은 덮개 위로 샹들리에의 일곱 개 양초 불빛이 떨어진다. 그는 양손으로 피아노를 짚고 서서 조그만 필체로 짧게 쓴 여러 가지 무늬로 장식된 많은 편지들을 한 통 한 통 차례로 읽어나간다. 그는 마치 자신이 그 편지들을 맨 처음 읽는 사람인 양 모든 편지에 호기심을 불태우며 읽는다. 그는 마지막 편지까지 모두 읽는다. 마지막 편지는 북해 해변의 그곳에서 며칠 전에 온 것이다. 그는 마지막 편지를 다른 편지들을 향해 내던져 버리고는 자신이 아직 발견하지 못한 무언가를 더 찾으려는 듯 편지들을 마구 헤집는다. 그는 마치 이 편지들의 내용을 무효로 하고 갑작스레 접한 그 진실을 오류라고 정정할 수 있는 무언가가 이 종잇장들 사이에서 날아오를 수 있다고 생각하는 것 같다. 마침내 그가 손놀림을 멈추자 어마어마한 소동이 끝나고 갑자기 온통 조용해진 느낌이 든다. 그는 지난날의 온갖 소음들을 아직 기억하고 있다. 책상 위의 도구들이 울리던 소리… 서랍이 삐거덕거리던 소리… 자물통이 딱 하고 잠기던 소리… 종이가 구겨지며 바스락거리던 소리… 그의 급한 발걸음 소리… 그의 탄식하는 급박한 숨소리 — 그러나 이제 그 방 안에는 더 이상 아무 소리도 없다. 그는 비록 그런 일이 있으리라고는 전혀 생각지 않았는데도, 한순간에 일이 어떻게 된 것인지 알아차린 것에 놀란다. 그는 죽음을 이해하기 어려워하듯 그 일도 차라리 이해하지 못하기를 바란다. 그는 이해할 수 없는 일이 가져다주는 이글거리는 뜨거운 고통을 갈망하며, 자신의 모든 감각 속으로 흘러드는 듯한 더할 나위 없는 명백함만을 느낀다. 그리하여 그는 방 안의 물건들을 전보다 더 예리한 시선으로 보며, 그를 에워싸고 있는 깊은 정적으로부터도 무언가 소리를 들으려 한다. 그는 천천히 안락의자로 가 앉아서 생각에 잠긴다.

도대체 무슨 일이 일어난 거지?

날마다 일어나는 일이 다시 한번 일어난 것이고, 그는 많은 이들에게 웃음거리가 되는 사람들 중 한 사람이다. 그는 틀림없이 내일 아니면 몇 시간 후에 — 그런 경우라면 누구나 느낄 수밖에 없는 온통 소름끼치는 것을 느끼게 될 것이다. 그는 자신이 복수하기에는 이 여자가 너무 일찍 죽었다는 것에 대해 이루 말할 수 없는 분노가 엄습해 오는 걸 느낀다. 그는 또 다른 한 놈이 돌아오면 자신의 두 손으로 그를 개처럼 때려눕힐 것이다. 아, 그가 이런 거칠고 대담한 감정을 얼마나 갈망하고 있는지. — 마음속으로 생각들이 무디고 둔중하게 느릿느릿 지나간다면 그는 지금보다 더 편안할 텐데….

　이제 그가 알고 있는 것은 갑자기 모든 것을 잃었다는 것과 어린 아이처럼 자신의 삶을 처음부터 완전히 다시 시작해야 한다는 것뿐이다. 그의 추억들 가운데에서는 더 이상 어떤 것도 소용이 없기 때문이다. 그는 그 녀석에게서 자신을 바보로 만든 가면을 일찍이 벗겨 내렸어야 했다. 왜냐하면 그는 아무것도, 전혀 아무것도 알아채지 못한 채 그 녀석을 그저 믿고 신뢰했는데, 바로 그 가장 친한 친구 녀석이 코미디에서처럼 그를 속였기 때문이다. 그 녀석만은, 바로 그 녀석만은 아니었어야 했는데! 그는 혈기가 넘치는 경우가 있고, 그 격랑을 마음속 깊은 곳으로 내몰아 가라앉히기가 어렵다는 것을 알고 있으며 몸소 겪기도 했다. 그는 죽은 아내가 재빨리 모든 것을 잊고, 그가 모르는 누구든, 적어도 그에게 중요하지 않은 남자를 잊는다면 그녀에게 모든 것을 용서해 줄 수 있을 것 같았다. 그러나 그가 다른 어떤 사람보다 더 좋아했던 친구, 그에게 쾌락과 즐거움은 주었지만 정신의 좀 더 어두운 오솔길까지는 그를 따라오지 못해 이해라는 심오한 기쁨은 주지 못한 죽은 아내보다 더 끈끈했던 이 친구만은 아니었다. 그는 여자들이란 공허하고 기만적인 피조물이라는 것을 늘 알고 지내왔던 건 아닐까? 또 자신의 아내도 다른 모든 여자들과 똑같이 공허하고, 기만적이며, 누군가를 유혹하고 싶은 욕구를 지닌 여자라는 생각을 떠올린 적은 없었을까? 그리고 평소에는 그토록 고상하게 행동하는 그의 친구도 여자들 앞에서는 다른 남자들과 똑같은 한 남자일 뿐이며 한순간의 도취에 굴복할 수 있다고 생각해 본 적은 없었을까? 그리고 이 열정적이며 가슴 떨리는 편지들에 담긴 수줍은 말들이 그 친구가 처음에는 자기 자신과 싸웠고,

뿌리치려고 노력했고, 마침내 이 여자를 흠모하여 괴로워했다는 것을 말해주고 있지 않은가? 모든 것이 그렇게 분명해지자 그는 어떤 낯선 남자가 그걸 얘기해 주려고 거기에 서 있는 것 같은 무서운 느낌까지 든다. 그리고 그는 아무리 미쳐 날뛰고 싶어도 그러지 못한다. 그는 다른 사람들에게서 일어났던 똑같은 일을 늘 쉽게 이해해 왔듯이 이번 일도 단순하고 쉽게 이해한다. 그는 자신의 아내가 저 밖의 적막한 공동묘지에 누워 있다고 생각하자 그녀를 결코 증오할 수 없을 것이며, 온갖 유치한 분노의 날개가 그 하얀 담장 너머로까지 날아갈 수는 있지만 정작 묘지 위에서는 마비되어 땅에 떨어질 것이라는 것 또한 알게 된다. 그리고 그는 미사여구로 근근이 유지되고 있는 많은 말들이 눈이 번쩍하는 순간 그 속에 담긴 영원한 진리를 깨닫게 해준다는 것을 알아차린다. 왜냐하면 갑자기 그의 머릿속에 어떤 말의 깊은 의미가 떠오르기 때문이다. 그것은 지금까지는 그에게 공허하게만 울려왔던 '죽음은 화해시킨다'라는 말이다. 또한 그는 알고 있다. 지금 그가 갑자기 그 다른 남자와 맞서게 된다면, 죽음의 숭고함 앞에서 이승의 사사로운 일로 우스꽝스러운 거드름을 피우는 것처럼 여겨지는 폭력적인 비난의 말은 찾지 않을 것임을. 그렇다. 그는 그 친구 녀석에게 조용히 이렇게 말할 것이다. 이봐, 난 너를 증오하지 않아.

그는 그를 증오할 수 없다는 것을 너무나 분명히 알고 있다. 그는 다른 사람의 마음속을 너무나도 깊이 들여다볼 수 있어 스스로도 의아해할 정도다. 그 일은 더 이상 그가 겪은 일이 전혀 아닌 듯하다. 그는 그 일을 자신이 방금 접하게 된 어떤 우연한 사태로 느꼈다. 그러나 그는 한 가지만은 이해할 수가 없다. 그것은 그가 그 일을 처음부터 줄곧 알지 못하고

— 파악하지 못해왔다는 것이다. 모든 것은 수천 가지 다른 일들과 마찬가지로 아주 단순하고, 자명하며, 똑같은 원인에서 비롯되는 것이었다. 그는 신혼 첫해와 그 다음 해에 알았던 아내를 회상해 본다. 사랑스러우면서 야성적이기도 한 그 사람은 당시 그에게 아내 이상의 연인이었다. 그는 부부생활의 말할 수 없는 피로가 엄습해 옴으로써 이 생기발랄하고 갈망에 찬 여자가 다른 여자가 되었다고 생각하지 않았던가? 그는 더이상 그 불꽃을 갈망하지 않았으므로 불꽃이 갑자기 꺼져버렸다고 여기지 않았던가? 그것은 바로 — 그녀의 마음에 들었던 그 친구라면 의아해할 일이었겠지? 서른 살인데도 용모와 목소리에 젊음의 싱싱함과 부드러움을 지니고 있던 그 친구가 젊은 친구들과 마주 앉아 있을 때면 그에게는 얼마나 자주 이런 생각이 스치고 지나갔는지 모른다. '저 친구는 틀림없이 여자들에게 호감을 줄 수 있을 거야.' 그는 작년에, 후고가 한동안 그를 평소보다 드물게 방문했던 바로 그때부터 일이 시작되었음이 틀림없다고 기억을 더듬었다. 충실한 남편이었던 그는 그 당시 후고에게 이렇게 말했었다. 너 도대체 왜 우리 집에 오지 않는 거니? 그리고 그는 이따금 손수 회사로 찾아가 그 친구를 데리고 나왔고, 그를 시골로 끌고 나가기도 했으며, 그가 집에 가려고 하면 우정이 담긴 말로 그를 꾸짖으며 주저앉히곤 했었다. 그는 한 번도 무언가를 알아채거나 눈곱만큼도 짐작하지 못했다. 그는 과연 축축하게 젖어 뜨겁게 불타는 두 사람의 눈길이 서로 마주치는 것을 보지 못했단 말인가? 그는 그들이 서로 얘기를 나눌 때 그들의 목소리가 떨리는 것을 엿듣지 않았단 말인가? 그는 그들 두 사람이 공원의 가로수 길을 이리저리 거닐 때 이따금씩 그들 위로 흐르던 불안한 침묵이 무엇을 뜻하는 것인지 알지 못했단 말인가?

그는 후고가 작년 그 여름날들… 그 일이 시작되었던 그때 이후 얼마나 자주 우울하고 슬픈 표정으로 멍하니 있었는지 알아채지 못했단 말인가? 그는 그것을 알아차렸지만 이따금 자신을 괴롭히는 여자 편력쯤으로 생각했고 그 친구를 진지한 대화로 끌어들여 그런 사소한 괴로움에서 벗어날 수 있게 했다고 기뻐했다. 그는 지난해를 몽땅 기억 속에서 재빨리 흘려보내면서 친구의 과거의 쾌활함이 다시는 돌아오지 않았다는 것을 불현듯 깨달았는데, 점점 다가와서 더 이상 사라지지 않는 모든 것에 익숙해지듯 서서히 그 일에도 익숙해진 것이 아닐까?

그의 마음속에서 그 스스로도 처음에는 거의 알 수가 없는 어떤 기이한 감정이 솟구쳐 오르는데, 그것은 무언가 깊은 온후함 — 숙명처럼 가차 없이 격분을 터뜨렸던 그 친구에 대한 커다란 연민의 감정이다. 그 친구는 어쩌면, 아니 틀림없이 이 순간 그보다 더 괴로워하고 있을 것이다. 사랑했던 여자가 죽어버리고, 자신이 속인 친구 앞으로 걸어 나와야 할 친구니까.

그는 그 친구를 증오할 수 없다. 아직도 그를 사랑하기 때문이다. 만약 그녀가 아직 살아 있다면 사정은 다르리란 것을 그는 알고 있다. 그랬다면 이 죄는 그녀가 존재와 미소에 의해 대단하게 보이게 함으로써 불러일으킨 것이 되었을 것이다. 그러나 이 무자비한 종말은 그 가련한 모험을 통해 의미심장하게 내보이려고 했던 모든 것을 집어삼켜 버렸다.

방 안의 깊은 정적 속으로 미세한 진동이 끼어드는데… 계단에서 발자국 소리가 들린다. 그는 숨을 죽이고 귀를 기울인다. 자신의 맥이 뛰는 소리가 들린다.

밖에서 문이 열린다.

한순간 그가 마음속에서 쌓아올린 모든 것이 다시 무너져 내리는 느낌이 든다. 그러나 그는 곧 다시 제정신을 차린다. 그리고 그는 그 친구가 들어오면 무슨 말을 할 것인지 알고 있다. "나 다 알고 있었어. 거기서 있어!"

밖에서 어떤 목소리가 들린다. 그 친구의 목소리다.

이 친구가 지금 아무것도 모르면서 방으로 들어와 틀림없이 자기에게 그 일에 대해 말해줄 거라는 생각이 퍼뜩 그의 머릿속을 훑고 지나간다.

그는 안락의자에서 일어나 문을 잠그고 싶어 한다. 한 마디 말도 할 수 없을 것 같기 때문이다. 도무지 움직일 수도 없고, **뻣뻣하게 굳어버린 느낌이다.** 그는 친구에게 오늘은 아무 말도, 한 마디도 하지 않을 것이다. 내일에나… 내일에나 할 수 있을지….

밖에서 속삭이는 소리가 들린다. 리햐르트에게 나지막하게 묻는 말이 들려온다.

"너 혼자 있니?"

그는 친구에게 아무 말도 하지 않을 것이다. 오늘은 단 한 마디도 하지 않을 것이고, 내일에나 — 아니면 더 지난 후에나….

문이 열리고, 친구가 와 있다. 그는 하얗게 질린 채 정신을 가다듬으려는 듯 잠시 서 있다가, 리햐르트에게 급히 뛰어와 그의 옆 안락의자에 앉아 그의 두 손을 잡아 꼭 움켜쥐고 — 말을 하려고 하지만 목소리가 나오지 않는다.

리햐르트는 그를 꼿꼿이 응시하며 그의 손을 뿌리친다. 그들은 한동안 그렇게 말없이 앉아 있다. 마침내 후고가 아주 나지막하게 말한다.

"내 불쌍한 친구야."

리햐르트는 고개만 끄덕이고, 말을 하지 못한다. 그가 한 마디 내뱉는다면 이 말밖에는 할 수 없을 것이다. "나 다 알고 있어…."

몇 초 후에 후고가 다시 말을 꺼냈다.

"나는 오늘 아침 거기에 가 있으려고 했어. 그런데 어제저녁 늦게 집에 와보니 네가 보낸 전보가 와 있더구나."

리햐르트는 "나도 그럴 줄 알았어"라고 대답하고는 자신이 큰 소리로 차분하게 말하는 것에 대해 스스로도 놀란다. 그는 아내의 다른 남자인 그 친구의 눈을 깊이 들여다본다. 그리고는 저쪽 피아노 위에 그 편지들이 놓여 있다는 생각이 퍼뜩 떠오른다. 후고가 일어서서 두 발짝만 떼면 그것들을 보게 되고… 그러면 모든 걸 알게 된다. 리햐르트는 자신도 모르게 친구의 두 손을 붙잡는다. 그러지 않아도 되는데도. 그는 친구가 편지를 발견할까 봐 떨고 있다.

다시 후고가 말하기 시작한다. 그는 나지막하고 부드러운 말로 죽은 여인의 이름을 입 밖에 내는 것을 피하면서 그녀의 병에 대해, 그리고 죽음에 대해 묻는다. 그리고 리햐르트는 대답한다. 그는 우선은 지난 며칠간의 온갖 슬픈 일들을 나타내기에 적합한, 상심 어린 일상적인 말들을 찾을 수 있다는 것에 놀라워한다. 그리고 이따금 그의 시선은 하얗게 질린 채 입술을 떨면서 듣고 있는 친구의 얼굴을 훑는다.

리햐르트가 말을 멈추자 친구는 이해할 수 없고 있을 수 없는 얘기를 들은 듯 머리를 흔든다. 그러고 나서 그는 말한다.

"오늘 그녀가 네 곁에 있어주지 못한다고 생각하니 소름이 끼치더구나. 그건 운명과도 같은 일이었어."

리햐르트는 그를 의아하게 바라본다.

"바로 그날… 그 시간에 우리는 바다에 있었지."

"그래, 그래…."

"말도 안 돼! 우리는 노를 저었고, 바람이 잘 불어주었으며, 무척 즐거웠는데… 그럴 수가, 그럴 수가."

리햐르트는 침묵한다.

"너 지금 여기에 이렇게 머물러 있지는 않을 거지, 그렇지?"

리햐르트는 올려다보며 말한다. "왜?"

"안 돼, 안 돼, 넌 그러면 안 돼."

"그럼 내가 어디로 가야 하는데? 나는 네가 지금 내 옆에 있어줄 걸로 생각하고 있는데?"

무슨 일이 있었는지 알아채지도 못한 채로 후고가 다시 가버릴까 봐 그에게 두려움이 밀려온다. 후고가 대답한다.

"아니, 난 너를 데리고 갈 거야. 넌 나와 함께 떠나는 거야."

"내가 너와 함께?"

"그래." ― 그는 부드러운 미소를 띠며 말한다.

"도대체 어디로 갈 건데?"

"돌아가는 거지!"

"다시 북해로?"

"그래, 너와 함께. 너한테 도움이 될 거야. 난 절대로 여기에 널 혼자 놔두지 않을 거야. 안 돼!"

그는 끌어안으려는 듯 리햐르트를 끌어당긴다.

"너는 우리에게 와야 해!"

"우리에게?"

"그래."

"'우리에게'라니 그게 무슨 뜻이야? 너 혼자가 아니야?"

후고는 당황하며 웃는다.

"물론 나는 혼자야."

"너 '우리'라고 말하고서…."

후고는 잠시 망설이고 나서 말한다.

"너에게 곧장 알리려고 했었어."

"무얼?"

"인생은 참 묘한 거야. 나 약혼했거든."

리햐르트는 그를 꼿꼿이 바라본다.

"그래서 내가 '우리에게'라고 말한 거야. 그래서 나는 다시 북해로 돌아가는 거고, 너도 함께 가야 되는 거야. 알았지?"

그는 이렇게 말하며 해맑은 눈빛으로 그의 얼굴을 들여다본다.

리햐르트는 미소 짓는다.

"북해는 날씨가 험한데."

"어떻게 생각하니?"

"너무 성급해, 너무 성급한걸!"

리햐르트는 고개를 저으며 말한다.

"아니야, 사랑하는 친구야. 성급한 건 아니야. 사실은 이건 오래된 일이야."

리햐르트는 여전히 미소를 지으며 말한다.

"뭐라고? 오래된 일이라고?"

"그래."

"너 네 약혼녀를 오래전부터 알아온 거야?"

"그래, 올 겨울부터."

"너 그 여자 사랑하니?"

"알고 나서부터 줄곧 사랑하고 있지."

후고는 이렇게 대답하면서 아름다운 추억들이 떠오르는 듯 멍하니 앞을 바라본다.

그때 리햐르트가 갑자기 격렬한 몸짓을 하며 일어나자 후고는 움찔하며 그를 올려다본다. 후고는 두 개의 커다랗고 낯선 눈이 자신에게 머물고 있고, 아는 얼굴이라고는 거의 생각할 수 없게 하얗게 질려 경련하는 얼굴이 자신을 쳐다보고 있음을 알아차린다. 후고가 불안해하며 몸을 일으키자 마치 멀리서 들려오는 낯선 목소리처럼 이빨 사이로 내뱉는 짧막한 말이 들려온다.

"나 다 알고 있어."

후고는 두 손이 붙잡혀 피아노 쪽으로 끌려가고, 원탁 위의 샹들리에 촛불들이 흔들린다. 그러고 나서 리햐르트는 그의 팔을 풀어준 다음 두 손을 검은 피아노 덮개 위에 놓인 편지들 속으로 집어넣고 헤집어 그것들을 이리저리 날린다.

"이 개자식!"

그는 이렇게 외치고, 편지들을 후고의 얼굴에 집어던진다.

어떤 이별

Ein Abschied

그는 벌써 한 시간이나 기다리고 있었다. 가슴이 심하게 두근거렸고, 이따금 숨 쉬는 걸 잊어버린 것 같은 느낌이 들었다. 그럴 때면 숨을 깊이 들이마셨지만 그렇다고 기분이 더 좋아지지는 않았다. 어쩌면 그는 이런 것에 이미 익숙해져 있을 수도 있었다. 언제나 똑같이 그래왔으니까. 언제나 한 시간이건 두 시간이건 세 시간이건 기다려야 했고, 헛된 기다림으로 끝나는 일도 자주 있어왔으니까. 그렇다고 해서 결코 그녀를 나무랄 수도 없었다. 그녀는 남편이 늦게까지 집에 있는 날엔 감히 밖으로 빠져나오지 못했기 때문이다. 남편이 집에서 나가고 나서야 그녀는 헐레벌떡 달려 올라와 몹시 실망한 채 그에게 재빨리 입맞춤을 하고는 곧장 다시 계단을 급히 뛰어 내려갔다. 그러면 그는 다시 혼자 남겨졌다. 그녀가 가고 나면 그는 늘 그 끔찍한 기다림의 시간에 겪은 흥분으로 완전히 기진맥진해진 채 안락의자에 눕곤 했다. 그는 그녀를 기다리느라 아무 일도 할 수가 없었고, 기다림의 시간은 서서히 그를 망가뜨렸다. 지난봄의 끝 무렵부터 이런 식으로 지내왔으니 벌써 석 달이 되었다. 그는 날마다 오후 3시만 되면 블라인드를 내린 채 방 안에 처박혀 아무것도 할 수가 없었다. 초조하여 책도 신문도 읽을 수가 없었고, 편지 한 통도 쓸 형편이 아니었으며, 고작 연달아 담배나 피울 뿐이어서 방 안은 온통 청회색 연기로 가득 찼다. 응접실로 통하는 문은 늘 열려 있었다. 집에는 그만이 혼자 있었다. 그녀가 오기로 되어 있는 날은 하인이 집에 있어서는 안 되었기 때문이다. 그러다가 갑자기 초인종이 울리면 그는 늘 소스라치게 놀라곤 했다. 그러나 초인종을 누른 사람이 다름 아닌 그녀라면, 마침내 정말로 그녀가 온 거라면 그때는 만사형통이었던 것! 그러면 그는 마법에서 풀려나 다시 인간이 된 듯했다. 그리고는 마침내 그녀가 찾아왔으며, 더 이상 기다리지 않아도 된다는 생각에 너무나 행복한 나머지 이따금 눈물을 흘리기까지 했다. 그런 다음 그는 그녀를 재빨리 방으로 데리고 들어가 문을 잠갔으며, 두 사람은 더할 나위 없는 환희를 맛보았다.

그는 날마다 정각 7시까지만 집에 있겠다고 그녀와 약속해 두었다. 그 시각 이후에는 그녀가 절대로 집을 나와서는 안 되었기 때문이다. 그는 기다리느라 너무 초조하고 지치기에 정각 7시가 되면 바람이라도 쐬러 밖으로 나가겠노라고 그녀에게 분명하게 말해두었다. 그럼에도 그는 늘 더 늦게까지 집에 머물다가 8시는 돼서야 거리로 내려가곤 했다. 그럴 때면 그는 쓸데없이 흘려보낸 시간을 생각하며 몸서리를 쳤고, 서글퍼하며 지난해 여름을 회상했다. 그때는 시간이 몽땅 자신의 것이었다. 화창한 오후에는 한적한 시골을 찾기도 했고, 8월에는 해수욕장을 찾아갔었다. 그때는 건강하고 행복했었다. 그는 자유와, 여행과, 멀리 떨어진 곳과, 혼자 있는 것을 몹시 그리워했었다. 그러나 그는 그녀를 너무나 사랑했기 때문에 그녀에게서 벗어날 수가 없었다.

그에게는 오늘이 그 어느 날보다 더 불쾌한 날로 여겨졌다. 그녀는 어제도 그를 찾아오지 않았고, 아무런 연락도 하지 않았다. 곧 7시가 된다. 그러나 그는 마음이 가라앉지 않았다. 그는 어떻게 해야 할지 알 수가 없었다. 끔찍스러운 것은 그녀에게 갈 수 있는 방법이 없다는 것이었다. 그가 할 수 있는 일이라곤 고작 그녀의 집 앞으로 가 창문 앞에서 두어 번 이리저리 서성이는 것뿐이었다. 그는 집으로 그녀를 찾아갈 수도 없었고, 누군가를 그녀에게 보낼 수도 없었으며, 누군가에게 그녀의 안부를 물어볼 수도 없었다. 왜냐하면 두 사람이 서로 알고 지낸다는 것조차 아무도 모르고 있었기 때문이다. 두 사람은 초조하고 불안한 가운데 불타는 애정을 나누며 살아가면서도 매순간 다른 사람들에게 발각될까 봐 두려워했다. 그는 자신들의 관계가 깊숙이 감춰진 채 이어져 나가는 것을 멋지다고 생각했다. 하지만 오늘과 같은 날들은 그만큼 더 고통스러웠다.

8시가 되었는데 ― 그녀는 오지 않았다. 그는 마지막까지 계속 문에 서서 망보기창을 통해 복도를 내다보았다. 방금 계단에는 가스등불이 들어왔다. 이제 그는 자신의 방으로 돌아가 파김치가 된 채 안락의자에 몸을 던졌다. 방 안은 아주 깜깜했고, 그는 잠이 들었다. 30분 뒤 그는 자리에서 일어나 밖으로 나가기로 마음먹었다. 머리가 아팠고, 몇 시간 동안 이리저리 뛰어다닌 것처럼 다리도 아팠다.

그는 그녀의 집으로 가는 길로 들어섰다. 그녀 집 모든 창문의 블라인드가 내려져 있는 것을 보자 그는 안심이 되는 것 같았다. 식당과 침실의 블라인드 틈으로 불빛이 가물거리며 새어나왔다. 그는 건너편 인도에서 줄곧 그녀의 집 창문에 시선을 고정한 채 30분 동안을 거닐었다. 거리에는 인적이 드물었다. 그는 방을 청소하는 두어 명의 하녀들과 건물 관리인 여자가 대문 앞에 나타나자 그제야 그들의 눈에 띄지 않기 위해 그곳을 떠났다. 이날 밤 그는 아주 푹 깊은 잠을 잤다.

그는 다음날 아침 늦게까지 침대에 누워 있었다. 깨우지 말라는 쪽지를 응접실에 놓아두었던 것이다. 정각 10시가 되자 그는 초인종을 눌렀다. 하인이 아침 식사를 가져왔다. 받침 접시에는 배달된 우편물들이 놓여 있었다. 그러나 그녀에게서 온 편지는 없었다. 그렇지만 그는 그만큼 더 확실히 그녀가 오후에 그를 직접 찾아올 것이라고 생각했다. 그래서 그는 3시까지 밖에서 아주 편안한 시간을 보냈다.

그는 단 1분의 오차도 없이 오후 3시 정각에 점심 식사를 마치고 집으로 돌아왔다. 그는 응접실에 있는 안락의자에 앉았다. 계단에서 무슨 소리가 들릴 때마다 쓸데없이 달려나갔다가 되돌아오는 일을 피하기 위해서였다. 그러나 그는 아래층 복도에서 그저 발걸음 소리만 들려도 몹시 기뻤다. 그때마다 새로운 희망을 품곤 했다. 하지만 매번 허사였다. 4시가 되고 — 5시 — 6시 — 7시가 되어도 그녀는 오지 않았다. 마침내 그는 방으로 들어가 이리저리 서성이면서 나지막한 신음 소리를 냈다. 그리고 현기증이 나자 침대에 몸을 던졌다. 그는 완전히 절망에 빠졌다. 더 이상은 참을 수가 없는 지경이었다. 최선의 길은 떠나버리는 것이었다. 그녀와의 행복을 얻기에는 치러야 할 대가가 너무 컸던 것이니! 아니면 그는 방침을 다시 바꿔야만 했다. 예컨대 단 한 시간만 기다린다거나 두 시간만 기다리는 걸로. 그러나 그것도 계속될 수는 없었다. 그에게서 모든 것이, 일할 힘도, 건강도, 그리고 마침내 사랑까지도 나락을 향해 가라앉고 있었기 때문이다. 그는 자신이 그녀를 더 이상 조금도 생각하지 않고 있다는 것을 깨달았다. 그의 생각들은 마치 황량한 꿈속에서처럼 소용돌이쳤다. 그는 침대에서 뛰어내렸다. 그는 창문을 열어젖히고 어둑어둑한 어스름에 잠긴 거리를 내려다보았다. 아… 저기… 저쪽 모퉁이에… 지나가는 여자들이 모두 그녀로 보였다. 그는 다시 창문에서 몸을 돌렸다. 그녀는 이제 더 이상 올 수가 없었다. 올 시간이 지난 것이다. 그때 그는 갑자기 단지 이렇게 몇 시간만 기다리는 시간을 정해놓은 것이 참으로 어리석었다는 생각이 들었다. 어쩌면 그녀는 지금이라도 틈을 낼 수 있을지 모를 일이고… 어쩌면 오늘 아침에라도 그를 찾아올 수 있었을지 모른다. 그는 다음번에 그녀를 만나게 되면 말해줘야겠다고 생각하며 혼잣말로 속삭였다.

"이제부터는 하루 종일 집에 있으면서 당신을 기다릴 거야. 아침부터 한밤중까지 말이야."

그러나 이 말을 내뱉은 다음 그는 자신도 모르게 웃기 시작하고는 혼잣말로 속삭였다.

"하지만 나는 미쳐버릴 거야, 완전히 미쳐버릴 거라고!"

그는 다시 쏜살같이 그녀의 집으로 달려갔다. 모든 것은 어제와 똑같았다. 창문에 내려진 블라인드 틈으로 불빛이 희미하게 빛났다. 그는 어제처럼 30분 동안 건너편 인도를 이리저리 거닐었다. 그러다가 건물 관리인 여자와 몇 명의 하녀가 대문을 열고 나오자 어제처럼 멀리 달아났다. 그는 오늘은 그들이 자신을 바라보는 것 같은 생각이 들었다. 그리고 그들이 자신에 대해 이야기하며 "저 사람은 어제 같은 시간에 여기서 이리저리 거닐던 바로 그 남자야"라고 말하는 게 분명하다고 여겼다. 그는 근처에 있는 골목길을 배회하다가 탑에서 10시를 알리는 종이 울리고 성문들이 닫히자 다시 조금 전 그곳으로 돌아가 그녀 집 창문들을 올려다보았다. 그녀의 침실이 있는 끝 쪽 창문 틈에서만 불빛이 희미하게 새어나왔다. 그는 마법에 걸린 듯 그곳을 올려다보았다. 그는 속수무책으로 거기에 서 있을 뿐 아무것도 할 수도 물어볼 수도 없었다. 그는 자기 앞에 놓인 시간들을 생각하자 소름이 끼쳤다. 하룻밤을 지내고 아침을 맞은 다음 낮 3시까지… 그래, 3시까지는 그렇다 해도 — 그 다음에… 그녀가 또 오지 않는다면? 그때 빈 마차 한 대가 지나갔다. 그는 마부에게 손짓을 하여 마차를 타고 밤거리를 이리저리 천천히 돌아다녔다. 그는 그녀와 마지막으로 만났던 때를 회상했다. '아니야, 아니야, 그녀는 나를 변함없이 줄곧 사랑해 왔어. — 그래, 그건 확실해! — 그렇다면 집에서 낌새를 채고 그녀를 의심하고 있는 건 아닐까? 아니야, 그럴 리는 없어. 지금까지 그런 징후가 보인 적은 없었어. — 게다가 그녀는 무척 신중했어. — 그럼 이유는 한 가지밖에 없어. 그녀가 아파서 누워 있었던 거야. 그래서 내게 연락도 취할 수 없었던 거고. 내일이면 그녀는 병상에서 일어나 무엇보다 먼저 내게 몇 줄의 소식을 보내 나를 안심시켜 줄 거야. 하지만 그녀가 이틀 후나 아니면 그보다 훨씬 뒤에나 병상에서 일어난다면… 그녀가 정말로 많이 아프다면… 하느님 맙소사. 그녀가 위중한 병에 걸려 있다면! 아니야, 아니야, 아니야. 어떻게 그렇게 쉽게 위중한 병에 걸릴 수 있단 말인가!'

그때 그에게서 구원을 내려주는 것 같은 생각이 퍼뜩 떠올랐다. 그녀가 아픈 것이 분명했으므로 내일 그녀에게 심부름꾼을 보내 그녀의 상태를 물어보게 하면 되는 것이다. 심부름꾼은 누구의 부탁을 받은 것인지는 알 필요가 없고 — 부탁한 사람의 이름을 잘 알아듣지 못할 수도 있다. 그래, 그래, 그렇게 하면 될 것이었다! 그는 이런 묘안이 떠올라 너무 기뻤다.

그는 비록 그녀에게서 아무 소식도 받지 못했지만 그날 밤과 다음날 낮을 평소보다 더 마음 편히 보냈다. 오후 또한 평소보다 덜 흥분된 상태로 보냈다. 저녁만 되면 오늘이 가기 전에 불확실한 것은 끝나게 될 것임을 알고 있었던 것이다. 그는 지난날들보다 더 큰 애정을 품고 더 열렬하게 그녀를 그리워했다.

그는 저녁 8시에 집을 나섰다. 그리고 좀 멀리 떨어진 길모퉁이에서 그를 알지 못하는 심부름꾼 한 사람을 구했다. 그는 그 사람에게 함께 가자고 손짓을 했다. 그는 심부름꾼과 함께 그녀의 집에서 멀지 않은 곳에서 멈춰 섰다. 그리고 절박하다면서 무슨 일을 해야 하는지를 그에게 정확하게 알려준 다음 그를 보냈다.

그는 가로등 불빛을 통해 시계를 본 뒤 이리저리 거닐기 시작했다. 그런데 곧장 이런 생각이 들었다. '어쩌면 그녀의 남편이 의심을 품고 심부름꾼에게 꼬치꼬치 캐물은 다음 그를 앞세워 여기 내게로 오지는 않을까?' 그는 재빨리 심부름꾼의 뒤를 쫓아갔다. 그런 다음 발걸음을 늦추다가 그의 뒤에서 조금 떨어져 멈춰 섰다. 마침내 그는 심부름꾼이 건물 안으로 사라지는 것을 보았다. 알베르트는 멀리 서서 현관문을 눈에서 놓치지 않으려고 신경을 곤두세웠다. 3분 정도 지나자 심부름꾼이 벌써 나오는 것이 보였다. 그는 혹시 누군가가 심부름꾼 뒤를 추적하는지 살펴보기 위해 몇 초 정도 더 기다렸다. 뒤따르는 사람은 아무도 없었다. 이제 그는 급히 심부름꾼을 뒤따라갔다. 그리고 그에게 물었다.

"자, 어떻게 됐지요?"

"바깥양반은 문안차 방문하는 것을 고마워한답니다. 그리고 부인께서는 아직 병세가 좋아지지 않았답니다. 며칠 더 있어야 자리에서 일어날 수 있을 것 같답니다."

"누구와 이야기 했지요?"

"하녀와요. 그녀는 방으로 들어갔다가 곧장 다시 나왔는데, 때마침 의사 선생이 와 있었던 것 같습니다."

"하녀가 뭐라고 말하던가요?"

그는 심부름꾼에게 알아온 것을 여러 번 되풀이해 말하게 했지만 결국 앞서 말했던 것 이상은 알지 못하고 있다는 것을 깨달았다. 그녀가 심한 병을 앓고 있는 것이 분명했다. 사방에서 그녀의 상태를 물어오고 있기 때문에 그가 보낸 심부름꾼 역시 별다르게 보이지 않았던 것이다. 그래서 그는 더 과감하게 나설 수 있게 되었다. 그는 그 심부름꾼에게 내일도 같은 시간에 와달라고 부탁했다.

"그녀는 며칠 더 있어야 자리에서 일어날 수 있을 것이다." 그는 이 이상은 알지 못하고 있었다. 그녀가 그를 생각하고 있는지, 그녀 때문에 그가 얼마나 괴로워하고 있는지를 알고나 있는지 ─ 그는 아무것도 알 수 없었다.

'혹시 그녀는 지난번 안부를 물어온 사람이 나라는 걸 알아챘을까? 바깥양반이 고마워한다고? 그녀가 아니라 남편이? 그렇다면 그녀에게는 전혀 말도 건넬 수 없는 상태라는 건지… 그럼 그녀는 어디가 어떻게 된 걸까?' 수백 가지의 병명이 동시에 그의 머릿속을 훑고 지나갔다. '그래, 며칠 뒤에 자리에서 일어날 수 있다고 하니 ─ 그렇게 심각한 병은 아닐 거야. 하지만 사람들은 늘 그렇게 말하지. 자기 아버지가 죽을 병에 걸려 누워 있는데도 다른 사람들에게는 늘 그렇게 말하지 않는지….' 그는 자신이 뛰어가고 있다는 걸 깨달았다. 그는 다시 좀 더 번잡한 어떤 골목으로 접어들었고, 보행자들이 많아 앞으로 나아가는 것을 방해했다. 내일 저녁이 오기까지의 시간은 영원처럼 길게 느껴질 것임을 그는 알고 있었다.

한 시간, 두 시간 시간은 계속 지나갔고, 그는 애인이 심각한 병에 걸렸다는 사실을 매순간 믿지 못하는 자신이 의아하게 여겨졌다. 그러다가 곧장 자신이 그토록 태연한 것이 죄악인 듯 여겨졌다. 그리고 오후에는 아무런 걱정할 일도 원하는 일도 없다는 듯 몇 시간에 걸쳐 줄곧 책을 읽었는데 — 이 얼마나 오랫동안 해보지 못한 일이었던가!

저녁에 알베르트가 약속 장소인 길모퉁이로 나가자 심부름꾼은 벌써 나와 있었다. 그 남자는 어제 지시받은 일 외에 또 다른 부탁을 받았다. 가능하면 하녀에게 말을 걸어 안주인이 어디가 어떻게 아픈지 알아내 오라는 것이었다. 그가 돌아 나오는 데는 어제보다 더 많은 시간이 걸렸다. 알베르트는 불안해지기 시작했다. 거의 15분이 지나서야 그 남자가 집에서 나오는 것이 보였다. 알베르트는 그를 향해 달려갔다.

"안주인의 상태가 나쁘다고 합니다."

"뭐라고요?"라고 알베르트가 소리를 질렀다.

"안주인의 상태가 매우 나쁘다고 합니다"라고 그 남자는 반복해서 말했다.

"누구와 이야기했지요? 그 밖에 다른 얘기는 안 하던가요?"

"하녀가 안주인이 매우 위독하다고 말해주었습니다. 오늘 벌써 세 명의 의사가 다녀갔고, 바깥양반은 완전히 절망에 빠져 있답니다."

"어서 계속해서 말해봐요. 계속. 그녀는 어디가 아프답니까? 그건 물어보지 않았나요? 내가 당신에게 —"

"물론 물어봤지요! 뇌티푸스라고 합니다. 안주인은 이틀 전부터 전혀 의식이 없답니다."

알베르트는 걸음을 멈추고 넋이 나간 듯 그 남자를 쳐다보았다. 그리고는 물었다.

"그 밖에 알아낸 것은 없나요?"

그 남자는 이야기를 처음부터 다시 시작했고, 알베르트는 그의 말 한마디 한마디가 모두 새로운 사실을 전해주는 듯 세심하게 귀를 기울였다. 그런 다음 그는 그 사람에게 돈을 치른 뒤 곧장 다시 애인의 집이 있는 거리로 돌아갔다. 이제 그는 아무 거리낌 없이 그곳에 서 있을 수 있었다. 저 윗집에서 그에게 신경을 쓸 사람이 어디 있단 말인가? 그는 그녀의 침실 쪽을 똑바로 올려다보았는데, 그의 시선은 유리창과 커튼을 뚫고 안을 들여다보려는 듯했다. '저기가 환자 방일 거야 — 맞아! — 저 조용한 창문 뒤로 중병에 걸린 환자가 누워 있음에 틀림없어! — 내가 왜 이걸 첫날 저녁에는 곧장 알지 못했지?' 그는 오늘에서야 자기 생각이 틀림없다는 것을 알았다. 마차 한 대가 그 집 앞에서 섰다. 알베르트는 그쪽으로 급히 달려갔다. 그는 아는 교수 한 사람이 마차에서 내려 대문 안으로 들어가는 것을 보았다. 알베르트는 집에 바짝 붙어 서서 의사의 표정에서 무언가를 알아낼 수 있지 않을까 하는 막연한 희망을 품고 의사가 내려오기만을 기다렸다. 그는 몇 분 동안 꼼짝도 하지 않고 서 있었다. 그러더니 땅바닥이 그와 함께 서서히 오르내리기 시작했다. 그때 그는 자신의 눈이 감겨 있음을 깨달았다. 눈을 뜨자 그는 벌써 몇 시간 동안이나 거기에 서서 꿈을 꾸다가 말짱한 정신으로 다시 깨어난 것 같은 느낌이 들었다. 이제 그는 그녀가 심하게 앓고 있다는 생각은 할 수 있었지만 위독하다고 생각할 수는 없었다. '그렇게 젊고, 그렇게 아름답고, 그렇게 사랑스러운 여자가 어떻게!' 그때 갑자기 "뇌티푸스"라는 말이 다시 그의 뇌리를 스치고 지나갔다. 그는 그 병이 어떤 병인지 잘 알지 못했다. 사망자들의 명단에서 가끔 사인(死因)으로 적혀 있는 것을 보았던 기억이 떠올랐다. 그는 이제 인쇄되어 있는 그녀의 이름을 상상해 보았다. 거기에는 그녀의 나이도, 또한 "8월 10일 뇌티푸스로 사망"이라는 말도 기록되어 있었다. 그것은 있을 수 없는, 도저히 있을 수 없는 일이었다. 그가 지금 그것을 상상했다면 상상 자체도 전혀 있을 수 없는 일이었다. 그가 며칠 뒤 실제로 그렇게 인쇄된 것을 읽게 되리라는 것은 너무나도 엉뚱한 일일 것이다. 그는 곧바로 자신이 운명을 속인 거라고 생각했다. 의사가 대문을 열고 나왔다. 알베르트는 그를 거의 잊고 있었다가 — 이제 다시 숨이 막혔다. 의사의 표정은 냉정하고 진지했다. 그는 마부를 향해 목적지를 외친 다음 마차에 올랐다. 마차는 그를 태우고 출발했다. 알베르트는 '내가 왜 의사에게 물어보지 않았는지'라고 생각했다. 그러고는 곧 다시 묻지 않은 걸 다행으로 여겼다. 물었다가 몹시 심각한 얘기를 들었을 수도 있었을 것이다. 이제 그는 계속 희망을 가질 수 있었다. 그는 천천히 그 집 대문을 떠났고, 한 시간 안에는 다시 오지 않을 생각이었다. 그때 갑자기 그녀가 병이 나은 다음 처음으로 자신을 찾아올 때 어떤 모습일지를 상상하지 않을 수 없었다. 그 모습이 너무나 선명하여 그는 몹시 놀랐다. 그는 그날은 가느다란 회색 이슬비가 내릴 것이라는 것까지도 알고 있었다. 그리고 그녀는 외투를 두르고 있었는데, 현관에 들어서자마자 그것을 벗어 던지고는 그의 품에 달려들어 울고 또 울 뿐이었다.

"당신이 날 다시 갖게 되었어요."

마침내 그녀는 이렇게 속삭였다. 알베르트는 갑자기 소스라치게 놀랐다. 그런 일은 결코 일어나지 않을 것임을 그는 알고 있었다. 이번엔 운명이 그를 속인 것이리라! 그녀는 다시는 그에게 오지 못할 것이다. 닷새 전에 그녀는 마지막으로 그를 찾아왔고, 그날 그는 그녀를 영원히 떠나보낸 것이었는데, 그때는 그걸 알지 못했으니!

그는 다시 거리를 뛰어다녔다. 여러 가지 생각들이 머릿속에서 윙윙 거렸고, 차라리 의식을 잃었으면 하고 갈망했다. 이제 그는 다시 그녀의 집 앞에 와 있었다. 집의 현관문은 아직 열려 있었고, 위층의 식당과 침실에는 불이 켜 있었다. 알베르트는 그곳에서 달아났다.

한순간만 더 그 자리에 서 있다가는 틀림없이 위층으로 뛰어 올라가게 될 것임을 그는 잘 알고 있었던 것이다. 그녀에게로 — 그녀의 침대 옆으로… 사랑하는 여인에게로. 그리고 그는 평소 늘 그래왔듯이 이것 또한 끝까지 이어서 생각해 보지 않을 수 없었다. 그래서 그는 돌연 모든 것을 알게 된 그녀의 남편이 꼼짝 않고 누워 있는 그녀에게로 달려가 그녀를 흔들면서 그녀의 귀에 대고 소리치는 것을 떠올렸다.

"당신 애인이 왔어, 당신 애인이 왔다고!"

그러나 그녀는 이미 죽어 있었다.

그는 뒤숭숭한 꿈에 시달리는 가운데 밤을 보내고 쇳덩이처럼 무겁고 피곤한 몸으로 낮을 맞았다. 그는 일찍이 아침 11시에 심부름꾼을 보내 그녀 소식을 알아오도록 했다. 이제 그 일은 어렵지 않게 할 수 있었다. 안부를 물어오는 사람들에게 신경 쓸 사람이 어디 있으랴! 심부름꾼이 얻어온 소식은 "병세에 변함이 없다"라는 것이었다. 그는 오후 내내 집에서 안락의자에 누워 있으면서 그런 자신을 이해할 수가 없었다. 그는 세상만사가 어떻게 돌아가든 관심이 없었다. 그리고 그렇게 피곤한 상태로 있는 것이 좋다고 생각했다. 그는 잠을 아주 많이 잤다. 그러나 날이 어두워지자 줄곧 혼돈 속을 헤매다가 이제야 비로소 맑은 정신이 돌아온 듯 갑자기 깜짝 놀라면서 자리에서 벌떡 일어났다. 그녀의 상태에 대해 분명히 알고 싶은 어마어마한 욕구가 그를 사로잡았다. 오늘은 의사와 직접 얘기를 나눠보지 않을 수가 없었다. 그는 서둘러 그녀의 집 앞으로 갔다. 건물 관리인 여자가 집 앞에 서 있었다. 그는 그녀에게 다가가 자신의 침착함에 대해 스스로도 놀라워하며 자연스럽게 물었다.

"부인께서는 어떠신가요?"

그러자 관리인 여자가 대답했다.

"오, 부인께서는 몹시 안 좋으세요. 영영 일어나지 못하실 수도…"

"아!"라고 알베르트는 무척 공손하게 대답하고는 덧붙여서 말했다.

"정말 슬픈 일이군요."

"물론이지요. 정말 슬픈 일이지요. ─ 그토록 젊고 아름다운 부인께서."

그 여자는 이렇게 말하면서 대문 안으로 사라졌다.

알베르트는 그녀가 사라진 쪽을 바라보았다. 그는 '저 여자는 내게서 아무것도 알아채지 못했어'라고 생각했다. 그리고 바로 그 순간 '집 안으로 들어갈 수는 없을까' 하는 생각이 그의 머리를 스쳤다. 그는 변장에는 능수능란했기 때문이었다. 그때 의사가 탄 마차가 도착했다. 알베르트는 의사가 마차에서 내리자 인사를 했다. 그러자 의사도 정중하게 고맙다는 인사를 했다. 알베르트는 기분이 좋았다. 이제 그는 의사와 어느 정도 안면을 익혔으니 그가 다시 내려오면 좀 더 물어보기가 편할 것이었다.

그는 꼼짝 않고 그 자리에 서 있었다. 의사가 그녀 곁에 있다고 생각하니 마음이 놓였다. '의사가 오랫동안 나오지 않고 있으니… 어쨌든 그녀를 살려낼 가능성이 아직 남아 있음에는 틀림없어. 그렇지 않고서야 의사가 저렇게 위에서 오래 머무르지는 않을 거야. 아니면 그녀는 이미 죽음의 고통을 겪고 있는 것인지… 아니면… 아, 떨쳐버리자, 떨쳐버리자, 떨쳐버려!' 그는 모든 생각을 떨쳐버리고 싶었다. 그런 생각은 아무 소용없는 것이었고 모든 가능성은 열려 있었다. 그때 갑자기 의사가 말하는 소리가 들리는 듯했다. 그리고 의사가 "위독합니다"라고 말하는 소리를 들었다. 그는 자신도 모르게 닫혀 있는 창문을 올려다보았다. 그는 어떤 특정한 상황 아래에서는, 이를테면 흥분해 있거나 흥분하여 신경이 예민해진 상태에서는 창문이 닫혀 있다 해도 안에 있는 사람의 말을 알아들을 수 있는 게 아닐까 곰곰이 생각해 보았다. 물론 그랬다. 정말로 그는 들었다. 상상 속에서 들은 것이 아니라 실제로 하는 말을 들은 것이다. 그런데 그 순간에 벌써 의사가 대문 밖으로 나왔다. 알베르트는 그에게 한 걸음 더 다가갔다. 의사는 그를 그 집 가족의 친척쯤 되는 사람으로 생각하는 것 같았다. 그리고는 그가 아직 입 밖에 내지 않은 질문을 그의 눈에서 읽어내고는 고개를 저었다. 그러나 알베르트는 그것을 받아들이고 싶지 않았다. 그는 말문을 열었다.

"교수님, 제가 좀 여쭤봐도 되는지요, 어떻게 된 건지…."

의사는 한쪽 발을 마차의 발판에 올려놓은 채 다시 고개를 저었다.

"상태가 아주 나빠요."

의사는 젊은이를 쳐다보며 계속해서 말했다.

"오빠인가 보군요, 그렇지요?"

"예, 그렇습니다."

의사는 그를 동정하는 눈길로 바라보았다. 그런 다음 마차에 올라앉아 그를 향해 고개를 끄덕이고는 떠났다.

알베르트는 의사와 함께 마지막 희망이 사라져버리기라도 하듯 답답한 심정으로 떠나가는 마차를 바라보았다. 그런 다음 그도 걸음을 옮겨 떠났다. 그는 나지막하게 혼잣말을 했다. 거의 의미 없는 말들이었는데, 말할 때마다 그의 이빨이 부딪히는 소리가 났다. '오늘은 뭐하지? 시골로 가기에는 너무 늦었어, 시골로 가기에는 너무 늦은 거 아닌가? 너무 늦었어, 너무 늦었어. 그래, 난 슬퍼! 내가 슬프다고? 죽도록 슬프다고? — 아니야, 난 슬프지 않아! 그래, 산보를 하는 거야. 나는 전혀 아무 느낌도 없어, 전혀 아무 느낌도. 나는 지금 극장에 갈 수도 있고, 아니면 마차를 타고 시골로 갈 수도 있으며 — 오 아니야, 그저 그렇게 생각했을 뿐이고… 모두 다 환상이야. 내가 너무 충격을 받아서 그래. 맞아. 나는 충격을 받았어, 하늘이 무너져 내리는 충격을! 지금이 가장 중요한 순간이야. 이 순간을 단단히 붙잡을 수 있어야 해! 무언가 정확히 이해하고, 아무것도 느끼지 말아야 해. 아무것도… 아무것도.' 그는 추웠다. '집으로, 집으로 가야지. 내가 분명 이와 비슷한 무언가를 언젠가 한 번 경험한 적이 있는데… 그런데 그게 언제였더라, 언제였지? 아마 꿈속에서였을까? 아니면 지금 이게 꿈이란 말인가? 그래, 매일 저녁 늘 그랬던 것처럼 이제 집으로 돌아가는 거야. 아무 일도 일어나지 않은 것처럼, 손톱만큼의 미미한 일도 일어나지 않은 것처럼 말이야. 그런데 내가 지금 무슨 말을 하고 있는 거지! 난 집에 앉아 있지 않을 건데. 난 한밤중에라도 다시 집에서 뛰쳐나와 사랑하는 여자의 집 앞으로, 죽어가는 여자의 집 앞으로 달려갈 건데….' 그의 이빨들이 부딪치는 소리가 났다.

어느새 그는 자신의 방에 와 있었는데, 어떻게 방까지 올라왔는지 기억이 나지 않았다. 그는 불을 켜고 안락의자에 앉았다. 그리고 혼잣말을 했다.

"난 상황이 어떤지 잘 알고 있어. 고통이 문을 두드리지만 문을 열어주지는 않을 거야. 그렇지만 고통이 문 밖에 서 있다는 것은 알고 있어. 망보기창으로 고통이 보여. 아, 나는 얼마나 바보 같은지, 얼마나 바보 같은지… 내 사랑하는 여자는 죽게 될 건데… 그래, 그녀는 죽어, 죽을 거라고! 아니면 나는 아직도 희망을 품고 있고, 그래서 이렇게 태연한 걸까? 아니야, 나는 그녀가 죽는다는 것을 아주 확실히 알고 있어. 아, 그런데 그 의사는 나를 그녀의 오빠로 생각했지! 내가 그때 이렇게 대답했더라면 좋았을걸. '아닙니다, 저는 그녀의 애인입니다.' 아니면 '저는 그녀의 셀라돈*입니다. 충격으로 휘청대는 그녀의 셀라돈입니다.'"

"하늘에 계신 주님이시여!"

그는 갑자기 큰 소리로 외쳤다. 그리고는 자리에서 벌떡 일어나 방

---

* 프랑스 작가 뒤르페의 소설 『아스트레(Astrée)』(1610)의 주인공으로, 사랑하는 여인으로 인해 상사병에 걸려 죽어가는 순정남을 상징하는 인물.

안을 이리저리 거닐었다. '내가 고통에게 문을 열어주었어! 고통이 들어왔어! 안나, 안나, 내 귀여운, 내 하나뿐인, 내 사랑하는 안나! 나는 당신 곁에 있을 수가 없어! 내가 당신 곁에 있을 수가 없다고! 당신의 오직 하나뿐인 남자인 바로 내가 말이야. 어쩌면 그녀는 의식이 전혀 없지는 않을지도 몰라! 그걸 어떻게 알 수 있겠어! 그녀는 나를 찾고 있을 거야. 그렇지만 나는 갈 수가 없고 ─ 가서는 안 되는 거야. 어쩌면 그녀는 이 세상의 모든 인연들을 떨쳐내는 마지막 순간이 되면 조그만 목소리로 이렇게 속삭일지도 몰라. 그 사람을 내게 불러줘요. 그 사람을 마지막으로 한 번 보고 싶어요. 그럼 그녀의 남편은 어떻게 할까?'

잠시 후 그의 눈앞에 앞으로 전개될 모든 과정이 떠올랐다. 급히 계단을 올라가는 자신의 모습이 보였다. 그녀의 남편이 그를 맞이하여 죽어가고 있는 그녀의 침대로 손수 안내했다. 그녀는 꺼져가는 눈빛으로 그를 보고 미소를 지었다. 그가 그녀에게 몸을 굽히자 그녀는 그를 끌어안았다. 그리고 그가 다시 몸을 일으키자 그녀는 마지막 숨을 내쉬었다. 이제 그녀의 남편이 그에게 다가와 이렇게 말했다.

"이제 그만 가보시지요, 선생. 우리 조만간 다시 만나 얘기를 더 나누도록 합시다."

하지만 인생은 그런 게 아니다. 그가 그녀를 한 번 더 보고 ─ 그러면서 그녀에게서 진정으로 사랑받고 있다는 걸 느끼는 것이야말로 가장 멋진 일일지도 모른다! 그는 무슨 수를 써서라도 그녀를 한 번 더 보지 않을 수 없었다. 그렇다. 그는 무슨 일이 있어도 그녀를 마지막으로 한 번 더 보지 않고는 죽게 할 수 없었다. 보지 못한 채 그녀가 죽는다는 것은 너무나 끔찍한 일이리라! 그는 지금까지 그런 것은 전혀 생각지도 못해왔다. 그렇지만 무엇을 어떻게 할 것인가? — 곧 자정이 되는데! '지금 내가 무슨 구실을 내세워 그녀가 있는 방으로 올라갈 수 있을까?' 라고 그는 자신에게 물었다. '과연 내가 지금 구실 같은 것을 내세울 필 요가 있는 건지… 사람이 죽어가는 마당에… 하지만 그녀가 죽어가고 있다고 해도 내가 무슨 권리로 그녀의 비밀을 누설하고, 남편과 가족들 에게서 그녀에 대한 추억을 더럽힐 수 있단 말인가? 하지만… 내가 미 친 척할 수는 있을 거야. 아하, 그렇지. 나는 얼마든지 변장을 할 수 있 어. 아 이런 — 이 또 무슨 기발한 생각이람! 그렇지만 그 역할을 잘 해내 고 나서 곧장 평생을 정신병원에 갇히게 된다면… 아니면 그녀가 다시 건강해진 다음 나를 전혀 알지도 못하고 본 적도 없는 미친 사람이라고 공공연히 말하고 다닌다면! — 오 — 머리 아파, 머리 아파!' 그는 침대에 몸을 던지고 누웠다. 이제 그는 밤과 정막이 자신을 에워싸고 있다는 것을 알았다. 그리고 혼잣말을 했다. '자, 이제 침착하게 곰곰이 생각 좀 해봐야지. 그녀를 한 번 보아야겠는데… 그래, 무슨 수를 써서라도… 꼭 보아야 돼.'

여러 생각들이 계속해서 그의 머릿속에서 소용돌이쳤다. 그는 수많 은 복장으로 변장한 채 층계를 타고 그녀의 집으로 올라가는 자신의 모 습을 상상해 보았다. 의사의 조수로, 약사 보조원으로, 하인으로, 장의 회사 직원으로, 거지로 변장한 다음 마지막으로는 염장이가 되어 그녀 를 전혀 모르는체하며 죽은 그녀 옆에 앉아 그녀를 하얀 천으로 둘러싸 서 관 속에 넣고 있는 자신의 모습을 보았다.

그는 어둑어둑한 새벽에 잠에서 깼다. 창문은 열려 있었다. 옷을 입 은 채 침대에 누워 있었지만 으슬으슬 추웠다. 약한 비가 내리기 시작했고, 바람이 빗방울을 방 안으로 흩뿌렸기 때문이다.

가을이 왔다고 알베르트는 생각했다. 그리고는 침대에서 몸을 일으켜 시계를 보았다. '다섯 시간 동안 푹 잤군. 이 정도 시간이면… 많은 일이 일어날 수도 있는데.' 그는 몸서리를 쳤다. '이상하게도 이제 갑자기 내가 무슨 일을 해야 할지 아주 정확히 알겠어. 이제 그녀의 집 문 앞으로 가서, 옷깃을 세우고, 그리고는… 직접… 물어보는 거야.'

그는 코냑 한 잔을 따라 급히 다 마셨다. 그리고 창가로 갔다. '아, 저 거리 좀 봐. 아직 이른 시간인데… 저 사람들은 모두 7시부터 할 일이 있는 사람들이로군. ─ 그래, 나도 오늘은 7시부터 할 일이 있는 사람이지. ─ 의사가 어제 "상태가 아주 나빠요"라고 말했는데… 하지만 그 정도 가지고 죽은 사람은 아직 못 봤어. 어제는 계속해서 그녀가 이미 끝난 듯한 느낌뿐이었는데… 가보는 거야, 가보는 거야.' 그는 외투를 입은 다음 우산을 집어 들고 응접실로 나갔다. 하인이 놀라는 표정을 지었다. 그는 "곧 돌아올게"라고 말하고 밖으로 나갔다.

그는 좁은 보폭으로 천천히 걸었다. 그녀의 집으로 올라간다는 것만으로도 너무나 고통스러웠다. 도대체 그가 무슨 말을 하면 좋단 말인가?

그녀의 집이 점점 더 가까워졌다. 어느새 그는 멀리 그녀의 집이 바라보이는 거리에 들어서 있었다. 집이 아주 낯설게 여겨졌다. 그가 그렇게 이른 시간에 그 집을 본 적이 없었던 것이다. '비 내리는 아침이 도시 위에 펼치고 있는 이 희끄무레한 빛들이 어찌 이리도 이상야릇한지. 그래, 이런 날 사람이 죽는가보구나.' 안나가 마지막으로 그에게 왔던 그날, 그녀가 그에게 그 자리에서 쉽게 작별을 고했더라면 오늘 그는 벌써 그녀를 잊고 있었을지도 모른다. 그건 지극히 분명했다. 왜냐하면 그에게는 그녀를 마지막으로 본 것이 끔찍할 정도로 오래된 것처럼 느껴졌기 때문이다. '비 내리는 아침은 시간에 대한 개념을 엉뚱하게 바꿔놓을 수도 있는 거로구나. 아 왜 이러지!' 알베르트는 몹시 피곤했고, 정신이 혼란스러웠다. 그는 하마터면 그 집을 지나칠 뻔했다.

대문은 열려 있었다. 마침 그때 젊은 하인 하나가 우유 통을 들고 대문 밖으로 나왔다. 알베르트는 두어 발짝 살금살금 대문 안으로 걸어 들어갔다. 막 계단을 올라가려는데 갑자기 지금까지 일어난 일은 무엇이었고, 지금 벌어지고 있는 일은 무엇이며, 그가 알아내고자 하는 것은 무엇인지에 대한 완전한 의식이 깨어났다. 그는 그곳까지 반쯤 잠에 취한 채 걸어왔다가 갑자기 정신이 든 것 같은 느낌이었다. 그는 두 손으로 가슴을 움켜쥔 다음 계속해서 걸어 올라갔다. 바로 그 계단이었는데… 그는 그 계단을 지금까지 본 적이 없는 듯했다. 계단은 아직 희미한 어둠 속에 있었다. 벽에는 조그만 가스등불이 켜져 있었다. 그곳 2층이 그녀의 집이었다. 그런데 이게 웬일일까? 양쪽 현관문이 열려 있었다. 그래서 그는 현관을 들여다볼 수 있었다. 그러나 그곳에는 아무도 없었다. 그는 작은 문 하나를 열어보았는데, 그것은 부엌으로 통하는 문이었다. 그곳에도 사람은 보이지 않았다. 그는 잠시 망설이며 서 있었다. 그때 거실로 통하는 문이 열리더니 가정부 소녀가 그가 있는 것을 알아채지 못한 채 조용히 걸어 나왔다. 알베르트는 그녀를 향해 다가갔다. 그리고 물었다.

"안주인은 어떠신가요?"

그러자 가정부 소녀는 넋이 나간 채 그를 바라보았다.

"마님은 30분 전에 돌아가셨어요."

그녀는 이렇게 말하고는 돌아서서 부엌으로 들어갔다.

알베르트는 자신을 둘러싸고 있는 온 세상이 갑자기 죽은 듯이 조용해지는 느낌을 받았다. 이 순간에는 팔딱대며 뛰던 모든 심장이 멈추고, 사람들 모두가 걸어가던 발걸음을 멈추고, 달려가던 모든 마차가 멈추고, 째깍대던 시계들이 멈추었다는 걸 뼈저리게 느꼈다. 그는 살아서 움직이던 세상 전체가 한순간 그대로 정지해 버렸다고 생각했다. '이런 게 바로 죽음이로구나'라고 그는 생각했다. '난 어제까지만 해도 이걸 알지 못했는데….'

"실례합니다."

그의 옆에서 어떤 목소리가 들렸다. 검은 옷차림의 남자였다. 그 사람은 계단에서 현관으로 들어서려다가 알베르트가 문간에 서 있었기 때문에 방해를 받았던 것이다. 알베르트는 한 발짝 더 안쪽으로 들어서서 그 사람이 지나갈 수 있게 해주었다. 그 사람은 더 이상 그에게 신경을 쓰지 않았고, 서둘러 집 안으로 들어가는 바람에 문은 반쯤 열려 있었다. 알베르트는 이제 방 안을 볼 수 있었다. 방 안은 커튼이 쳐져 있어 어둠침침했다. 그곳에는 두어 사람이 테이블 주위에 앉아 있었는데, 그 남자가 들어가자 그들이 자리에서 일어나 인사를 하는 것이 보였다. 그 사람들이 속삭이는 소리가 들렸다. 그러더니 그들은 옆방으로 사라졌다. 알베르트는 문간에 서서 생각했다. '저 안에 그녀가 누워 있는데… 내가 그녀를 품에 안았던 게 일주일도 되지 않았는데… 그런데 나는 들어갈 수가 없어.' 그때 계단에서 사람들의 목소리가 들렸다. 여자 두 명이 계단을 올라와 그의 옆을 지나갔다. 그중 나이가 더 어려 보이는 여자는 두 눈이 울어서 퉁퉁 부어 있었다. 그녀의 생김새는 그의 연인과 닮아 보였다. 전에 그녀가 몇 번 말한 적 있는 그녀의 여동생임에 틀림없었다. 나이가 좀 들어 보이는 여자가 그 두 여자에게 다가와 그들을 끌어안고 나지막하게 흐느꼈다. 그리고는 말했다.

"30분 전에, 갑자기."

그 여자는 흐르는 눈물 때문에 더 이상 말을 잇지 못했다. 세 사람은 어둠침침한 방을 지나 옆방으로 사라졌다. 그에게 신경을 쓰는 사람은 아무도 없었다.

'내가 여기에 이렇게 서 있을 수는 없지'라고 알베르트는 생각했다. '내려갔다가 한 시간 뒤에 다시 와야겠어.' 그는 그곳을 떠나 잠시 후 거리로 나왔다. 이미 아침의 분주함이 시작되었다. 많은 사람들이 급한 걸음걸이로 그의 곁을 지나갔고, 마차들이 굴러갔다.

'한 시간쯤 후에는 저 위층에 사람들이 더 많이 와 있을 거야. 그러면 나는 아주 손쉽게 그들 사이에 끼어들 수 있겠지. 확실함이 이렇게 위안을 주다니… 어제보다 마음이 편해졌어. 그녀가 죽었는데도… 30분 전에… 천 년이 지나도 그녀가 지금보다 더 삶에서 멀리 떨어지지는 않을 거야… 그런데 그녀가 30분 전까지도 숨을 쉬고 있었다는 사실이 그녀가 지금도 삶에 대해 무언가를 틀림없이 알고 있을 것 같다는 인상을 주는군. 우리가 숨을 쉬고 있는 동안에는 알지 못하는 무언가를… 아마도 삶에서 죽음으로 넘어가는 이 알 수 없는 순간은 우리의 가련한 영원함일지도 모르지… 그래, 이제 오후의 기다림도 끝났고… 이제 더는 망보기창 앞에 서 있지 않을 거야. 다시는. 다시는 절대로 서 있지 않을 거야.' 그 기다림의 시간들이 이제 그의 눈앞에 이루 말할 수 없이 아름다운 모습으로 다시 떠올랐다. 며칠 전까지만 해도 그는 아주 행복했다. 정말 행복했다. 그것은 욕정을 불태우는 깊은 열락이었다. 아, 그녀의 발걸음이 마지막 계단을 서둘러 올라올 때면… 그녀가 그의 가슴에 몸을 던져올 때면… 그리고 그들이 꽃향기와 담배 냄새 가득한 어둠침침한 방에서 하얀 베개를 베고 말없이 꼼짝도 하지 않고 누워 있을 때면… 그러나 이제 끝났으니, 모두 다 끝나버렸으니….

'나는 떠날 거야. 이것이 내가 할 수 있는 유일한 일이야. 내가 내 방에 다시 발을 들여놓을 수 있으려나! 나는 울 수밖에 없을 거야. 하루 종일, 계속해서, 쉬지 않고 울기만 할 텐데….'

그는 어느 카페 앞을 지나갔다. 그때 어제 점심때부터 아무것도 먹지 않았다는 생각이 떠올랐다. 그는 안으로 들어가 아침을 먹었다. 그가 카페에서 다시 나왔을 때는 9시가 넘어 있었다. '이제 그녀에게 다시 갈 수 있어. 그녀를 반드시 다시 한번 봐야겠어. 거기 가서 어떻게 하지? 그녀를 볼 수 있을까? 그녀를 반드시 봐야 하는데… 그래, 반드시! 나의, 나의, 나의 사랑하는 죽은 안나를 마지막으로 반드시 봐야 해. 하지만 사람들이 나를 죽은 그녀가 누워 있는 방으로 들여보내줄까? 틀림없어. 지금쯤 더 많은 사람들이 와 있을 거고, 문들은 모두 열려 있을 거야.'

그는 서둘러 그녀의 집으로 달려갔다. 대문 옆에 건물 관리인 여자가 서 있다가 그가 지나치자 인사를 했다. 건물 계단에는 두 명의 남자가 앞서서 올라가고 있었는데, 그들 역시 안나의 집으로 올라가는 사람들이었다. 현관에는 벌써 사람들 몇이 서 있었다. 문은 활짝 열려 있었다. 알베르트는 현관 안으로 들어갔다. 한쪽 창문의 커튼이 걷혀 있어 얼마간의 빛이 안으로 흘러들었다. 거기에는 열두 명 가량의 사람들이 와있었다. 그들은 앉거나 서서 무척 조용히 이야기를 나누었다. 아까 보았던 그 늙은 여자는 완전히 탈진한 상태로 짙은 빨강색 소파의 한쪽 귀퉁이에 앉아 있었다. 알베르트가 옆으로 지나가자 그녀는 그를 쳐다보았다. 그래서 그는 그녀 앞에 멈춰 서서 그녀에게 손을 내밀었다. 그녀는 머리를 끄덕이고는 다시 울기 시작했다. 알베르트는 주위를 둘러보았다. 옆방으로 통하는 두 번째 문은 잠겨 있었다. 그는 창가에 서서 커튼 틈새로 무심히 밖을 내다보고 있는 어떤 남자를 향해 물었다.

"그녀는 어디 있지요?"

그 남자는 손으로 오른쪽을 가리켰다. 알베르트는 살그머니 문을 열었다. 그를 향해 쏟아지는 환한 불빛 때문에 눈이 부셨다. 그는 불이 환하게 켜져 있는 조그만 방으로 들어섰다. 금빛 바탕에 흰 무늬가 있는 벽지가 발라진 방 안에는 옅은 청색의 가구들이 놓여 있었다. 그곳에는 아무도 없었다. 옆방으로 통하는 문은 지그시 열려 있었다. 그는 옆방으로 들어갔다. 그곳은 침실이었다.

창의 덧문들은 모두 닫혀 있었고, 등불 하나가 켜져 있었다. 침대 위에는 죽은 그녀가 길게 몸을 뻗치고 누워 있었다. 이불이 입술까지 덮여 있었다. 그녀의 머리맡에 있는 조그만 탁자 위에서는 촛불 하나가 타고 있었다. 촛불의 불빛이 잿빛으로 변한 그녀의 얼굴을 환하게 비추었다. 누워 있는 사람이 누구인지 몰랐다면 그는 그녀를 알아보지 못했을 것이다. 그에게는 그저 서서히 그녀와 유사한 모습이라는 생각이 들기 시작했다. 거기에 누워 있는 여자는 그저 서서히 안나의 모습이 되었고, 마침내 그의 안나가 되었다. 그리고 그 끔찍한 날들이 시작된 이후 처음으로 그는 두 눈에 눈물이 고이는 것을 느꼈다. 뜨겁게 불타는 고통이 그의 가슴을 짓누르고 있었다. 그는 울부짖으며 그녀 앞에 주저

앉아 그녀의 손에 입을 맞추고 싶었다. 그는 그제야 비로소 그녀와 함께 있는 것이 자기만이 아니라는 사실을 깨달았다. 누군가가 침대 발치에 무릎을 꿇고 앉아 머리를 이불에 묻은 채 죽은 여인의 한 손을 두 손으로 꼭 쥐고 있었다. 알베르트가 한 발짝 더 다가가려고 하는 순간 그 사람이 이불에서 고개를 들고는 갈피를 잡지 못하는 빨갛게 충혈된 눈으로 그의 얼굴을 바라보았다. 그녀의 남편이었다. 그 순간 한 가지 생각이 알베르트의 머릿속을 스치고 지나갔다. '도대체 이 사람한테 뭐라고 말하지?' 그러나 그는 무릎 꿇고 있는 남자가 자신의 오른손을 붙잡아 꼭 쥐는 것을 느꼈고, 우느라 목이 멘 목소리로 "감사합니다, 감사합니다"라고 속삭이는 소리를 들었다. 그런 다음 눈물을 흘리고 있는 그 남자는 다시 돌아서서 머리를 떨구고는 이불 속으로 나지막하게 흐느꼈다. 알베르트는 잠시 그대로 서서 냉정하게 주의를 집중하여 죽은 여인의 얼굴을 들여다보았다. 그의 눈물이 완전히 다시 멈춰버렸다. 갑자기 그의 고통은 완전히 시들어버린 텅 빈 껍질로 변해버렸다. 그는 죽은 그녀와의 이런 만남이 훗날 언젠가는 소름끼치면서도 동시에 우스꽝스럽게 여겨지리라는 것을 알고 있었다. 그 남자와 함께 거기서 흐느꼈다면 그는 아마도 몹시 우스꽝스럽게 보였을 것이다.

그는 돌아가기 위해 돌아섰다. 그리고 문 옆에서 다시 한번 멈춰 서서 뒤를 돌아보았다. 가물거리는 촛불의 불빛으로 안나의 입 언저리에 미소가 어리는 것 같았다. 그는 마지막 작별 인사를 하듯, 또한 그녀가 그것을 알아보기라도 하는 듯 그녀를 향해 고개를 끄덕였다. 이제 그는 방을 나가려고 했다. 그러나 그녀가 미소를 지으며 그를 꼭 붙드는 것 같았다. 그리고 그것은 갑자기 경멸하는 듯한 낯선 미소가 되어 그에게 말을 건네는 것 같았고, 그는 그 말을 이해할 수 있었다. 그녀의 미소는 이렇게 말했다.

"나는 당신을 사랑했는데 당신은 지금 마치 낯선 사람처럼 거기에서 나를 부인하고 있군요. 내가 당신의 여자였으며, 이 침대 앞에서 무릎을 꿇고 내 손에 입맞춤하는 것은 당신의 권리라고 그 사람한테 말하세요. — 그 사람한테 그렇게 말해요! 왜 말하지 않는 거죠?"

그러나 그는 감히 그렇게 할 수는 없었다. 그는 그녀의 미소를 보지 않으려고 손으로 눈을 가렸다. 그리고 뒤꿈치를 들고 살며시 돌아서서 그 방을 빠져나온 다음 문을 닫았다. 그는 두려움에 떨면서 불이 환하게 켜져 있는 응접실을 통과한 다음 어둠침침한 방에서 소곤대고 있는 사람들 옆을 지나쳐갔다. 그는 그들과 함께 있을 수가 없었다. 그는 서둘러 현관을 지나 계단을 내려왔다. 대문 밖으로 나온 그는 그 집의 담장을 따라 계속해서 살금살금 걸어갔다. 그의 발걸음은 점점 더 빨라져서 곧 그를 그 집에서 멀리 벗어나게 했다. 그는 마음속 깊이 부끄러움을 느끼며 거리를 급히 걸어갔다. 왜냐하면 그는 다른 사람들처럼 애도할 자격도 없는 것 같았고, 죽은 연인이 자신을 부인했다고 그를 그곳에서 내쫓아 버린 것 같았기 때문이다.

죽은 자는 말이 없다

Die Toten schweigen

그는 마차 안에 가만히 앉아 있는 것을 더 이상 견딜 수 없었다. 그는 마차에서 내려 이리저리 거닐었다. 이미 날은 어두워졌고, 고요하고 외진 거리의 몇몇 가로등 불빛은 바람에 흔들리며 이리저리 가물거렸다. 비는 그쳤고, 인도는 거의 말랐지만 포장되지 않은 차도는 아직 젖어 있었고, 곳곳에 작은 웅덩이를 이루고 있었다.

프란츠는 프라터 거리에서 불과 백 보 떨어진 이곳에서 헝가리의 어느 작은 도시에 있는 것처럼 느낄 수 있다는 것이 기이하다고 생각했다. 어쨌든 이곳에서는 적어도 마음을 놓아도 될 것이며, 그녀가 두려워하는 아는 사람들도 만나지 않을 것이다.

그는 시계를 보았다. 7시였는데 이미 깜깜한 밤이었다. 이번에는 가을이 일찍 왔다. 또한 지긋지긋한 폭풍우도.

그는 외투 깃을 세우고 더 빨리 이리저리 거닐었다. 가로등 불빛이 비치는 창문들이 삐거덕거렸다. 그는 혼잣말을 했다.

"아직 30분이 남았군. 30분만 지나면 떠날 수 있지. 아, 떠나려 해도 꽤 먼 길이 될지도 모르지."

그는 모퉁이에 멈춰 섰다. 여기에서는 그녀가 오게 될 양쪽 거리를 다 볼 수 있었다.

그는 바람에 날아가려는 모자를 꼭 붙들고 오늘 그녀가 올 것이라고 생각했다. '금요일이고⋯ 교수 회의가 있고⋯ 따라서 그녀는 용기를 내어 집을 나와 좀 오래 있을 수 있을 텐데⋯.' 그는 마찻길에서 딸랑거리며 울리는 종소리를 들었고, 근처의 네포묵 교회에서도 종소리가 울리기 시작했다. 거리는 더 번잡해졌다. 더 많은 사람들이 그의 곁을 지나쳐갔는데, 그가 보기에 그들 대부분은 7시에 문을 닫은 가게들에서 나온 종업원들 같았다. 모두가 재빨리 걸어가며, 걸음을 방해하는 폭풍우와 일종의 싸움을 벌였다. 아무도 그에게 관심을 보이지 않았고, 두어 명의 여종업원만이 약간의 호기심으로 그를 올려다보았다. 갑자기 그는 낯익은 모습이 재빨리 다가오는 것을 보았다. 그는 그 사람을 향해 달려갔다. 그는 생각했다. '마차도 타지 않고? 그녀일까?'

바로 그녀였고, 그녀는 그를 알아보자 걸음을 재촉했다.

"걸어서 오는 거야?"

그가 말했다.

"카알극장 옆에서 마차에서 내렸어. 나는 전에도 한 번 그 마부의 마차를 탄 적이 있는 것 같아."

한 남자가 그들 옆을 지나쳐가면서 여자를 흘깃 쳐다보았다. 프란츠가 그를 거의 위협하듯 날카롭게 응시하자 그 남자는 재빨리 가버렸다. 여자는 그의 뒤를 바라보았다.

"저 사람 누구지?"

그녀가 걱정스럽게 물었다.

"모르는 사람이야. 이곳에는 아는 사람이 없으니 마음 푹 놓아. 이제 빨리 가서 마차에 올라타야지."

"저거 당신이 타고 온 마차야?"

"그래."

"지붕이 열려 있네?"

"한 시간 전만 해도 날씨가 아주 좋았으니까."

그들은 마차 쪽으로 서둘러 갔고, 젊은 여자가 올라탔다.

"마부 아저씨!"

젊은 남자가 외쳤다.

"도대체 마부는 어디에 있어?"

젊은 여자가 물었다.

프란츠는 주변을 둘러보았다. 그리고 말했다.

"마부가 보이지 않으니 이상하네."

"야단났네!"

그녀가 조용히 말했다.

"자기야, 잠깐만 기다려. 마부는 분명 저기에 있을 거야."

젊은 남자는 문을 열고 조그만 술집으로 들어갔다. 마부는 다른 사람들과 함께 식탁에 앉아 있다가 재빨리 일어났다.

"즉시 갑니다, 손님."

마부는 이렇게 말하고 일어선 채 자신의 포도주 잔을 모두 비웠다.

"도대체 뭐하고 있는 겁니까?"

"아닙니다, 손님. 바로 갑니다."

그는 조금 비틀거리면서 말들에게로 달려갔다.

"어디로 갈까요, 손님?"

"프라터에 있는 유원지로요."

젊은 남자가 올라탔다. 젊은 여자는 젖혀진 지붕 아래 구석에서 거의 웅크린 상태로 몸을 완전히 숨긴 채 기대고 있었다.

프란츠는 그녀의 두 손을 잡았다. 그녀는 움직이지 않고 있었다.

"내게 최소한 저녁 인사말이라도 해줘야 하는 것 아니야?"

"부탁이야. 잠깐만 이대로 있게 해줘. 난 아직도 숨이 차."

젊은 남자는 한쪽 구석에 기대고 있었다. 두 사람은 잠시 침묵했다. 마차는 프라터 거리로 꺾어들었고, 테게톱 기념상 옆을 지나 잠시 후 넓고 어두운 프라터 가로수길을 달려갔다. 엠마는 갑자기 두 팔로 사랑하는 남자를 끌어안았다. 그는 자신과 그녀의 입술을 갈라놓은 베일을 뒤로 젖히고 그녀와 입맞춤했다.

"마침내 내가 당신 곁에 있게 되었네!"

그녀가 말했다.

"우리가 서로 얼마나 오랫동안 보지 못했는지 알아?"

그가 외쳤다.

"일요일부터지."

"그래, 그날도 그저 말도 못하고 멀리서만 바라보았지."

"무슨 얘기야? 당신은 우리 식구들과 함께 있었잖아."

"그래… 너희와 함께 있었지. 아, 앞으로는 그렇게 되지 않을 거야. 나는 너희에게 결코 다시 가지 않을 거야. 그런데 왜 그래?"

"마차 한 대가 우리 옆으로 지나갔어."

"이봐, 오늘 프라터에서 마차를 타고 산책하는 사람들은 우리에겐 전혀 관심 없어.”

“나도 그렇게 믿고 있었어. 하지만 누군가가 우연히 우리를 들여다볼 수도 있어.”

“누구인지를 알아내는 건 불가능하지.”

“부탁인데, 우리 다른 곳으로 가.”

“자기 좋을 대로 하자.”

그는 마부를 불렀지만 마부는 듣지 못하는 것 같았다. 그러자 그는 몸을 앞으로 숙이고 손으로 마부를 건드렸다. 마부가 뒤를 돌아보았다.

“돌아가야겠어요. 그런데 왜 그렇게 말을 심하게 모십니까? 우리는 전혀 급하지 않은데! 우리가 어떤 길로 가느냐 하면… 라이히스 다리 쪽으로 난 가로수길 아시나요?”

“라이히스 거리 말이요?”

“그래요. 하지만 그렇게 빨리 달리지는 마세요. 전혀 그럴 필요 없습니다.”

“무슨 말씀이세요, 손님. 말들을 이렇게 난폭하게 만드는 건 폭풍우라오.”

“아 그렇군요. 폭풍우.”

프란츠는 다시 앉았다.

마부는 말들을 돌렸다. 말들은 돌아서서 달렸다.

“당신 어제는 왜 오지 않았어?”

그녀가 물었다.

“내가 어떻게 갈 수가 있어?”

“나는 당신도 내 언니 집에 초대받은 걸로 생각했어.”

"아, 그랬지."

"그런데 왜 거기에 오지 않았어?"

"다른 사람들 틈에서 자기와 함께 있는 걸 견딜 수 없기 때문이야. 그래, 결코 다시는 가지 않을 거야."

그녀는 어깨를 들썩였다.

"우리가 지금 있는 곳이 어디야?"

그녀가 물었다.

그들은 철교 아래 라이히스 거리로 접어들었다. 프란츠가 말했다.

"저쪽으로 가면 거대한 도나우 강이지."

그는 놀리듯이 덧붙여 말했다.

"우리는 라이히스 다리 쪽으로 가는 중이야. 거기에는 아는 사람들이 없을걸!"

"마차가 지독히도 흔들거리네."

"응, 이제 다시 포장도로야."

"저 사람은 왜 이렇게 마차를 지그재그로 몰지?"

"자기에게는 그렇게 보이는구나."

그러나 그도 마차가 필요 이상으로 그들을 심하게 이리저리 내동댕이치고 있다고 생각했다. 그는 그녀를 더 불안하게 하지 않기 위해 그런 것에 대해 아무 말도 하지 않으려 했다.

"나는 오늘 자기와 진지하게 할 얘기가 많아, 엠마."

"그럼 빨리 시작해. 나는 9시에는 집에 들어가 있어야 하니까."

"두 마디 말로 모든 게 결정될 수 있어."

"아니, 도대체 무슨 일이야?"

그녀가 외쳤다. 마차는 어느 전차선로로 빠져들었고, 마부는 빠져나오려고 거의 마차를 전복시킬 듯 심하게 방향을 틀었다. 프란츠는 마부의 외투를 붙잡았다.

"멈춰요. 당신 취했어요."

그는 마부에게 외쳤다.

마부는 간신히 말들을 멈춰 세웠다.

"하지만 손님…."

"자, 엠마, 우리 여기서 내리자."

"여기가 어디야?"

"벌써 다리 옆이지. 지금은 더 이상 폭풍우가 몰아치지 않아. 우리 조금 걷자. 마차를 타고 가면서는 제대로 얘기를 나눌 수 없어."

엠마는 베일을 아래로 끌어내리고는 뒤따랐다.

"폭풍우가 몰아치지 않는다고?"

그녀는 마차에서 내리는 순간 곧장 바람 세례를 받자 이렇게 외쳤다.

그는 그녀의 팔을 붙들었다.

"마차로 뒤따라오세요."

그는 마부에게 외쳤다.

그들은 앞으로 걸어나갔다. 다리는 길게 점차 오르막을 이루었고, 그들은 아무 말도 하지 않았다. 그들 두 사람은 아래에서 강물이 흘러가는 소리가 들리자 잠시 멈춰 섰다. 깊은 어둠이 그들을 에워쌌다. 넓은 강물은 잿빛으로 한없이 멀리 뻗쳐 있었고, 그들은 멀리서 강물 위로 둥둥 떠다니는 듯 보이면서 물속에 반사되는 빨간 불빛들을 보았다. 두 사람이 방금 지나온 강가에서 흔들리는 빛줄기가 물속으로 가라앉왔다. 건너편에서는 강물이 검은 풀밭 속으로 사라져버린 것 같았다. 이제 더 먼 곳에서 천둥소리 같은 굉음이 울리는 듯했고, 그 소리는 점점 더 가까이 다가왔다. 두 사람은 무의식적으로 붉은 불빛이 가물거리는 곳을 바라보았다. 밝은 창문들을 단 열차 칸들이 굽은 철로 사이를 굴러 지나갔는데, 그것은 밤의 어둠 속에서 갑자기 솟아올랐다가 곧장 다시 가라앉는 듯했다. 굉음은 점점 사라졌고, 조용해졌으며, 바람만이 갑작스러운 돌풍이 되어 불어왔다.

오랜 침묵 끝에 프란츠가 말했다.

"우리는 가야 돼."

"물론이지."

엠마가 조용히 대답했다.

"우리는 가야 돼. 내 말은 완전히 떠나야 된다는 건데…."

프란츠는 힘주어 말했다.

"그건 안 돼."

"엠마, 안 된다는 건 우리가 겁쟁이이기 때문이야."

"그럼 내 아이는?"

"그 사람은 아이를 자기에게 맡길 거야. 나는 그러리라고 굳게 믿고 있어."

"그리고 어떻게 떠나? 안개 낀 밤에 몰래 달아나?"

그녀가 조용히 물었다.

"아니야, 결코 그렇지 않아. 자기는 그 사람에게 다른 남자의 여자가 되었기 때문에 더 이상 곁에서 함께 살아갈 수 없다고만 말하면 돼."

"당신 제정신이야, 프란츠?"

"자기가 원한다면 내가 부담을 덜어주지. 내가 그 사람에게 그 말을 해주지."

"그건 안 돼, 프란츠."

그는 그녀를 바라보려고 했다. 그러나 그는 어둠 속에서 그녀가 고개를 들고 그를 향해 몸을 돌린 것밖에는 아무것도 알아볼 수 없었다.

그는 잠시 침묵했다. 그러고 나서 조용히 말했다.

"걱정하지 마. 그러지 않을게."

그들은 맞은편 강가를 향해 걸어갔다. 그녀가 말했다.

"당신 들려? 저 소리는 뭐지?"

"그건 저 건너편에서 나는 소리야"라고 그가 말했다.

어둠 속에서 달가닥거리는 소리가 천천히 다가왔다. 조그만 붉은 불빛 한 개가 그들을 향해 흔들리며 다가왔다. 그들은 곧 그것이 시골수레의 앞쪽 채에 매달린 조그만 등에서 나오는 빛이라는 걸 알아차렸다. 그러나 그들은 그 수레에 짐이 실려 있는지, 사람들이 타 있는지는 알아볼 수 없었다. 바로 그 뒤로 두 대의 똑같은 수레가 왔다. 그들은 뒤쪽 수레 위에 농부 복장을 한 한 남자가 타고 있는 것을 알아볼 수 있었는데, 그는 막 파이프담배에 불을 붙이는 중이었다. 수레들은 지나갔다. 그러고 나서 그들은 스무 걸음쯤 뒤에서 그들을 따라오는 마차의 둔탁한 소리 외에는 다시 아무 소리도 듣지 못했다. 이제 다리는 맞은편 강가 쪽으로 살짝 내려앉았다. 그들은 자신들 앞의 도로가 나무들 사이에서 어둠 속으로 길게 뻗어 있는 것을 보았다. 그들의 왼쪽과 오른쪽으로는 깊숙하게 풀밭이 놓여 있었는데, 그들은 마치 심연 속을 들여다보듯 그 안을 바라보았다.

오랜 침묵 끝에 프란츠가 갑자기 말했다.

"그럼 마지막인데…."

"뭐가?"

엠마가 걱정스러운 목소리로 물었다.

"우리가 함께 있는 것 말이야. 자기 그 사람과 살아. 나는 자기와 헤어질게."

"당신 진심으로 하는 말이야?"

"물론."

"당신이 알다시피 우리가 늘 몇 시간씩 시간을 낭비해 온 건 바로 당신 때문이야. 나 때문이 아니야!"

"그래, 그래, 자기 말이 맞아. 자, 우리 돌아가자."

프란츠가 말했다.

그녀는 그의 팔을 더 꼭 붙잡았다. 그녀는 부드럽게 말했다.

"싫어. 지금은 가고 싶지 않아. 나는 이렇게 헤어지지는 않을래."

그녀는 그를 끌어당기고는 그에게 오랫동안 입을 맞췄다. 그러고 나서 그녀는 물었다.

"우리가 여기서 계속 간다면 어디로 가게 되지?"

"그러면 곧장 프라하로 가게 돼."

"너무 멀리는 말고, 당신이 원한다면 좀 더 멀리 나가."

그녀는 웃으면서 말하며 어둠 속을 가리켰다.

"이봐요, 마부!"

프란츠가 외쳤다. 마부는 듣지 못했다. 프란츠는 또 외쳤다.

"멈춰요!"

마차는 계속 달려왔다. 프란츠는 마차로 달려갔다. 이제 프란츠는 마부가 자고 있다는 걸 알았다. 프란츠는 큰 소리로 마부를 깨웠다.

"우리는 조금 더 멀리 나가야겠는데… 이 거리를 곧바로 달려서…내 말 알아듣겠어요?"

"알겠소, 손님."

엠마는 마차에 올랐고, 프란츠도 그녀를 따라 올라탔다. 마부는 채찍을 가했고, 말들은 미친 듯이 빗물로 진창이 된 거리 위를 달려갔다. 두 사람은 마차가 이리저리 흔들어 놓는 동안 서로 꼭 껴안고 있었다.

"썩 좋지는 않네."

엠마가 그의 입에 아주 가까이 대고 속삭였다.

그 순간 마차가 갑자기 공중으로 날아가는 듯했고, 그녀는 밖으로 내동댕이쳐지는 느낌이 들어 무언가를 붙잡으려고 했지만 허공만 휘저었다. 그녀는 엄청난 속도로 원을 그리며 빙빙 도는 듯한 느낌이 들어 눈을 감을 수밖에 없었다. 그녀는 갑자기 자신이 땅바닥에 누워 있다는 걸 느꼈고, 온 세상과 멀리 떨어진 채 완전히 홀로 있는 듯 무시무시하고 무거운 정적이 몰려왔다. 그러고 나서 그녀는 여러 가지가 뒤섞인 소리를 들었다. 그녀는 아주 가까이에서 바닥에 부딪히는 말발굽 소리들과 나지막한 흐느낌을 들었지만 아무것도 볼 수는 없었다. 이제 그녀는 미칠 것 같은 공포를 느꼈다. 그녀는 소리를 질렀다. 그녀는 자신의 외침 소리를 들을 수 없었으므로 공포는 더 커졌다. 갑자기 그녀는 무슨 일이 일어났는지를 정확히 알아차렸다. 마차가 이정표석과 같은 무언가에 부딪혀 전복되었고 그들이 밖으로 튕겨 나온 것이었다. '그는 어디 있지?' 이것이 그녀의 다음 생각이었다. 그녀는 그의 이름을 외쳤다. 그리고 그녀는 자신이 외치는 소리를 들었다. 아주 작지만 어쨌든 자신의 소리가 들리긴 했다. 대답은 없었다. 그녀는 몸을 일으키려고 했다. 그녀는 간신히 일어나 땅바닥에 앉을 수 있었으며, 손을 뻗치자 그녀 옆에서 사람의 몸이 닿는 것을 느낄 수 있었다. 그리고 이제 그녀는 눈으로 어둠 속을 꿰뚫어 볼 수 있었다. 프란츠가 아무런 움직임도 없이 그녀 옆에 누워 있었다. 그녀는 손을 뻗어 그의 얼굴을 만졌는데, 얼굴 위로 무언가 축축하고 따뜻한 것이 흘러내리고 있었다. 그녀는 숨이 멎는 것 같았다. '피잖아? 무슨 일이 일어난 거지? 프란츠가 다쳐서 의식을 잃었어. 그런데 마부는, 도대체 그는 어디에 있지?' 그녀는 마부를 불렀다. 아무 대답도 없었다. 그녀는 여전히 땅바닥에 앉아 있었다. 그녀는 온몸에 통증을 느꼈지만 자신에게는 아무 일도 일어나지 않았다고 생각했다. '뭘 어떻게 하지, 뭘 어떻게 하면 좋을지… 내게는 전혀 아무 일도 일어나지 않았지만 어떻게 할 수가 없잖아.'

"프란츠!"

그녀는 외쳤다. 아주 가까이에서 어떤 목소리가 대답했다.

"어디 계세요, 아가씨? 그리고 남자 손님은요? 아무 일도 없나요? 아가씨, 기다리세요. 잘 보이게 내가 등불을 켤게요. 오늘 꺾쇠가 제대로 채워져 있지 않았나. 나는 죄가 없어요. 맹세코… 아니 이 빌어먹을 말들이 자갈더미 속으로 들어가 버린 거요."

엠마는 사지가 온통 아파왔지만 똑바로 일어섰다. 마부에게 아무 일도 일어나지 않은 것이 그녀를 좀 더 안심시켰다. 그녀는 마부가 등 뚜껑을 열고 성냥을 긋는 소리를 들었다. 그녀는 공포에 떨며 불빛을 기다렸다. 그녀는 프란츠를 다시 한번 만져볼 용기가 나지 않았다. 그녀는 생각했다. '아무것도 볼 수 없으면 모든 것은 더 무섭게 보이므로 그는 틀림없이 눈을 뜰 거고… 아무 일도 아닐 거야.'

옆쪽에서 가물거리는 불빛이 나왔다. 그녀는 갑자기 마차를 보고 놀랐는데, 그것은 땅위에 있지 않고 한쪽 바퀴가 부서진 듯 도로변 구덩이를 향해 기울어진 채 세워져 있었다. 말들은 아주 조용히 서 있었다. 불빛이 가까이 다가왔다. 그녀는 불빛이 점차 이정표석을 지나고 자갈더미를 지나 구덩이 속으로 옮겨가는 것을 보았다. 그러고 나서 불빛은 프란츠의 발 위로 기어올라 그의 몸을 훑고, 그의 얼굴을 비추더니 얼굴 위에 멈췄다. 마부는 등을 땅 위에 세워놓았다. 누워 있는 자의 머리 바로 옆이었다. 엠마는 무릎을 꿇었고, 그의 얼굴을 바라보자 심장의 고동이 멎는 것 같았다. 그의 얼굴은 창백했고, 두 눈은 반쯤 떠 있어서 그녀는 흰자위만을 볼 수 있었다. 오른쪽 관자놀이로부터 한 줄기의 피가 서서히 뺨 위로 흘러내려 목 옆 셔츠 깃 아래로 흘러 들어갔다. 그는 이빨로 아랫입술을 깨물고 있었다.

"가망이 없구나!"

엠마는 혼잣말을 했다.

마부도 무릎을 굽히고 얼굴을 자세히 바라보았다. 그러고 나서 그는 양손으로 머리를 잡아서 그를 일으켰다.

"뭐하는 거예요?"

엠마는 목소리를 낮춰 말했고, 스스로 일으키는 듯 보이는 머리를 보고 깜짝 놀랐다.

"아가씨, 내가 보기엔 크게 불행한 일이 일어난 것 같습니다."

"그렇지 않아요. 그럴 수 없어요. 그렇다면 아저씨에게도 무슨 일이 일어났어야 했잖아요? 그리고 내게도….”

마부는 움직이지 않는 자의 머리를 떨고 있는 엠마의 무릎 위에 다시 천천히 내려놓고 말했다.

“누구라도 오기만 하면 좋겠는데… 농부들이라도 곧 오면 좋겠는데….”

“우리 어떻게 하면 좋아요?”

엠마가 입술을 떨며 말했다.

“아가씨, 마차가 부서지지 않았다면 좋았을 텐데… 하지만 그것은 지금 망가져 버렸으니… 우리는 누군가가 올 때까지 어쩔 수 없이 기다려야 해요.”

마부는 계속하여 말했으나 엠마는 그의 말에 귀를 기울이지 않았다. 그러나 그러는 사이 그녀는 정신이 드는 듯했고, 무엇을 해야 할지 알게 되었다.

“인근의 집들까지는 얼마나 먼가요?”

그녀가 물었다.

“별로 멀지 않습니다, 아가씨. 조금만 가면 곧 프린츠 요젭스란드지요. 불빛이 있다면 우리는 집들을 볼 수 있을 정도고, 그곳에는 5분 안에 갈 수 있습니다.”

“아저씨가 거기로 가세요. 나는 여기에 있을 테니 사람들을 데려오세요.”

“아가씨, 제 생각에는 제가 아가씨와 여기에 그대로 있는 것이 더 좋을 것 같은데요. 오래지 않아 누군가 올 겁니다. 때마침 이곳이 국도가 시작되는 곳이니.”

"그러면 너무 늦을 거예요. 너무 늦게 될 거예요. 우리는 의사가 필요해요."

마부는 움직이지 않는 자의 얼굴을 바라보고 나서 가망이 없다는 듯 고개를 저으며 엠마를 쳐다보았다.

"아저씨가 뭘 안다고 그래요. 나 또한 알 수 없고요."

엠마가 외쳤다.

"예, 아가씨. 하지만 도대체 프란츠 요젭스란트에서 어떻게 의사를 찾는단 말입니까?"

"그렇다면 그곳에서 누군가가 시내로 가서…."

"아가씨, 이렇게 하면 되겠군요! 그곳 사람들은 아마 전화가 있을 겁니다. 그러니 구조대에 전화를 걸 수 있을 겁니다."

"예, 그게 가장 좋겠네요! 빨리 가세요, 달려가세요, 제발! 그리고 사람들을 데려오고… 그리고… 부탁이에요, 빨리 가세요. 도대체 또 뭐하는 거예요?"

마부는 엠마의 무릎 위에 놓인 창백한 얼굴을 들여다보았다.

"구조대든 의사든 결코 큰 도움이 안 될 겁니다."

"가세요! 제발! 빨리 가세요!"

"그럼 바로 가겠습니다. 아가씨, 어둡다고 무서워만 하면 안 돼요."

그는 도로를 재빨리 달려갔다. 그는 혼자서 중얼거렸다.

"무서워해도 어쩔 수 없지. 한밤중에 국도 위에서…."

엠마는 움직이지 않는 자와 함께 혼자서 깜깜한 도로 위에 있었다.

"이제 어떻게 하지?"

그녀는 생각했다. '가망이 없습니다….' 그 말이 계속하여 그녀의 머릿속을 스쳐지나갔다. '가망이 없습니다.' 갑자기 그녀는 옆에서 숨소리가 들리는 것을 느꼈다. 그녀는 창백한 입술 쪽으로 몸을 숙였다. 아니었다. 거기에서는 아무런 입김도 나오지 않았다. 관자놀이와 뺨의 피는 마른 것 같았다. 그녀는 일그러진 그의 눈을 자세히 들여다보고 온몸을 떨었다. '그래, 나는 어째서 믿지 않는단 말인가! 틀림없는데… 이건 죽음이야!' 그리고 그녀는 온통 전율했다. 그녀는 점점 더 이렇게 느꼈다. '죽은 자. 나와 죽은 자, 내 무릎 위에 있는 죽은 자.' 그리고 그녀는 떨리는 손으로 그의 머리를 밀쳐냈고, 그리하여 그는 다시 땅바닥에 누워 있게 되었다. 그제야 홀로 떨어져 있다는 몹시 섬뜩한 감정이 그녀를 엄습했다. '어째서 마부를 보냈나? 얼마나 바보 같은 생각이었나! 국도 위에서 죽은 남자를 데리고 혼자서 어떻게 하겠다는 건가? 사람들이 오면… 그래, 사람들이 오면 어떻게 해야 하지? 여기서 얼마나 오래 기다려야 하지?' 그녀는 다시 죽은 자를 바라보았다. 그녀는 자기 혼자만 그의 곁에 있는 것은 아니라는 생각이 들었다. '여기에는 불빛이 있지.' 그리고 그녀에게는 이 불빛이 지금 상황에서 자신이 생각할 수밖에 없는 사랑스럽고 정겨운 어떤 것으로 여겨졌다. 이 작은 불꽃 속에는 그녀를 에워싼 드넓은 까만 밤 속에서 보다 더 많은 활력이 있었다. 그렇다. 그녀에게는 이 불빛이 자기 옆 땅바닥 위에 누워 있는 창백하고 무서운 남자에 맞서 자신을 보호해 주는 존재로 여겨졌다. 그래서 그녀는 눈이 아른거리고 불빛이 흔들거리기 시작할 때까지 불빛을 오랫동안 들여다보았다. 그리고 갑자기 그녀는 꿈에서 깨어난 듯한 느낌이 들었다. 그녀는 뛰어 일어났다! '그건 안 돼, 그럴 수는 없어. 사람들이 여기서 그와 함께 있는 나를 발견해서는 안 돼.' 그녀는 자신이 도로 위에 서 있는 자신의 모습과 발밑에 있는 죽은 자와 불빛을 바라보고 있는 것 같았다. 또한 그녀는 자신이 어마어마하게 커져서 어둠 속으로 빨려 들어가고 있는 모습을 보는 것 같았다. '내가 무엇을 기다리고 있지?' 그녀는 생각했고, 머릿속에서는 자꾸만 이 생각이 솟구쳤다. '내가 무엇을 기다리고 있지? 사람들을? 그 사람들에게 내가 무슨 필요가 있지? 사람들이 와서 물을 텐데… 그럼 나는… 나는 여기서 어떻게 해야 하지? 모두가 내가 누구냐고 물을 거야. 나는 그들에게 뭐라고 대답해야 하지? 아무 대답도 못 해. 그들이 오면 나는 아무 말도 하지 않을 거고, 침묵할 거야. 아무 말도… 그들은 내게 강요하지는 못할 거야.'

멀리서 목소리들이 들려왔다.

'벌써 왔나?' 그녀는 생각했다. 그녀는 불안해하며 귀를 기울였다. 목소리들은 다리 쪽에서 들려왔다. 그들은 마부가 데리고 온 사람들이 아닐 수도 있었다. 그러나 그들이 누구든 그들은 불빛을 알아보게 될 것이고, 그런 다음 그녀는 그들의 눈에 띄게 될 것인데, 그래서는 안 되었다.

그래서 그녀는 등을 발로 차 넘어뜨렸다. 등불은 꺼졌다. 이제 그녀는 깊은 어둠 속에 있게 되었다. 그녀는 아무것도 볼 수 없었다. 죽은 그도 더 이상 보이지 않았다. 하얀 자갈 더미만이 희미하게 빛났다. 목소리들은 점점 가까이 다가왔다. 그녀는 온몸을 떨기 시작했다. 여기서 발각되지 않아야만 한다. 어떻게 해서든 오직 발각되지 않는 것만이 다른 모든 것에 앞서 중요한 문제다. 그녀가 누구의 애인이라는 것이 알려지면 그녀는 파멸이다. 그녀는 온 힘을 다해 두 손을 모은다. 그녀는 맞은편 도로 위의 사람들이 자신을 알아채지 못하고 그대로 지나가게 되기를 기도한다. 그녀는 귀를 기울인다. '그래, 저 위쪽에서… 저들은 무슨 얘기를 하는 거지?' 두 명 혹은 세 명의 여자들이다. 그들이 마차에 대해 얘기하는 걸로 보아 마차를 발견했는데, 그녀는 어렴풋이 그들의 말을 알아들을 수 있었다. '마차 한 대가… 뒤집어지고… 그들은 그밖에 무슨 말을 할까?' 그녀는 알아들을 수가 없다. 그들은 계속 걸어가고… 지나갔다. 다행히도! '그런데 이제, 이게 뭔가? 오, 왜 나는 그 사람처럼 죽지 않았나? 그가 부러워. 그에게서는 모든 것이 사라졌고… 그에게는 이제 더 이상 어떤 위험도 두려움도 없잖아. 하지만 나는 많은 것을 두려워하고 있어. 나는 사람들이 여기서 나를 발견하고, 누구인지 묻게 될 것을 두려워하며, 경찰에 불려가야만 하고, 모든 사람들이 내 남편은 어떻고 아이는 어떻다는 걸 알게 될 것을 두려워하고 있어.'

그녀는 자신이 벌써 오랫동안 마치 뿌리가 박힌 듯 거기에 서 있다는 것을 알아차리지 못한다. 그녀는 달아날 수 있으며, 거기에 서 있는 것은 아무에게도 도움이 되지 않고, 스스로를 불행에 빠뜨리는 것이다. 그녀는 한 발짝을 떼어 놓는다. 조심스럽게. 그녀는 도로변 웅덩이를 건너야 하는데… 한 발짝을 들어올린다. 오, 웅덩이는 아주 얕다! 그러고는 또 두 발짝을 떼어놓고, 마침내 도로 가운데에 이르고… 그런 다음 잠시 조용히 서서 앞을 바라보고는 어둠 속으로 뻗친 음침한 길을 따라 계속 걷는다. 저쪽에, 저쪽에 도시가 있다. 그녀는 아무것도 볼 수 없지만 방향만은 확실하다고 느낀다. 그녀는 다시 한번 뒤로 돌아선다. 그다지 깜깜하지는 않다. 그녀는 마차를 뚜렷이 볼 수 있고, 말들도… 또한 세심하게 주의를 기울이면 땅바닥에 누워 있는 사람의 윤곽도 알아볼 수 있다. 그녀는 눈을 크게 뜬다. 무언가가 그녀를 가지 못하도록 제지하고 있는 듯 여겨지는데, 그녀를 여기에 붙들어 두려고 하는 것은 바로 그 죽은 자이다. 그의 위력에 그녀는 두려움을 느낀다. 그러나 그녀는 거기에서 세차게 벗어나고, 이제 땅이 너무 젖어 있다는 것을 알아차린다. 그녀는 미끄러운 도로 위에 서 있으며, 축축한 먼지 안개는 그녀가 걸어가는 것을 방해했다. 그러나 이제 그녀는 걸어가며… 더 빨리… 달려가며… 거기에서 달아나… 다시 돌아간다. 빛 속으로, 혼잡 속으로, 사람들에게로! 그녀는 도로를 따라 달리며, 넘어지지 않기 위해 옷을 높이 들어 올린다. 바람이 그녀의 등 뒤에서 부는데, 그것은 그녀를 앞으로 내모는 듯하다. 그녀는 자신이 무엇으로부터 달아나는지 더 이상 잘 알지 못한다. 그녀에게는 자신이 저 뒤쪽 멀리 도로변 웅덩이 옆에 놓여 있는 창백한 남자에게서 달아나야만 하는 듯한 생각이 들며… 다음으로 그녀는 머지않아 그곳으로 와 자신을 찾게 될 살아 있는 사람들에게서 달아나려고 한다는 생각을 하게 된다. 그들은 어떻게 생각할까? 사람들은 그녀를 뒤쫓아 오지 않을까? 그러나 더 이상 그녀를 따라잡지는 못할 것이다. 그녀는 곧 다리에 닿게 되고, 거리가 크게 벌어지게 되며, 그러면 위험은 사라진다. 사람들은 그녀가 누군지 짐작하지 못하고, 아무도 그 남자와 함께 마차를 타고 라이히스 거리를 달렸던 여자가 누구였는지 짐작할 수 없을 것이다. 마부는 그녀를 알지 못하며, 나중에 그녀를 보게 되더라도 역시 그녀를 알아보지 못할 것이다. 사람들은 그녀가 누구였는지에 대해서도 관심이 없을 것이다. 누구에게 문제가 된단 말인가? 그녀가 거기에 머물러 있지 않은 것은 매우 현명한 일이고, 비열한 일도 아니다. 프란츠가 그녀에게 옳은 말을 한 것인지도 모른다. 그녀는 집으로 가야만 하며, 아이가 있고, 남편이 있으며, 사람들이 거기에서 죽은 애인과 함께 있는 그녀를 발견하게 된다면 그녀는 끝장이 날 것이다. 다리가 나오고, 거리는 더 밝게 빛나며… 그녀는 전과 마찬가지로 강물이 흐르는 소리를 듣는다. 그녀는 그와 함께 팔짱을 끼고 걸었던 그곳에 와 있다. 언제였더라? 몇 시간 전이었더라? 오래되지는 않았을 것이다. 오래되지 않았다고? 어쩌면 그렇지 않을지도 모르지! 아마도 그녀는 오랫동안 의식을 잃고 있었을지도 모르며, 오래전에 자정이 지나 벌써 아침이 다가오는지도 모르며, 집에서는 이미 그녀를 찾고 있을지 모른다. 아니, 아니, 그럴 리는 없다. 그녀는 자신이 의식을 잃지 않았었다는 것을 알고 있다. 그녀는 지금 자신이 마차에서 내동댕이쳐진 다음 곧장 모든 상황을 뚜렷이 알게 되었던 처음 사고 순간보다 더 정확하게 기억하고 있다. 그녀는 다리 위를 달려가면서 자신의 발걸음이 울리는 소리를 듣는다. 그녀는 왼쪽도 오른쪽도 바라보지 않는다. 이제 그녀는 무언가의 모습이 자신에게 마주 오는 걸 알아차린다. 그녀는 걸음을 늦춘다. 마주 오는 사람은 누구일까? 그건 제복을 입은 어떤 사람이다. 그녀는 아주 천천히 걷는다. 그녀는 시선을 끌어서는 안 된다. 그녀는 그 남자가 자신에게 시선을 집중하고 있다고 믿는다. 그가 그녀에게 묻는다면? 그녀는 그의 옆을 지나며 제복을 알아보는데, 그는 안전순찰대원이다. 그녀는 그를 지나쳐 간다. 그녀는 그가 자신의 뒤에서 멈춰 서는 소리를 듣는다. 그녀는 다시 뛰어가고 싶은 것을 간신히 억누르는데, 뛰어갔다간 의심을 받을지도 모른다. 그녀는 전과 마찬가지로 여전히 천천히 걸어간다. 그녀는 마차선로의 딸랑거리는 소리를 듣는다. 자정이 멀지 않은 듯하다. 이제 그녀는 다시 더 빨리 걷는다. 그녀는 도시를 향해 서둘러 가는데, 이미 도로의 출구 옆 철로 육교 아래에서 도시의 불빛들이 그녀를 향해 반짝이고, 그녀는 벌써 희미한 소음이 들려오는 것을 느낀다. 이 적막한 거리만 지나면 구원되는 것이다. 이제 그녀는 멀리서 울리는 날카로운 호각 소리를 듣는다. 그것은 점점 더 날카롭게, 점점 더 가까이 다가오고, 마차 한 대가 쏜살같이 그녀 옆을 지나간다. 그녀는 저절로 그 자리에 멈춰 서서 마차를 바라본다. 마차가 어디로 가는지 그녀는 잘 안다. 그녀는 생각한다. 저렇게 빠를 수가! 그것은 마치 요술을 부리는 듯하다. 한순간 그녀에게는 그 사람들의 등에 대고 소리를 질러, 그들을 따라 가서, 자신이 떠나왔던 곳으로 다시 돌아가야만 할 것 같은 생각이 든다. 잠깐 동안 그녀는 지금껏 느껴보지 못한 어마어마한 수치심에 사로잡히고, 자신이 비겁하고 나빴다는 걸 알게 된다. 그러나 마차 굴러가는 소리와 호각 소리가 점점 더 멀리 아스라이 들리자 그녀에게는 강렬한 기쁨이 몰려오고, 그녀는 구원받은 듯 서둘러 앞으로 걸어 나간다. 사람들이 그녀를 향해 마주 오지만 그녀는 더 이상 그들을 두려워하지 않는다. 가장 힘든 일을 극복한 것이다. 도시의 소음이 뚜렷하게 들려오고, 그녀의 앞쪽은 점점 더 밝아진다. 그녀는 벌써 프라터 거리의 늘어선 집들을 보게 되고, 수많은 사람들의 물결이 자신을 기다리고 있는 것 같은 느낌을 받으며, 그 속에서 흔적 없이 사라져버려도 될 것 같은 생각이 든다. 이제 그녀는 어느 가로등 밑에 다가오자 안심을 하고 시계를 쳐다본다. 9시 10분 전이다. 그녀는 시계를 귀에 대본다. 그것은 멈춰 있지 않다. 그리고 그녀는 생각한다. '나는 살아 있으며, 건강하지. 내 시계도 가고 있는데… 그는… 그는… 죽었어… 운명이지….' 그녀에게는 모든 것이 어긋나버린 듯한… 하지만 자기 쪽에는 아무런 잘못도 없다는 느낌이 든다. '그것은 증명되었어. 그래, 그것은 증명되었어.' 그녀는 자신이 이렇게 큰 소리로 말하는 걸 듣는다. 그런데 운명이 바뀌었더라면? 그래서 지금 그녀가 거기 도랑 안에 누워 있고, 그가 살아 있다면? 그는 달아나지 않았을 것이다. 그렇다. 그는 그러지 않았을 것이다. 그래, 그는 남자니까. 그녀는 여자이고 — 또한 그녀는 아이와 남편이 있다. 그녀의 행동이 옳았다. 그것은 그녀의 의무다. 그녀의 의무. 그녀는 자신이 의무감에서 그렇게 행동했다는 것을 매우 잘 알고 있다. 그녀는 올바른 행동을 한 것이다. 자신도 모르게… 마치 착한 사람들이 늘 그렇게 행동하듯. 이제 그녀는 발각될지도 모른다. 이제 의사들이 그녀에게 질문을 할지도 모른다. 마나님, 남편은요? 오 이럴 수가! 그리고 내일 신문들은 — 그리고 가족들은 — 그녀는 영원히 파멸하고, 남편을 되살릴 수 없게 될지도 모른다. 이것이 핵심 문제이며, 다른 어떤 것도 아닌 이것 때문에 그녀는 스스로 파멸할지 모른다. 그녀는 철로 육교 밑에 와 있다. 계속 앞으로… 계속… 이제 테게톱 기념상에 이르고, 여기에서는 도로들이 여러 갈래로 갈라진다. 오늘은 비가 내리고 바람이 부는 가을 저녁이라서 밖에 사람들이 별로 없다. 하지만 그녀는 도시의 활기가 자신을 둘러싸고 힘차게 솟구치는 듯 느낀다. 그녀가 떠나온 그곳에는 무시무시한 적막이 있었기 때문이다. 그녀는 여유가 있다. 남편이 오늘 열시쯤은 돼야 집에 돌아올 것이라는 걸 알고 있는 그녀는 시간적으로 옷을 갈아입을 여유가 있는 것이다. 이제야 그녀는 자신의 옷을 바라볼 생각을 한다. 그녀는 깜짝 놀라면서 옷이 온통 더러워져 있음을 깨닫는다. '하녀에게 뭐라고 말할까?' 내일 그 사고에 대한 이야기가 모든 신문에 실려 읽혀지게 될 것이라는 생각이 그녀의 머릿속을 스치고 지나간다. 또한 마차 안에 있었는데 사라져서 찾지 못한 어떤 여자에 대해서도 도처에서 읽게 될 것이라는 생각에 그녀는 다시금 몸을 떤다. 경솔한 행동이었으며, 그녀의 온갖 비겁한 행동은 쓸모없는 짓이었다. 그러나 그녀는 집 열쇠를 지니고 있다. 그녀는 손수 문을 따고, 아무에게도 들키지 않고 들어갈 수 있다. 그녀는 재빨리 마차를 잡아탄다. 그리고 마부에게 집 주소를 대려다가 현명하지 않은 듯한 생각이 들어 막 떠오른 어떤 거리 이름을 말해준다. 프라터 거리를 통과해 가는 동안 그녀는 무엇이든 느껴보려고 하지만 그럴 수가 없다. 그녀는 집에 가서 마음 편히 있고 싶다는 오직 한 가지 소원밖에 없음을 느낀다. 다른 모든 것은 그녀의 관심 밖이다. 죽은 자를 거리 위에 버려두겠다고 결심한 그 순간에 그녀의 마음속에서는 그를 슬퍼하거나 애통해하려는 모든 것이 멈춰버려야 했다. 그녀는 지금 자기 자신에 대한 걱정 외에는 아무것도 느끼지 못한다. 그녀가 비정한 것은 아니다. 결코 그렇지 않다! 그녀는 자신이 절망하게 될 날이 올 것임을 분명히 알고 있으며, 아마도 그녀는 그 일로 인해 파멸할 것임도 잘 알고 있다. 그러나 지금 그녀의 마음속에는 눈물을 거두고 예전과 똑같이 남편과 아이와 함께 편안하게 식탁에 앉고 싶은 갈망 외에는 아무것도 없다. 그녀는 마차의 창밖을 내다본다. 도심을 지나가고 있고, 불빛이 밝게 비추며, 꽤 많은 사람들이 바삐 지나쳐간다. 이때 그녀에게는 갑자기 조금 전에 겪었던 모든 일이 전혀 사실이 아닌 듯 여겨진다. 그것은 악몽같이 여겨지며… 실제 일어난 불변의 일이라고는 생각되지 않는다. 그녀는 광장으로 향하는 어느 골목길에서 마차를 세우고, 내려서 재빨리 모퉁이를 돌아 거기에서 다른 마차를 잡아타고는 마부에게 자신의 올바른 집주소를 댄다. 그녀는 지금은 전혀 어떤 생각을 할 수 없는 듯이 느낀다. 그는 지금 어디에 있을까라는 생각이 그녀에게 떠오른다. 그녀는 눈을 감는다. 그러자 눈앞에서는 구급차 안에서 들것 위에 누워 있는 그가 보인다. 그러고는 갑자기 자신이 그의 옆에 앉아 함께 구급차를 타고 가는 듯한 느낌이 든다. 마차는 흔들리기 시작하고, 그녀는 그때처럼 밖으로 내동댕이쳐질까 봐 두려워 비명을 지른다. 그때 마차가 멈춘다. 그녀는 몸을 움찔한다. 그녀는 자신의 집 대문 앞에 와 있다. 그녀는 재빨리 내려서 문지기가 창문으로 올려다보지 않도록 조용한 발걸음으로 서둘러 현관을 지나 계단을 오르고, 아무에게도 들리지 않도록 조용히 문을 딴 다음 앞방을 지나 자신의 방으로 들어간다. 성공이다! 그녀는 불을 켜고, 서둘러 옷을 벗어 장롱 속에 감춘다. 밤새 옷은 마를 것이며, 내일 그녀는 그것을 솔질하여 깨끗하게 해놓을 생각이다. 그런 다음 그녀는 얼굴과 손을 씻고 잠옷으로 갈아입는다.

이제 밖에서 초인종이 울린다. 그녀는 하녀가 대문으로 가서 문을 여는 소리를 듣는다. 그녀는 남편의 목소리를 들으며, 그가 지팡이를 내려놓는 소리를 듣는다. 그녀는 자신이 이제 강해져야만 하며, 그렇지 않으면 모든 것이 헛일이 되어버릴 것이라고 느낀다. 그녀는 재빨리 식당으로 간다. 그리하여 남편과 동시에 식당에 들어선다.

"아, 당신 벌써 집에 와 있었군?"

그가 말한다.

"물론이지요. 벌써 오래전에 왔는걸요."

그녀가 대답한다.

"당신이 오시는 걸 미처 보지 못했나 봐요."

그녀는 자연스럽게 보이려고 애쓰면서 미소를 짓는다. 미소를 지어야만 하는 것이 그녀를 무척 피곤하게 만든다. 그는 그녀의 이마에 입을 맞춘다.

어린 아들은 이미 식탁 옆에 앉아 있다. 아이는 오랫동안 기다려야만 했기에 잠이 들었다. 아이는 접시 위에 자신의 책을 올려놓고, 펼쳐진 책 위에 얼굴을 묻고 있다. 그녀는 아이 옆에 앉았고, 남편은 그녀와 마주 앉아서 신문을 집어 들고 대강 들여다본다. 그러고 나서 그는 신문을 치우고 말한다.

"다른 사람들은 아직도 함께 앉아 계속 논의하고 있소."

"무슨 일에 대해서요?"

그녀가 묻는다.

그는 오늘 회의에 대해 매우 오랫동안 많은 것을 설명하기 시작한다. 엠마는 귀 기울여 듣는 듯 이따금 고개를 끄덕인다.

그러나 그녀는 아무것도 듣고 있지 않으며, 그가 무엇을 말하고 있는지 알지 못한다. 그녀는 무시무시한 위험에서 기이하게 빠져나온 듯한 기분이 들며… '나는 구제되었고, 나는 집에 와 있다'는 느낌뿐이다. 그리고 그녀의 남편이 계속하여 이야기하는 동안 그녀는 자신의 의자를 아이에게 더 가까이 끌어당기고, 아이의 머리를 자신의 가슴으로 끌어안는다. 그녀에게 이루 말할 수 없는 피로가 몰려온다. 그녀는 몸을 가누지 못하고, 졸음이 엄습하는 걸 느끼며, 마침내 눈을 감는다.

갑자기 그녀에게 한 가지 가능성이 떠오르는데, 그것은 그녀가 웅덩이에서 몸을 일으킨 이후 전혀 생각지 못해온 것이다. '그가 죽지 않았다면! 만약 그가… 아, 아니야, 전혀 의심의 여지가 없어… 그 눈… 그 입, 그리고… 입술에서 아무 입김도 없었어.' 하지만 기절도 있다. 숙련된 눈길도 혼동을 일으키는 경우가 있다. 그런데 그녀는 분명 숙련된 눈길을 갖고 있지 않다. 그가 살아 있다면, 그가 다시 의식을 찾는다면, 그가 갑자기 한밤중에 국도 위에서 홀로 발견된다면… 그가 그녀를 향해 외치고… 그녀의 이름을 부르고… 마침내 그녀가 다쳤을까 두려워하고… 그가 의사들에게 거기에 한 여자가 있었으며, 그녀는 멀리 내동댕이쳐졌음에 틀림없다고 말한다면. 그러면… 그러면… 그런 다음엔? 사람들은 그녀를 찾게 될 것이다. 마부는 사람들을 데리고 프란츠 요젭스란트에서 돌아올 것이고… 그는 이렇게 설명할 텐데… 내가 떠날 때 그 여자는 여기에 있었다고. 그리고 프란츠는 짐작할 것이다. 프란츠는 알게 될 것이다. 그는 그녀가 어떻게 된 건지 아주 잘 안다. 그는 그녀가 달아났다는 걸 알게 될 것이며, 엄청난 분노에 사로잡힐 것이고, 복수하기 위해 그녀의 이름을 댈 것이다. 그는 끝장이 났으므로. 또한 그녀가 최후의 순간에 자신을 홀로 버려둔 것에 대해 깊은 상처를 받아 가차 없이 이렇게 말할 것이다. "그 여자는 엠마 부인인데, 내 애인이고… 비겁하고 동시에 멍청합니다. 의사 선생님들, 당신들에게 신중함이 요구된다면 분명 그녀에게 이름을 묻지 말아야 할 겁니다. 당신들은 그녀를 그대로 놔두는 게 좋을 거고, 나 또한 그럴 겁니다. 아, 그녀가 당신들이 올 때까지 여기에 있었어야 했는데. 하지만 그녀가 그런 몹쓸 사람이 되었으므로 나는 당신들에게 그녀가 누군지를 말하겠습니다. 그건… 아!"

"당신 무슨 일 있어?"

교수는 일어서면서 매우 진지하게 묻는다.

"뭘… 왜요…? 뭐가요?"

"도대체 무슨 일이야?"

"아무 일도 없어요."

그녀는 아이를 더 꼭 끌어안았다.

교수는 그녀를 오랫동안 바라본다.

"당신 알아요? 졸기 시작하더니…."

"그러고요?"

"그러고는 갑자기 소리를 질렀소."

"아… 그래요?"

"꿈속에서 가위눌릴 때 소리치는 것과 같았소. 당신 꿈꿨소?"

"모르겠어요. 난 아무것도 모르겠어요."

그녀는 마주 보이는 벽 거울 속에서 자신의 얼굴을 보는데, 그것은 잔인하게 미소 짓고 있으며, 일그러진 표정을 하고 있다. 그녀는 그것이 자기 본연의 얼굴이라는 것을 알고 전율한다. 그리고 그녀는 그런 얼굴이 굳어져 버릴 것임을 깨달으며, 입도 뻥긋하지 못한다. 그녀는 이런 미소가 그녀가 살아 있는 한 자신의 입술 언저리에 맴돌게 될 것임을 안다. 그녀는 비명을 지르려고 한다. 그때 그녀는 두 손이 자신의 어깨 위에 놓이는 걸 느끼고, 자신의 얼굴과 거울 속의 얼굴 사이로 남편의 얼굴이 끼어드는 것을 본다. 남편의 두 눈은 의아한 듯 위협적으로 그녀의 눈 속으로 빨려든다. 그녀는 이 마지막 시련을 이겨내지 못하면 모든 것이 끝장이라는 것을 알고 있다. 그녀는 자신이 다시 강해지는 것을 느끼고, 자신의 표정과 사지를 마음대로 제어할 수 있게 된다. 그녀는 이 순간 이것들을 이용하여 뜻하는 일을 시작할 수 있다. 그녀는 남편을 이용해야만 하며, 그렇지 못하면 헛일이다. 그리하여 그녀는 양손으로 아직 자신의 어깨 위에 놓여 있는 남편의 두 손을 붙잡아 그를 자신에게로 끌어당기고, 밝고 사랑스러운 눈빛으로 남편을 바라본다.

그녀는 이마 위의 남편의 입술을 느끼면서 생각한다. '틀림없이… 악몽을 꾸었던 거야. 그는 그것을 아무에게도 얘기하지 않을 거고, 결코 복수하지 않을 거야. 결코. 그는 죽었어. 그는 틀림없이 죽었어. 그리고 죽은 자는 말이 없어.'

"어째서 그런 말을 하는 거요?"

그녀는 갑자기 남편의 목소리를 들었다. 그녀는 소스라치게 놀란다.

"도대체 내가 무슨 말을 했는데요?"

그녀는 자신이 갑자기 모든 것을 큰 소리로 얘기한 듯한… 이날 저녁에 있었던 일을 식탁에서 모두 털어놓은 것 같은 생각이 들었고… 그리하여 그녀는 남편의 놀란 시선 앞에 좌절하면서 다시 한번 묻는다.

"도대체 내가 무슨 말을 했는데요?"

"죽은 자는 말이 없어."

남편은 매우 천천히 그녀가 한 말을 다시 말한다.

"그래요… 그래요…."

그녀는 말한다.

그리고 그녀는 남편의 눈 속에서 더 이상 그에게 아무것도 숨길 수 없다는 것을 읽는다. 두 사람은 오랫동안 서로를 바라본다. 그런 다음 남편이 그녀에게 말했다.

"아이를 침대로 데려가 눕혀요. 당신 내게 뭔가 얘기할 게 있는 것 같은데…."

"예."

그녀가 말했다.

그녀는 몇 년에 걸쳐 속여 온 이 남자에게 곧장 모든 사실을 털어놓아야 한다는 것을 알아차린다.

남편의 시선이 줄곧 자신에게 향하고 있음을 느끼면서 아이를 데리고 천천히 문을 나가 걸어가는 동안 그녀에게는 커다란 평온이 찾아든다. 마치 많은 것들이 다시 좋아질 것 같은….

친숙한 여인

Die Nächste

혹독한 겨울이 지나갔다. 그는 자기 방에서 다시 창문을 열어놓게 되고, 봄이 시작되면서 맞이하는 맨 처음의 공기가 밀려 들어오고, 거리의 멍멍한 소음이 울려 올라오자 자신에게서 인생은 아직 끝나지 않았다는 것을 느끼기 시작했다. 이제부터 그는 직장에서 귀가한 오후 시간은 창문을 몽땅 열어놓고 그 옆에서 보냈다. 그는 안락의자를 창가에 바짝 붙여놓고 앉아 책을 손에 들고 읽으려고 했다. 하지만 언제나 곧장 책을 무릎 위에 내려놓고는 창밖을 내다보았다. 그의 집은 가장 높은 층에 있어서 그렇게 앉아 있으면 마주하는 건 창백한 하늘뿐이었다. 이 3월의 마지막 날들에는 소슬바람이 자주 불었는데, 바람은 그에게 시민 공원에서 막 피기 시작한 꽃들의 축축한 향기를 불어 올려다 주었다.

지난해 10월에는 그의 아내가 죽었다. 그 후로 그는 마치 넋 나간 사람처럼 살아왔다. 그는 자신의 아내가 젊은 나이에 저세상으로 떠남으로써 아직 젊은 남자인 자신을 세상에 홀로 남겨둘 것이라고는 꿈에도 생각지 못했다. 그녀가 죽고 처음 몇 주 동안은 교외에서 조그만 가게를 하고 있는 그녀의 아버지가 이따금 그에게 찾아왔다. 하지만 그와 늙은 장인과의 관계는 점점 느슨해졌고, 곧 완전히 단절되었다. 그의 부모는 일찍 세상을 떴다. 그들은 수도에서 멀리 떨어진 어느 작은 마을에서 살았는데, 그는 소년 시절에 빈에서 김나지움*을 다니기 위해 그 마을을 떠났다. 그리하여 그는 젊은 시절의 거의 전부를 낯선 사람들 가운데에서 보낼 수밖에 없었다. 공증인이었던 아버지가 죽은 후 구스타프는 열일곱 살 때까지 재능이 있어서라기보다는 열심히 노력하여 이수해 온 김나지움 과정을 포기했다. 그는 어느 철도 회사에 들어갔는데, 회사는 처음부터 그에게 꽤 괜찮은 수입과 느리지만 확실한 승진에 대한 희망을 제공해 주었다. 그는 청년기를 조용히 보냈다. 그는 사무실에서 자신의 임무를 수행하며 시간을 보냈고, 오락거리는 드물게 즐겼다. 그는 한 달에 한 번 극장에 갔고, 토요일마다 직장 동료들로 이루어진 저녁 사교모임에 참석했다. 그가 서른두 살이 되던 해에 평온하던 그의 삶은 순식간에 뒤죽박죽이 되었다. 합창단의 저녁 오락 모임에서 알게 된 한 젊은 여인이 그의 연인이 되었고, 그녀가 남편과 함께 빈을 떠나자 그는 질투로 인해 엄청난 괴로움과 극심한 고통을 겪었던 것이다. 그러나 그는 곧 그 격동의 시기가 지나가 버리자 기뻐했고, 안도의 숨을 쉬며 이전의 생활 방식으로 되돌아갔다.

그 후 4년이 지나 그는 한 소녀를 알게 되었다. 그녀는 가끔 가족들을 보러 집에 방문했는데, 당시 그는 그 가족들 집에 살고 있었다. 그는 곧 자신의 아내로서 이 소녀보다 더 잘 맞는 사람은 만나지 못할 것임을 알게 되었다. 그가 알고 싶을 때면 그녀의 가족들에게서 그녀에 대한 많은 것을 알아냈다. 그녀는 꼬박 일 년을 약혼한 상태로 있다가 예비

---

* 대학 진학을 원하는 학생들이 선택하는 인문계 고등학교로, 일반적으로 9년 과정이다.

신랑의 죽음을 겪었고, 그 뒤로 잔잔한 슬픔이 그녀의 존재 전체를 뒤 덮는 것 같았다. 그녀는 중산 시민 계층 출신 소녀로서 반듯한 교양을 갖추고 있었고, 나아가 탁월한 음악적 재능도 지니고 있었다. 사람들은 그에게 그녀가 많은 유명한 가수들보다 노래를 더 잘 부른다고 이야기 해 주었다. 구스타프에게는 이 어린 소녀의 입술을 다시 미소 짓게 해 야겠다는 공명심이 생겨났다. 그는 이제 자신이 고결한 여자들에게 무 언가를 의미심장하게 내보이는 능력 또한 지니고 있다는 것을 지난추 억 속에서 실감하기 위해, 어린 소년 시절에 했던 모험을 즐겨 회상하 곤 했다. 그는 테레제가 그에게 말을 하면서 처음으로 미소 지었을 때 무척 행복했다. 그날 저녁 그는 자신에게 당당한 자부심을 안겨주는 일 종의 황홀함을 느꼈는데, 왜 그런지는 자신도 알 수 없었다. 그 후 몇 달 이 지나 그녀는 그의 아내가 되었고, 그에게는 이제야 비로소 삶다운 삶이 시작된 것 같았다. 자신보다 앞서 어느 누구에게도 속한 적이 없 는 한 젊은 여인을 자신의 품으로 껴안는다는 생각이 그를 희열로 가득 채웠다. 그는 처음에는 자신의 격렬한 애정의 불꽃이 이 순수한 피조물 을 더럽힐까 봐 두려웠다. 그러나 그녀도 곧 그와 마찬가지로 가차 없 이 그에게 몸을 내맡기자 그는 자신의 행복에 완전히 빠져버렸다. 아이 가 없는 가운데 결혼 생활이 이어지자 둘 사이의 관계는 여러 해에 걸 쳐 아무런 변화도 없었다. 그에게 그의 집은 평화와 기쁨의 장소이기도 했다. 그는 이전에 알던 사람들과는 관계를 끊었다. 단지 테레제의 아 버지와 그녀의 여자 친구 한 사람 등 소수의 사람들만이 그 젊은 부부 를 방문했고, 그것도 아주 드물 뿐이었다. 구스타프에게 테레제의 여 자 친구는 이따금 테레제를 노래하는 데로 데리고 가는 역할을 하는 사람일 뿐, 별로 중요하지 않은 사람이었다. 테레제는 자주 혼자서만 노래를 불렀고, 그는 그녀가 그렇게 혼자 노래하는 것을 무엇보다 좋아했다. 그녀의 목소리에서는 순수와 열정이 놀랍도록 잘 어우러진 그녀 영혼의 전부가 그를 향해 울려나왔다. 그는 때때로 밤이면 그녀에게 슈베르트의 노래를 아주 조용히 불러달라고 청했다. 그러면 그녀는 그를 자기에게 끌어당기고, 입술을 그의 귀에 바짝 가져다대고 노래를 불렀다. 그러면 방 안의 어둠은 온통 열광과 경탄의 몸서리로 휩싸였다.

테레제는 얼마 되지 않는 돈을 혼수로 가져왔는데, 그것은 마음에 드는 소박한 집 한 채를 마련하기에 꼭 맞는 액수였다. 그래서 그들은 남자의 봉급으로 살아가야 했다. 그러나 젊은 아내의 알뜰함으로 인해 어디서도 궁핍감이 생기는 일은 없었다. 그들은 3주 동안의 여름휴가 기간에는 니더외스터라이히*의 어느 작은 숲속 마을에서 체류하며 삶을 즐겼다. 두 사람에게 있어 미래는 아무런 방해도 받지 않는 둘만의 어우러진 삶으로 보였고, 동년배들의 우울함 같은 것은 아직 멀리에 있었으며, 두 사람 중 누구도 종말을 생각하지는 않았다. 그들은 결혼하고 7년이 지났는데도 여전히 한 쌍의 연인이었다.

9월에 그들이 산골 마을에서 머물다 돌아온 다음 곧바로 테레제가 병이 났다. 의사는 처음부터 희망을 주지 않았지만 구스타프는 의사를 믿지 않았다. 그에게는 테레제가 죽는다는 건 절대로 있을 수 없는 일로 여겨졌다. 그녀는 슬퍼하며 울 겨를도 없이 그대로 가버렸다. 그는 어떻게 그럴 수가 있는지 도무지 알 수가 없었다. 그가 자기 앞에 무슨

---

* 오스트리아 동북부에 위치한 주(州)로 수도 빈을 둘러싸고 있으며, 도나우 강이 서쪽에서 동쪽으로 흐른다.

일이 일어날 것인지를 알아차리기 시작한 건 겨우 지난며칠 동안에 불과했다. 그는 집에 머물면서 그녀의 침대 곁을 떠나지 않았다. 어마어마한 두려움이 몰려왔다. 그는 유명한 교수 두 사람을 불렀다. 그들은 곧 종말이 다가올 테니 그에게 준비하라는 말밖에는 아무것도 할 수 없었다. 전날 밤 테레제는 자신이 끝났다는 걸 느끼고 그와 작별의 인사를 나누었다. 이날 밤은 지나갔고, 끝없이 긴 낮이 다시 찾아왔으며, 비가 내렸다. 구스타프는 테레제의 침대 옆에 앉아 그녀가 죽는 것을 보았다. 밤이 막 찾아드는 시간이었다.

그러고 나서 혹독한 겨울이 왔다. 그가 지금은 솔솔 불어오는 봄날의 첫 바람을 맞으며 앉아 있지만 당시 그에게는 그 겨울이 무겁고 둔중한 긴 밤과도 같이 여겨졌다. 그는 반쯤 잠에 빠진 상태로 업무상의 과제를 처리했고, 이제 서서히 잠에서 깨었다. 그는 하루하루 이런 봄날들을 맞으면서 정신이 좀 더 제대로 돌아오는 것 같았다. 잔인한 적과도 같이 그를 에워싸고 있던 그의 고통이 점차 그를 풀어주었다. 구스타프는 안도의 숨을 쉬었다. 그는 다시 살아가고 있음을 느꼈다. 그는 저녁에는 산보를 했다. 그는 몇 년 전 그녀를 데리고 즐겨 걷곤 했던 것처럼 먼 길을 걸었다. 처음에는 시내의 거리들만 걷다가 낮이 더 길어지면 더 멀리 밖으로 나가 초원과 숲과 언덕으로 갔다. 그는 지치도록 걷는 걸 좋아했다. 그러나 그는 집으로 돌아오기 전에는 뭔지 모를 두려움을 느꼈다. 밤에는 집 안의 벽들이 고통스럽게 옥죄면서 그를 에워쌌고, 잠에서 깨면 고통스러워서만이 아니라 무서워서도 울었다. 그는 옛 지인들과 다시 접촉하기 시작했고, 저녁에는 이따금 몇몇 회사 동료들과 저녁 식사를 하곤 했던 식당에도 갔다. 한번은 그가 밤에 잠을 잘 못 잔다고 이야기하자 사람들이 그에게 평소보다 술을 좀 더 마시라고 조언해 주었다. 그 조언을 따르자 그는 놀랍게도 사람들과의 대화에 열렬히 끼어들게 되고 거의 기뻐서 흥분되는 듯한 느낌이 든다는 걸 깨달았다. 그런 다음 그는 혼자서 집으로 돌아갈 때면 친구들이 자신을 이상하게 생각하며 분명히 비난하는 투로 바라본 것 같은 생각이 들었고, 그래서 조금 부끄러워했다.

날은 더 따뜻해졌고, 저녁은 무척 포근했다. 죽은 아내에 대한 그의 그리움은 다시 더 격렬해졌고, 되돌릴 수 없는 상실에 대한 감정이 막강한 힘을 지닌 새로운 불행으로 그에게 밀려들었다. 어느 일요일 오후에 한번은 그가 혼자서 도른바허 공원을 산책하고 있었는데 — 그의 위로는 완전히 무르익은 봄이 떠 있었고, 나무들은 초록빛으로 잎을 피우고 있었으며, 초원은 해맑은 빛깔로 빛났고, 길이란 길은 모두 산보객들로 붐비고 있었고, 아이들은 장난치며 뛰어다녔고, 젊은이들은 숲가에 누워 쉬고 있었다. 그때 그는 처음으로 자신이 얼마나 외로운지를 확실히 알았고, 앞으로 자신의 고통을 어떻게 이끌어 나가야 하는 건지 알 수가 없었다. 그는 크게 소리치고 싶은 욕구를 느꼈고, 자신이 눈을 크게 뜨고 다른 모든 사람들 가운데 유난히 빠른 발걸음으로 걸어 나가고 있다는 걸 알았고, 많은 사람들이 의아해하며 자신을 바라본다는 것을 깨달았다. 그는 사람들에게서 달아나고 싶었다. 좀 더 한적한 길을 찾아 키 큰 자작나무와 전나무들 사이를 지나 조피알프스*를 타고 올라갔는데, 꼭대기에 도착했을 때는 해가 지고 있었다. 그는 골짜기와

---

* 오스트리아 빈 서쪽의 알프스 산지에 위치한 초원 지대로, 이곳에서 자주 여름을 보냈던 조피 대공비(1805~1872)의 이름에 따라 조피알프스로 불린다.

언덕들이 불그레한 하얀빛을 받으며 누워 있는 것을 보았고, 뒤로 돌아서자 희미한 은빛 안개 속으로 가라앉아 있는 듯한 도시가 보였다. 그는 거기에 오래 서 있었고, 마음이 더 평온해졌다. 골짜기 아래로 깊숙이 뻗어 내린 국도 위로는 약간의 먼지구름이 나지막이 피어올랐고, 마차가 굴러가는 둔탁한 소리가 들렸으며, 시끌벅적한 사람들의 목소리와 밝은 웃음소리가 울려 올라왔다. 그는 천천히 귀갓길에 올랐는데, 조금 전 올라왔던 숲을 통과해 난 길이 아닌 넓은 마찻길을 택했다. 그는 이따금 멈춰 서서 깊은 숨을 쉬었는데, 그러면 마치 어딘가에서 그에게 위로를 전하는 느낌이었다. 어둠이 재빨리 밀려들었다. 예쁜 시골집들을 지나고, 사람들의 물결에 휩쓸리기도 하면서 그는 곧 어느 커다란 정원 딸린 식당으로 갔다. 식당에는 손님이 매우 많았다. 정원의 등불들은 켜져 있었고, 깊숙한 곳에 있는 한 식탁에는 연주자들이 앉아 있었다. 그들이 하모니카와 바이올린과 피리로 곡들을 연주하는 가운데 한 남자가 높고 감미로운 목소리로 연주에 맞춰 노래를 불렀다. 구스타프는 이들과 꽤 멀리 떨어진 출입구 바로 옆에 자리를 잡고 앉았다. 그는 자기 근처에 있는 사람들을 관찰했다. 그의 옆에 있는 식탁에는 어린 소녀 둘이 앉아 있었는데, 무척 예뻐 보였다. 그는 매우 오랫동안 그들을 바라보았다. 그는 자신의 소년 시절을 회상했는데, 그때 이후로는 그가 그런 눈길로 여자들을 바라본 적이 없었기 때문이다. 지금까지 집과 회사를 규칙적으로 오가는 길에 마주쳤지만 그에게는 아무 의미도 없었던 여자들의 모습이 그의 기억 속에 떠올랐다. 오늘 이렇게 금발의 어린 소녀들을 마주하면서 그는 처음으로 다시 자신이 아직 젊은 남자라는 것을 느꼈다. 이제 그에게는 이따금 거리에서 여자들이 자신을 바라보았던 것도 떠올랐다. 그는 깜짝 놀라면서도 동시에 기쁜 마음으로, 그의 삶은 아직 끝나버릴 수 없으며 어쩌면 그가 끌어안게 될 아름다운 여자나 소녀들이 있다는 것을 깨달았다. 그가 자신에게 틀림없이 입맞춤이 가능할 것이라고 생각할 때면 그의 목과 입술로 전율과 같은 것이 흘렀다. 그는 맞은편 탁자에 앉아 있는 소녀들 중 한 명에게 팔을 붙들고 자신을 소개하고픈 강한 충동에 사로잡히고는 눈을 감았다. 그러나 눈꺼풀이 내려지자마자 그의 앞에 죽은 아내의 모습이 나타났고, 아내의 입술이 가볍게 떨리면서 천천히 그의 입술로 접근해오는 것이 보였다. 그는 깜짝 놀라 눈을 다시 떴다. 이제 이 소녀는 더 이상 그에게 아무것도 아니었다. 그는 세상의 어떤 여자도 더 이상 자신에게 의미가 있을 수 없다고 느꼈다. 산보 중에 오늘처럼 고통이 극심하게 솟아오른 적은 없었고, 그는 자신은 세상을 위해, 또한 세상의 기쁨을 위해 아무 도움도 되지 못한다는 것을 알았다. 그는 지난 순간들을 부끄러워했고, 다른 여자를 껴안으려던 생각이 그를 혐오와 수치로 가득 채웠다. 깡그리 망가진 채로 그는 집으로 돌아가는 길에 올랐다. 그는 금욕을 해야만 하겠다고 생각했다. 그는 먼 길을 걸어 지금까지 느껴보지 못한 지칠 대로 지친 몸으로 집에 도착했다. 몸과 마음이 갈기갈기 찢어져 버린 것 같았다. 불안하고 묵직한 잠이 몰려왔고, 음울한 예감과 함께 잠에서 깼을 때는 무언가 무시무시한 것이 그의 앞에 서 있는 것 같았다.

그는 다음 며칠 동안은 자신의 삶에 있어서 새로운 질서와 새로운 내용을 찾느라 몹시 애를 썼다. 그는 앞으로 삶을 살아나갈 수 없게 되기를 원치 않는다면 계속하여 격렬한 욕망의 고통에 그대로 몸을 내맡겨서는 안 된다는 것을 깨달았다. 그는 이제 자신이 아내를 알기 전에 어떤 삶을 보내왔는지를 되돌아보면서 깜짝 놀랐다. 그에게 그것은 일종의 꿈과 같은 삶이었던 듯 여겨졌다. 그가 자기 자신에 대한 믿음을 바탕으로 어느 정도 기쁜 마음으로 계속해서 종사해 온 회사 일을 제외하고는 그의 정신적 욕구는 미미했었다. 그는 음악을 즐겨 들었고, 이따금 기행문들을 즐겨 읽었는데, 그것은 모험적인 내용에 의해서라기보다는 자연 묘사에 의해 그의 마음을 사로잡곤 했다. 지금 스스로에게 가장 시작하고 싶은 것이 무엇이냐고 묻는다면 그는 틀림없이 여행이라고 대답할 것이다. 그러나 그에게는 여행을 위해 직업을 포기하는 것은 불가능한 일이었고, 그가 얻을 수 있는 짧은 휴가는 그에게 별로 가치가 없을 것이다. 좀 더 곰곰이 생각해 보는 가운데 낯선 지방에서 혼자 완전히 자신의 기억에 예속되어 이리저리 헤맬 것 같아 여행에 대한 분명한 두려움이 엄습해 왔다. 그리하여 막 시작된 봄이 그에게 가져다 준 얼마간의 평온함은 다시 사라졌다. 그는 식당에서의 동료들과의 모임 또한 불편해져 더 드물게 참석하고 더 일찍 헤어졌다. 한번은 밤에 그가 집으로 가던 중 계단에서 등불이 나간 적이 있었다. 그때 그는 무서움이 엄습해 와 계단 위에 주저앉아 몸을 웅크리고 흐느껴 울었다. 그는 떨면서 성냥을 찾았다. 그는 성냥을 찾아 불을 켜고, 불꽃의 밝은 빛이 그의 둘레로 퍼지자 자기 자신을 보고 웃으려고 했다. 그는 자기 방 안으로 들어설 때까지 의도적으로 입가에 미소를 지었다. 거기서 그는 거울 속의 자신을 보고도 자신을 알아보지 못했다. 그는 더 가까이 다가갔고 ─ 아주 가까이 가자 그의 입김으로 거울이 뿌옇게 되었다. 그는 한손에 양초가 꽂힌 촛대를 들고 그것을 거울과 마주하고 있는 장롱 위에 놓고 나서, 뒤로 물러나 침대에 앉은 다음 침대 속으로 도망쳐 들어가야 한다고 느끼면서 재빨리 옷을 벗었다. 그는 사지를 펴고 누워서 이불을 얼굴까지 끌어올렸다. 그때 촛불이 아직 타고 있다는 생각이 떠올랐지만 감히 일어나지 못했다. 초가 완전히 아래로 녹아내려 다 탈 때까지 잠을 자지 않고 뜬눈으로 그대로 있을 생각이었다. 그는 눈에서 천천히 이불을 걷어 내리고 장롱 위에 있는 촛불을 보았으며, 거울 속에서 그것을 또 한 번 보았다. 그는 그쪽을 꼿꼿이 응시하다가 몇 초 후 잠이 들었다.

다음날 아침 그가 잠에서 깨었을 때 무엇보다 먼저 떠오른 것은 지난밤에 겪은 무서움이 아니라 며칠 전 조피알프스에서 했던 그 산보였다. 그것은 그의 기억 속에 기분 좋은 모험으로 남았고, 그의 머릿속에서 그날에 대한 생각이 무언가 구원을 주는 것같이 떠올랐다. 그리하여 그는 매일 오후 시골로 나갔고, 저녁에는 늘 식당 정원에 앉아 어린 소녀들과 여자들을 바라보게 되었다. 그는 오늘 회사에서 일하는 중에도 젊은 부인들과 아가씨들과 소녀들이 가벼운 여름 옷차림으로 밝은 양산을 쓰고 이리저리 거닐던 숲과 초원밖에는 다른 어떤 것도 생각할 수가 없었다. 그러나 오후에 시골로 가는 것을 진지하게 생각해 보던 중 너무 피곤했고, 그래서 그것을 실천하는 것이 불가능하겠다는 생각이 들었다. 그는 옷을 입은 채 침대에 누웠고, 중한 병에서 서서히 회복되는 사람과 같은 느낌이 들었다. 저녁에 그는 원형 교차로를 지나 매우 천천히 산보를 했고, 지나치는 소녀들의 시선과 자신의 시선이 마주칠 때면 잔잔한 기쁨 같은 것을 느꼈다. 고개를 그의 쪽으로 살짝 돌리고 그를 좀 더 오래 바라보는 사람들도 많이 있었는데, 그에게는 이 모든 시선들 속에 자신이 오랫동안 느끼지 못해왔으면서 무척이나 갈망해 온 따스한 온정이 깃들어 있는 것 같았다. 그 이상 그가 바라는 것은 없었다. 그는 사람들과 친분 관계를 맺거나 그들 중 한 여자를 껴안을 생각은 하지 않았다. 그는 단지 그들이 존재하는 것만으로, 또한 그들의 시선만으로 기뻐했다.

여러 날이 이렇게 꿈과 같은 식으로 더 지나갔다. 그는 오전에는 회사에서 숲과 초원과 멋진 여자들에 대해 꿈꾸었고, 오후에는 반쯤 잠에 취해 침대에 누워 있었으며, 저녁에는 산보를 하고 꽤 일찍 식당에 들어가 주로 밖에서 울타리 뒤쪽에 있는 식탁에 앉아 저녁 식사를 했다.

그가 이번에도 오후의 잠에서 깨어 방 가운데에 서 있는데 갑자기 이런 지난 며칠 동안의 모든 삶이 이해할 수 없는 것으로 여겨졌다. 무엇보다도 가장 이상한 것은 그가 이 며칠 동안 더 이상 아내를 생각하지 않았고, 분명 진정으로 고통스러워하며 아내를 회상하지는 않았다는 것이었다. 그래서 그는 갑자기 울고 싶은 엄청난 충동을 느꼈는데, 그렇게 함으로써 자신의 잘못을 다시 바로잡기라도 할 수 있는 듯했다. 그러나 그는 눈물을 흘리지 않았다. 그러고 나서 거리 위에서 여지들이 줄을 지어 그의 옆을 지나갈 때야 비로소 눈물은 마치 너무 양이 적고 늦게 나와 부끄러워하듯 그의 뺨 위로 흘러내렸다. 그러고 나서 곧 그는 잘못을 털어내 버린 느낌이 들었다. 그는 더 빨리 걸었고, 어떤 홍겨움 같은 걸 느끼면서 앞으로 걸어 나갔다. 그는 오늘 돌연 자신이 다시 행복해지고 싶어 한다는 것과 행복해져도 된다는 것을 분명하게 알았다. 그렇다. 자기 마음대로 할 수 있는 많은 것이 마련돼 있다는 사실이 그를 잔잔한 기쁨으로 넘치게 했다. 그는 자신이 원할 경우 자신을 거절하지 않을 수백 명의 여자들을 생각했다. 그에게 보내는 것으로 보이는 모든 미소와 모든 우연한 스침이 온통 그의 육신에 전율을 일으켰다. 그는 다음에 그의 앞에 일어날 무언가를, 그가 원하면 가질 수 있는 무언가를 즐겨 기다렸다. 그가 좋다면 1주일 후든, 아니면 내일이든, 오늘이든, 15분 후든 아무 때나 가능했다. 그리고 이런 확실성 속의 불확실함은 또 다른 매력이었다. 그는 국민공원 근처에 있는 벤치에 앉았다. 공원에서 음악이 울려나왔고, 구스타프 옆을 지나가는 사람들은 울려오는 음악 속으로 몸을 기울이는 듯이 보였다. 그는 모자를 벗어 무릎 위에 놓았는데, 그렇게 함으로써 이마에서 무거운 쇠사슬을 벗겨낸 느낌이었다. 그는 이제 계획을 세워도 될 것 같은 생각이 들었다. 그는 오늘 오후 6시에 죽은 아내의 상복기가 끝났다는 것을 알았다. 이제 그는 두어 시간 전과는 다른 임무와 다른 권리를 지니고 있었다. 그는 아주 차분해졌고, 앞서의 소망은 거의 품지 않았으며, 단지 자신의 그 소망이 더 이상 범죄가 아니고 그것을 이루는 것은 어렵지 않다는 자기위안의 감정만 지니고 있었다.

벤치에 앉아 있은 지 오랜 시간이 지나고, 그의 옆에 방금 온 것이 틀림없는 두 젊은 남녀가 보였다. 두 사람은 조용히 이야기했지만 그는 많은 것을 알 수 있었다. 그들은 다음에 다시 만날 일에 대해 얘기하고 있는 듯 보였다.

이제 그는 자신이 접근하고 싶은 여자에게 말을 거는 것 또한 필수적인 일이라고 생각했는데, 이 순간 그것이 어려울 것이라고 여겨져 두려움으로 얼굴이 빨개졌다. 그는 모르는 어떤 여자와 어떻게 대화를 시작할 것이지 곰곰이 생각했고, 각각의 여자에게 무슨 말을 할 것인지 깊이 생각했다. 어린 소녀 하나가 체구가 작은 소년과 함께 지나갔다. 그는 하마터면 이렇게 말할 뻔했다.

"안녕하세요, 아가씨. 그 사람 참 매력적인 젊은이네요! 틀림없이 오빠겠지요?"

그러면서 그는 스스로도 웃지 않을 수 없었는데, 조그만 소년을 "오빠"라고 부르는 건 두말할 것 없이 멋진 농담이었기 때문이다. 그랬다면 그 소녀도 틀림없이 웃었을 것이다. 그녀는 거기에 아직 그대로 — 열 발짝쯤 떨어져 있었다. 하지만 그는 감히 작업을 걸 용기가 없었다. 이제 악보를 손에 든 꽤 뚱뚱한 여자 하나가 왔다. 그는 그녀에게 악보를 자신이 들어줘도 되느냐고 물을 수도 있었을 것이다. 그런 다음 아주 젊은 두 여자가 왔는데, 한 여자는 손에 상자 한 개를 들고 있었고, 양산을 쓴 또 한 여자는 무척 빠르게 우쭐대며 얘기했다. 이 여자에게 그는 이렇게 말할 수도 있었을 것이다.

"아가씨, 나한테도 무슨 얘기인지 좀 들려주세요!"

하지만 그건 너무 무례한 일이었다. 이제 한 젊은 여자가 왔는데, 그녀는 매우 천천히 걸어가면서 세상의 다른 모든 일들에는 조금도 관심이 없다는 듯 혼자서 머리를 설레설레 흔들었다. 그녀가 구스타프 옆을 지나가면서 그를 바라보고 미소를 짓자 그는 그녀를 자신이 잘 아는 사람이 아닐까 생각했다. 그는 일어났는데, 그녀가 미소를 지었기 때문이 아니라 — 그녀의 형체가, 특히 지금 그가 뒤에서 바라보는 그녀의 형체가 그의 죽은 아내와 놀랄 만큼 비슷했기 때문이다. 그래서 그는 깜짝 놀랄 뻔했다. 정말 머리 모양까지 똑같았고 — 그녀가 쓴 모자 또한 그의 아내가 언젠가 한번 썼던 것이었다. 그녀가 그에게서 점점 더 멀어질수록 그녀가 죽은 아내일 거라는 상상은 더 심해지는 듯했다. 그는 그녀가 다시 돌아볼까 봐 두려웠다. 왜냐하면 정작 그녀의 얼굴은 닮은 흔적조차 없고, 단지 걸음걸이와 형체와 헤어스타일과 모자만이 닮았기 때문이다.

그는 그녀를 뒤따라갔다. 그녀는 뭘 하는 사람일까? 그는 그걸 정확히 가늠하기에는 경험이 충분치 않았다. 그녀의 미소 속에는 천박한 것은 아무것도 담겨 있지 않았고, 그 미소는 용기를 크게 북돋워주는 것 같았다. 그녀는 그보다 열 발짝쯤 앞에서 걸어가고 있었고, 그는 계속 그녀와 똑같은 거리를 유지했다. 그녀가 가로등 옆을 지날 때면 그는 그녀 형체의 윤곽을 가장 뚜렷하게 알아볼 수 있었고, 죽은 아내의 걸음걸이가 그의 앞에서 둥둥 떠가고 있다고 믿고 또 믿었으며, 그녀가 정말로 자기 아내라는 것을 스스로에게 납득시키고자 하는 미칠 것 같은 충동을 느꼈다. 그는 혼잣말을 했다. '지금 이 정도 거리에서 이런 형체… 이런 걸음걸이… 이런 헤어스타일을 보면 저 여자는 분명 내 아내야. 기적이 존재하여 아내의 일부라도, 그녀의 형체만이라도, 그녀의 걸음걸이만이라도 다시 얻게 된다면 행복한 게 아닌가…?' 그녀는 뒤에서 누군가가 따라오는 것을 알지 못하는 것 같았고, 태연하게 계속 걸어갔다. 그녀는 시민 공원 옆을 지나갔고, 나무 울타리에 바짝 다가가서 손가락으로 울타리 지주들을 훑고 지나갔다. 구스타프는 놀라서 몸을 움찔했다. 손가락으로 벽, 담장, 나무 울타리를 훑으며 지나가는 것은 죽은 아내의 습관이었다는 생각이 떠올랐다. 그는 자기보다 열 발짝 앞서 걸어가고 있는 이 여자가 의도적으로 아내와 똑같은 행동을 한다고 여겼고, 동시에 그녀가 아내일 거라는 자신의 느낌 또한 완전히 허무맹랑하다는 것을 알았다. 그에게는 이 순간부터 이 여자의 모든 행동은 자신과의 관계 속에서 다분히 의도된 것으로 여겨졌다. 그에게는 앞에서 걸어가는 이 여자가 아내가 했던 대로 모든 것을 그대로 따라하겠다고 생각하고 있는 것 같았다. 그의 마음속에서 불쾌감이 솟아났다. 그는 한순간 계속하여 그녀의 조롱을 받을 수는 없다는 듯 발길을 돌려 자신의 길을 가고 싶어졌다. 그러나 그녀가 그를 자기 쪽으로 끌어당기는 듯한 느낌을 받은 그는 계속하여 그녀를 뒤따라갔다. 그녀는 볼차일레 거리로 꺾어 들어간 다음 그가 이름을 모르는 어느 골목으로 들어섰다. 여기서 그녀는 한번 돌아보지도 않고 맨 앞에 있는 집들 중 한 집으로 들어가 사라졌다. 그는 어쩌면 그녀가 다시 내려올지도 모른다는 생각에 잠시 대문 앞에 서 있었다. 그는 창문들을 관찰했다. 곧 4층에서 창문 하나가 열렸다. 그가 뒤따라왔던 그 여자였다. 그는 어두워서 그녀의 얼굴을 볼 수 없었고, 그녀의 시선이 어디를 향하고 있는지도 볼 수 없었다. 하지만 머리의 움직임으로 보아 그녀가 위쪽을 바라보고 있다는 것은 알 수 있었다. 그러더니 그녀는 팔꿈치로 창틀을 받치고 머리를 아래쪽으로 향했다. 그는 급히 거기서 달아났는데, 그녀에게 발각되고 싶지 않았던 것이다. 그러나 그가 거리를 지나 급히 달려가면서 그녀를 떠올리자 그녀는 오늘 처음으로 본 어떤 낯선 여자가 아니었다. 그 골목에서 팔꿈치로 창틀을 받치고 아래를 내려다보았던 그 여자는 그의 아내, 그의 죽은 아내였다. 그는 거기에서 다른 여자는 전혀 생각할 수가 없었고, 그에게는 또 다시 그 낯선 여자가 그의 마음속에서 무슨 일이 일어나는지를 알고 있는 것 같았다. 그는 그 모든 것을 마음속에서 쫓아내버리려고 엄청난 노력을 기울였으나 아무 소용이 없었다.

마침내 그는 어느 식당에 들어가 먹고 마셨다. 날이 무척이나 후텁지근했다. 구스타프가 술을 많이 마셔 취하자 앞서의 상상들은 그를 고통스럽게 하는 힘을 잃었다. 그것은 그에게 위안을 주면서 나타났다. 갑자기 어떤 존재가, 그에게 무언가를 의미하는 아주 확실한 존재가 나타났는데 — 그것은 어떤 여자였고, 그의 아내였다. 그리고 그녀는 그를 생각하고 있었고, 아니면 그녀가 그를 생각하고 있는 듯이 여겨졌다.

그는 그날 밤 죽은 아내에 대한 꿈을 꾸었다. 그는 꿈속에서 아내와 함께 산악 지역에 가 있었는데, 거기는 그들이 지난여름을 보냈던 곳이었다. 그들은 녹색으로 반짝이는 몹시 넓은 초원에 단지 뺨만을 서로 맞대고 햇볕에 그을리며 함께 누워 있었다. 그러나 이런 가벼운 신체 접촉이 격정적인 포옹에서도 느껴본 적이 없는 아주 지극한 행복으로 그를 가득 채웠다. 갑자기 그녀가 달아났고, 그는 그녀가 초원의 끝에서 숲가를 따라 두 팔을 하늘로 뻗은 채 달려가는 것을 보았는데, 그것은 그가 며칠 전 한 신문 화보에서 본 어느 발레 하는 소녀가 화염 속에서 살아나려고 몸부림치는 모습과도 같았다. 꿈속에서만 가능한 일이지만 이 순간 그는 사라져버린 사람을 두고 절대로 혼자만 살아남을 수는 없다고 분명하게 느꼈고, 풀밭에 그대로 누워 무시무시하게 비명을 지르는 것밖에는 아무것도 할 수 없었다. 그는 이 꿈으로 잠에서 깨어 자신이 흐느껴 우는 소리를 들었다. 열린 창문을 통해 이른 아침의 통제하기 힘든 첫 소리들이 어우러져 울려왔는데, 시민 공원에서 잠에서 깬 새들이 지저귀는 소리만은 뚜렷하게 들을 수 있었다. 그가 오늘처럼 그토록 무시무시한 외로움으로 가득 찬 적은 결코 없었다. 방금 풀밭에서 그의 곁에 누워 생기 넘치는 따스한 뺨을 그의 뺨에 대고 있던 그 여자를 떠올리자 그녀에 대한 욕망이 온몸을 가득 채웠고, 그 욕망이 너무 어마어마하고 고통스러워서 참고 견디며 살아가느니 차라리 욕망에 의해 죽어버리고 싶었다. 그는 마치 살아 있는 여자는 사랑해도 된다는 듯, 그녀를 소유하고 싶은 갈망에 온몸이 으스러질 정도로 꿈속의 그 죽은 여인을 사랑했다. 그는 다시 그녀의 몸에서 나는 향기에 휩싸인 듯한 느낌이 들었고, 그녀가 다시 그의 곁에 있으면서 그의 입맞춤을 받아들이는 것 같아 살며시 입술을 움직였다. 그런 다음 그는 그녀의 이름을 점점 더 큰 소리로 부르고 또 불렀으며, 몸을 일으킨 다음 일어서서 두 팔을 축 늘어뜨렸다. 그는 자신의 기쁨은 물론 욕망과 꿈도 더 이상 함께 나눌 수 없게 된, 또한 그가 단지 그리워 울 수밖에 없고 갈망해서는 안 되는 한 여자를 욕보이기라도 한 듯 마음속에서 수치심이 솟아오르는 것을 느꼈다.

그는 아침에 무척 일찍 일어나 한 시간 동안 공원에서 산보를 하고 회사에서는 성실한 처신을 통해 잘못을 다시 만회할 수 있다는 듯 열심히 일했다. 한 가지 생각이 떠올랐는데, 그는 왜 더 일찍이 이런 생각이 떠오르지 않았는지 의아할 뿐이었다. '내가 세상을 완전히 등져버리면 세상이 여전히 나를 유혹한다 해도 더 이상 욕구는 일어나지 않겠지?' 그는 중년의 남자로 수도원에 들어간 어머니의 먼 친척 한 사람을 생각했다. 이런 일이 가능할 수 있다는 생각이 그를 안심시켰다.

그는 오후에는 다시 침대에 누웠고, 저녁에는 밖으로 나갔다. 그는 자신이 갈 길을 잘 알고 있었다. 그는 똑같은 곳으로 가서 어제 앉았던 똑같은 벤치에 앉았다. 그는 기다렸고, 생각들을 접고는 저녁의 후텁지근한 무더위 속에서 비몽사몽에 빠졌다가 아내를 기다리고 있다는 느낌과 함께 깨었다. 그는 아내를 기다리고 있다는 상상이 너무나 강렬하게 솟아올라 자신의 의지를 다해 이를 쫓아내야 했다. 그는 기다리면서 동시에 그 기다리는 여자가 오지 않기를 바랐다. 그는 혼란스럽고 피곤했으며, 어느 정도는 무방비 상태로 몸을 내던져버리고는 정해진 운명을 맞이하고 싶은 느낌이 들었다. 많은 사람들이 지나갔는데, 여자들과 소녀들도 있었다. 그들은 그가 확실하게 정해놓은 한 사람의 사진을 찾으려고 책갈피를 넘기던 중 우연히 발견한 다른 사람들의 사진들 이상의 의미는 없었다. 갑자기 그에게 이런 생각이 떠올랐다. '그 여자가 지나가지 않을까? 지나가지 않는다 해도 난 그녀가 어디에 사는지 알고 있으며, 대문 앞에서 기다릴 수도 있고, 집으로 들어갈 수도, 계단을 올라갈 수도 있는데… 아니, 결코 그렇게 하지는 못할 거야. 하지만 그녀가 혼자 사는지 알게 뭐람. 그렇다면 무슨 일이 있어도 그녀를 놓칠 수는 없지.'

저녁이 되었다. 어둠이 서서히 밀려왔다. 갑자기 그가 기다리고 있는 여자가 보였다. 그러나 그녀는 그가 미처 알아보기도 전에 그의 곁을 지나가버렸다. 그가 그 여자를 주목하게 된 건 이번에도 그 발걸음 때문이었다. 그의 심장이 격렬하게 고동쳤다. 그는 재빨리 일어나 그녀의 뒤를 쫓았다. 그는 그 여자를 향해 죽은 아내의 이름을 외쳐야 할 것 같은 생각이 들었지만 곧장 그래서는 안 된다고 느꼈다. 그는 몹시 빨리 걸어가 자신도 모르게 그녀 옆으로 가까이 따라붙었다. 그녀는 마치 그를 기억할 수 있다는 듯 그에게 고개를 돌리고 미소를 지었다. 하지만 그런 다음 그녀는 더 빨리 앞으로 걸어갔다. 그는 환각에 빠져 그녀를 따라갔다. 이제 그는 그 여자가 죽은 아내라는 망상에 완전히 사로잡혔다. 그는 더 이상 그것을 부인하느라 갈등하지도 않았다. 그의 시선이 마법에 걸린 듯 그녀의 목덜미를 응시했다. 그는 죽은 아내의 이름을 속삭였고, 다시 한 번 더 크게 속삭이고는 마침내 큰 소리로 외쳤다.

"테레제."

그녀는 멈춰 섰다. 그는 몹시 놀라 그녀 옆에 서 있었다. 그녀는 그의 얼굴을 들여다보고 의아해하며 고개를 젓고는 계속 걸어가기 시작했다. 그는 숨이 막힐 듯한 목소리로 말했다.

"부탁드리는데… 부탁드리는데…."

그녀는 아주 부드럽게 대답했다.

"뭘 원하시는데요?"

그건 아주 낯선 목소리였다. 그는 나중에 이 순간을 떠올리며 자신을 몇 살은 더 어린, 수염도 나지 않은 아이인 듯 여겼는데, 그녀가 그를 마치 호감이 가는 어린아이 바라보듯 쳐다보았기 때문이다.

그녀는 이어서 말했다.

"저를 어떻게 아시나요? 제 이름은 어떻게 아셨어요?"

그는 그녀가 정말로 죽은 아내와 이름이 똑같다는 것이 조금도 이상하다고 생각되지 않았다. 그는 말했다.

"저는 당신을 어제 이미… 보았는걸요."

"아, 그러시군요."

그녀는 집에 가면 그가 이름을 물어올 거라고 생각하는 듯했다. 그는 용기가 솟아오르는 것을 느꼈다. 그녀가 말했다.

"저는 어제저녁에 누가 제 뒤를 따라오는 걸 느꼈어요. 길거리를 걸어갈 때는 뒤를 돌아보지 않아도 누구나 그런 건 곧장 느끼지요. 그렇지 않나요?”

그들은 나란히 걸었고, 구스타프는 포도주라도 몇 잔 마신 듯 갑자기 기분이 좋아지는 걸 느꼈다.

“누군가가 저에게 말을 걸어오는 일은 오랫동안 일어나지 않았어요. 물론 제가 혼자서 거리로 나가는 일도 드물지요. 저녁에는요. 당연히 낮에는 좀 다르지만 ─ 그렇지 않나요? 낮에는 누구나 시내에서 늘 할 일이 있잖아요?”

그는 그녀의 말에 귀를 기울였다. 편안한 느낌이 밀려왔다. 이 여자의 목소리가 울려오는 것이 그를 기분 좋게 했다. 그녀가 이제 입을 다물고 그에게서 말이 나오기를 기다리듯 옆에서 웃으면서 그를 바라보자 그가 말했다.

“지금은 낮에는 너무 덥지요. 꼭 그래야할 일이 없다면 외출은 늘 저녁에 해야지요. 낮에는 방 안에 있는 것이 다른 어디에 있는 것보다 더 시원하지요.”

그는 이토록 쉽고 거리낌 없이 얘기를 할 수 있어 기뻤다. 지금까지 이럴 수 있으리란 건 조금도 기대하지 않아왔다.

그의 말에 그녀는 다정하게 웃으면서 말했다.

“맞아요. 특히 제가 사는 그 집은요. 아시겠지만 거기로는 햇살이 파고들지 않지요. 정말 저는 이렇게 말할 수밖에 없네요. 한낮에 제가 원형 교차로를 건너갈 때면 마치 불꽃이 이글거리는 난로 속으로 들어가는 것 같다고 말이에요.”

그녀의 이 말이 그에게 자신의 사무실 안을 지배하고 있는 더위에 대해, 또한 이따금 일을 앞에 두고 잠에 빠지는 동료들에 대해 말할 계기를 마련해 주었다. 그녀는 그의 말에 웃었고, 그것이 그를 고무해 주었다. 그는 자신이 하는 말을 그녀가 경청해 주는 데에 진심으로 기뻐하며 점점 더 많은 이야기를 해나갔다. 그는 요즈음 자신이 어떻게 나날을 보내는지 얘기했고, 얼마 전부터 홀아비로 지내고 있다는 얘기도 했는데… 마치 그런 것들이 지극히 대수롭지 않은 일인 것처럼 털어놓았다. 그리고 그는 오늘날까지 아직 아무에게도 자신과 관련된 그런 얘기를 해본 적이 없다는 것을 알았다. 그는 함께 걷는 여인이 그 말을 듣고 자신을 동정 어린 눈길로 바라보아 기분이 좋았다.

그러고 나서 그녀가 자신에 대해 이야기했다. 그는 그녀가 어느 무척 젊은 남자의 애인이며, 그 남자는 지금 부모와 함께 몇 주 동안 시골에 가 지내고 있어 3주 후에나 돌아온다는 걸 알게 되었다.

"전에는 그가 늘 저녁 7시면 내 옆에서 함께 있었는데, 저는 그게 너무 익숙해져서 그가 없는 지금 뭘 하며 시간을 보내야할지 도무지 모르겠어요. 당연히 전에는 그가 저와 함께 산보를 했는데, 지금은 저 혼자서 돌아다녀야 해요. 그는 제가 혼자 다닐 거라는 걸 전혀 몰라요. 오, 그가 알면 안 돼요. 그는 질투심이 엄청 많으니까! 하지만 이 멋진 저녁에 저보고 방구석에만 처박혀 있으라고 요구해도 되는 건지 — 그건 아닌데, 그렇지 않나요? 그래서 지금 당신과 얘기를 나누고 있는 건데… 분명 제가 이러면 안 되는 거겠지요. 하지만 생각해 보세요. 일주일 동안 아무와도 터놓고 말 한 마디 나누지 않았다면 제가 이러는 건 정당한 기분 전환 활동이에요."

그들은 그녀의 집 근처에 왔다. 그가 말했다.

"벌써 집으로 가려고요, 아가씨? 우리 조금만 더 시민 공원에 앉아 얘기 좀 더 하지요."

그들은 돌아섰고, 시민 공원 쪽으로 몇 발짝 걸어가서 깜깜한 가로수 길에 놓인 벤치에 앉았다. 그녀는 그의 옆에 아주 가까이 붙어 앉았고, 그는 반쯤 눈을 감았다. 그녀가 침묵하고 있자 그는 다시 자신의 아내가 옆에 앉아 있는 것 같은 느낌에 사로잡혔다. 하지만 그녀가 다시 말을 하기 시작하자 그는 깜짝 놀라 몸을 움찔했다. 그에게는 옆에 앉아 있는 이 여자가 입을 다물고 앉아 자신의 밀착감과 온기를 느끼게 해주면서 의도적으로 죽은 아내의 흉내를 내려고 한다는 생각이 들었다. 그리고 그가 무슨 생각을 하고 있는지 그녀가 알고 있을 것 같은 생각이 다시 그의 머릿속을 스쳐지나갔다. 그의 마음속에서 가벼운 분노가 일었다. 그는 지금 여기에서 정당성을 갖고 있지 않으며 그가 벗어나야만 하는 어떤 위력이 그에게 행사되고 있음을 느꼈다. 이 여자는 어떤 사람이었을까? 그와는 아무 관계도 없는 수많은 여자들 가운데 한 여자였고, 지금 부모와 함께 시골에 가 있는 어느 젊은 남자의 애인이고, 전에는 열 명 혹은 백 명의 다른 남자들의 애인이었을 것이다. 하지만 그렇다 해도 아무 소용이 없었고, 그녀의 옷을 통해 죽은 아내에게서와 똑같은 온기가 밀려왔다. 그녀는 죽은 아내와 걸음걸이가 똑같았고, 목덜미와 입술의 유별난 실룩임이 똑같았다. 그는 그녀에게 더 가까이 밀착하고 그녀의 머리칼에서 흘러나온 향기를 탐욕스럽게 들이마셨다. 그는 그녀의 목에 입맞춤하고픈 충동을 느껴 그렇게 했고, 그녀는 그러하도록 내버려 두었다. 이제 그녀는 무슨 말인가를 했는데, 목소리가 너무 작아서 알아들을 수는 없었다. 그는 그녀의 목에 입술을 대고 물었다.

"뭐라고요, 테레제?"

"집에 가야 돼요. 늦었어요."

"무슨 할 일이라도 있나요?"

"아, 그래서가 아니에요."

그녀는 이렇게 대답하고 갑자기 일어섰다. 이제 그녀는 다시 완전히 다른 여자였다. 그는 자기 것이 아닌 것을 부당하게 가지고 있는 누군가를 협박하듯 그녀를 협박하고 싶은 충동이 일었다. 그는 스스로를 더 이상 지킬 수 없는 한 여자를 지켜주어야 할 것 같은 생각이 들었다. 그는 일어나서 그녀의 손을 붙들고 손목을 힘껏 움켜쥐어 아프게 할 생각이었다. 그러나 그때 그의 분노는 다시 사라졌고, 그의 위협은 느슨하고 다정하게 변했다. 그들은 서로 거의 바짝 붙어서 공원을 떠났다.

그들은 집으로 돌아가면서 아무 말도 하지 않았다. 그들은 집 대문 앞에서 섰다. "바래다줘서 고마워요"라고 그녀가 말했다.

"저도 함께 들어가도 되는지…?"

"오! 무슨 생각을 하는 거예요! 집 관리인이 알기라도 하면 곧장 온 집 안 사람들이 알게 돼요. 그러면…."

구스타프의 눈이 욕망으로 이글거렸다. 그녀는 연민의 감정을 느끼면서, 하지만 무척 기분 좋게 감동하며 그를 바라보았다. 그런 다음 그녀는 아주 나지막하게 말했다.

"그렇다면 내일 오후 4시 — 그때는 사람들 눈에 띄지 않아요. 그럼 당신은 집에서 낮에 나와야겠지요."

그는 홀가분해져서 고개를 끄덕였다.

"그럼 또 봐요. 이제 가세요."

그녀는 이렇게 말하고 그가 아직도 잡고 있던 손을 그에게서 **빼내고**는 급히 계단을 올라갔다.

구스타프는 이날 밤 눈을 붙일 수가 없었다. 그는 반쯤 잠에 취한 흐리멍덩한 비몽사몽 속에서 죽은 아내를 생각했다. 그에게는 무덤 속에 누워 있는 아내와 똑같은 향기를 풍기고, 똑같은 온기를 내뿜으며, 똑같은 욕구를 불러일으키는 살아 있는 여자에게 아내를 위해 복수를 해야겠다는 생각이 들었다. 그는 또 오늘 밤 시민 공원에서 함께 앉아 있었던 여자는 수백 수천 명의 다른 여자들과 다를 바 없고, 창녀보다 더 나을 수 없다고 생각했다. 그는 죽은 아내에게 일어났던 그 끔찍스러운 불공평한 죽음을 그 어느 때보다 더 분명하게 느꼈고, 그에게 벌어지게 될 우스꽝스러운 사기극을 예감했다. 그래서 그는 내일 오후의 약속을 생각하면서 아내 외에 다른 여자를 품에 안을 상상을 하는 것은 있을 수 없다는 생각이 들었다. 그는 무방비 상태임을 느꼈고, 그것이 그를 분노로 가득 채웠다.

오전에 회사에서 그에게 짧은 휴식 시간이 주어졌다. 한순간 그는 그 여자의 집을 아예 방문하지 않으리라 생각했다. 이러한 생각을 하자 그는 좀 더 편하게 숨을 쉬게 되었다. 그런 다음 또 다른 생각이 떠올랐다. 그녀에게 가서 마지막 쾌락의 시간을 즐긴 다음 그녀는 물론 세상의 모든 즐거움과 결별하고 최근에 계획했던 대로 수도원으로 들어가겠다는 것이었다.

그는 식탁에 앉아 평소보다 더 좋은 포도주를 마시고 나서 그녀에게로 갔다. 무척 뜨거운 오후였으며, 포장도로는 햇볕을 받아 하얗게 빛나고 있었다. 그가 볼차일레 거리로 들어서자 좀 더 시원한 바람이 불어왔다. 그녀의 집이 서 있는 거리는 짙은 그늘 속에 놓여 있었고, 거니는 사람들이 없었다. 그가 이틀 전 그녀를 바라보았던 창문은 열려 있었고, 커튼은 내려 있었는데, 바람에 가볍게 흔들리고 있었다.

그는 대문을 통해 들어가서 계단을 올라갔다. 그러는 동안 그는 소년 시절의 그 모험을 회상했다. 그는 그때도 이 시간이면 애인에게 찾아가곤 했었다. 위층의 문들은 지그시 기우려 있었다. 그가 문을 열자 테레제가 앞에 서 있었는데, 그는 현관이 어두워서 그녀의 얼굴을 또렷하게 볼 수는 없었다. 그녀는 재빨리 문을 잠그고 옆방으로 들어가는 문을 급히 열었다. 문을 급히 여는 바람에 창문 커튼이 바람결에 위로 날아올라 구스타프는 잠깐 동안 집의 용마루를 볼 수 있었다. 인접해 있는 방으로 들어가는 문은 열려 있었다. 구스타프는 모자를 탁자 위에 벗어놓고 앉았고, 그녀는 그의 옆에 앉았다.

"먼 길을 오셨지요?"라고 그녀가 물었다.

그는 열린 문을 통해 방 안을 들여다보았다. 그는 어린 예수를 안고 있는 성모 마리아를 연상시키는 허접한 유화 한 점이 침대 위쪽에 걸려 있는 것을 보았다.

"아니에요, 아주 가까운걸요"라고 그가 말했다.

그녀는 소매가 무척 넓고 목을 훤히 드러내는 암갈색 잠옷을 입고 있었다. 그녀의 시선은 당돌해 보였고, 얼굴은 어제저녁보다는 덜 젊어 보였다. 그는 이제 그녀의 손끝 하나 건드리지 않고 떠나야겠다고 생각했다. 그녀가 말했다.

"나 여기 살아요. 하지만 그다지 오래 되지는 않았어요."

그녀는 다시 재잘거리기 시작했고, 자기가 전에 살던 집에 대해 이야기했는데, 그 집이 '그'의 마음에 들지 않아 그가 이 집을 임대로 얻어주었다고 했다. 그런 다음 그녀는 프라하에서 결혼하여 사는 언니에 대해 얘기한 다음 자신의 '첫 남자'인 집주인 아들에 대해 말해주었는데, 그는 그녀와 결혼해 주지 않았다고 했다. 그러고 나서 그녀는 어느 '외국인'과 함께 했던 베네치아로의 여행 얘기를 해주었다. 구스타프는 움직이지 않고 앉아서 그녀가 이야기하도록 내버려 두었다. 그가 어찌하여 이런 데로 빠져들게 되었는지! 그는 불과 몇 달 전만 해도 오로지 그에게만 속해 있고 그에 앞서 어느 남자에게도 속하지 않았던 한 덕성 있는 여자의 남편이었는데… 그가 거기서 뭘 하겠다는 건가? 그가 그녀와 무슨 일을 하겠다는 말인가? 그의 요구는 어디에 있고, 그의 소망들은 어디에 있는가? 그는 그녀에게서 멀리 떨어지려는 듯 일어났다. 그러자 그녀도 일어나 두 팔을 펼쳐 그의 목을 끌어안고 그를 자기에게 끌어당겼다. 그는 그녀에게 너무 밀착되어 있어 그녀의 반짝이는 눈밖에는 아무것도 볼 수 없었다. 다시 그녀의 목에서 그에게로 향기가 솟아올랐고, 동시에 그는 그녀의 입술이 자기의 입술에 뜨겁게 포개지는 걸 느꼈다. 정말이지 그것은 다른 어떤 것도 아닌 지난가을 아내에게서 받았던 바로 그 입맞춤이었다. 그 속에는 그때와 똑같은 보드라움과 똑같은 따스함과 똑같은 밀착감과 똑같은 쾌감이 있었다.

그는 번쩍 눈을 떴다. 그는 밤에는 자주 그러하듯 두 팔을 머리 밑에 교차시키고 있었지만 위에는 다른 천장이 보였다. 그리고 여기 그의 머리 위쪽에는 아기 예수를 안고 있는 성모 마리아 그림이 걸려 있고, 그의 옆에는 눈을 꼭 감고 입 언저리에 미소를 머금은 낯선 여자가 누워 있었다. 몇 분 전 그는 테레제를, 아니 그의 죽은 아내를 품에 안았다. 이제 그는 단 한 가지 소원밖에 없었다. 그가 일어나 달아날 때까지 그녀가 그대로 누워 있고, 눈을 뜨지 않고, 입술을 움직이지 않았으면 하는 것이었다. 그는 그녀가 또 다시 지금은 죽고 없는 그의 아내와 똑같이 바라보고, 미소 짓고, 한숨 쉬고, 그리고 무엇보다도 똑같이 입술을 실룩인다면 — 결코 참을 수 없으며, 참아서도 안 된다는 것을 알았다. 이 여자가 감히 한 짓은 너무나 파렴치했다. 그는 그녀를 분노의 눈초리로 바라보았다. 좋아하는 남자가 수백 명이나 되는 이 천한 여자가 온갖 표정과 온갖 몸짓으로 그에게 최고의 쾌락을 안겨주면서 지금은 썩어 없어진 불쌍한 아내를 똑같이 흉내 내는 것이 과연 있을 수 있는 일이란 말인가? 그런데도 그는 거기 그녀 옆에 누워 있다니… 그는 몸서리를 쳤다. 그는 재빨리, 그러나 소리 나지 않게 일어났다. 그녀는 꼼짝도 하지 않았다. 그는 급히 옷을 입었다. 그런 다음 그는 그녀 앞 침대 옆에 서 있었다. 그의 시선이 그녀 목덜미 선을 좇았다. 이제 그에게 이 여자는 어마어마한 도둑질을 저지른 것처럼 여겨진 반면 그의 죽은 아내 테레제는 약탈당하고 기만당한 여자인 것처럼 여겨졌다. '그래, 이래서는 안 되지! 그녀는 죽어서 관 속에 누워 뼈에서 살이 떨어져 나가는데, 다른 사람들은 계속하여 살아나가면서 웃고. 이 여자가 그녀가 옆에 있었던 것처럼 똑같이 나의 옆에 있고, 지난날 그녀가 나에게 베풀어준 것을 똑같이 나에게 해주는 일이 있어서는 안 되지!' 그는 세상의 모든 행복을 그녀와 함께 땅속에 묻어버리지 않은 것을 부끄러워했다.

이제 그녀는 다시 테레제가 잠을 자면서 팔을 쭉 뻗치고 기지개를 폈던 것과 똑같이 몸을 움직였다. 그녀는 눈을 떴다. 이 또한 테레제와 똑같이. 그녀의 입술이 실룩였는데 — 이것도 완전히 똑같이. 아, 그럼 이제 또 뭐가 남아 있는가? 그녀는 그를 자기에게 끌어당기려는 듯 두 팔을 펼쳤다. 그가 소리쳤다.

"말해!"

그는 목소리를 듣고자 했다. 그러면 달아나고 있는 생각을 되살릴 수 있을 것 같았다. 그러나 그녀는 말하지 않았다.

"말해!"

그는 거의 질식할 듯한 목소리로 다시 한번 소리쳤다. 그러나 그녀는 아무것도 모른 채 그를 바라보고 다시 두 팔을 뻗쳤다. 그는 주위를 둘러보고 자신을 해방시켜줄 수 있을 무언가를 찾았다. 침대와 마주하고 있는 서랍장 위에는 그의 모자가 놓여 있었고, 모자 안에는 바늘이 꽂혀 있었다. 그는 바늘을 뽑았고, 그것을 왼손에 쥐고는 속옷을 뚫고 그 여자의 가슴을 찔렀다. 그는 잘 맞춰서 찔렀다. 그녀는 발작을 일으키듯 일어나서 비명을 질렀고, 팔을 이리저리 휘둘러 바늘을 손으로 잡았지만 찔린 부위에서 그것을 빼낼 힘이 없었다. 그녀는 뒤로 나자빠졌다.

구스타프는 그녀 옆에 서서 바라보았다. 그녀가 경련을 일으키고, 눈을 부릅뜨고, 머리를 치켜 올리고, 다시 뒤로 나자빠지고는… 죽는 것을. 그러고 나서야 그는 그녀의 가슴에서 바늘을 빼냈다. 피는 전혀 묻어 있지 않았다. 그는 도무지 무슨 일이 일어난 건지 알 수가 없었다. 하지만 곧 모든 것을 알게 되었다. 그는 옆방 창문으로 뛰어가 커튼을 올리고 머리를 창밖으로 내밀고는 아래쪽으로 있는 힘을 다해 큰 소리로 외쳤다.

"살인자다! 살인자다!"

그는 사람들이 한데 모여 뛰어오는 것과 그들이 위쪽을 가리키는 것을 보고는 창문에서 떨어져 안락의자에 조용히 앉아 기다렸다. 그에게는 자신이 한 짓이 무척 잘한 일로 여겨졌다. 그는 이미 오랫동안 관 속에 누워 있어 벌레가 눈구멍 속을 기어 다닐 아내를 생각했고, 아내가 죽고 나서 처음으로 마음속에서 무언가 평화 같은 것을 느꼈다.

이제 초인종이 쉴 새 없이 울렸고, 구스타프는 재빨리 일어나 문을 열었다.

구스틀 소위
Leutnant Gustl

도대체 얼마나 더 있어야 끝나는 거지? 시계를 한번 봐야겠는데…
아마도 이런 진지한 음악회에서는 어울리지 않는 행동이겠지만. 하지
만 누가 알아채겠어? 누군가 알아챘다고 해도 그건 나처럼 음악회에
별로 집중하지 못하는 사람일 거고, 그런 사람 앞에서 내가 부끄러워할
필요는 없지. 이제 겨우 9시 45분이야? 이 음악회에 세 시간은 앉아 있
은 것 같은데. 역시 난 이런 음악회엔 익숙지 않아. 대체 지금 공연하는
곡이 뭐지? 프로그램을 좀 봐야겠는데. 그래, 맞아. 오라토리오지! 난
무슨 미사곡인 줄 알았네. 저런 곡들은 교회에서나 어울릴 텐데! 교회
는 언제라도 달아날 수 있다는 장점이라도 있지. 적어도 내가 구석 자
리에 앉아 있다면! 그냥 참자, 참아! 이 오라토리오들도 언젠가는 끝날
때가 있겠지! 어쩌면 이 음악회는 참으로 대단한 것일 텐데 내 기분이
받아들이지 않는 걸 거야. 도대체 어째서 이런 기분이 들까? 생각해 보
면 기분을 풀기 위해 여기에 왔는데 말이야. 음악회 입장권을 차라리
베네덱에게 주었더라면 좋았을걸. 그는 이런 걸 즐겨하고 손수 바이올
린도 켜잖아. 하지만 그랬다면 코페츠키 녀석이 기분 나빠 했겠지! 그

는 무척 좋은 녀석이지. 적어도 좋게 말한다면. 착한 녀석, 코페츠키! 내가 믿고 의지할 수 있는 유일한 녀석이야. 그 녀석의 여동생이 저 무대 위에서 출연자들에 끼어 함께 노래를 부르지. 적어도 백 명의 소녀들이 모두 검정 옷을 입고 있는데. 내가 그중에서 그녀를 찾아낼 수 있을까? 코페츠키 녀석은 여동생이 출연하여 노래하기 때문에 입장권을 구했을 거야. 그런데도 정작 자기 자신은 어째서 오지 않은 거지? 아무튼 저들은 노래를 무척 잘 부르는군. 무척이나 고상하군. 확실해! 브라보! 브라보! 그래, 나도 함께 박수치자. 옆자리에 앉은 사람은 미친 듯이 손뼉을 치는군. 저 곡이 정말 그렇게도 마음에 든단 말인가? 건너편 특석에 앉아 있는 소녀가 꽤 멋지군. 그녀는 나를 바라보는 것일까, 아니면 저기 금빛 구레나룻을 한 남자를 바라보는 것일까? 아, 솔로 가수네! 저게 누구더라? 알토는 발커 양, 소프라노는 미할렉 양인데. 저건 아마 소프라노일 거야. 벌써 오페라를 본 지도 꽤 오래 됐는걸. 비록 지루하긴 하지만 난 언제나 오페라를 즐겨보지. 모레는 다시 〈트라비아타〉를 보러 갈 수 있을지도 몰라. 그런데 모레면 나는 어쩌면 이미 죽어서 시체가 되어 있을지도 몰라. 아, 아니야, 말도 안 돼. 난 절대로 그렇게 생각하지 않아! 기다리오, 박사, 다시는 그런 말을 내뱉을 수 없게 될 테니! 당신의 코를 물어뜯어 줄 테니.

저 특석에 앉아 있는 소녀를 정확히 볼 수 있으면 좋으련만! 옆자리의 남자에게서 관람용 쌍안경을 빌리고 싶지만 열심히 집중하고 있는 그를 조금이라도 방해하면 버럭 화를 낼 테고. 코페츠키의 누이동생은 어디쯤에 서 있을까? 내가 그녀를 알아볼 수 있을까? 난 그녀를 겨우 두 번이나 세 번밖에 본 적이 없고, 마지막으로 본 건 장교용 카지노에

서였지. 저들은 백 명 모두 아주 행실이 좋은 소녀들일까? 맙소사! "가수단과 공동공연입니다!" 가수단이라니. 우습네! 나는 가수단이라면 늘 빈의 무용 가수들과 비슷한 어떤 것을 떠올리곤 했는데. 다시 말하면 나는 이 가수단은 생각보다 좀 다른 어떤 것이라는 걸 일찍이 알고 있었던 거야! 멋진 추억들이었지! 그 당시 '그뤼네스 토어'에서… 그녀 이름이 뭐였더라? 그러고 나서 그녀는 베오그라드에서 한 번 내게 풍경 엽서를 보내왔는데… 아름다운 풍경이었지! 코페츠키 녀석은 오래 전에 술집에 들어가 지금쯤 버지니아 담배를 피우고 있을 텐데!

도대체 저기 저 녀석은 왜 자꾸만 나를 바라보는 거지? 저 녀석에게 충고해 주고 싶은걸. '이보쇼, 좀 덜 뻔뻔스러운 얼굴을 하시오. 그렇지 않으면 나중에 극장 로비에서 따져 물을 거요!' 곧바로 눈길을 돌리는군! 모두가 그렇게 내 눈빛을 두려워한단 말이야. 얼마 전 슈테피가 말했지. "당신의 눈은 내가 만난 그 어떤 눈보다 아름다워요." 오, 슈테피, 슈테피, 슈테피! 내가 여기 앉아 이렇게 몇 시간을 불평이나 하고 있어야 하는 건 전적으로 그녀의 책임이야. 아, 표절한 듯 매번 똑같은 슈테피의 편지가 정말 나를 화나게 하지! 오늘 밤 무척이나 좋은 시간을 보내겠군. 슈테피의 짧막한 그 편지가 몹시 읽고 싶어지네. 그 편지를 지금 가지고 있으니까. 하지만 내가 지갑을 열어 그걸 꺼낸다면 옆자리의 이 녀석이 버럭 화를 낼 텐데! 물론 난 편지에 무슨 내용이 쓰여 있는지 잘 알지. 그녀가 '그'와 함께 저녁 식사를 해야 되기 때문에 올 수 없다는 거지. 1주일 전 그녀가 그놈과 함께 정원사협회에 있을 때 공교롭게도 내가 코페츠키와 바로 그 맞은편에 앉아 있었지. 그때 그녀는 계속해서 내게 약속을 하는 눈길로 신호를 보냈어. 그런데도 그놈은 아무것도 눈치 채지 못했지. 어떻게 그럴 수가 있는지! 게다가 그놈은 분명 유대인일 거야! 그놈은 물론 은행에서 일하고, 검은 턱수염을 했지만. 예비 소위일 수도 있어! 그런데 우리 연대에 와서 총기 훈련에 참가하는 일은 없을 거야! 아무튼 사람들은 아직도 계속해서 그토록 많은 유대인들을 장교로 만들고 있단 말이야. 그래서 나는 반유대주의는 아무 효과도 없다고 보는 거지! 얼마 전에는 만하임인들이 모인 가운데 박사와의 이야기를 진행하는 모임이 있었지. 만하임인들은 본래 유대인이라고들 하지. 물론 개종했지만. 하지만 그들에게서는 그 어디에서도 전혀 유대인이라는 낌새를 발견할 수가 없어. 특히 여자는 금발에 깎아 만든 듯 멋진 용모를 하고 있고… 언제 어디서나 무척 쾌활했지. 고급 음식에 비싼 담배에… 그래, 과연 누가 돈 있는 자일까?

브라보, 브라보! 이제 곧 음악회가 끝나는 걸까? 그래, 이제 출연자들 모두가 저 무대 위에 서 있구나. 엄청 멋져 보이네. 장엄한데! 오르간도 있어? 난 오르간을 무척 좋아하지. 그래서 저게 맘에 들어. 아주 멋진데! 정말이지 음악회는 자주 가야 한다는 말이 틀린 말은 아니라니까. 이번 음악회 아주 훌륭했다고 코페츠키에게 말해줘야지. 오늘 그 녀석을 커피숍에서 만날까? 아, 그런데 커피숍에는 전혀 가고 싶지 않은걸. 어제 거기서 엄청 화가 났잖아! 160굴덴을 순식간에 잃었으니 — 너무도 어리석었지! 그런데 그 돈을 누가 다 땄지? 발레르트, 바로 그 녀석이야. 그놈은 돈이 꼭 필요하지도 않을 텐데… 내가 이 재미없는 음악회에 올 수밖에 없었던 건 전적으로 발레르트에게 책임이 있어. 그렇지 않았다면 오늘 다시 노름판을 벌일 수 있었을 거고, 어쩌면 잃은 돈을 다시 딸 수도 있었을 텐데. 하지만 한 달 동안은 절대로 카드에 손을 대지 않겠다고 스스로 맹세한 건 아주 잘한 일이야. 엄마가 내 편지를 받으시면 또 다시 언짢은 표정을 지으실 텐데! 아하, 돈을 산더미처럼 쌓아놓고 있는 아저씨에게 가시면 되겠구나. 아저씨는 몇백 굴덴 정도는 아무것도 아닌 걸로 여길 거야. 아저씨가 정기적으로 내게 후원금을 보내주도록 할 수만 있으면 좋으련만. 하지만 아니야. 지금은 모두가 동전 한 닢이라도 구걸해 살아야 할 상황이지. 작년에 곡식 수확이 형편없었던 거야! 올 여름에도 또 2주일 동안 아저씨 집에 가야 되나? 정말 거기에 있으면 지루해 죽을 텐데. 내가 그 여자를⋯ 이름이 뭐였더라? 전혀 이름을 기억해 내지 못하다니 참으로 이상하네! 아, 그렇지. 에텔카! 그녀는 독일어를 한 마디도 알아듣지 못했지만 그게 꼭 필요한 건 아니었고⋯ 전혀 아무 말도 할 필요가 없었지! 그래, 14일 동안 낮에는 시골 바람을 쐬고 밤에는 에텔카나 다른 누군가와 함께하는 건 아주 멋진 일이 될 거야! 하지만 1주일 정도는 아빠와 엄마 곁에서도 지내야 하겠지. 이번 크리스마스에 엄마는 건강이 좋지 않아 보였어. 그런데 지금은 병이 나으셨겠지. 내가 엄마 입장이라면 아빠가 직장에서 은퇴하신 것을 기뻐할 텐데. 그리고 클라라는 벌써 또 한 남자를 맞이하게 되겠지. 아저씨는 벌써 혼자 힘으로 뭔가를 이뤄낼 수 있게 되었고⋯ 스물여덟 살이면 그다지 많은 나이도 아닌데. 슈테피도 분명 이보다 나이가 적지는 않은데. 그런데 이상한 건 여자들이 더 오래 젊음을 유지한다는 거야. 이렇게 생각해 보니 최근에 '마담 상-젠'에서 만난 마레티는 겉으로 보이기는 서른여덟 살임에 틀림없는데. 그래서 나는 이럴 수가 있느냐고 말할 뻔했지! 아쉽게도 그녀는 내게 묻지는 않았지.

점점 더워지는군! 아직도 안 끝난 거야? 아, 신선한 공기가 몹시도 기다려지는군! 원형 교차로를 건너 산보라도 좀 해야겠어. 오늘은 지쳤으니 일찍 자고 내일 오후엔 기운을 내는 거야! 내가 그 결투에 대해 생각을 하지 않고 있는 게 이상하네. 그만큼 나한테는 별 관심 없는 일이지! 그일이 처음에는 나를 좀 심란하게 했지. 하지만 내가 두려워한 건 아니었어. 그래도 어제 밤에는 신경이 좀 쓰였지. 분명한 건 비잔츠 중위야말로 진짜 무시 못 할 상대였다는 거야. 그런데도 나한테는 아무 일도 일어나지 않았지! 1년 반 전에 있었던 일이지. 시간은 어쩜 이다지도 빨리 지나가는지! 그런 비잔츠가 내게 아무런 해도 입히지 않았다면 박사야말로 당연히 아무런 손상도 입히지 못할 거야! 그렇지만 바로 이런 정식 교육을 받지 않은 검투사들이 때로는 가장 위험한 법이지. 도신츠키는 칼을 처음으로 잡아 본 어떤 녀석에게 머리칼 한 올이 잘려나갔었다고 내게 얘기해 주었지. 그런데 그 도신츠키가 지금은 군대에서 검투 교관으로 있는 거야. 물론 그가 그 당시 이런저런 많은 능력이 있었는지는 모르지만. 무엇보다 중요한 것은 냉정을 유지하는 일이야. 나는 단 한 번도 마음속에 분노다운 분노를 품은 적이 없어. 그런데 그 짓은 파렴치한 일이었어. 도저히 있을 수 없는 일이야! 분명 그가 그 전에 샴페인을 마시지만 않았다면 감히 그런 짓을 저지르지는 못했을 텐데. 그토록 파렴치한 짓을! 그는 틀림없는 사회주의자야! 오늘날 법을 제멋대로 곡해하는 자들은 모두가 사회주의자들이지! 패거리들이고. 그자들은 군대를 몽땅 없애버리고 싶어 날뛰고 있지. 중국 사람들이 쳐들어온다 해도 누가 자신들을 도와줄 것인지 그자들은 생각도 못하지. 세상에 이런 정신 나간 것들이 있나! 가끔은 시범 삼아 혼을 내줘야만 해. 전적으로 내가 옳았어. 발언이 끝난 후 그를 결코 모른 체 내버려 두지 않은 게 기쁘군. 그 일을 생각할 때면 벌컥 화가 치솟는군! 그런데 나는 우아하게 행동했지. 연대장도 그런 내 행동은 지극히 옳은 것이었다고 말하고 있어. 그 일은 내게 큰 도움이 될 거야. 나는 그 작자가 빠져나가도록 잘못을 덮어준 많은 사람들을 알고 있지. 뭘러도 틀림없어. 그는 또 다시 객관적인 척을 하거나 그와 비슷한 척을 했지. 사람들은 모두 객관화가 됨으로써 창피를 당하는 법이지. "소위!" 그 작자는 평소 해오던 어투대로 뻔뻔스럽게 "소위"라고 내뱉었지! "당신은 내 말을 인정해 주어야 해요." 어떻게 우리가 이런 지경에까지 오게 되었지? 어떻게 하여 내가 그런 사회주의자와의 대화에 빨려 들어가게 된 거지? 도대체 처음에 일이 어떻게 시작된 거지? 내 생각에는 내가 뷔페로 데려갔던 그 흑인 여자도 거기에 있었던 것 같은데. 그리고는 사냥 풍경들을 그리는 그 젊은 사람 — 그 사람 이름이 뭐더라? 그래, 틀림없어. 이 모든 일이 바로 그 사람 때문이었어! 그 사람은 기동 훈련에 대해 얘기했지. 그런 다음 바로 그 박사가 끼어들어 나에게는 마음에 와닿지 않는 도상 훈련이나 그와 비슷한 어떤 것에 대해 말했지. 나는 거기서 아직 아무것도 말할 수가 없었어. 그래, 그러고 나서 사관학교들에 대한 이야기를 나누었지. 그래, 그랬었어. 그래서 나는 애국적인 축제에 대해 이야기했지. 그러자 그 박사가 말했는데 — 똑같은 축제 얘기가 아니고 축제에서 많이 벗어난 얘기였지. "소위, 당신은 당신의 동료들 모두가 오로지 조국을 지키기 위해 군대에 간 것은 아니라는 내 말을 인정해 주어야 해요!" 이런 파렴치한 말이 있나! 감히 소위의 얼굴에 대고 그런 말을 해대는 인간이 있다니! 내가 그때 일을 기억할 수만 있으면 좋은데, 그 작자의 말에 내가 뭐라고 대답했더라? 아 그래, 그때 아무것도 모르면서 그 일에 간섭했던 사람들도 좀 있지. 그래, 맞아. 거기에 그 일을 좋게 해결하려고 했던 사람이 있었는데, 코감기에 걸렸던 어느 노인이었지. 하지만 나는 너무 화가 나 있었지! 그 박사는 자기 말이 절대적으로 옳다는 톤으로 바로 내가 그런 사람이라고 나를 지목하듯이 말했지. 그는 사람들이 나를 김나지움에서 퇴학시켰고, 그래서 내가 사관학교에 들어갔다는 말도 분명히 했었지. 사람들은 우리 같은 사람들을 이해하지 못하고, 그러기에는 너무 멍청해. 내가 처음으로 제복을 입었던 것을 회상해 보건대 그런 일은 누구나 경험할 수 있는 게 아니지. 작년에 있었던 기동 훈련에서 — 갑자기 위급한 상황이 벌어진다면 내가 나서서 무슨 일이든 해야겠다고 생각한 적이 있지. 그런데 미로빅도 똑같은 생각을 했다고 말했지. 그러고 나서 황제 폐하께서 말을 타고 전선을 순찰하고, 연대장의 인사말이 있었는데 — 그럴 때 심장이 더 세차게 고동치지 않는 사람이 있다면 그는 분명 정상적인 사람이 아닐 거야. 이런 내 앞에서 평생을 책이나 펼쳐놓고 앉아 있는 것밖에는 아무것도 해본 적이 없는 무른 오징어 같은 그 작자가 그런 파렴치한 발언을 하다니! 아, 나의 사랑하는 박사 놈아, 기다려라. 네 놈이 싸울 힘을 잃을 때까지 싸워주마. 암, 너는 틀림없이 싸울 힘을 잃게 될 거야.

아, 무슨 일이지? 이제 곧 공연이 끝나는 건가? "그대 천사들 주님을 찬양하다." 분명해. 이건 마무리 합창곡이야. 너무나 멋져서 아무 말도 할 수가 없네. 너무 멋져! 이제 보니 아까 아양 떨기 시작했던 특석에 앉은 그 여자를 내가 잊고 있었군. 도대체 그녀는 어디에 있는 거지? 벌써 나갔나보군. 저쪽에 있는 저 여자도 무척 예뻐 보이는데. 오페라 관람용 쌍안경을 갖고 있지 않다니 나도 어리석기 짝이 없지! 그리고 보면 브룬탈러는 참으로 현명해. 그는 커피숍에서 항상 자신의 쌍안경을 계산대 옆에 놔두고 있거든. 그래서 아무런 불평할 일도 일어나지 않지. 앞에 앉아 있는 저 작은 아가씨가 몸을 돌려 나를 한번 바라보면 좋으련만! 줄곧 아주 얌전히 앉아 있군. 옆에 앉아 있는 사람은 당연히 엄마겠지. 나도 이제 결혼을 진지하게 생각해 봐야 하지 않나? 빌리도 결혼할 때 나보다 나이가 더 많지 않았었지. 멋진 아내를 늘 집에 모셔두고 있는 것도 나쁜 일은 아니지. 하필 오늘 슈테피가 시간을 낼 수 없다니 지독히 운도 없네! 그녀가 어디에 있는지만 알아도 찾아가서 지난번처럼 다시 그녀 맞은편에 앉을 수 있을 텐데. 그가 그녀의 사생활을 알게 된다면 아주 멋진 사건이 벌어질 테고, 나는 그녀에게 시달리게 될 텐데. 이렇게 생각하니 플리스 녀석과 빈터펠트 양의 관계와 비슷한 듯한데! 빈터펠트 양은 플리스를 전 방위로 속이고 있지. 그래서 또 한 번 처절하게 결판이 날 텐데. 브라보, 브라보! 아, 끝났나보군! 어이구 기분 좋다. 일어날 수 있고 움직일 수 있을 테니. 그래, 아마도! 옆자리 녀석이 쌍안경을 케이스에 집어넣는 데 시간이 얼마나 더 걸릴까?

"미안합니다, 미안합니다. 저 좀 나가게 해주시겠습니까?"

물밀듯이 몰려나가는군! 저 사람들 먼저 나가게 하지 뭐. 우아한 사람들이고… 이런 게 진짜 다이아몬드가 아닐까? 저기 저 여자 예쁜데… 나를 바라보고 있잖아! 오 예, 아가씨, 나도 마음에 들어요! 오, 저 코 좀 봐! 유대여인인데… 또 한 여자도… 절반 정도가 유대인이라니 믿기지가 않아. 이런 상황에서는 결코 오라토리오를 차분히 앉아 즐기기는 어려울 것 같은데. 자, 이제 사람들 틈에 끼어 나가자. 어떤 바보 같은 녀석이 뒤에서 자꾸 미는 거야? 이 녀석 버릇 좀 고쳐줘야겠는걸. 어이구, 할아버지네! 저기 건너편에서 내게 인사하는 사람은 누구지? 안녕하세요, 안녕하세요! 저 사람이 누군지 모르겠는걸. 가장 손쉬운 일은 지금 곧장 라이딩어로 건너가 저녁 식사를 하거나… 아니면 정원사협회로 갈까? 마침 슈테피도 거기에 있을지 모르잖아? 그녀는 왜 내게 보낸 편지로 그 놈과 어디에 가는지를 알리지 않은 거야? 하긴 자신도 아직 어디로 갈지 모르고 있었을 수도 있지. 정말 끔찍한 건 내가 그렇게 종속되어 살아간 다는 거지. 불쌍한 것! 그래, 저기가 출구구나. 아, 저 여자 그림같이 예쁘 네! 혼자 온 거야? 나를 보고 웃네. 저 여자를 따라가는 것도 좋은 생각이 지! 자, 이제 계단을 내려가야지. 오, 95연대의 소령이… 무척 호의적으 로 나에게 감사의 인사를 했는데… 저 안에 장교가 나 혼자만은 아니었 는데도. 그런데 그 예쁜 아가씨는 어디 있지? 아, 저기 난간 옆에 서 있 군. 아, 이제 보니 옷 보관소로 가는 거네. 조금 전 내 앞자리에 있던 그 작은 아가씨와도 잘 안 됐고… 바로 코앞에 있었는데도! 이런 비참한 놈! 저기 어떤 남자가 데리고 나오는 여자가 지금 나를 건너다보며 웃고 있네! 하지만 내게는 아무 소용도 없는 여자인걸. 아니, 옷 보관소로 사 람들이 마구 몰려드는군! 조금만 더 기다리는 게 좋겠어. 아니 이런! 어 떤 멍청한 놈이 내 번호에 걸린 옷을 가져가려고 하네?

"이봐요, 224번! 당신 옷은 저쪽에 걸려 있소! 당신 눈 없어요? 당신 옷 은 저쪽에 걸려 있단 말이오! 알았으면 다행인 줄 아시오! 그럼 가보쇼!"

"예, 잘 알았어요!"

저 뚱뚱한 녀석이 다른 사람의 옷장을 거의 다 가로막고 있네.

"기다려요, 기다려요!"

저 녀석이 뭐라는 거지?

"조금만 기다려요!"

녀석에게 대답해 줘야 되겠어. "비켜줘요!"

"그래, 당신은 기다릴 수 없다는 거로군!"

저 녀석이 뭐라고 말하는 거지? 나한테 하는 말인가? 말이 아주 심한 데! 도무지 맘에 들지 않아!

"조용히들 해요!"

"기다릴 수 없으면 어떻게 하겠다는 거요?" 아, 무슨 억양이 저 따위지? 이건 있을 수 없는 일이지!

"시비 걸지 말아요!"

"이봐요, 입 닥쳐!" 내가 이 말만은 하지 말았어야 했는데. 내가 너무 거칠었어. 하지만 이미 엎질러진 물인걸!

"뭐라고?"

이제 저 녀석이 돌아보는군. 아니 내가 아는 사람이네! 빌어먹을, 늘 들르는 커피숍의 제빵사라니… 도대체 저 사람은 여기서 뭘 하는 거지? 그는 분명 딸이 있고, 성악 학교에 다닐 텐데… 그래, 도대체 어찌된 일이지? 저 사람이 도대체 뭘 하는 거지? 내가 보기에는… 아니, 이럴 수가. 저 사람이 내 칼자루를 붙잡고 있다니… 아니 저자가 미쳤나? "이봐요."

"예, 소위 양반, 이제 체통 좀 지키시죠."

저 사람이 뭐라고 말하는 거야? 이거 야단났네. 들은 사람은 아무도 없겠지? 그래, 저 사람은 아주 나지막하게 말했으니까. 아니 저 사람이 왜 내 칼을 잡고 놓지 않는 거지? 이런 빌어먹을… 아, 무척 난폭하게 구는데… 내 힘으로는 칼자루에서 손을 떼게 할 수가 없으니… 소문만 나지 않으면 좋겠는데! 아 맞아, 내 뒤에는 다행히도 소령이 서 있지 않은가? 저자가 내 칼의 손잡이를 잡고 있는 걸 보고 있는 사람은 없겠지?

저자가 나한테 말을 하고 있잖아! 도대체 저자가 무슨 말을 하고 있는 거지?

"소위 양반, 조금이라도 사람들의 눈에 띄는 추태를 부리면 내가 이 칼을 칼집에서 빼내 부러뜨려 두 동강이를 낸 다음 당신의 연대장에게 보낼 거요. 내 말 알아듣겠소, 이 멍청한 애송이?"

저자가 뭐라고 말했지? 내가 꿈을 꾸고 있는 것만 같은데! 저자가 정말 나한테 말하고 있는 건가? 무슨 대답이든 해야겠는데… 하지만 저녀석은 꽤 진지한 태도고 — 정말로 칼을 뽑겠는걸. 이걸 어쩌나 — 저자가 정말 그렇게 하면! 내 예감으로는 저자가 곧장 칼을 뽑을 것 같은데! 도대체 저자가 무슨 말을 하고 있는 거지? 제발 소문만 나지 않았으면 좋겠는데 — 저자가 도대체 계속 무슨 말을 하는 거지?

"하지만 나는 당신이 쌓아온 경력에 흠집을 내고 싶지는 않소. 그러니 점잖게 있으란 말이오! 자, 걱정하지 말아요. 아무도 들은 사람은 없으니까. 모든 게 다 잘되고 있잖소. 이렇게! 또한 아무도 우리가 서로 다퉜다는 생각을 하지 못하도록 지금부터 나는 당신과 무척 다정하게 행동할 거요! 잘 가시오, 소위 양반. 오늘 즐거웠소. 잘 가시오!"

이럴 수가, 내가 꿈을 꾼 건가? 아니면 그가 실제로 그런 말을 한 건가? 도대체 그는 어디에 있는 거지? 저쪽으로 가는군. 칼을 뽑아 저자를 때려눕혔어야 했는데 — 제발 바라건대 아무도 들은 사람은 없겠지? 그래, 그는 아주 나지막하게 내 귀에 대고 얘기했어. 난 왜 저자에게 달려들어 대갈통을 박살 내지 않았지? 앞뒤 가리지 않고 곧장 그렇게 했어야 했는데… 어째서 곧장 그렇게 하지 않았지? 나는 그렇게 할 수 없었던 거지. 저자는 칼자루를 잡고 놓지 않았고, 나보다 열 배는 더 힘이 센걸. 내가 한마디라도 말을 했더라면 저자는 정말로 내 칼을 부러뜨려버렸을 거야. 저자가 큰 소리로 말하지 않은 걸 그나마 다행으로 여겨야지! 누군가 한 사람이라도 우리 얘기를 들었다면 나는 당장 총으로 자살할 수밖에 없을 거야. 어쩌면 이 모든 일은 꿈이었을지도 몰라. 그런데 저기 기둥 옆에 서 있는 저 남자는 어째서 나를 뚫어지게 바라보는 거지? 저 남자도 그자의 말을 들은 걸까? 저 남자에게 물어봐야겠어. 물어봐? 내가 미쳤지! 내가 어떻게 보일까? 사람들은 내게서 무슨 낌새라도 채겠지? 나는 얼굴이 하얗게 질려 있음에 틀림없어. 그 개같은 자식은 어디 있지? 그 자식을 죽여버려야만 되겠어! 그 자식은 가버렸군. 온통 텅 비어 있는걸. 도대체 내 외투는 어디에 있는 거지? 아 참, 내가 이미 입었지. 그런 것도 깡그리 잊고. 나를 도와준 게 누구였지? 아, 저기 저 사람. 그에게 동전 한 닢 주어야겠군. 그래야지! 그런데 무슨 일이 일어났었지? 과연 실제로 일이 일어났었던가? 실제로 누군가가 나에게 그렇게 얘기를 했지? 누군가가 실제로 나에게 "멍청한 애송이"라고 말했지? 그런데 나는 그 자리에서 당장 그를 때려눕히지 않았지? 나는 그럴 수가 없었지. 그의 주먹은 강철 같았고… 나는 낚시 바늘에 걸린 물고기처럼 그대로 서 있었던 거지. 그래, 나는 틀림없이 정신이 나가 있었어. 그렇지 않았다면 다른 한 손으로… 하지만 그랬더라면 그자가 내 칼을 뽑아서 부러뜨려 버렸을 거고, 그러면 끝장이었을 거야. 모든 게 다 끝장나 버렸을 거야! 나중에 그자가 가버렸을 때는 이미 너무 늦었지. 나는 등에 긴 칼을 차고는 그자를 뒤쫓아 달려갈 수가 없었지.

뭐야, 내가 벌써 거리로 나와 있잖아? 내가 어떻게 거기서 빠져나왔지? 아주 선선한데… 아, 바람이 부는군. 바람 좋지. 저 건너편에 있는 건 누구지? 저 사람들은 왜 나를 건너다보지? 그들도 그자의 말을 들었던 건지. 아니야, 아무도 들었을 리가 없어. 내가 잘 알아. 내가 그자의 말이 끝난 다음 즉시 주변을 둘러보았거든! 나에게 관심을 갖는 사람은 아무도 없었고, 아무도 그 말을 듣지 못했어. 하지만 아무도 듣지는 못했다 해도 그자가 그 말을 한 것은 사실이지. 그자는 그 말을 했던 거야. 그리고 나는 거기에 서 있다가 누군가가 내 머리통을 후려치기라도 한 듯 그 자리에 주저앉고 말았지! 나는 아무 말도 할 수 없었고 아무것도 할 수 없었지. 나에게 남아 있던 유일한 것은 조용히 있는 것, 그저 조용히 있는 것뿐이었지. 이건 끔찍한 일이고, 도저히 견딜 수 없는 일이야. 어디선가 그자를 만나게 되면 죽도록 두들겨 패줘야겠어! 누군가가 나에게 그런 말을 한다! 그 어떤 자식이, 그 어떤 개자식이 나에게 그런 말을 한다! 그런데 그는 나를 알고 있다 이거야. 이런 빌어먹을. 그가 나를 알고 있으니. 내가 누구인지 그가 알고 있단 말이야! 그는 내게 그런 말을 했다고 만나는 사람들 모두에게 이야기할 수도 있을 거야! 아니야, 아니야, 그는 그러지 않을 거야. 그럴 생각이었으면 그가 그렇게 나지막하게 얘기하지 않았겠지. 그도 나 혼자만 듣기를 원했을 거야! 하지만 그가 오늘이나 내일 그의 아내에게, 그리고 딸에게, 그리고 커피숍에서 그의 지인들에게 그걸 얘기하지 않을 거라는 걸 누가 보장해 준단 말인가. 빌어먹게도 나는 내일 그를 다시 보게 될 거야! 내가 내일 커피숍에 가면 그도 날마다 그러하듯 거기에 앉아서 슐레징어 씨와 조화장사와 함께 카드놀이를 하고 있을 텐데. 안 돼, 안 돼, 그래서는 안 되지, 그래서는 안 되지. 그를 보면 박살을 내버려야지. 아니야, 내가 그래서는 안 되지. 앞서 일이 벌어졌을 때 즉시 그랬어야 했는데, 즉시! 그랬으면 좋았을 텐데! 연대장에게 가서 이 일을 보고할 거야. 그래, 연대장에게. 연대장은 늘 무척 친절하지. 나는 그에게 이렇게 말할 거야. 연대장님, 삼가 보고 드립니다. 그가 칼자루를 붙잡고 놓지를 않았습니다. 그래서 저는 무기를 갖고 있지 않은 것과 똑같은 상황에 처하게 됐습니다. 그럼 연대장은 뭐라고 말할까? 그가 무슨 말을 할까? 그렇다면 길은 하나뿐이네. 불명예와 수치를 안고 전역하는 거야. 전역 말일세! 저 건너편에 있는 건 지원병들인가? 밤중에 보니 장교들처럼 보이는 게 불쾌하군. 저들이 거수경례를 하네! 혹시 저들이 알고 있다면 — 저들이 알고 있다면! 저기에 카페 호흐라이트너가 있군. 분명 지금쯤 저 안에 내 동료들이 몇 명 와 있을 거야. 어쩌면 내가 아는 녀석도 한둘은 있을 거야. 내 가장 친한 녀석에게 마치 다른 사람에게서 일어난 일인 양 그 일에 대해 얘기해도 되겠지? 내가 정신이 완전히 돌았구나. 내가 여기서 감히 어딜 나돌아 다녀? 내가 거리에서 할 일이 뭐가 있어? 그래, 그럼 어디로 가지? 라이딩어로 갈 생각이었지 않나? 하하, 내가 사람들 틈에 끼어 앉아 있는다… 그럼 분명 모두가 나를 바라볼걸. 맞아, 그럼 틀림없이 무슨 일이 일어날 거야. 과연 무슨 일이 일어날까? 아니야, 아무 일도 일어나지 않아, 아무 일도. 아무도 그 얘기를 들은 사람이 없고… 아무도 그 일을 알지 못하고 있어. 지금은 아무도 모르고 있어. 지금 그자의 집으로 찾아가서 그자에게 그 일을 아무에게도 얘기하지 말아달라고 간절히 애원하면 어떨까? 아니야, 그 따위 짓을 하느니 차라리 당장 내 머리통에 총알을 박아버리는 게 낫지! 그게 가장 현명한 일인지도 몰라! 가장 현명한 일이라? 가장 현명한 일? 그렇게 하는 일

말고는 아무것도 없어. 다른 건 아무것도 없어. 내가 연대장에게, 아니면 코페츠키에게 — 혹은 블라니에게 — 또는 프리트마이어에게 물어봐도 모두가 똑같은 말을 할 거야. 너에게 남아 있는 길은 그것밖에는 없어! 코페츠키와 얘기를 나눠보면 어떨까? 그래, 내 머리통에 총알을 박아버리는 게 가장 이치에 맞는 일일 거야. 내일이 문제인데… 그래, 당연히 — 내일… 4시에 기마대에서… 결투를 벌이기로 되어 있기 때문인데… 내게는 결코 그것이 허용되지 않고, 나는 결투에 응할 자격을 잃게 될 거야. 말도 안 돼! 말도 안 돼! 아무도 그 일을 모르고 있어, 아무도 그 일을 모르고 있지! 나보다 더 분통 터지는 일을 겪었는데도 거리를 활보하는 사람들이 많이 있어. 나는 레더로프와 총으로 결투를 벌였던 덱케너에 대해 이런저런 얘기를 많이 들었는데… 군법회의가 그 결투를 열어도 된다는 결정을 내렸지. 그런데 군법회의가 나한테는 어떤 결정을 내릴까? 멍청한 애송이 — 멍청한 애송이… 그리고 나는 그때 거기에 그대로 서 있었는데! 이런 젠장, 이건 다른 사람이 그 일을 알고 있든 말든 전혀 상관없는 일이잖아! 내가 그 일을 알고 있다는 것, 중요한 건 바로 그거지. 내가 지금은 한 시간 전과는 완전히 다른 사람이 되어 있는 것 같군. 나는 결투에 응할 자격이 없다는 걸 잘 알고 있고, 그러니 나는 총으로 자살을 할 수밖에 없어. 이대로 살아간다면 더 이상 한 순간도 마음 편한 날이 없을 거고… 누군가가 어떤 식으로든 그 일을 알게 될까 봐 늘 두려움에 떨 것이며… 언젠가는 누군가가 오늘 저녁에 일어났던 일을 내 얼굴에 대고 말할까 봐 두려워할 거야! 한 시간 전만 해도 나는 얼마나 행복한 사람이었던가. 코페츠키에게서 음악회 입장권을 선사받고 — 슈테퍼는 만남을 거절하고, 나쁜 계집! — 뭐 이런 일들에 일희일비하며 사는 게 인생이지. 오후만 해도 모든 게 괜찮았고 멋 졌는데, 지금 나는 깡그리 망가져 버려 총으로 자살을 할 수밖에 없지. 내가 왜 이렇게 달려가는 거야? 날 붙잡으려고 쫓아오는 사람도 없는 데. 시계의 종이 몇 번 울리고 있는 거지? 1, 2, 3, 4, 5, 6, 7, 8, 9, 10, 11. 열한 번, 열한 번이야. 저녁을 먹으러 가야겠어! 아무튼 어디로든 가야 되겠 는데… 아무도 나를 알아보지 못하는 어떤 술집에 앉아 있어야겠어. 어 찌됐든 비록 조금 있다 총으로 자살을 할망정 밥은 먹어야지. 하하, 죽 음은 아이들 놀이가 아니라고… 최근에 누가 말했더라? 하지만 누가 말했건 그건 전혀 상관없는 일이고… 내가 알고 싶은 건 누가 가장 가슴 아파할 것인가지. 엄마일까, 아니면 슈테피일까? 슈테피는… 아니야, 슈테피는… 그녀는 절대로 그런 내색을 하지 않을 거야. 그랬다가는 "그"가 그녀에게 헤어지자고 할 거니까. 불쌍한 여자! 연대에서는 내가 왜 그런 극단적인 짓을 저질렀는지 아무도 모를 거야. 그들은 모두 골 똘히 생각할 거야. 도대체 구스틀이 어째서 자살을 했지? 그들 가운데 내가 총으로 자살을 할 수밖에 없었던 이유가 어쩌다 나보다 힘센 주먹 을 갖고 있는 파렴치하고 천박한 어느 제빵사 때문이었다는 걸 생각해 내는 사람은 아무도 없을 거야. 너무나도 어리석은 짓이지, 너무나도 어리석은 짓이야! 그런 이유로 나같이 젊고 멋진 사람이 자살을 하다 니. 맞아, 나중에는 모두가 틀림없이 이렇게 말할 거야. 그는 그런 어리 석은 일로 죽지 말았어야 했는데, 참 안 됐어! 그리고 지금 내가 다른 어 떤 사람에게 물어봐도 누구나 똑같은 대답을 할 거고… 나 자신에게 물 어도 그럴 거야. 이런 빌어먹을. 우리가 민간인들과 맞서 완전 무방비 상태라니… 사람들은 민간인들과 맞설 경우 우리가 무기를 가지고 있기 때문에 더 유리할 거라고 생각할 거야. 반면에 우리들 중 누군가가 무기를 사용하기라도 하면 마치 우리가 타고난 살인자라도 되는 듯 우리에게 비난이 쏟아질 거야. 신문에는 또 이렇게 실리겠지. "한 젊은 장교의 자살" 그들은 계속하여 어떻게 쓸까? "동기는 오리무중" 하하! "그의 관에는 추도하는…" 하지만 그것은 사실이지. 나는 계속하여 마치 혼자서 무슨 꾸며낸 이야기를 하는 듯한데… 하지만 그것은 사실이고… 나는 자살을 할 수밖에 없어. 내게는 다른 어떤 길도 남아 있지 않아. 내일 아침 코페츠키와 블라니가 위임장을 내게 돌려주고 나를 도와주지 못하겠다는 말을 하도록 이대로 내버려둘 수는 없지! 그들에게 그런 기분이 들도록 한다면 나는 나쁜 놈일 거야. 나는 속수무책으로 그대로 서서 멍청한 애송이라는 소리를 들은 놈이니. 내일이면 사람들이 모두 그 일을 알게 될 텐데. 내가 한순간만이라도 그 작자가 다른 사람들에게 그 일에 대해 이야기하지 않을 거라고 상상하는 건 너무나도 어리석은 일이야. 지금쯤은 이미 그의 아내가 알고 있을 거고… 내일이면 커피숍 사람들 모두가 알게 될 거야. 종업원들도 알게 될 거고… 슐레징어 씨도 — 수납원 아가씨도 — 그리고 설령 그가 그 일에 대해 얘기하지 않을 생각이었다 해도 모레쯤에는 말하게 될 거고… 모레 하지 않으면 1주일 안에는 말을 할 거야. 오늘 밤 그가 벼락을 맞는다 해도 그는 말할 거라는 걸 나는 잘 알아, 잘 알지. 그리고 나는 그토록 수모를 당하면서도 계속해서 제복을 입고 칼을 차고 다닐 놈이 아니지! 그러니 나는 자살을 해야만 하고, 그리고는 끝나는 거야! 그 밖에 또 무슨 일이 있지? 내일 오후에는 박사가 칼을 휘둘러 나를 죽여 버릴지도 몰라. 그런 일은 전에도 한 번 있었지. 그래서 바우어, 그 불쌍한 녀석은 뇌출혈로 사흘 후에 죽었지. 또한 브레니취는 말에서 떨어져 목이 부러졌지. 그리고 궁극적으로는 그런 사건들과 아무것도 다르지 않은 거야. 나에게 일어났던 일도 다르지 않은 거야, 나에게 일어났던 일도 다르지 않은 거야! 그런 일을 대수롭지 않게 받아들이는 사람들이 있는데… 빌어먹을, 어떻게 그런 사람들이 다 있단 말인가! 어느 정육점 주인이 아내와 함께 링하이머를 붙잡아서 따귀를 갈겼는데, 그러자 그는 정육점 일을 그만두고 어느 시골로 가서 결혼을 했지. 그런 사람과 결혼하는 여자도 있다니! 맹세코 나는 그가 다시 빈에 온다 해도 악수를 하지 않을 거야. 자, 알아들었지, 구스틀. 끝났어, 끝났어, 사는 건 끝났어! 끝났으니 다른 말 없기야! 그래, 일은 아주 간단하다는 걸 이제 알았어. 그래! 무척 마음이 편안하군. 그렇지 않아도 이렇게 되리라는 걸 늘 알고는 있었지. 이런 결심에 이르게 되면 마음이 편안해질 것이라는, 아주 편안해질 것이라는걸. 하지만 일이 여기까지 이르게 될 줄은 생각하지 못했지. 내가 자살할 수밖에 없게 될 줄은. 왜냐하면 그런 것은… 아니야, 어쩌면 내가 그자를 제대로 이해하지 못했을 지도 몰라. 그자는 마지막에는 완전히 다른 말을 했잖아. 노래 소리와 더위로 인해 온통 정신이 혼미했었지. 어쩌면 내가 제정신이 아니었을지도 몰라. 모든 것이 전혀 사실이 아니었지 않을까? 사실이 아니다, 하하, 사실이 아니다! — 나는 아직도 그 소리를 듣고 있는데도… 그 소리가 여전히 내 귓전에서 울리고 있는데도… 또한 내가 칼자루에서 그자의 손을 떼어내려 했을 때의 그자의 그 손가락들을 느끼고 있는데도. 그는 사냥꾼과도 같이 힘이 센 자지. 나도 약한 사람은 아닌데 말이야. 연대에서 나보다 더 힘이 센 친구는 프란치스키밖에 없는데 말이야.

아스페른 다리로군. 내가 도대체 얼마나 더 멀리까지 달려가려고 이러지? 이렇게 계속 달려가면 자정에는 카그란에 도착하겠는걸. 하하! 빌어먹을, 지난 9월 행군하며 거기로 들어섰을 때 즐거웠었지. 빈까지는 아직 두 시간이 남았었지. 우리가 거기에 도착했을 때 나는 죽도록 피곤했었지. 나는 오후 내내 마치 뻣뻣한 나무토막처럼 잠에 취해 걸었고, 저녁이 되자 우리는 벌써 로나허 근처를 지나고 있었지. 코페츠키, 라딘저, 그리고⋯ 누가 또 우리와 함께 갔더라? 그래, 맞아. 행군 중에 유대인의 일화들을 들려주었던 그 지원병도 함께 갔지. 1년 근무 지원병들은 가끔은 다정다감한 녀석들이었는데⋯ 하지만 그들은 모두 대리병으로만 근무하도록 되어 있었지. 무슨 그런 말도 안 되는 경우가 다 있지? 우리는 몇 년 동안을 고생하는데, 그 녀석들은 1년을 근무하면서 우리와 똑같은 대우를 받으니⋯ 그건 불공평한 일이지! 그러나 그 모든 것이 나와 무슨 관계가 있단 말인가? 도대체 내가 왜 그런 일들에 신경을 써야한단 말인가? 지금 나는 급식대에서 근무하는 졸병보다도 못한 존재지. 나는 이제 이 세상에 전혀 존재하지 않고⋯ 나는 끝나버렸어. 명예를 잃었고, 모든 걸 잃었어! 권총을 장전하고 나서⋯ 내가 이것밖에는 할 수 있는 일이 아무것도 없다니. 구스틀, 구스틀, 너는 여전히 그렇게 하는 것이 옳은 일이 아니라고 생각하는 것 같은데? 제발 정신 차려. 달라지는 건 아무것도 없어. 네가 머리통을 박살 낸다 해도 아무것도 달라지는 건 없어! 이제 결심을 더 단단히 다지고, 마지막 순간에 품위 있게 행동하고, 남자다워지고, 장교다워져야 돼. 그래야 연대장이 이렇게 말할 거야. 그는 용감한 병사였으며, 우리는 그를 진심으로 추모합니다! 소위한 사람의 시체 안장식에 얼마나 많은 중대들이 출동할까? 꼭 알았으면 좋겠는데. 하하! 대대 전체가 출동하거나 주둔부대 전체가 출동한다 해도, 또한 그들이 스무 발의 예포를 쏜다 해도 그것 때문에 내가 깨어나는 일은 결코 없겠지! 작년 여름 나는 군대에서 장애물 경마를 마친 뒤 엥엘에서 온 한 남자와 함께 커피숍 앞에 앉아 있었던 적이 있었지. 묘하게도 그 후로 그 사람을 한 번도 다시 본 적이 없단 말이야. 나는 그가 왜 왼쪽 눈에 안대를 하고 있는지 줄곧 물어보고 싶었는데, 그는 내 말을 듣는 것 같지 않았지. 저기 두 명의 포병이 걸어가고 있군. 저들은 분명 나를 저기 가는 저 여자 뒤꽁무니를 쫓는 놈으로 생각할 거야. 게다가 저들이 나를 바라보기라도 하면… 오 끔찍해! 나는 저기 가는 저런 여자는 어떻게 벌어먹고 사는지를 알고 싶을 뿐이고… 그보다 더 알고 싶은 건… 그건 그렇고, 궁하면 못할 짓이 없는 법인데… 나는 프르체뮈슬에서 아주 끔찍한 일을 당하고 나서는 다시는 여자 같은 건 건드리지 않아야겠다고 생각했지. 저 위쪽 글리치엔에서도 끔찍한 시간을 보냈는데… 우리가 빈으로 오게 된 것은 엄청난 행운이었지. 보코르니는 아직도 여전히 잠보르에 눌러앉아 있는데, 앞으로도 10년은 거기에 눌러앉아 나이가 들고 늙어갈 것 같지. 하지만 나도 거기에 그대로 남아 있었다면 오늘과 같은 일은 일어나지 않았을 거야. 이러느니 차라리 글리치엔에서 늙어가면 더 좋지 않았을까? 내가 지금 무슨 말을 하고 있지? 그래, 도대체 무슨 말을 하고 있는 거지? 도대체 무슨 말을 하고 있는 거지? 내가 그걸 줄곧 잊고 있다니 미친 것 아니야? 그래, 이럴 수가 있나. 내가 너무 자주 그걸 잊고 있다니… 두어 시간 후에는 총알을 머리에 관통시켜야만 한다는 것을 이미 마음속 깊이 새겨두었으면서도 더 이상 자신과는 아무 관계도 없는 온갖 일들을 생각하고 있는 거야? 왜 이럴까! 마치 내가 환각에 빠진 것과 똑같은 느낌이군! 하하! 아주 멋진 환각이야! 살인 환각! 자살 환각! 하! 내가 익살을 부리고 있군. 이것 참 좋은걸! 그래, 난 무척 기분이 좋은데 — 이런 건 천성적으로 타고난 것임에 틀림없어. 정말로 나는 그 일을 누군가에게 이야기해 주고 싶은데, 그 사람은 그 일을 믿지 않을 거야. 내가 지금 총을 지니고 있다는 생각이 드는데. 이제 방아쇠를 당겨야지. 한순간에 모든 게 끝나버리겠지. 그런데 모든 사람들이 다 잘 지내는 건 아니야. 몇 달 동안을 고통에 시달릴 수밖에 없는 사람들도 있지. 내 불쌍한 사촌 누이는 2년을 병상에 누워, 몸을 움직이지도 못하고 엄청난 통증에 시달리고 있지. 이 얼마나 비통한 일인가! 이런 경우라면 손수 결정적 행동을 하는 게 더 낫지 않을까? 당연히 주의는 해야 되지. 작년에 단기 사관후보생에게서 있었던 것과 같은 불행한 사고가 일어나지 않도록 조준을 잘 해야 되겠지. 그 불쌍한 녀석은 죽지는 않았지만 눈이 멀어버렸지. 그는 어떻게 되었을까? 그는 지금 어디서 살고 있을까? 그 녀석처럼 그렇게 돌아다니는 건 끔찍한 일이야. 다시 말하자면 그는 혼자서 돌아다니지 못하고 다른 사람의 인도를 받아야만 하는 거야. 아직 스무 살도 되지 않은 그런 젊은 녀석이. 그는 총으로 자신보다 애인을 더 잘 맞췄고… 그녀는 그 자리에서 죽었지. 사람들은 왜 총으로 자살을 하는지 알 수가 없단 말이야! 도대체 질투심은 어떻게 생기게 되는 걸까? 나는 살아오면서 그런 건 느껴본 적이 없어. 슈테피는 지금 기분 좋게 정원사협회에 가 있겠지. 그러고 나서 '그'와 함께 집으로 가겠지. 그건 나와는 아무 상관없는 거야, 전혀 상관없어! 그녀는 집을 예쁘게 꾸며놓고 살지. 빨간 조명등이 달린 조그만 욕실이 있고, 최근에는 녹색 비단 잠옷을 입었었는데… 이제 난 그 녹색 잠옷을 영영 보지 못하겠지. 그리고 슈테피와 그녀의 모든 것도… 그리고 구스하우스 거리에 있는 그 멋진 넓은 계단 또한 영영 올려다보지 못할 거야. 슈테피 양은 전혀 아무 일도 없었다는 듯 계속하여 즐겁게 살아갈 테고… 자신이 사랑하는 구스틀이 자살했다는 얘기는 아무에게도 절대로 하지 않을 테지. 하지만 그녀는 울기는 할 거야. 아 그래, 울기는 할 거야. 어찌됐든 많은 사람들이 울겠지. 그런데 문제는 엄마지! 안 돼, 안 돼, 엄마를 생각하면 안 되지. 아, 안 돼, 절대로 엄마 생각을 해서는 안 돼. 집 생각은 하지 않는 거야, 구스틀, 알았지? 눈곱만큼도 생각하지 않는 거야.

지금 프라터에 있는 게 나쁘지는 않군. 한밤중에 말이야. 내가 오늘 밤 프라터에서 산보를 하리라고는 전혀 생각지도 못한 일이지. 저 야경꾼은 저기서 무슨 생각을 하고 있을까? 자, 계속 더 걸어가 보자. 아주 좋은데. 저녁 식사도 필요 없고, 커피숍에 가는 것도 무의미하군. 공기가 쾌적하고, 아주 조용하군. 무척이나. 자, 이제 곧 조용히 좋은 시간을 가져야지. 내가 원하는 만큼 아주 조용히. 하하! 그런데 왜 이렇게 숨이 차는 거야. 내가 바보같이 뛰어 왔지. 더 천천히, 더 천천히, 구스틀, 천천히 걷는다고 잃을 것은 아무것도 없어. 더 이상 아무 할 일도 없어. 전혀 아무것도, 절대로 더 이상 아무것도 없단 말이야! 왜 이렇게 오들오들 떨리는 거지? 감정이 좀 격해졌나 봐. 그리고 아무것도 먹지 않았잖아. 도대체 이게 무슨 냄새지? 아직 아무 꽃도 피지 않았는데? 오늘이 며칠이지? 4월 4일이지. 그래, 지난 며칠 동안 비가 많이 내렸지. 하지만 나무들은 아직 잎이 피어나지 않아 거의 완전히 헐벗은 상태고. 깜깜하군. 후! 두려움을 느낄 만한데. 내가 살아오면서 무서움을 느꼈던 적은 딱 한 번뿐인데, 어린 소년이었을 때 숲속에서였지. 하지만 그때 나는 그다지 어리지도 않았지. 열네 살이나 열다섯 살이었으니까. 지금부터 얼마나 오래 전 일이지? 9년이군. 그래 — 나는 열여덟 살에 대리병이었고, 스무 살에 소위가 되었지. 그리고 내년에는 내가… 내년에는 내가 뭐가 될까? 내년 이라니 도대체 그게 무슨 의미가 있는 걸까? 다음 주는 또 무슨 의미가 있는 걸까? 모레는 무슨 의미가 있는 걸까? 웬일이지? 이빨이 부딪히는 소리 아니야? 오호! 그래, 조금만 더 덜덜 떨어보자. 구스틀 소위, 당신 은 이제 혼자고, 아무도 속일 필요가 없는 거야. 참담하군, 참담해.

저기 벤치에 좀 앉아야겠어. 아! 내가 얼마나 깊숙이 들어온 거지? 이 렇게 깜깜하다니! 저기 내 뒤쪽에 있는 저건 두 번째 커피숍임에 틀림 없지. 지난여름에 우리 합창단이 모였을 때 한 번 가본 적이 있는데… 코페츠키와 뤼트너와 함께 — 그리고 두어 명이 더 있었지. 그런데 피 곤하군. 그래, 마치 열 시간 동안 행군을 한 듯 몹시 피곤하군. 그래, 이 러면 되겠군. 여기서 자는 거야. 하! 노숙자 소위로군. 그래, 집으로 가 야 되겠어. 그런데 집에 가면 뭘 하지? 그렇다고 프라터에서는 뭘 한단 말이야? 아, 영영 일어나지 않는 게 가장 좋은 일일 것 같은데. 여기서 잠이 들어 영영 깨어나지 않는 거야. 그래, 그러면 정말 편안할 것 같은 데! 아니오, 소위님, 그건 당신을 그다지 편안하게 해주지 않을 거요. 그 럼 뭘 언제 어떻게 하라는 거지? 이제야 마침내 사태를 제대로 곰곰이 생각해 볼 수 있을 것 같은데. 모든 걸 곰곰이 생각해 봐야 되겠어. 살면 서 일어난 모든 걸. 곰곰이 생각해 보자. 그런데 그게 도대체 무슨 의미 가 있지? 그래, 공기도 좋고… 밤에 자주 프라터에서 거닐어야 하지. 내 가 이런 생각을 일찍이 했었어야 했는데, 이제는 프라터도 끝장이고, 공기도 산보하는 것도 끝장인데. 그런데 왜 이러지? 모자를 벗어야겠어. 이놈의 모자가 내 뇌를 짓누르는 것 같아. 도무지 제대로 생각을 할 수가 없네. 아… 이제 됐어! 이제 정신을 좀 집중해야지. 구스틀… 마지막 결정을 내리는 거야! 내일 아침에 방아쇠를 당기는 거야. 내일 아침 7시에. 7시는 좋은 시간이지. 하하! 학교 수업이 시작되는 8시에는 모든 게 끝나버린 뒤가 되겠지. 코페츠키는 충격이 너무 커서 수업을 하지 못할 거야. 하지만 어쩌면 그는 내 죽음을 전혀 모를 수도 있지. 우리는 모든 소식을 다 들을 수는 없으니까. 막스 리파이도 아침에 총으로 자살을 했는데, 아무도 그 소식을 듣지 못했고, 그의 시신은 오후에야 발견되었지. 그런데 코페츠키가 수업을 하든 말든 그게 나와 무슨 상관이 있단 말인가? 하! 그럼 7시 정각이야! 그래… 또 필요한 건 없지? 더는 아무것도 세심하게 생각할 필요가 없지. 방 안에서 총을 쏘아 죽으면 그만이고, 그러면 모든 게 끝나지! 시신은 월요일에… 내가 죽으면 기뻐할 사람이 하나 있는데, 그건 바로 그 박사지. 상대가 죽어버려 결투를 벌일 수 없게 되었으니까. 그들은 만하임 사람들이 모인 자리에서 무슨 말을 할까? 박사는 내가 죽은 것에 대해 그다지 관심을 나타내지 않을 거야. 하지만 그 여자, 그 멋진 금발의 그 여자는… 뭔가를 함께 하면 좋을 것 같았던 그 여자는… 오 그래, 내가 조금만 세심하게 정신을 차렸더라면 그 여자와 기회를 가질 수도 있었다는 생각이 드는데. 그래, 그 여자는 슈테피 같은 여자와는 좀 달랐을 거야. 하지만 마음을 놓아서는 안 되지. 다시 말하면 비위를 맞춰야 한다는 거지. 꽃을 보내고, 말을 사려 깊게 하는 등… 이렇게 하는 것은 그저 단순히 '내일 오후에 부대로 나한테 와요!'라고 말하는 것과는 다른 효과를 내지. 그래, 그 여자는 뭔가 좀 다른 아주 정숙한 여자였지. 그런데 내가 프르체뮈슬에서 근무할 때 대위의 부인은 정숙한 여자가 아니었지. 내가 확신할 수 있는데, 리비츠키와 베르무텍은 물론 그 촌스러운 대리병까지도 그녀를 가지고 놀았었지. 그러나 그 만하임 여자는… 그래, 그 여자는 좀 달랐고, 교제하는 사람이 있었는데, 한 남자를 거의 다른 사람으로 변화시킬 정도였지. 그래서 그 남자는 아주 세련된 매너를 갖추게 되었고 자기 자신에 대한 자긍심을 가지게 되었지. 하지만 나는 이런 사람들과는 거리가 멀었고… 너무 젊어서 시작했지. 당시 첫 휴가를 얻어 그라츠의 부모님 집에서 지낼 때는 내가 아직 애송이였었지. 그때 그곳에 리들도 살고 있었는데, 그녀는 보헤미아인이었고… 나이는 나보다 갑절은 더 먹었지. 나는 그녀와 함께 지내다가 새벽이 되어서야 집에 돌아오곤 했지. 그때 아버지는 나를 어떻게 바라보셨던지… 그리고 클라라는… 내가 가장 부끄러웠던 건 클라라 앞에서였지. 그 당시 클라라는 약혼을 했었는데… 어째서 아무 진척도 되지 않고 끝나버렸지? 나는 클라라가 그렇게 된 것에 그다지 신경을 쓰지 않았었지. 불쌍한 아이, 운도 지독히 없었지. 그리고 이제는 하나밖에 없는 오빠마저 잃게 되는구나. 그래, 클라라, 넌 다시는 영영 나를 보지 못할 거야. 끝장이야! 그런데 누이동생아, 너는 새해 첫날 나를 정거장까지 바라다 주었을 때 다시는 나를 보지 못하리라는 건 생각지도 못했지? 어이구, 엄마는… 안 돼, 엄마를 생각해서는 안 돼. 엄마를 생각하게 되면 나는 비겁한 짓을 하려고 할 거야. 아… 아, 죽기 전에 먼저 집에 한 번 더 가고 싶은데… 끝장을 내기 전에 집에 가서 하루 휴가를 얻었다고 말하고, 아버지와 엄마와 클라라를 한 번 더 보고 싶은데. 그래, 7시 첫 기차를 타면 그라츠로 갈 수 있고, 1시에는 집에 도착하지. 안녕하세요, 엄마… 안녕, 클라라! 다들 잘 지내고 계시죠? 그래, 내 뜻밖의 방문에 모두 깜짝 놀랄걸! 하지만 식구들은 뭔가 낌새를 알아내고 싶어 할 거야. 어느 누구보다도… 클라라는… 클라라는 틀림없이 그럴 거야. 클라라는 아주 영리한 아이니까. 얼마 전에 그 아이가 내게 무척이나 정겹게 편지를 써 보내주었는데, 나는 아직도 답장을 해주지 못하고 있지. 그 애는 언제나 내게 좋은 충고도 많이 해주는… 그런 마음씨 착한 녀석이지. 내가 집에서 지냈더라면 모든 것이 완전히 달라지지 않았을까? 대학에서 경제학을 공부했을 거고, 아저씨 집에 가 생활했을 텐데. 내가 아직 어렸을 때 식구들은 모두 그렇게 하길 원했지. 그랬다면 지금 어느 사랑스럽고 착한 아가씨와 약혼을 했을 텐데. 어쩌면 나를 무척이나 좋아했던 안나와. 지난번 마지막으로 집에 가 있을 때 그녀가 이미 남편과 두 아이를 두고 있다는 걸 알게 되었지. 나는 그녀가 나를 바라보는 걸 알아차렸지. 그녀는 여전히 예전처럼 나에게 "구스틀"이라고 말했지. 내가 삶을 끝장낸 것을 알게 되면 틀림없이 그녀에게는 슬픔이 뼛속 깊이 사무칠 거야. 하지만 그녀의 남편은 이렇게 말하겠지. 나는 이미 예상했어. 아주 형편없는 놈이니! 사람들은 모두 내가 빚을 졌기 때문에 자살한 거라고 말하겠지. 그런데 그건 전혀 사실이 아니고, 모든 빚은 다 갚았지. 빚은 단지 지난번 노름판에서 잃은 160굴덴뿐이지. 그래, 그들은 내일도 거기에 모이겠지. 그래, 발레르트가 그 160굴덴을 받아갖도록 조치를 해놓아야겠어, 총으로 자살하기 전에 그렇게 하도록 적어놓아야겠어. 끔찍해, 끔찍해! 차라리 일어나서 도망쳐버릴까 — 나를 아는 사람이 아무도 없는 미국으로. 미국에는 오늘 저녁 이곳에서 무슨 일이 일어났는지를 아는 사람이 아무도 없지. 거기에서는 아무도 그런 것에 신경 쓰지 않지. 얼마 전 신문에 룽에라는 백작에 관한 기사가 실렸었지. 그는 어떤 추잡한 일로 인하여 도망칠 수밖에 없었는데, 지금은 저 건너 땅에서 호텔을 소유하고 시시콜콜한 잡동사니 같은 일들은 모두 다 무시하며 살고 있다지. 그는 몇 년 후에는 다시 돌아올 수도 있겠지. 물론 빈으로는 아니고… 그라츠로도 아니겠지만. 나도 그럴 수 있으면 좋으련만. 엄마와 아빠와 클라라는 내가 그저 살아 있기만 해도 더할 나위 없이 좋아하겠지. 그런데 다른 사람들은 과연 나를 어떻게 여길까? 과연 누가 내가 죽은 걸 잘 됐다고 생각할까? 코페츠키를 빼고는 다른 사람들이야 모두 어떻게 되든 관심 없어. 코페츠키는 그렇지 않은 유일한 친구지. 그리고 그 친구가 오늘은 음악회 입장권도 주었잖아. 그런데 일이 이렇게 된 데에는 모든 책임이 바로 그 입장권에 있지. 그 입장권만 없었더라면 나는 음악회에 가지 않았을 거고, 그 모든 일이 일어나지도 않았을 거야. 도대체 무슨 일이 일어났던 거지? 마치 그 일이 있고 나서 백 년은 지난 것 같은 느낌이야. 아직 두 시간도 채 되지 않았는데. 두 시간 전에 누군가가 내게 "멍청한 애송이"라고 말하고 내 칼을 부러뜨리려고 했지. 빌어먹을, 내가 한밤중에 마구 소리를 지르기 시작했으니! 도대체 그 모든 일이 왜 일어났던 거지? 내가 옷 보관소에서 사람들이 모두 나갈 때까지 참고 기다리지를 못했던 거였지? 그리고 내가 어째서 그 작자에게 하필 "입 닥쳐!"라고 말했던가? 내 입에서 어떻게 그런 말이 흘러나왔단 말인가? 나는 아주 점잖은 사람인데… 한 번도 동료들과 그렇게 거친 말을 해본 적이 없는데. 하지만 그건 내가 신경이 너무 예민해져 있었기에 당연한 일이었어. 당시 모든 일이 한꺼번에 닥쳐왔지. 노름판에서는 재수 없이 돈을 잃고, 슈테피에게서는 냉정하게 거절을 당했으며 내일 오후에는 결투가 있고, 간밤에는 잠을 너무 설쳤고, 부대에서는 힘든 일에 시달렸으니 — 그건 정말 견디기 어려운 일이지! 조만간 나는 병이 나게 되고 — 휴가를 얻어야만 할 텐데. 이제는 더 이상 필요 없지. 이제 아주 긴 휴가가 시작될 텐데 — 봉급 유예기간과 함께 — 하하!

내가 여기에 얼마나 더 앉아 있으려는 거지? 틀림없이 자정이 지났을 텐데. 내가 종이 울리는 소리를 듣지 못했던 건가? 아니 저건 뭐지… 마차 한 대가 달려가고 있잖아? 이 시간에? 내 생각에는 고무바퀴가 달린 마차인데. 저들도 나처럼 마차를 퍽 좋아하는 것 같군. 어쩌면 저건 발레르트와 베르타가 타고 있는 마차일지도 몰라. 어째서 하필 발레르트란 말이야? 빨리 지나가버려! 프르체뮈슬에서는 대공이 멋진 마차를 가지고 있었는데… 그는 그걸 타고 늘 시내로 내려가 로젠베르크 양에게 갔지. 대공은 사람들과 어울리기를 무척 좋아하고 어느 누구와도 격식 차리지 않고 친근하게 어울리는 진정한 친구였지. 그때가 좋은 시절이었는데… 그렇지만 그 지방은 황량했고 여름에는 더워서 죽도록 힘들었지. 어느 날 오후에는 세 명이나 일사병에 쓰러진 일도 있었지. 우리 소대의 하사도 쓰러졌는데 — 그 사람은 아주 쓸모가 많은 사람이었지. 오후면 우리는 발가벗고 침상에 누워 있었지. 한번은 갑자기 비스너가 들어와 나한테 왔지. 나는 막 꿈을 꾸고 있었음에 틀림없는데, 즉시 일어나 옆에 놓인 칼을 뽑아들었지. 발가벗은 몸으로 칼을 빼들었으니 분명 아주 볼 만한 모습이었을 거야. 비스너는 반쯤 죽을 정도로 마구 웃어댔지. 그는 지금은 벌써 기병대위가 되어 있지. 내가 기병대로 가지 않은 게 후회스럽군. 하지만 아버지가 그걸 원하지 않으셨지. 기병대로 갔더라면 무척 재미있었을 텐데. 하지만 이제는 뭐가 어찌되든 아무 상관없지. 왜 그렇지? 그래, 나는… 나는 잘 알고 있지. 나는 죽어야 하고, 그래서 모든 게 아무 상관없는 거지. 나는 죽어야 해. 그런데 어떻게 죽지? 이봐, 구스틀, 너는 한밤중에 아무도 너를 방해하지 않는 여기 프라터로 일부러 들어온 것이니 이제 마음 편히 모든 것을 꼼꼼하게 생각해 볼 수 있어. 미국으로 도망치는 것과 전역하는 것은 정말 말도 안 되는 일이야. 그렇게 하여 뭔가 다른 것을 시작하려는 것은 너무나도 어리석은 짓이야. 그리고 네가 백 살이 된다 해도, 너는 누군가가 네 칼을 부러뜨리려 하면서 너를 멍청한 애송이라고 불렀고 너는 거기에 그대로 서서 아무것도 할 수 없었다는 것을 떠올리게 될 거야. 그러니 아무리 꼼꼼히 생각해도 아무 소용없는 일이고 — 엎질러진 물은 어쩔 수 없는 거야. 또한 엄마나 클라라가 어떻게 될지 염려하는 것도 무의미한 일이야. 그들은 고통을 이겨낼 거야. 사람들은 어떤 고통스러운 일이든 이겨내니까. 엄마는 오빠가 돌아가셨을 때 얼마나 슬퍼하셨던가. 그런데 4주가 지나자 엄마는 거의 더 이상 오빠의 죽음을 생각하지 않으셨지. 엄마는 묘지도 찾으셨지만… 처음에는 매주 가시다가 한 달에 한 번으로 줄더니 지금은 기일에만 가시지. 내일은 내가 죽는 날 — 4월 5일이지. 사람들은 나를 그라츠로 옮겨갈까? 하하! 그러면 그라츠에 있는 버러지 같은 놈들이 기뻐하겠지! 하지만 나를 그라츠로 옮기든 말든 그런 건 나와는 상관없는 일이지. 그런 건 다른 사람들이나 머리 싸매고 생각할 일이지. 그런데 내가 꼭 처리해야 할 일이 뭐더라? 맞아, 발레르트에게 160굴덴을 줘야지. 그게 다야. 더 이상은 내가 처리할 필요가 있는 일은 없지. 편지를 쓸까? 무엇 때문에? 누구에게? 작별을 고할까? 아니야, 집어치워야지. 총을 쏴 자살을 하면 그걸로 충분한 거야! 그러면 다른 사람들은 작별을 고한 걸 알아차리는 거지. 사람들은 내가 오늘 벌어진 일에 아무런 잘못이 없다는 걸 안다고 해도 나를 불쌍하게 여기지는 않을 거고 — 내가 서운해 할 일도 아니지. 그런데 나는 지금까지 내 전 생애를 어떻게 살아왔지? 나는 전쟁에도 참여하고 싶었는데 — 오래 기다릴 수 있었더라면 좋았을 텐데. 나는 그 밖에도 온갖 것을 알고 있지. 어떤 사람의 이름이 슈테피든 쿠니군데든 아무 상관도 없지. 그리고 나는 가장 멋진 오페레타도 알고 있는데 — 〈로엔그린〉을 열두 번은 보았지. 그리고 오늘 저녁에도 오라토리오를 관람했지. 그런데 제빵사가 나를 멍청한 애송이라고 불렀지. 그래, 이걸로 충분해! 그리고 더 알고 싶은 것도 전혀 없어. 그럼 부대로 가는 거다. 천천히, 아주 천천히. 정말 서두를 일은 없는 거야. 여기 프라터에서 몇 분 더 푹 쉬자. 벤치에 앉아 — 지붕 없는 곳에서. 침대로 들어가 누울 수는 없지만 — 푹 자기에는 충분한 시간이 있지. 아, 이 공기! 이 공기도 내게서 떠나가겠지.

왜 이러지? 헤이, 요한, 시원한 물 좀 한 잔 가져다줘. 왜 이러지? 이런, 내가 꿈을 꾸고 있나? 내 머리통은… 빌어먹을… 몽롱한데… 눈을 뜰 수가 없군! 옷은 입고 있구나! 도대체 내가 어디에 앉아 있는 거지? 어이구, 내가 잠이 들었었구나! 어떻게 잠을 잘 수 있었단 말이야. 벌써 어슴푸레 날이 밝아오는데! 얼마나 오랫동안 잤던 거지? 시계 좀 봐야겠어. 아무것도 안 보이잖아? 도대체 성냥은 어디에 있지? 자, 불을 켜볼까? 3시군. 4시에 결투를 벌이기로 되어 있는데 — 아니야, 결투가 아니고 — 총을 쏘아 자살을 해야 되지! 결투는 절대로 할 수 없게 됐지. 나는 총으로 자살을 해야 돼. 제빵사가 나를 멍청한 애송이라고 불렀기 때문이지. 그런데 정말로 그런 일이 일어났었나? 머릿속이 아주 이상한데… 내 목이 나사바이스에 끼인 것 같아. 도무지 움직일 수가 없어. 오른쪽 다리가 마비되었어. 일어나야지! 일어나야지! 아, 그러면 좀 나아지겠지! 좀 가뿐해지는군. 공기는 지난날 내가 전초 근무를 하며 숲속에서 야영을 하던 때와 완전히 똑같은데. 그건 생생하게 깨어 있는 또 하나의 일이었고 — 내 앞에는 다른 날도 있었지. 내가 제대로 생각하고 있는 건 아닌 듯도 하고. 저기 잿빛으로, 텅 빈 거리가 있군. 지금 나는 분명 프라터에 있는 유일한 사람일 거야. 나는 새벽 4시에 파우징어와 함께 저 아래로 내려가 본 적이 있는데 — 우리는 말을 타고 갔었지. 나는 미로빅 대위의 말을 타고 파우징어는 자기의 말을 타고 갔었지. 작년 5월이었는데 — 벌써 온갖 꽃이 활짝 피었고 — 온 세상이 초록으로 물들어 있었지. 그런데 지금은 아직 초목이 헐벗은 상태로군. 하지만 곧 봄은 오겠지. 며칠만 지나면 봄이 올 거야. 은방울꽃, 제비꽃도 피고 — 그런 것들을 가질 수 없는 게 유감스럽군. 그 어떤 무뢰한일지라도 그런 것은 가지는데, 나는 죽어야만 하다니! 참으로 비참한 일이야! 그리고 다른 사람들은 전혀 아무 일도 없었다는 듯 앉아서 포도주를 마시며 저녁 식사를 즐기겠지. 우리 모두 하루 일과를 끝낸 뒤 저녁에 포도주를 마시며 앉아 있었던 것처럼. 그때 그들은 리파이를 불러냈었지. 사람들은 무척이나 리파이를 좋아했지. 연대에서 그들은 나보다 그를 더 좋아했어. 내가 죽어 없어져도 그들은 포도주를 마시며 앉아 있을까? 아주 따스하군. 어제보다 훨씬 더 따스해. 향기도 풍겨오고. 분명 벌써 꽃이 피었나 보군. 슈테피는 나에게 꽃을 가져올까? 그녀는 절대로 그런 생각을 하지 못할 거야! 그녀는 곧장 달아나 버릴 거야. 그래,

아델레 같으면 모를까. 아, 아델레! 내가 그녀를 더는 생각하지 않은 게 2년은 된 것 같군. 그녀가 떠날 때 얼마나 엄청난 일이 벌어졌던지. 살아오면서 여자가 그렇게 우는 걸 그전까지는 보지 못했지. 그녀는 정말이지 내가 경험했던 여자들 중 가장 멋진 여자였지. 그녀는 있는 그대로 너무나 겸손했고, 너무나 소박했지. 나는 그녀가 나를 좋아했다고 확신할 수 있어. 그녀는 슈테피와는 완전히 달랐지. 내가 왜 그녀를 포기했는지… 왜 그런 바보 같은 짓을 했는지 좀 알고 싶군. 너무 밋밋한 느낌이 들었고, 그래, 그게 전부였지. 그렇게 매일 저녁 한 여자만 데리고 돌아다녔으니. 그러고 나서 나는 도무지 거기서 영영 빠져나올 수 없을 것 같은 두려움을 느꼈고 ─ 그게 불만이었지. 이봐, 구스틀, 너는 좀 더 기다릴 수 있었으면 좋았을 텐데. 그녀는 너를 좋아한 유일한 여자였잖아. 그녀는 지금 무슨 일을 하고 살까? 아니, 무슨 일을 하게 될까? 이제 그녀는 다른 남자를 갖게 되겠지. 물론 슈테피와 함께하는 것이 마음은 더 편하지. 가끔씩만 만날 약속을 하고, 귀찮은 일은 모두 다른 남자의 몫이 되고, 나는 내키는 일만 즐기면 되니까, 그래, 그러니 그녀가 묘지에 가주기를 바랄 수는 없는 거지. 그럼 과연 마음에서 우러나 묘지에 함께 가줄 사람은 누구일까! 아마 코페츠키, 그리고 레스트가 가줄지도 모르지! 이렇게 아무도 없으니 서글픈 일이군.

하지만 있을 수 없는 일이야! 아빠와 엄마와 클라라는 어쩌고. 그래, 나는 바로 아들이고 오빠지. 그리고 앞으로 우리 가족 사이에는 어떤 일이 일어나는 거지? 식구들은 나를 좋아하고 있지만 ─ 그들이 나에 대해 알고 있는 게 뭐지? 내가 군복무를 하고 있다는 것과 카드노름을 하고 사람들과 어울려 나돌아 다닌다는 것… 그 밖에 또 뭘 알고 있지?

나는 이따금 나 자신에 대해 두려움을 느끼는데, 그렇다는 걸 그들에게 보내는 편지에는 쓴 적이 없지. 나 자신도 그렇다는 걸 전혀 잘 알지 못했던 것 같아. 아 이런, 구스틀, 이제 고작 그런 일로 고민하고 있는 거야? 너는 아직 울기 시작하려면 멀었어. 에잇 빌어먹을! 똑바로 걷는 거야, 그래! 미팅에 나가거나 보초 서러 가거나 전투에 나가는 것처럼. 누가 이렇게 말했더라? 아, 맞아, 레더러 소령이 매점에서 빙레더에 대해 이야기할 때 그랬지. 빙레더는 자신의 맨 처음 결투를 앞두고 얼굴이 하얗게 질려 있었고 침을 뱉었지. 그래, 미팅에 나가든 확실하게 정해진 죽음 속으로 들어가든 장교라면 걸음걸이와 얼굴 표정에서 그 따위 것을 허용해서는 안 되지! 자, 구스틀 — 레더러 소령이 그렇게 말했던 거야! 하!

점점 더 밝아오는군. 책을 읽을 수도 있겠는걸. 저기서 무슨 호각 소리가 들리는데? 아, 저 건너편에 빈 북역이 있지. 테게톱 기념상인데… 저렇게 길게 보인 적은 없었는데. 저 건너에 마차들이 서 있군. 거리에는 환경미화원밖에 아무도 없군. 내 마지막 환경미화원들 — 하! 내가 죽는 걸 생각하면 늘 웃을 수밖에 없지. 나도 그 이유를 도무지 모르겠어. 죽는다는 걸 아주 분명하게 알게 되면 모든 사람들이 다 그러는 걸까? 북역의 시계가 4시를 가리키고 있군. 이제 문제는 한 가지뿐이야. 자살은 7시에 하는데, 북역의 시간에 따를 것인가, 아니면 빈의 시간에 따를 것인가? 7시라. 그래, 왜 하필 7시지? 마치 다른 시간은 전혀 있을 수 없다는 듯. 배가 고프군. 어이구, 배고파. 이상한 일은 아니지. 도대체 언제부터 아무것도 먹지 않았더라? 아마 — 커피숍에 있었던 어제 저녁 6시부터지. 맞아! 거기서 코페츠키가 내게 음악회 입장권을 주었지. 밀크커피 한 잔과 롤빵 두 개를 먹었지. 내가 죽은 걸 알면 그 제빵사는 무슨 말을 할까? 빌어먹을 개자식! 아, 그자는 내가 왜 죽었는지 알게 될 거고 혼히들 말하듯 이렇게 내뱉겠지. "어떻게 장교가!" 그런 자식은 많은 사람들이 지켜보는 거리에서 두들겨 맞을 수도 있지. 그래도 아무렇지도 않게 살아갈 거야. 우리 같은 사람은 단 둘이 있는 가운데 모욕을 당하고도 죽음을 택하게 되는데. 그런 불한당 같은 놈이 때리려고 덤비면 — 맞서면 안 되지. 그런 놈은 더 세심하게 조심할 거고, 위험한 모험은 피하려고 할 테니. 그리고 그놈은 변함없이 계속 마음 편히 살아갈 거야. 반대로 나는 죽을 수밖에 없는데 말이야! 그자가 나를 죽였지. 그래, 구스틀, 너는 그걸 알고 있구나? 너를 죽이는 건 바로 그자야! 하지만 그놈을 그대로 놔둬서는 안 되지! 안 돼, 안 돼, 안 돼! 코페츠키에게 모든 것을 담아 편지를 써야겠어. 그 일의 전모를 적는 거야. 아니면 이게 더 낫겠는걸. 연대장에게 편지를 쓰는 거야. 그리고 연대 본부에 보고하는 거지. 복무상 보고를 하는 것과 똑같이. 그래, 기다려라, 네놈은 그런 일이 알려지지 않을 거라 생각하고 있지? 네놈은 오판하고 있는 거야. 그 일은 영원히 기억되도록 글로 기록될 거야. 그러고 나서 나는 네가 변함없이 그 커피숍을 드나드는지 보고 싶은데! 하! "내가 그걸 보고 싶다"라는 말 참 좋군! 나는 더 많은 것을 보고 싶은데, 유감스럽게도 그럴 수가 없게 되는구나. 죽어버리니!

지금쯤 요한은 내 방으로 들어가고, 자기 상관인 소위가 그 방에서 자지 않았다는 것을 알아차리겠지. 그래서 그는 가능한 모든 것에 대해 생각할 테지. 하지만 소위가 프라터에서 밤을 보냈다는 것만은 무슨 일이 있어도 생각해 내지 못할걸. 아, 44소대! 그들이 사격장으로 행군해

가는군. 지나가게 내버려 두자. 이렇게 이쪽에 서 있자. 저 위쪽 집에서 창문 하나가 열리는군. 멋진 여잔데. 아, 작은 손수건 하나라도 목에 두르고 저 창문으로 다가가고 싶군. 지난 일요일이 마지막이었지. 슈테피가 마지막 여자가 되리라는 건 꿈에도 생각 못했지. 아, 그녀를 만나는 건 군대생활에서의 유일한 즐거움인데. 그건 그렇고, 연대장은 두 시간 후에는 늠름한 모습으로 말을 타고 뒤따라오겠지. 병사들은 아주 똑 부러지게 행동하지. 그래, 그래, 우로 봐! 그럴 때면 근사하지. 내가 그런 그들을 하찮게 여긴다는 걸 그들이 안다면! 아, 저기 카처가 보이네. 나쁜 일은 아니지. 카처가 언제부터 44소대로 옮겨와 근무하고 있지? 잘 가게! 잘 가게! 저 사람은 왜 저런 얼굴을 하고 있지? 왜 자기 머리를 가리키고 있지? 이봐요, 나 당신의 두개골에 별로 관심 없어요. 아, 그렇군요! 그런데 이봐, 당신 잘못 생각하고 있소. 나는 프라터에서 밤을 보냈는데… 오늘 석간신문에서 기사를 읽게 될 거요. 그는 이렇게 말하겠지. "있을 수 없는 일이야! 오늘 새벽 우리가 사격장을 향해 행군해 갈 때 나는 프러터 거리에서 그를 만났었단 말이야!" 그런데 내 소대는 누가 맡을까? 발터에게 내 소대를 넘길까? 좋은 결론이 나오겠지. 그런데 결단력이 없는 녀석이라면 내 소대를 맡느니 차라리 구두장이나 되는 게 더 나을 거야. 아니, 벌써 해가 떠오르잖아? 오늘은 날씨가 좋겠군. 정말 봄다운 봄날이겠어. 이런 빌어먹을 일이 있나! 고급마차를 모는 마부는 아침 8시가 되어야 일을 시작할 텐데, 그런데 나는… 아니, 내 몸이 왜 이러지? 헤, 이래서는 안 되는데. 마지막 순간에 고급마차의 마부 한 사람으로 인해 침착함을 잃어서는 안 되지. 갑자기 심장이 크게 고동치고 있으니 왜 이러지? 마부 때문이 아닐 거야. 아니야,

아니야. 내가 너무 오랫동안 아무것도 먹지 않아서일 거야. 이봐, 구스틀, 너 자신에게 좀 솔직해 봐. 너는 두려워하고 있잖아. 한 번도 해보지 않은 일을 하려 하기 때문에 두려워하는 거야. 하지만 너에게는 그것이 아무 도움도 안 돼. 두려움은 아무에게도 도움이 되지 않아. 누구나 한 번은 두려움을 헤쳐나가야 하는 거야. 어떤 이는 조금 일찍, 또 어떤 이는 조금 늦게 말이야. 그런데 너는 분명 좀 더 일찍 그렇게 할 거야. 네가 이렇게 값진 존재였던 적은 없었지. 그러니 적어도 이 마지막 순간에 품위 있게 행동해야지. 이건 내가 너에게 요구하는 것이야! 그럼 이제 곰곰이 생각 좀 해봐야겠어. 그런데 뭘 생각한단 말이지? 끝없이 뭔가를 곰곰이 생각하려고 하는데… 아주 간단하잖아. 침대 서랍 안에 그것이 들어 있고, 총알도 장전돼 있으니 그저 방아쇠만 당기면 되는 거잖아. 그건 전혀 대단한 기술이 아니지!

저 여자는 벌써 가게로 들어가는군. 불쌍한 아가씨들! 아델레도 어느 가게에서 일했지. 내가 저녁에 두어 번 그녀를 데려온 적이 있지. 그들은 가게에 있으면 본래와는 다른 사람이 되지. 슈테피가 오로지 내 여자로만 있고 싶어 했다면 나는 그녀를 패션점 운영자나 그와 비슷한 사람이 되도록 했을 거야. 그녀는 내 죽음을 어떻게 알게 될까? 신문을 통해서겠지! 그녀는 내가 사전에 죽음을 편지로 알리지 않았다고 화를 낼 거야. 내가 정신이 돈 것 같군. 그녀가 화를 내건 말건 그게 나와 무슨 상관이람. 우리 관계가 얼마나 오래 이어졌더라? 1월부터였던가? 아 아니지, 크리스마스 전이었음에 틀림없어. 내가 그녀에게 그라츠에서 사탕을 가져다주었고, 새해에는 그녀가 내게 편지를 보내왔지. 그래, 집에 있는 그 편지들 — 그중에서 내가 태워버려야 할 것들은 없을까?

음, 팔슈타이너가 보낸 편지 — 누군가 그 편지를 발견하면… 그 녀석이 기분 나빠할 수 있어. 그게 내게 얼마나 큰 부담이 되고 있는지! 그래, 그다지 큰 힘이 드는 일은 아니지. 하지만 나는 그 편지를 찾아낼 수가 없어. 최선의 방법은 모든 편지들을 몽땅 다 태워버리는 거지. 아무에게도 필요 없는 것이잖아? 쓸모없는 종잇조각일 뿐이지. 그리고 내 몇 권의 책은 블라니에게 넘겨주어야겠어. 『밤과 얼음을 통과하여』 이 책을 영영 끝까지 다 읽을 수 없어 유감스럽군. 최근에 조금 읽기 시작했는데. 오르간 소리네. 아, 교회에서 나는 소리지. 새벽 미사로군. 오랫동안 미사에 참석하지 못했지. 우리 소대가 미사에 참석하게 되었던 2월이 마지막이었지. 하지만 나는 미사와는 아무 상관없었지. 나는 병사들이 경건하게 앉아서 올바른 행동을 하는지 감시하는 역할을 했으니까. 교회 안으로 들어가 보고 싶군. 들어가 보는 것도 좋은 일일 거야. 그래, 오늘 식사 후에는 그걸 정확히 알게 되겠지. 아, '식사 후에'라는 말이 아주 좋군! 그럼, 한번 안으로 들어가 볼까? 엄마가 이걸 아시면 위안을 받으실 것 같은데! 클라라는 엄마보다는 관심이 덜 할 거야. 자, 들어가 보는 거다. 해롭지는 않겠지!

오르간 소리 — 노래 소리 — 음! — 아니 내가 왜 이러지? — 몹시 어지러운데. 어이구, 어이구, 어이구! 죽기 전에 함께 얘기를 나눌 사람이라도 있으면 좋겠는데! 그런 게 이런 걸 거야. 고해하러 가는 거야! 신부님은 내가 마지막에 이렇게 말하면 놀라서 눈이 휘둥그레지시겠지. 존경하는 신부님, 이제 저는 자살하러 가겠습니다! 저기 돌로 된 바닥에 누워 실컷 울부짖고 싶은데… 아니야, 그렇게 해서는 안 되지! 하지만 우는 건 이따금 좋은 일이야. 잠깐만 앉아 있자. 하지만 프라터에서처럼 또 잠들지는 말아야지! 종교를 가진 사람들은 죽는 데 있어 더 나을 거야. 음, 이제 손이 떨리기 시작하는군! 이런 상태가 계속되면 나는 마지막 순간이 너무 싫어서 수치심에 떨며 자살을 하겠는걸! 저기 저 나이든 여자는 무엇을 기원하며 기도하는 걸까? 저 여자에게 나를 위해서도 기도해달라고 말하는 것도 좋은 생각인 것 같은데. 나는 기도를 어떻게 하는지 제대로 배우지 못했으니까. 하! 죽는다는 건 멍청한 일이라는 생각이 드는군! 일어나자! 저 멜로디는 내게 무얼 회상시키고 있는 거지? 맙소사! 어제저녁 일을! 가자, 가! 그 일을 생각하면 도무지 견디지 못하겠어! 쉿! 시끄럽게 하면 안 되지. 칼을 질질 끌면 안 돼. 경건하게 기도하는 사람들을 방해하면 안 되지. 그래! 밖으로 나가는 게 더 좋겠어. 불빛이네. 점점 더 가까이 다가오네. 빨리 지나가버리면 좋겠는데! 즉시 일을 저질렀더라면 좋았을 텐데. 프라터에서 말이야. 권총을 차지 않고는 외출을 못하게 했더라면 좋았을 텐데. 내가 어제저녁에 권총만 차고 있었더라면… 이런 젠장! 커피숍으로 아침 먹으러 가야겠어. 배가 고파. 전에는 사형 선고를 받은 사람들이 죽음을 눈앞에 두고 여전히 아침에 커피를 마시고 담배를 피우는 것을 보고 늘 이상하다고 생각했었지. 빌어먹을, 나는 담배를 전혀 안 피우잖아! 전혀 피우고 싶은 생각이 없어! 그런데 다니던 커피숍에 가고 싶다는 생각이 드니 참 이상하군. 그래, 벌써 문은 열려 있고, 손님은 아직 아무도 없겠지. 아무래도 상관없어. 그저 죽음을 앞두고도 침착했다는 표시 하나만 남기면 돼. "그는 6시에 커피숍에서 아침 식사를 했고, 7시에 총을 쏘아 자살했다." 다시 마음이 완전히 평온해졌어. 걸음걸이가 편안하군. 그리고 가장 좋은 건 아무도 나에게 강요하지 않는다는 거지. 내가 하고 싶으면 언제든지 모든 잡동사니들을 내던져버릴 수 있지. 미국… '잡동사니'라니 그게 뭐지? 뭐가 '잡동사니'란 말이지? 내가 일사병에 걸린 것 같아! 오호, 어쩌면 내가 계속해서 죽어서는 안 된다는 상상을 하기 때문에 이렇게 평온해진 게 아닐까? 나는 죽어야 해! 나는 죽어야 해! 아니, 나는 죽을 거야! 구스틀, 너는 군복을 벗고 달아날 수 있다는 상상에 온통 **빠져** 있는 거지? 그러면 그 빌어먹을 개자식도 배꼽 **빠지게** 웃을 거야. 또한 코페츠키까지도 더 이상 너에게 악수를 청하지 않을 거야. 지금 내 얼굴이 빨갛게 달아오른 느낌이군. 야경꾼이 내게 인사를 하는데… 고맙다고 해야지. "잘 가요!" 지금 내가 "잘 가요"라고 말했지! 그런 말은 언제나 저런 불쌍한 자를 기쁘게 하지. 음, 아무도 나에 대해 불평하지 않았고 — 나는 근무 중일 때를 **빼고**는 언제나 너그러웠지. 우리가 기동 훈련을 할 때 나는 브리타니카 중대의 하사관들에게 선물을 주었지. 한번은 한 녀석이 내 뒤에서 총을 들고 "빌어먹을 자식"인지 뭔지 하는 말을 들었는데, 나는 그를 상부에 보고하지 않았고 단지 그에게 이 말만 해주었지. "이봐, 주의해, 다른 사람이 들을 수도 있어. 그러면 자네 신상에 좋지 않을 거야!" 성의 안마당인데… 오늘은 누가 보초를 서고 있을까? 보스니아 기병들이군. 멋져 보이는데. 최근에 중령이 이렇게 말했지. 우리가 78년에 저 아래 지역에 있을 때는 그들이 언젠가 우리에게 복종하리라고는 아무도 생각하지 못했지! 젠장, 내가 그때 그런 부대에 있고 싶어 했다니! 저기 벤치에서 저들이 모두 일어나는군. 잘 가, 잘 가! 저들을 보니 참 역겹군. 나 같은 사람은 저들처럼 되지 않을 거야. 나는 명예의 전장에서, 그리고 조국을 위해 저런 자들보다 좀 더 멋진 사람이 될 수 있을 텐데. 그래, 박사, 당신은 아주 잘 벗어났구려! 나 대신에 누군가 결투를 해줄 사람이 있을까? 그렇지, 코페츠키나 뷔메탈이 나를 대신하여 그자와 맞서 결투를 벌이도록 유언을 남겨야 되겠어. 아, 그자가 그렇게 쉽게 빠져나가서는 안 되지! 아, 무슨 소릴 하고 있지! 내가 죽은 후에 무슨 일이 어떻게 되든 아무 상관없지 않은가? 내가 그걸 모르고 있었네! 저기는 나무들이 벌목되어 있군. 내가 한번은 국민공원에서 어떤 여자에게 말을 걸었던 적이 있었지. 그녀는 빨간 옷을 입고 있었고 슈트로치 길에 살고 있었는데 — 나중에는 로호리츠가 그녀를 넘겨받았지. 그가 지금도 여전히 그녀를 차지하고 있는 것 같은데, 그는 더 이상 그 부분에 대해 아무 얘기도 하지 않고 있지. 아마도 그는 부끄러워하고 있을 거야. 슈테피는 지금 아직 자고 있겠지. 잠 잘 때면 그녀는 너무 귀엽지. 마치 다섯까지도 세지 못하는 어린 아이인 듯. 그래, 잠잘 때면 모두가 그렇게 보이지! 슈테피에게도 간단히 편지를 써야겠어. 못 쓸 이유가 어디 있어? 죽기 전에 편지를 쓰는 건 누구나가 하는 일인걸. 클라라에게도 써야겠어. 아빠와 엄마를 위로해 달라고. 흔히 그렇게들 쓰잖아! 그리고 코페츠키에게도 써야지. 그러고 보니 몇몇 사람들에게 미리 작별 인사를 했더라면 훨씬 덜 번거로울 뻔했을 거라는 생각이 드는군. 또 연대 본부에 신고도 해야 되고 발레르트에게 줄 160굴덴도 해결해야 하고⋯ 정말 아직 해야 할 일이 많군. 그래, 나더러 7시에 죽으라고 한 사람은 아무도 없었지. 8시에 죽더라도 그 이후부터는 죽어 있을 시간이 계속하여 이어지겠지! 죽어 있는 것, 그래 — 그렇게 칭해야지 — 죽어 있을 땐 아무것도 할 수가 없지.

링 거리로군. 이제 곧 내가 다니던 커피숍에 들어가는 거야. 내가 아침을 먹고 싶어 무척이나 기다리고 있는 것 같군. 믿기지 않는 일이야.

그래, 아침을 먹고 나서는 담배 한 대 피우고, 그런 다음에는 부대로 들어가서 편지를 써야지. 그래, 무엇보다 먼저 연대 본부에 신고를 해야지. 그런 다음 클라라에게 편지를 쓰고 — 그러고 나서 코페츠키에게 — 그 다음에는 슈테피에게 써야지. 그 단정치 못한 계집에게는 뭐라고 써야 될지… '사랑하는 자기야, 자기는 생각지도 못했을 거야' 아, 이건 안 돼! — '사랑하는 자기야, 무척 고마워' — '사랑하는 자기야, 쓸데없는 말로 시간 낭비하는 대신 바로 본론으로 들어가겠는데' 그래, 편지 쓰는 일은 역시 내 강점이 아니었어. '사랑하는 자기야, 자기의 구스틀로부터 마지막 작별 인사를' — 그 애가 어떤 눈짓을 지을 것인지! 내가 그 애에게 사랑에 푹 빠지지 않은 게 다행이지. 내가 자신을 좋아한다는 걸 알면 이럴 때 슬퍼지는 게 당연할 텐데. 그래, 구스틀, 잘 있어. 그 애는 이걸로 충분히 슬퍼한다는 표현을 대신하겠지. 슈테피 이후에도 다른 여자들을 많이 만났는데, 마지막에는 꽤 괜찮은 여자도 있었지. 재산이 많은 좋은 가문 출신의 어린 소녀였는데 — 아주 예뻤지. 클라라에게는 내가 달리 어떻게 할 수 없었다고 자세히 써야겠어. '사랑하는 동생아, 나를 용서해 줘라. 그리고 부탁하는데, 사랑하는 부모님을 위로해 드려라. 나는 우리 가족 모두에게 많은 걱정을 끼치고 많은 고통을 안겨주었다는 것을 잘 안다. 하지만 내가 우리 가족 모두를 언제나 무척 사랑해 왔다는 것은 믿어줘라. 내 사랑하는 클라라야, 나는 네가 다시 한번 행복해지기를 바라고, 네 불행한 오빠를 깡그리 잊지는 말아주기를 바란다.' 아, 차라리 클라라에게는 편지를 쓰지 않는 게 좋겠어! 아니야, 그럼 눈물이 날 거야. 쓰지 않으려고 생각하니 벌써 눈물이 글썽이는걸. 코페츠키에게 쓰는 건 더 없이 좋은 일이지. 동료로서의 작별 인사이고, 또 그는 다른 사람들에게 내 사연을 전할 거야. 벌써 여섯 시인가? 아, 아니지. 5시 반 — 아니 45분이군. 참 귀여운 얼굴이지! 내가 플로리아니 길에서 자주 만나는 검은 눈을 한 그 귀여운 어린 여자애! 그 여자애는 뭐라고 말할까? 하지만 그 애는 내가 누군지 전혀 모르고 있으니 — 나를 보지 못하는 것에 그저 의아해할 뿐이겠지. 그저께는 다음번에 만나면 그 애에게 말을 걸어보겠다고 마음먹었지. 그 애는 아양을 많이 떨었는데… 그만큼 어렸고 아직 무척 순진하기까지 했지! 자, 구스틀! 오늘 할 수 있는 일을 내일로 미루지 마라! 저기 저 사람도 분명 밤새 잠을 자지 않았나보군. 음, 저 사람은 지금 집으로 가서 눕겠지. 나도! 하하! 이제 심각해지는구나, 구스틀, 그렇구나! 음, 조금도 두렵지 않다면 자살이 전혀 아무것도 아닐 텐데 — 그리고 넓게 보아 내가 한 약속을 충실히 지키겠다고 나 자신에게 말해야만 해. 아, 어디로 가지? 저기 내가 자주 찾았던 커피숍이 있군. 아직 청소들을 하고 있군. 자, 들어가자.

저 뒤쪽에 그들이 모여 늘 카드놀이를 하던 탁자가 있지. 이상한데. 언제나 저 뒤 벽 옆에 앉던 녀석이 있었는데 그 녀석이 전혀 생각이 나지 않으니. 그 녀석이 나를… 아직 아무도 없군. 종업원은 어디 있지? 헤! 저기 주방에서 나오는군. 재빨리 연미복으로 갈아입는군. 꼭 그럴 필요는 없는데! 아, 그에게는 필요하지. 그는 다른 손님들도 시중들어야 하니까!

"안녕하세요, 소위님!"

"안녕."

"오늘은 일찍 오셨네요, 소위님?"

"아, 신경 쓰지 마. 나는 시간이 많지 않아 외투를 입은 채 앉아 있을게."

"뭐로 드릴까요, 소위님?"

"원두커피 한 잔."

"바로 가져다 드리겠습니다, 소위님!"

아, 저쪽에 신문들이 놓여 있는데… 벌써 오늘 신문들이? 벌써 무슨 소식이 실려 있을까? 도대체 무슨 소식이? 내가 자살했다는 소식이 실려 있는지 살펴보아야겠어! 하하! 아니 내가 왜 계속 서 있는 거지? 저쪽 창가로 가서 앉아야지. 벌써 내 커피를 가져다 놓았군. 자, 커튼을 쳐야지. 나는 사람들이 들여다보는 게 싫어. 아직 아무도 지나가는 사람은 없군. 아, 커피 맛이 좋군. 아침을 먹는 것도 터무니없이 잘못된 일은 아니지! 아, 내가 완전히 딴 사람이 되는군. 내가 저녁밥을 먹지 않은 건 정말 멍청한 짓이었어. 저 녀석은 왜 다시 와 서 있는 거야? 아, 나한테 빵을 가져왔군.

"소위님, 소식 들으셨어요?"

"뭘 말이야?"

아, 이런, 이 녀석이 벌써 뭔가를 알고 있나? 하지만 말도 안 돼. 그럴 리는 없지!

"하베츠발너 씨가…."

뭐라고? 그건 그 제빵사 이름인데… 이 녀석이 지금 무슨 말을 하려는 거지? 이 녀석도 거기에 있었단 말인가? 이 녀석도 어제 거기에 있었기에 그때 벌어진 일을 얘기하려는 건가? 왜 계속해서 말을 하지 않는 거지? 그래, 이제 이어서 말하는군.

"… 어젯밤 12시에 뇌졸중으로 쓰러졌답니다."

"뭐라고?"

이렇게 외치면 안 되지. 안 돼, 남들이 내게서 어떤 낌새도 알아채게 해서는 안 되지. 그런데 내가 꿈을 꾸고 있는 건 아닌지… 다시 한번 물어봐야겠어.

"누가 뇌졸중으로 쓰러졌다고?"

잘 했어, 잘 했어! 난 전혀 대수롭지 않은 듯 그렇게 물었거든!

"제빵사입니다, 소위님! 소위님도 그 사람을 아실 텐데요. 매일 오후 장교님들 옆에서 카드노름판을 벌이던 그 뚱뚱한 사람 말이에요. 슐레징어 씨와 조화장사 바스너 씨와 얼굴을 맞대고 앉았었지요!"

정신이 번쩍 드는군. 모든 게 틀림없어. 그래도 아직 확실히 믿을 수는 없지. 종업원에게 다시 한번 물어봐야 되겠어. 하지만 아주 대수롭지 않은 듯이.

"그 사람이 뇌졸중으로 쓰러졌다고? 아니, 어떻게 그런 일이? 자네는 그걸 어디서 알았지?"

"소위님, 아무도 여기 있는 우리보다 더 빨리 알 수는 없었을 겁니다. 소위님께서 드시고 있는 그 빵도 하베츠발너 씨가 만든 거지요. 우리에게 새벽 4시 반에 빵을 가져다주는 아이가 그 소식을 들려주었던 겁니다."

무슨 일이 있어도 절대로 이 소식을 입 밖에 내서는 안 되지. 마구 소리 지르고 싶고… 마구 웃고 싶은데… 루돌프에게 입맞춤이라도 해주고 싶구나. 하지만 그에게 좀 더 물어봐야 되겠어! 뇌졸중으로 쓰러졌다고 해도 아직 죽은 건지는 확실하지 않으니까. 그자가 죽었는지 물어봐야겠어. 하지만 아주 조용히 물어야지. 제빵사는 나와 관련이 있으니까. 종업원에게 묻는 동안 신문을 들여다봐야 되겠어.

"그 사람 죽었나?"

"아, 물론이지요, 소위님. 그 자리에서 죽었지요."

오, 잘 됐어, 잘 됐어! 마침내 일이 이렇게 잘 풀린 것은 전적으로 내가 교회에 들어가 있었기 때문일 거야.

"그는 저녁에는 극장에 가 있었지요. 집에 와서 계단에서 넘어졌는데 ― 집 관리인이 쿵하는 소리를 들었지요. 그래서 사람들이 그를 거실로 옮겼는데, 의사가 왔을 때는 이미 숨을 거둔 지 오래였다고 합니다."

"슬픈 일이군. 그는 아직 한창때였는데."

나는 이제 이렇게 몹시 기분 좋게 말하게 됐군. 아무도 나한테서 뭔가 낌새를 채지는 못할 거야. 그리고 이제부터 소리치거나 기뻐 날뛰지 않도록 정말로 감정을 억눌러야만 하겠어.

"예, 소위님, 무척 슬픈 일이지요. 그는 무척 좋은 분이었고, 20년 동안 우리 가게를 찾으셨지요. 우리 사장님의 좋은 친구이기도 하고요. 그런데 불쌍한 부인은…."

내가 지금까지 살아오면서 이렇게 기뻤던 적은 없었던 것 같은데. 그자는 죽었어 ― 그자는 죽었어! 아무도 그 일을 모르고 있고, 아무 일도 일어나지 않았지! 내가 커피숍에 온 건 엄청난 행운이야. 그렇지 않았다면 나는 완전히 무모한 자살을 할 뻔했는데. 이건 운명의 섭리 같은 것이야. 그런데 루돌프는 어디 있지? 아, 다혈질 녀석하고 얘기하고 있군. 아무튼 그자는 죽었어. 그자는 죽었어. 아직 도무지 믿어지지가 않는걸! 직접 가서 눈으로 확인해 보고 싶군. 그자는 격분에 의해, 억누르고 있던 분노로 인해 마침내 뇌졸중을 맞은 거야. 분노가 왜 일어났는지는 나와는 전혀 상관없는 일이지! 중요한 건 그자는 죽었고, 나는 살아가도 되며, 모든 것이 다시 내 차지가 된다는 거지! 내가 지금 하베츠발너 씨가 구워준 빵을 한 조각씩 잘라 계속 입에 넣고 있다니 우습군! 아주 맛이 좋군요, 하베츠발너 씨! 훌륭해요! 자, 이제 담배 한 대 피워야지.

"루돌프! 이봐, 루돌프! 그 다혈질 녀석은 그냥 거기 내버려 두고 이리 좀 와!"

"알겠습니다, 소위님!"

"담배 좀"

아, 기쁘다, 기뻐! 이제 뭘 하면 좋지? 이제 뭘 하면 좋지? 무슨 일이든 벌여야만 되겠어. 이렇게 기뻐만 하다간 나도 너무 기쁜 나머지 뇌졸중으로 쓰러질 지도 몰라! 15분 안에 저 건너 부대로 들어가 요한에게서 머리를 짧게 깎고… 7시 반에 총검술을, 9시 반에 훈련에 들어가는 거지. 그리고 슈테피에게 오늘 저녁은 그라츠에서든 어디서든 마음대로 자유롭게 보내라고 편지를 써야지! 그리고 오후 4시에는… 음, 기다려, 내 사랑하는 박사여, 기다려, 내 사랑하는 박사여! 나는 이미 만반의 준비가 돼 있어. 네놈을 삶은 돼지고기처럼 납작하게 만들어주마!

눈먼 제로니모와 형

Der blinde Geronimo und sein Bruder

눈먼 제로니모는 벤치에서 일어나 식탁 위 포도주 잔 옆에 놓여 있던 기타를 손에 들었다. 그는 멀리서 첫 마차가 굴러오는 소리를 들었던 것이다. 이제 그는 눈에 익은 통로를 따라 열려 있는 문까지 더듬거리며 걸어간 다음 좁은 나무 계단을 타고 내려갔는데, 그 계단은 지붕이 있는 한쪽 마당으로 곧바로 이어져 있었다. 그의 형도 그를 따라갔고, 둘은 축축한 찬바람을 막기 위해 바람이 불어오는 쪽으로 등을 돌린 채 계단 바로 옆에 서 있었다. 바람은 축축하고 지저분한 땅을 지나 열린 출입문을 뚫고 불어왔다.

슈틸프저 산등성이를 넘어 오가는 마차들은 모두 이 낡은 여관의 둥근 아치형 지붕 아래로 지나갈 수밖에 없었다. 이탈리아에서 와서 티롤로 가려는 여행객들에게는 이곳이 고산지대로 오르기 전 마지막 휴게소였다. 여행객들은 오래 머물지는 않았다. 이곳에서는 제법 평탄하게 나 있는 도로 양옆의 헐벗은 언덕들밖에는 볼 만한 경치가 없었기 때문이다. 그 눈먼 이탈리아 사람과 형 카를로는 여름 몇 달 동안 여기를 집이나 마찬가지로 여기며 지냈다.

우편 마차가 들어왔고, 곧 이어 다른 마차들이 왔다. 대부분의 여행객들은 모포나 외투를 두른 채 마차에 그대로 앉아 있었고, 일부 다른 여행객들은 마차에서 내려 양쪽 출입문 사이를 초조하게 이리저리 거닐었다. 날씨는 점점 더 나빠졌고, 차가운 비가 쏟아졌다. 며칠 화창한 날이 이어지더니 가을이 갑작스럽게 너무 일찍 찾아든 것 같았다.

눈먼 사람은 노래를 부르면서 기타를 연주했다. 그는 늘 그렇듯이 술에 취하면 고르지 못한, 이따금 갑작스레 쇳소리가 울리는 목소리로 노래를 불렀다. 그는 가끔 받아들여지지 않는 애원을 하듯이 고개를 위로 들어올렸다. 그러나 검은 턱수염과 푸르스름한 입술을 한 그의 얼굴 표정은 전혀 움직임이 없이 꼿꼿했다. 형은 거의 꼼짝 하지 않고 그의 옆에 서 있었다. 누군가가 동전 한 닢을 모자에 던져주면 그는 고맙다고 고개를 끄덕이고는 당황한 듯 재빠른 눈길로 그 사람의 얼굴을 바라보았다. 그러나 그는 거의 불안해하며 즉시 눈길을 다시 돌려 동생을 멍하니 응시했다. 그의 두 눈은 빛을 받아들이는 데 아무 지장이 없는데도 빛을 꺼려하는 것 같았고, 눈먼 동생에게 한 줄기의 빛도 던져줄 수 없다는 듯했다.

제로니모가 "포도주 좀 가져다 줘"라고 말했다. 카를로는 제로니모의 말이라면 언제나 순순히 따랐는데, 이번에도 포도주를 가져오기 위해 곧장 자리를 떴다. 카를로가 계단을 오르는 동안 제로니모는 다시 노래를 부르기 시작했다. 그는 오래전부터 자기 자신의 목소리는 듣지 못해도 자기 주변에서 무슨 일이 일어나는지는 알아낼 수 있었다. 그는 지금 아주 가까이에서 두 사람이 속삭이고 있는 소리를 알아챘다. 어느 젊은 남자와 젊은 여자의 목소리였다. 그는 이 두 사람이 똑같은 길을 무척 자주 오가고 있다고 생각했다. 눈이 먼 그는 이따금 감각에 의지하여 몰입할 경우 이 사람들이 그 산등성이를 경유하여 남쪽에서 북쪽으로, 그리고는 북쪽에서 남쪽으로 날마다 오간다고 여겨왔기 때문이다. 그래서 그는 이 젊은 남녀를 오래전부터 잘 알고 있었다.

카를로가 내려와서 제로니모에게 포도주 한 잔을 건네주었다. 눈먼 제로니모는 포도주 잔을 젊은 남녀를 향해 흔들며 말했다.

"우리 손님들, 여러분들의 건강을 위해!"

젊은 남자는 "고맙소"라고 말했지만 젊은 여자는 남자를 잡아끌었다. 그녀는 눈먼 사람을 보고 무서운 생각이 들었기 때문이다.

이제 꽤 소란스러운 일행이 탄 마차 한 대가 들어왔다. 아버지, 어머니, 아이들 셋, 보모 한 명이 타고 있었다.

"독일인 가족이야"라고 제로니모가 카를로에게 나지막한 목소리로 말했다.

아버지가 아이들 모두에게 동전 한 닢씩을 주었다. 그래서 아이들은 각자 자기가 받은 동전을 거지의 모자 속에 던져 넣을 수 있었다. 제로니모는 동전이 던져질 때마다 고개를 숙여 고마움을 표했다. 가장 큰 아이가 눈먼 젊은이의 얼굴을 무서워하면서도 호기심에 차 바라보았다. 카를로는 그 소년을 유심히 바라보았다. 카를로는 그런 아이들을 볼 때마다 늘 그러하듯 제로니모가 사고를 당해 시력을 잃었을 때가 바로 저 아이들 나이였을 때였음을 생각하지 않을 수 없었다. 거의 20년이 지난 오늘도 그날을 너무나도 또렷하게 기억하고 있기 때문이었다. 오늘도 그의 귓전에는 어린 제로니모가 잔디밭 아래로 추락했을 때 지르던 아이들의 날카로운 비명 소리가 울려왔고, 햇살이 하얀 정원 담장

위를 비추며 맴돌던 그날의 모습이 떠올랐으며, 그날 바로 그 순간에 울렸던 교회의 일요일 종소리도 다시 들려왔다. 그는 자주 그랬던 것처럼 그날도 담장 옆 물푸레나무를 맞추려고 공기총을 쏘았고, 비명 소리를 듣는 순간 곧장 방금 달려지나간 어린 동생을 맞춰 다치게 한 것이라는 생각이 들었다. 그는 공기총을 손에서 내던지고 창문을 뛰어넘어 정원으로 들어가 어린 동생에게로 돌진해 갔다. 어린 아이는 두 손으로 얼굴을 감싼 채 잔디밭에 누워 있었고, 고통스럽게 신음하고 있었다. 오른쪽 뺨과 목으로는 피가 흘러내렸다. 마침 그때 아버지가 들에서 돌아와 조그만 정원 문을 통해 들어왔고, 두 사람은 어찌할 바를 몰라 하며 신음하는 아이 옆에 무릎을 꿇고 앉아 있었다. 이웃 사람들이 급히 달려왔다. 맨 처음 달려온 사람은 나이 많은 바네티였는데, 그녀는 아이의 얼굴에서 두 손을 떼어내 주었다. 그런 다음 대장장이도 왔는데, 당시 카를로는 그의 밑에서 견습공 생활을 하고 있었다. 그는 치료술에 대해 조금 알고 있었다. 그는 곧장 아이의 오른쪽 눈이 시력을 잃었다는 것을 알았다. 저녁에 포샤보에서 온 의사는 아무 도움도 주지 못했다. 그는 다른 쪽 눈도 제 구실을 못할 위험이 있다고 암시해 줄 뿐이었다. 그의 말은 옳았다. 1년 후 제로니모에게 세상은 깜깜한 밤 속으로 가라앉았다. 사람들은 처음에는 그 아이에게 나중에는 낫게 될 수 있을 것이라고 설득을 시도했고, 아이도 믿는 것 같았다. 그때 진실을 알게 된 카를로는 날마다 밤낮으로 거리로 포도밭 사이로 숲속 등으로 헤매고 다녔으며, 자살에 이르기 직전까지 갔었다. 그러나 그가 믿고 의지하던 교회의 신부가 그에게 살아서 평생 동생에게 헌신하는 것이 그의 의무라는 것을 깨닫게 해주었다. 카를로는 신부의 말을 알아들었다.

이루 말할 수 없는 연민이 카를로를 사로잡았다. 눈먼 동생 곁에 있기만 해도, 그의 머리칼을 쓰다듬어 주기만 해도, 그의 이마에 입맞춤만 해도, 그에게 이야기를 들려주기만 해도, 그를 집 뒤 들판으로 데리고 나가 포도밭들 사이로 산책시키기만 해도 카를로의 괴로움은 줄어들었다. 그는 그 사고가 있은 뒤 곧장 대장간에서의 견습공 수업을 소홀히 했는데, 동생에게서 조금도 떨어지고 싶지 않았기 때문이었다. 아버지가 주의를 주고 걱정을 하는데도 견습공 수업을 다시 받겠다는 결심을 할 수가 없었다. 어느 날 카를로는 제로니모가 자신의 불행을 입에 올리는 것조차 완전히 포기했다는 생각이 들었다. 그는 그 이유를 곧 알게 되었다. 눈먼 동생이 결코 하늘도, 언덕들도, 거리들도, 사람들도, 빛도 다시는 보지 못하리라는 것을 깨달았기 때문이다. 이제 카를로는 전혀 뜻하지 않게 동생의 불행을 초래한 것에 대한 죄책감을 가라앉히려고 애를 쓰면 쓸수록 전보다 더 괴로웠다. 그리고 때때로 이른 아침에 옆에서 잠자고 있는 동생을 지켜볼 때면 동생이 잠에서 깨는 것을 볼까 봐 두려움에 사로잡히곤 했다. 그래서 동생 옆에 있지 않으려고 정원으로 뛰쳐나갔다. 그에게는 동생의 죽어버린 눈들이 영원히 사라져버린 빛을 다시금 새로이 찾으려고 하는 것처럼 여겨졌던 것이다. 그 당시 카를로는 고운 목소리를 가진 제로니모에게 앞으로 음악을 배우게 할 생각이었다. 톨라에 있는 학교의 선생이 가끔 일요일에 건너와서 그에게 기타 연주하는 것을 가르쳐주었다. 물론 당시 눈먼 제로니모는 새로 배우게 된 그 연주 기술이 언젠가 그의 인생에서 즐거움이 되리라는 것은 아직 모르고 있었다.

그 비극적인 일이 일어났던 여름날과 함께 불행은 끊이지 않고 그 오래된 마을의 집 안으로 들이닥치는 것 같았다. 집에서는 해마다 농사를 망쳐 곡식을 제대로 수확하지 못했고, 아버지가 모아두었던 얼마 되지 않는 돈은 어느 친척에게 사기 당해 잃었다. 그리고 아버지는 무더운 8월의 어느 날 들에서 일하다가 뇌졸중으로 쓰러져 죽었고, 그가 남긴 것은 빚밖에는 아무것도 없었다. 얼마 되지 않는 땅은 팔려버렸고, 두 형제는 집도 없이 빈털터리가 되어 그 마을을 떠났다.

카를로는 스무 살, 제로니모는 열다섯 살이었다. 그들의 구걸과 방랑의 삶은 그때부터 시작되었고, 그들은 그것을 오늘날까지 이어오고 있었다. 카를로는 처음에는 자신과 동생을 먹여 살릴 수 있는 일자리를 찾으려고 생각했지만 쉽게 되지 않았다. 제로니모도 가만히 눌러 있지 않고 늘 거리로 나가 있고 싶어 했다.

그들이 거리와 골목을 떠돌며 살아온 지 이제 20년이 되었다. 그들은 줄곧 북부 이탈리아와 남부 티롤에서 지냈다. 그 지역은 많은 여행객들의 행렬이 몰려 지나가는 곳이기 때문이었다.

카를로는 몇 년이 지나자 그때까지 온갖 햇살과 정겨운 풍경을 볼 때마다 느꼈던 불타는 고통은 더 이상 느끼지 않았다. 그 대신 제로니모에 대한 끝없이 솟구치는 동정심이 마음속에 자리했고, 그것은 심장의 고동이나 호흡과 같이 지속적이며 무의식적으로 솟아났다. 그리고 제로니모가 술에 취해 흥얼거리면 기뻤다.

독일인 가족을 태운 마차는 떠났다. 카를로는 늘 그래왔듯 계단의 맨 아래 발판에 앉았다. 그러나 제로니모는 그대로 서서 두 팔을 축 늘어뜨리고 머리를 위로 치켜들었다.

하녀 마리아가 여관에서 나왔다.

"오늘 많이 벌었어요?"

그녀가 아래를 내려다보며 외쳤다. 카를로는 전혀 돌아보지 않았다. 눈먼 동생은 허리를 굽혀 땅바닥에 있던 자신의 포도주 잔을 들어 올린 다음 마리아를 향해 건배를 했다. 그녀는 이따금 저녁에 주점에서 그의 곁에 앉곤 했다. 그는 그녀가 아름답다고 알고 있었다.

카를로는 앞으로 몸을 숙여 거리 쪽을 바라다보았다. 바람이 불고 비가 요란하게 쏟아져 다가오는 마차의 바퀴 구르는 소리가 심한 소음에 묻혀버렸다. 카를로는 일어나서 다시 동생 자리 옆 자신의 자리로 갔다.

제로니모는 마차가 들어오는 동안 노래를 부르기 시작했다. 마차 안에는 손님이 한 사람밖에 타고 있지 않았다. 마부는 말들의 고삐를 재빨리 풀고 서둘러 주점으로 올라갔다. 그 여행객은 잿빛 우의로 온몸을 감싼 채 한동안 구석에 앉아 있었고, 제로니모가 부르는 노래 소리에는 전혀 귀를 기울이지 않는 듯했다. 그는 잠시 후 마차에서 뛰어내려 몹시 급하게 이리저리 거닐었는데, 마차에서 멀리 벗어나지는 않았다. 그는 따뜻하게 녹이려고 계속해서 손을 마주 비볐다. 그제야 그는 그 거지들을 알아보았다. 그는 그들 앞에 마주 서서 꼼꼼히 살피듯이 오랫동안 그들을 바라보았다. 카를로는 인사하려는 듯 고개를 살짝 숙였다. 그 여행객은 수염을 깎은 말쑥한 얼굴과 불안하게 보이는 눈을 한 젊은 남자였다. 그는 한참 동안 거지들 앞에 서 있다가 자신이 통과해 갈 출입문 쪽으로 다시 급히 달려가 비와 안개 속에 있는 황량한 풍경에 진절머리 난다는 듯 머리를 흔들었다.

"어떻게 됐어?"라고 제로니모가 물었다.

"아직 한 푼도 못 받았어."

카를로는 이렇게 말하고 계속해서 덧붙였다.

"그 사람 출발할 때는 주겠지."

그 여행객은 다시 돌아와 마차의 채에 기대고 있었다. 눈먼 동생은 노래를 부르기 시작했다. 이제 그 젊은 남자는 갑자기 무척 큰 관심을 기울이며 열심히 듣는 듯했다. 일꾼이 나타나서 다시 말들을 마차에 매었다. 젊은 남자는 이제야 비로소 생각이 난 듯 호주머니에 손을 넣더니 동전 1프랑크를 카를로에게 주었다. 그러자 카를로가 말했다.

"오, 고맙습니다, 고맙습니다."

그 여행자는 마차에 앉아 다시 우의로 몸을 감쌌다. 카를로는 바닥에 있던 잔을 들고 나무 계단을 올라갔다. 제로니모는 계속해서 노래를 불렀다. 그 여행객은 마차 밖으로 몸을 내밀고는 우월감과 슬픔이 동시에 담긴 표정으로 고개를 저었다. 그때 그가 갑자기 무슨 생각이라도 떠오른 듯 미소를 지었다. 그런 다음 그는 두 발짝도 채 떨어지지 않은 곳에 서 있던 눈먼 제로니모에게 말했다.

"자네 이름이 뭔가?"

"제로니모입니다."

"그런데 제로니모, 속지 말게."

그때 마부가 주점에서 나와 출발하려고 계단 꼭대기에 모습을 드러냈다.

"무슨 말인지요, 신사 양반, 속다니요?"

"내가 자네 동업자에게 금화 20프랑크를 주었네."

"오, 신사 양반, 고맙습니다, 고맙습니다!"

"그래. 그러니 속지 않도록 조심하게."

"그는 제 형입니다, 신사 양반. 저를 속일 리가 없습니다."

젊은 남자는 잠시 가만히 앉아 있었다. 그가 아직 무언가를 곰곰이 생각하고 있는 사이 마부가 마부석에 올라타고 말들에게 채찍을 가했다. 젊은 남자는 뒤로 등을 기대고 마치 '무슨 일이 벌어지든 내가 알 바 아니지!'라고 말하기라도 하듯 머리를 한번 끄덕였다. 그리고 마차는 출발했다.

눈먼 제로니모는 마차를 향해 두 손을 힘차게 혼들며 고맙다는 몸짓을 했다. 이제 그는 카를로가 막 여관에서 나오는 소리를 들었다. 카를로는 아래를 내려다보며 외쳤다.

"제로니모야, 이리와. 여기로 올라오면 따뜻해. 마리아가 불을 피웠어!"

제로니모는 고개를 끄덕이고는 기타를 겨드랑이에 끼고 난간을 잡고 더듬거리면서 계단을 올라갔다. 그는 계단을 다 올라가기도 전에 벌써 이렇게 외쳤다.

"나 좀 만져보게 해줘! 금화 만져본 지가 얼마나 오래 됐는지 모르겠네!"

카를로가 물었다.

"무슨 일 있어? 그게 무슨 소리야?"

계단을 올라온 제로니모는 형의 머리를 붙잡으려고 두 손을 뻗었다. 그것은 그가 기쁨이나 애정을 표현하고 싶을 때면 늘 해오던 몸짓이었다.

"사랑하는 형 카를로, 세상에는 좋은 사람들도 있어!"

"물론이지. 지금까지 받은 게 2리라 30센트야. 그리고 여기 오스트리아 돈도 있는데, 아마 우리 돈으로는 반 리라 정도 될 거야."

그러자 제로니모가 외쳤다.

"그리고 또 20프랑크 — 20프랑크도 있잖아! 나 다 알고 있어!"

그는 비틀거리며 홀 안으로 들어와서 힘들게 벤치 위에 앉았다. 카를로가 물었다.

"너 뭘 알고 있다는 거니?"

"장난치지 마! 그것 좀 내 손에 쥐봐! 금화를 손에 쥐어본 지가 얼마나 오래 됐는지 모르겠어!"

"도대체 너 원하는 게 뭐니? 내가 어디서 금화를 받는단 말이니? 내가 가지고 있는 건 2리라 아니면 3리라뿐이야."

눈먼 동생은 식탁을 내리쳤다.

"그럼 이제 됐어, 됐다고! 형은 내 앞에서 그걸 숨기려는 거지?"

카를로는 동생을 걱정스러운 듯 의아하게 바라보았다. 그는 동생 옆에 앉았고, 그에게 아주 가까이 당겨 앉아 위로하듯이 그의 팔을 잡고 말했다.

"난 네 앞에서 아무것도 숨기지 않아. 너 어떻게 그런 생각을 할 수 있니? 아무도 나한테 금화를 줄 생각은 하지 않아."

"하지만 그 사람이 내게 그렇게 말했는데!"

"누가?"

"음, 이리저리 거닐던 그 젊은 남자가."

"뭐라고? 난 네가 무슨 말을 하는지 이해할 수가 없구나!"

"그 사람이 나에게 이렇게 말했어. '자네 이름이 뭔가?' 그러고 나서 '조심해, 조심해. 자네 속지 말게!'라고."

"너 틀림없이 꿈을 꾸었구나, 제로니모 — 그건 있을 수 없는 일이야!"

"있을 수 없는 일이라고? 나는 분명히 그렇게 들었고, 내 귀는 잘 들려. '자네 속지 말게. 내가 그에게 금화 한 개를 주었네.' — 아니야, 이렇게 말했어. '내가 그에게 금화 20프랑크를 주었네.'"

여관 주인이 들어왔다.

"아니, 너희들 무슨 일 있는 거야? 일 그만 둔 거야? 지금 막 사두마차가 도착했어."

"가자!"

카를로가 말했다.

"가자!"

카를로가 연거푸 말했지만 제로니모는 그대로 앉아 있었다.

"도대체 왜 가야 돼? 내가 왜 가야 하지? 나한테 무슨 도움이 된단 말이야? 형은 거기에 서서 —"

카를로는 그의 팔을 어루만졌다.

"자, 이제 내려가자!"

제로니모는 아무 말 없이 형의 말에 따랐다. 그리곤 계단을 내려가며 말했다.

"우리 얘기 좀 더 해, 우리 얘기 좀 더 하자고!"

카를로는 어찌된 영문인지 알 수가 없었다. '제로니모가 갑자기 미쳐버린 걸까?' 왜냐하면 지금까지 그는 조금 화가 나더라도 이런 식으로 말한 적은 결코 없었기 때문이다.

방금 도착한 마차에는 두 명의 영국인이 타고 있었다. 카를로는 그들 앞에 모자를 내밀었고, 눈먼 동생은 노래를 불렀다. 영국인 한 사람이 마차에서 내려 동전 몇 닢을 카를로의 모자 속에 던졌다. 카를로가 말했다.

"고맙습니다."

그런 다음 그는 혼잣말을 했다.

"20센트로군."

제로니모의 얼굴에는 아무런 동요도 없었다. 그는 새로운 노래를 부르기 시작했다. 두 영국인을 태운 마차는 떠났다.

형제는 말없이 계단을 올라갔다. 제로니모는 벤치에 앉았고, 카를로는 난로 옆에 서 있었다. 제로니모가 물었다.

"왜 아무 말도 하지 않는 거야?"

"생각해 보니 내가 너한테 말한 대로일 것 같구나."

이렇게 말하는 카를로의 목소리는 조금 떨리고 있었다. 제로니모가 물었다.

"형이 뭐라고 말했지?"

"그 사람은 아마 미친 사람이었을 거라고 말했잖아."

"미친 사람이라고? 아주 딱 들어맞는 말인 것 같은데! 누군가가 '내가 자네 형에게 20프랑크를 주었소'라고 말한다면 그 사람은 미친 거야! — 에헤, 그런데 그 사람은 왜 이렇게 말했을까? '자네 속지 말게.' — 에헤?"

"어쩌면 그 사람은 미치지 않았을지도 몰라. 우리 같이 불쌍한 사람들을 보고 장난치는 사람들도 있으니까."

그러자 제로니모가 외쳤다.

"에헤! 장난친다? — 그래, 형이 그 말을 **빼먹으면** 안 되지. — 그 말이 나오기를 기다렸어!"

제로니모는 자기 앞에 놓인 포도주 잔을 비웠다.

카를로는 "그런데 제로니모야!"라고 말하고는 당황하여 거의 말을 할 수 없을 것 같았다.

"어째서 내가 그럴 거라고… 네가 어떻게 그런 생각을 할 수 있는지…?"

"형 목소리가 왜 그렇게 떨려… 에헤… 왜…?"

"제로니모야, 내가 너한테 분명히 말하는데, 나는 —"

"에헤 — 나는 형 말 믿지 않아! 형은 지금 웃고 있으면서… 지금 형이 웃고 있다는 거 다 알아!"

일꾼이 밑에서 외쳤다.

"헤이, 앞 못 보는 사람, 사람들이 도착했어!"

형제는 완전히 기계적으로 일어나서 계단을 걸어 내려갔다. 두 대의 마차가 동시에 들어왔다. 한 대는 남자 셋을, 또 한 대는 노부부를 태우고 있었다. 제로니모는 노래를 불렀고, 카를로는 넋이 나간 채 그의 옆에 서 있었다. '내가 어떻게 해야 한단 말인가? 동생이 나를 믿지 않으니! 도대체 어떻게 이런 일이 있을 수 있지?' 그리고 그는 귀청을 찢는 듯 날카로운 목소리로 노래를 부르고 있는 제로니모를 옆에서 불안하게 지켜보았다. 그는 지금까지 그곳에서 지내면서 전혀 알지 못하고 있던 얼토당토않은 생각들이 자신의 이마 위로 달아나는 것을 보고 있는 느낌이었다.

"무슨 노래를 그렇게 쉬지 않고 불러요? 나한테서는 동전 한 푼 받지 못할 텐데!"

제로니모는 어떤 멜로디의 중간에서 노래를 멈췄다. 마치 그의 목소리와 악기의 줄이 동시에 끊어진 것 같은 소리가 울렸다. 그런 다음 그는 다시 계단을 올라갔고, 카를로가 그의 뒤를 따랐다. 주점에서 카를로는 동생 옆에 앉았다. 그는 무엇을 어떻게 해야 한단 말인가? 그에게는 다른 어떤 방법도 남아 있지 않았다. 다시 한번 알아듣게 이야기하여 동생을 이해시킬 수밖에 없었다. 그는 말했다.

"제로니모야, 너에게 맹세하는데… 생각해 봐, 제로니모야, 네가 나를 어떻게 그렇게 생각할 수 있는지 ─"

제로니모는 침묵했다. 그의 보이지 않는 죽은 눈은 창문 밖으로 잿빛 안개 속을 내다보고 있었다. 카를로가 이어서 말했다.

"그래, 그 사람은 미친 것까지는 아니었다 해도 제정신이 아니었을 거야. 그래, 그 사람은 제정신이 아니었어."

하지만 그는 자신이 한 이 말을 스스로도 믿을 수 없을 것 같은 느낌이 들었다.

제로니모는 견딜 수 없다는 듯 몸을 흔들었다. 그러나 카를로는 계속 이야기했고, 돌연 힘주어서 이렇게 말했다.

"도대체 내가 뭣 때문에 돈을 숨긴단 말이야. 너도 알다시피 내가 너보다 더 많은 것을 사먹거나 술을 더 많이 마시는 건 아니잖아. 그리고 내가 새 재킷을 살 때도 어떤 걸 사는지 잘 알잖아. 나한테 그렇게 많은 돈이 무슨 필요가 있니? 그 돈으로 내가 할 게 뭐가 있다고?"

그러자 제로니모는 입술을 삐죽 내밀고 말했다.

"거짓말 마, 나한테는 형이 거짓말하고 있는 걸로 들려!"

카를로는 깜짝 놀라면서 말했다.

"나 거짓말하는 거 아니야, 제로니모야. 거짓말하는 거 아니야!"

"에헤! 형이 그 돈을 벌써 그 여자에게 주었지, 그렇지? 아니면 나중에 그 여자가 받을 거지?"

"마리아 말하는 거야?"

"마리아 아니면 누가 또 있어? 에헤, 이 거짓말쟁이, 이 도둑놈!"

제로니모는 더 이상 형 옆에 앉아 있고 싶지 않아 팔꿈치로 형의 옆구리를 밀쳤다.

카를로가 일어섰다. 그는 먼저 동생을 꼿꼿이 바라본 다음 홀을 나서 계단을 타고 마당으로 내려갔다. 그리고 눈을 크게 뜨고 앞 쪽 푸르스름한 안개 속에 잠겨 있는 거리를 바라보았다. 비는 잦아들었다. 카를로는 양손을 바지 주머니에 넣고 밖으로 걸어 나갔다. 동생이 쫓아올 것 같은 생각이 들었다. '도대체 무슨 일이 어떻게 된 거지?' 그는 여전히 이해할 수가 없었다. '그 사람은 어떤 사람이기에 그런 짓을 했을까? 1프랑크를 주고는 20프랑크라고 말하다니! 꼭 그렇게 해야 할 무슨 이유라도 있었을까?' 카를로는 자신이 어디선가 누군가를 적으로 만든 적은 없는지 기억을 더듬어보았다. '그가 복수하기 위해 다른 사람을 보낸 건 아닌지…' 하지만 아무리 지난날을 회상해 보아도 누군가를 모욕한 적도, 누군가에게 다른 사람과 심하게 다투도록 일을 꾸민 적도 없었다. 그는 20년 전부터 마당이나 길가에서 모자를 손에 들고 서 있어 온 것 외에는 아무 일도 하지 않았는데… 여자 때문에 누군가가 그에게 악감정을 품었던 것일까? 하지만 그는 오랫동안 어떤 여자와도 접촉하지 않아왔고… 작년 초 라 로사에서의 여종업원이 가장 최근의 여자였지만 그 여자를 놓고 그에게 질투하는 사람은 분명 아무도 없었는데… 정말 이해할 수 없는 일이 아닌가! 저 바깥세상에는 그가 알지 못하는 어떤 엉뚱한 사람들이라도 있는 것일까? 그들은 사방에서 왔으니 그가 그들에 대해 뭘 안

단 말인가? 이 낯선 사람들에게는 뭔가 생각이 있었을 거고, 그러기에 그 사람도 제로니모에게 '내가 자네 형에게 20프랑크를 주었네'라고 말했을 것이다. 그건 그렇고… 이제 무얼 어떻게 해야 한단 말인가? 갑자기 분명해진 것은 제로니모가 그를 믿지 못한다는 것! 그는 그것을 참을 수가 없었으니! 그는 제로니모의 불신에 맞서 무언가를 시도해 보지 않을 수 없었다. 그래서 그는 급히 되돌아갔다.

그가 다시 주점으로 들어섰을 때 제로니모는 벤치 위에 사지를 내뻗고 누워 있었고, 카를로가 들어오는 것을 알지 못한 것 같았다. 마리아는 두 사람에게 먹을 것과 마실 것을 가져다주었다. 그들은 식사하는 동안 아무 말도 하지 않았다. 마리아가 접시들을 치우자 제로니모는 갑자기 웃음을 터뜨리며 그녀에게 말했다.

"그걸로 뭘 살 거요?"

"도대체 뭐로요?"

"음, 시치미 떼기요? 새 치마 아니면 귀고리를?"

"동생이 나한테 원하는 게 뭔지 모르겠는데요?"

그녀는 이렇게 말하며 카를로에게 몸을 돌렸다.

그러는 사이 아래쪽 마당에서 짐을 실은 마차들로 요란한 소리가 났고, 사람들의 시끌벅적한 목소리가 울려 올라왔으며, 마리아는 급히 아래로 달려 내려갔다. 몇 분 후 세 명의 마부가 들어와 식탁에 앉았다. 여관 주인이 그들에게 다가가 인사를 했다. 그들은 궂은 날씨에 대해 욕을 퍼부었다. 한 남자가 말했다.

"오늘 밤에는 눈이 오겠는걸."

두 번째 남자는 10년 전 8월 중순에 그 산등성이에서 눈 속에 갇혀 얼어 죽을 뻔했다고 이야기했다. 마리아는 그들에게 가 앉았다. 일꾼도 다가와서 저 아래 보르미오에 살고 있는 자신의 부모의 안부를 물었다.

이제 다시 여행객을 태운 마차 한 대가 들어왔다. 제로니모와 카를로는 아래로 내려가 제로니모는 노래를 부르고, 카를로는 모자를 내밀고 있었다. 여행객들은 동냥을 주었다. 제로니모는 이제 아주 평온한 듯했다. 그는 이따금 "얼마야?"라고 물었고, 카를로의 대답에 가볍게 고개를 끄덕였다. 그런 가운데 카를로는 혼자서 생각을 가다듬어보려고 노력했다. 하지만 그는 여전히 무언가 끔찍한 일이 일어났는데 자신이 완전히 무방비 상태라는 흐릿한 느낌뿐이었다.

형제가 다시 계단을 올라오자 마부들이 혼란스럽게 뒤얽혀 웃고 떠드는 소리가 들렸다. 가장 어린 마부가 제로니모를 향해 "우리에게 노래 좀 불러주게. 우린 이미 돈 줬잖아!"라고 말하고는 다시 다른 마부들에게 몸을 돌렸다.

막 적포도주 한 병을 가지고 온 마리아가 그들에게 말했다.

"오늘은 저 사람 내버려 두세요. 저 사람 기분이 안 좋아요."

제로니모는 아무 대답도 하지 않고 홀 가운데로 나가서 노래를 부르기 시작했다. 그가 노래를 마치자 마부들은 박수를 쳤다.

마부 한 사람이 외쳤다.

"카를로, 이리 오게! 저 아래 마당에서 하듯 여기서도 모자에 돈을 던져주겠네!"

그는 작은 동전 한 개를 쥐고 그것을 카를로가 내밀고 있던 모자 속에 떨어뜨리려는 듯 손을 들어올렸다. 그때 눈먼 동생이 그 마부의 팔을 붙들고 말했다.

"차라리 나한테, 나한테 주세요! 그것은 옆으로 떨어질 수 있어요 — 옆으로!"

"옆으로라니 무슨 말인가?"

"에헤, 참! 마리아의 다리 사이로요!"

모두가 웃었다. 여관 주인과 마리아도 웃었지만 카를로만은 꼼짝 않고 그대로 서 있었다. 제로니모가 그런 농담을 한 적은 없었는데!

마부들이 외쳤다.

"이리 와 앉게! 자네 참 재미있는 친구로군!"

그리고 그들은 제로니모에게 자리를 마련해 주려고 서로 조금씩 당겨 앉았다. 그들이 뒤엉켜 주고받는 말들로 점점 더 시끄럽고 혼란스러워졌다. 제로니모도 평소보다 더 크고 흥겹게 함께 얘기했고, 포도주를 쉬지 않고 마셨다. 마리아가 다시 들어오자 제로니모는 곧장 그녀를 자기 쪽으로 끌어당기려 했다. 그러자 마부 한 사람이 웃으면서 말했다.

"저 여자가 예쁠 거라고 생각하고 있는 것 같은데? 저 여자는 늙고 못생긴 여편네야!"

그러나 눈먼 제로니모는 마리아를 자기 무릎 위로 끌어당겼다. 그리고는 말했다.

"당신들은 모두 바보예요. 당신들은 내가 눈이 있어야만 본다고 생각하지요? 나는 카를로가 지금 어디에 있는지도 아는걸요. — 에헤! — 저기 난로 옆에 서서 양손을 호주머니에 넣고 웃고 있네요!"

모두가 카를로를 올려다보았다. 그는 입을 벌리고 난로 옆에 기대서서 정말로 미소 짓는 얼굴을 하고 있었다. 마치 동생이 거짓말하는 상황이 됨으로써 동생을 곤란하게 해서는 안 된다는 듯했다.

일꾼이 들어왔다. 마부들은 어두워지기 전에 보르미오에 도착하려면 서둘러야 했다. 그들은 일어나서 떠들썩하게 작별 인사를 했다. 두 형제는 다시 주점 안에 홀로 있게 되었다. 그 시간은 평소 같으면 그들이 이따금 잠을 자곤 하던 때였다. 늘 그러하듯 이른 오후의 이 시간이면 여관은 온통 고요에 잠겼다. 제로니모는 식탁에 머리를 떨구고 잠을 자는 듯했다. 카를로는 처음에는 이리저리 거닐다가 벤치에 앉았다. 그는 무척 피곤했다. 마치 엄청난 꿈에 사로잡혀 있는 느낌이었다. 그는 온갖 것을 다 생각해 보지 않을 수 없었다. 어제와 그제께와 과거의 모든 날들을. 그리고 무엇보다도 따스한 여름날들과 동생과 함께 거닐곤 했던 하얀 국도를. 그런데 모든 것은 다시는 그때와 같을 수 없다는 듯 아주 아득하고 이해가 되지 않았다.

오후 늦게 티롤에서 우편 마차가 왔고, 곧 이어서 잠깐 쉬고 있는 사이 똑같은 길을 타고 반대쪽인 남쪽으로 가는 마차들이 들어왔다. 형제는 네 번이나 마당으로 내려가야 했다. 그들이 마지막으로 올라왔을 때는 어둠이 몰려들기 시작했고, 나무 천장에 줄로 매달아 놓은 작은 석유램프가 쉭쉭 소리를 내며 타고 있었다. 노동자들이 들어왔다. 그들은 근처의 채석장에서 일했고, 여관에서 아래쪽으로 몇백 보 떨어진 곳에 자신들의 판잣집을 지어 살고 있었다. 제로니모는 그들에게 가 앉았다. 카를로는 자신의 식탁에 그대로 혼자서 앉아 있었다. 카를로에게는 자신의 고립감이 이미 몹시 오래된 것처럼 여겨졌다. 그는 제로니모가 건너편에서 거의 소리를 지르면서 자신의 어린 시절에 대해 큰 소리로 이야기하는 것을 들었다. 제로니모는 아직도 자기 눈으로 보았던 사람과 사물 등 모든 것을 아주 잘 기억하고 있었다. 그는 들판에서 일하던 아버지의 모습을, 담장 옆 물푸레나무가 있는 조그만 정원을, 그들이 살았던 나지막한 작은 집을, 구두장이의 어린 두 딸을, 교회 뒤에 있는 포도원을, 나아가 거울을 통해 바라보았던 자기 자신의 어린 시절 얼굴까지도 잘 기억하고 있었다. 카를로는 그 모든 애기를 얼마나 자주 들어왔는지 모른다. 그러나 그는 오늘은 그것을 참을 수가 없었다. 그것은 지금까지와는 다르게 들렸다. 제로니모가 하는 모든 말은 새로운 뜻을 갖고 있었고, 자신을 겨냥하는 것 같았다. 그는 살그머니 밖으로 나가 다시 국도 위를 걸었다. 국도는 이제 완전히 어둠 속에 묻혀 있었다. 비는 그쳤고, 바람은 무척 차가웠다. 카를로는 머릿속의 생각이 계속 걸어가라고, 어둠 속 깊은 곳으로 계속 걸어가서 마지막에는 도로변 도랑 어딘가에 누워 잠이 든 채 더 이상 깨어나지 말라고 유혹하는 것 같았다. 그때 갑자기 마차 한 대가 굴러오는 소리를 들었고, 두 개의 조명등에서 비치는 불빛을 보았다. 불빛은 점점 더 가까이 다가왔다. 지나쳐가는 마차 안에는 두 명의 남자가 타고 있었다. 그중 깡마르고 수염이 없는 얼굴을 한 한 남자는 불빛을 받은 카를로의 모습이 어둠 속에서 나타나자 깜짝 놀라 몸을 움츠렸다. 멈춰 서 있던 카를로는 모자를 들어올렸다. 마차와 불빛은 사라졌다. 카를로는 다시 깊은 어둠 속에 서 있었다. 갑자기 그는 소스라치게 놀랐다. 어둠이 그를 두렵게 한 것은 살아오면서 처음이었다. 그는 더 이상 한순간도 견딜 수 없을 것 같은 생각이 들었다. 그의 흐릿한 감각 속에서는 자기도 모르게 느낀 두려움이 눈먼 동생에 대한 고통스러운 동정심과 기이하게 혼합되어 그를 제로니모가 있는 집으로 가도록 내몰았다.

그가 주점에 들어서자 조금 전에 그의 옆을 지나쳐갔던 그 두 여행객이 적포도주 한 병을 놓고 식탁에 앉아 무척 열렬하게 얘기를 나누고 있는 모습이 보였다. 그들은 그가 들어설 때 거의 올려다보지도 않았다.

다른 식탁에는 제로니모가 아까와 마찬가지로 노동자들 사이에 앉아 있었다. 그에게 여관 주인이 문 옆에서부터 말했다.

"어디 가 있었어, 카를로? 어째서 동생을 혼자 놔두는 거야?"

카를로는 깜짝 놀라 물었다.

"무슨 일 있나요?"

"제로니모가 사람들을 괴롭히고 있어. 나야 상관없지만 곧 다시 더 힘든 때가 올 거라는 걸 자네들은 염두에 두어야 될 거야."

카를로는 재빨리 동생에게로 가서 그의 팔을 붙들었다. 그리고 말했다.

"가자!"

"형이 원하는 게 뭔데?"라고 제로니모가 외쳤다.

"잠자러 가자."

"나 좀 내버려 둬, 나 좀 내버려 둬! 나 돈을 벌어야겠어. 내가 번 돈으로는 내가 하고 싶은 것을 할 수 있지. — 에헤! — 형이 돈을 몽땅 챙겨갖게 할 수는 없지! 여러분들은 내 형이 받은 돈을 모두 나한테 줄 걸로 생각하겠지요! 오 아니에요! 나는 눈이 먼 사람인걸요! 하지만 세상에는 나에게 이렇게 말하는 좋은 사람들도 있지요. '내가 자네 형에게 20프랑크를 주었네!'"

노동자들은 큰 소리로 웃었다.

"이제 됐어. 가자!"

카를로는 이렇게 말하면서 동생을 끌어당겨 계단을 올라 그들이 숙소로 사용하고 있는 텅 비어 있는 다락방으로 데리고 갔다. 제로니모는 올라가는 동안 줄곧 소리쳤다.

"그래, 이제 그날이 온 거야. 내가 이제 그걸 알게 된 거지! 아, 잠깐. 그 여자는 어디 있지? 마리아는 어디 있지? 형이 그 여자를 시켜 그 돈을 은행에 넣으라고 한 거지? ─ 에헤, 나는 형을 위해 노래를 부르고, 기타를 치고, 내가 형을 먹여 살리고 있는데 ─ 그런데 형이 도둑놈이라니!"

제로니모는 밀짚으로 만든 매트리스 위로 쓰러졌다.

복도에서 희미한 불빛이 가물거리며 흘러들었다. 건너편에서는 그 여관의 객실 중 단 하나만이 문이 열려 있었다. 그 방에서는 마리아가 잠을 자려고 침구를 정리하고 있었다. 카를로는 동생의 앞에 서서 누워 있는 동생을 바라보았다. 그의 얼굴은 부어 있었고, 입술은 푸르스름했으며, 축축한 머리칼이 이마에 달라붙어 있어 본래 나이보다 몇 살은 더 들어 보였다. 카를로는 서서히 이해하기 시작했다. 눈먼 동생의 불신은 오늘 생겨난 것이 아니라 이미 오래전부터 그의 마음속에 숨겨져 있었던 게 틀림없었다. 단지 그에게는 그것을 털어놓고 말할 계기나 어쩌면 용기가 없었을 뿐이었다. 그래서 그를 위해 카를로가 해온 모든 일은 아무 쓸데없는 것이 되어버렸다. 참회도 평생을 바친 헌신도 헛된 것이 되어버렸다. 이제 그는 어떻게 해야 한단 말인가? ─ 그는 얼마나 오래갈지도 모르는 가운데 아무런 대가도 없이 불신과 욕설만 받으면서 영원히 어두운 밤을 지나는 그를 인도하고, 그를 돌보고, 그를 위해 구걸하면서 계속하여 하루하루를 살아가야 한단 말인가? 동생이 형인 그를 도둑이라고 여긴다면 낯선 사람들은 모두가 동생에게 같은 짓을 하거나 더 심한 짓을 할 수 있을 것이다. 정말이지 그를 혼자 내버려 두는 것, 영원히 그와 헤어지는 것이야말로 가장 현명한 일일지도 모른다. 그러면 제로니모는 틀림없이 자신의 잘못을 깨닫게 될 것이다. 왜냐하면 그는 마침내 자신이 속고 있으며 도둑질당하고 있다는 걸 알게 되고, 혼자서 외롭고 비참한 신세가 될 것이기 때문이다. 그렇다면 카를로는 무슨 일로 먹고 살 것인가? 그는 아직 늙지 않았다. 그가 돌볼 사람 없이 홀몸이라면 무슨 일이든 할 수 있는 것이다. 적어도 머슴 일자리는 도처에서 구할 수 있을 것이다. 그러나 이런 생각이 그의 머릿속을 스쳐 지나가는 동안에도 그의 눈길은 여전히 동생에게 머물고 있었다. 그는 갑자기 동생이 햇살이 빛나는 어떤 도로변에서 돌덩이 위에 혼자 앉아 있는 것을 보았다. 동생은 눈부셔하지도 않으면서 하얀 눈을 크게 뜨고 하늘을 바라보았고, 양손은 계속하여 그를 에워싸고 있는 깜깜한 밤 속으로 뻗치려 하고 있었다. 그는 이 눈먼 동생은 이 세상에서 자신 외에는 아무도 없고, 자신 또한 이 동생 외에는 아무도 없다는 것을 느꼈다. 그는 이런 동생에 대한 사랑은 자신의 삶을 채우고 있는 전부라는 것을 깨달았고, 그것도 처음으로 아주 뚜렷하게 알게 되었다. 눈먼 동생이 자신의 이런 사랑에 답하고 자신을 용서해 줄 것이라는 믿음이야말로 지금까지 그로 하여금 모든 고난을 견뎌내며 손수 짊어지고 가도록 해왔다. 그는 이런 희망을 갑자기 포기할 수는 없었다. 그는 동생이 그를 필요로 하는 만큼 그도 똑같이 동생을 필요로 한다는 것을 느꼈다. 그는 동생을 떠날 수도 없었고, 떠나고 싶지도 않았다. 그는 동생의 불신을 참고 견디거나, 아니면 눈먼 동생에게 그가 품고 있는 의심이 전혀 근거가 없는 것이라는 걸 확신시키는 방법을 찾아내야 했다.

그래, 그가 어떻게든 금화를 구할 수 있으면 좋으련만! 그래서 내일 아침 눈먼 동생에게 다음과 같이, 아니면 뭐 이와 비슷하게 말해주면 좋을 텐데.

"네가 이걸 노동자들과 술 마시는 데 다 써버리지 않도록, 그리고 사람들이 너한테서 이걸 훔쳐가지 못하도록 내가 이걸 잘 보관하고 있었던 거야."

나무 계단 위의 발자국 소리가 가까이 다가왔다. 여행객들이 잠자러 가고 있었다. 갑자기 그의 머릿속에서 건너편 방문을 두드려 낯선 손님들에게 사실대로 오늘 있었던 일을 이야기하고 20프랑크를 부탁하는 건 어떨까 하는 생각이 떠올랐다. 하지만 그는 곧장 알게 되었다. 그것은 전혀 가망이 없는 일이라는 것을! 그들은 그의 모든 이야기를 전혀 믿지 않을 것이다. 그리고 이제 그는 앞서 갑자기 자신이 어둠 속에서 마차 앞에 나타났을 때 창백하게 질려 몸을 움츠렸던 그 남자를 떠올렸다.

그는 밀짚으로 만든 매트리스에 몸을 뻗고 누웠다. 방 안은 몹시 어두웠다. 이제 그는 노동자들이 크게 떠들면서 거친 걸음걸이로 나무 계단을 내려가는 소리를 들었다. 그런 다음 곧 양쪽 출입문이 닫혔다. 일꾼은 다시 한번 계단을 오르내렸고, 그러고는 온통 조용했다. 카를로는 제로니모의 코 고는 소리를 더 크게 들을 수 있었다. 곧 그의 생각들은 꿈을 꾸기 시작하면서 흐트러졌다. 그가 깼을 때 아직 깊은 어둠이 그를 에워싸고 있었다. 그는 창문이 나 있는 곳을 보았다. 눈에 힘을 주어 주의 깊게 바라보면, 그곳의 도저히 뚫고 들어갈 수 없는 새까만 어둠 한가운데에서 짙은 잿빛의 사각형 하나를 알아볼 수 있었다. 제로니모는 여전히 술 취한 자의 묵직한 잠을 자고 있었다. 카를로는 내일이라는 날을 생각했다. 그리고는 몸서리를 쳤다. 그는 이날이 지나고 나서 찾아올 밤을 생각했고, 그 밤이 지나고 나서 찾아올 날을 생각했으며, 자기 앞에 놓인 미래를 생각했다. 그는 자기 앞에 놓여 있는 고립감으로 두려움에 사로잡혔다. 어째서 그는 그날 저녁 좀 더 용기를 내지 않았던가? 어째서 그는 낯선 여행객들에게 가서 20프랑크를 달라고 부탁하지 않았던가? 어쩌면 그들은 그를 불쌍히 여기고 동정을 보냈을지도 모른다. 그런데 — 어쩌면 그가 그들에게 부탁하지 않은 것이 잘한 일이었을 것이다. 그래, 어째서 잘한 일이었을까? 그는 갑자기 일어나 앉았고 심장이 두근거리는 걸 느꼈다. 그는 어째서 잘한 것인지 알고 있었다. 만약 그들이 그의 부탁을 거절했다면 그는 그들에게 어찌됐든 의심스러운 사람으로 남게 될 것이고 — 그렇게 되면… 그는 희미하게 빛나기 시작하는 잿빛의 그 지점을 응시했다. 자신의 의지에 반하여 방금 그의 머릿속을 뚫고 지나간 생각은 실현 불가능한 것이었다. 완전히 불가능한 것! 건너편 방의 문은 닫혀 있고 — 게다가 그들이 깨어 일어날 수도 있으니… 그렇다면 저기 — 어둠 한가운데에서 잿빛으로 빛나는 저곳은 새로운 낮이었다.

카를로는 마치 무언가가 거기로 오라고 잡아끌기라도 하듯 일어나서 이마를 차가운 창유리에 대보았다. 그는 도대체 왜 일어났을까? 곰곰이 생각해 보려고? 그걸 시도해 보려고? 도대체 무엇을? 그것은 불가능한 일이었고 — 나아가 그것은 범죄였다. 범죄라고? 즐기기 위해 멀리 천 마일이나 여행을 하는 사람들에게 20프랑크가 얼마나 큰 의미가 있는 것일까? 그들은 그 돈이 없어졌다 해도 전혀 알아채지도 못할 텐데… 그는 문으로 가서 살그머니 문을 열었다. 두 발짝이면 도달할 맞은편에 있는 다른 방의 문은 닫혀 있었다. 복도 기둥에 박힌 못에는 옷들이 걸려 있었다. 카를로는 손으로 옷들을 더듬었다. 그래, 사람들이 지갑을 호주머니에 넣어두었다면 인생은 몹시 간단할 거고, 그러면 곧장 아무도 더 이상 구걸하러 다니지는 않을 텐데… 그러나 호주머니들은 비어 있었다. 그럼 이제 남아 있는 건 무엇이란 말인가? 다시 방으로 들어가 밀짚 매트리스 위에 눕는 것. 어쩌면 20프랑크를 마련하는 더 좋은 방법이 있을지도 모르는데 — 덜 위험하고 더 정당한 방법이. 그가 매번 동냥으로 받는 몇 푼의 센트를 20프랑크가 될 때까지 모아둔 다음 그걸로 그 금화를 산다면… 하지만 그건 너무 오래 걸릴 수 있는데 — 몇 달, 어쩌면 일 년이 걸릴 지도 몰랐다. 아, 그가 용기를 낼 수만 있으면 좋으련만! 그는 여전히 복도에 서 있었다. 그는 건너편 방의 문을 바라보았다. 저기 위에서 바닥으로 곧게 내려져 있는 희미한 선은 뭐지? 그럼 그 일이 가능한 것인가? 문은 닫는 둥 마는 둥 살짝 열려 있지 않은가? 그는 어째서 그걸 보고 그토록 깜짝 놀랐을까? 이미 몇 달 전부터 그 문은 닫혀 있지 않았다. 왜 그랬을까? 그는 기억을 더듬어보았다. 이번 여름에 이 방에서는 손님들이 세 번밖에 잠을 자지 않았다. 두 번은 직공들이, 한 번은 발을 다친 어느 여행객이 잤다. 문은 닫혀 있지 않고 — 이제 그는 용기만 내면 되고 — 그래, 이런 행운이! 용기를 내야지? 그에게 일어날 수 있는 최악의 사태는 방 안의 두 사람이 잠에서 깨는 것인데, 그렇다 해도 그는 무난히 핑계거리를 찾을 수 있다. 그는 열린 문의 틈으로 방 안을 들여다본다. 아직 너무 어두워서 침대 위에 누워 있는 두 사람의 윤곽만 알아볼 수 있다. 그는 귀를 기울여 듣는다. 그들은 조용히 고르게 숨을 쉬고 있다. 카를로는 살그머니 문을 열고 맨발로 아무 소리도 나지 않게 방 안으로 들어간다. 침대 두 개가 창문 맞은편 벽에 각각 세로로 놓여 있다. 방 가운데에는 탁자가 있다. 카를로는 탁자로 살금살금 다가간다. 그는 손으로 탁자 위를 더듬어 열쇠 꾸러미 하나와 주머니칼 한 개와 작은 책 한 권을 찾아내는데 ─ 더는 아무것도 없다. 그가 오로지 그들이 돈을 탁자 위에 놓아두었으면 하는 생각밖에 할 수 없었던 건 당연한 일! 아, 이제 그는 곧장 다시 빠져나갈 수 있어야 되는데! 빠져나가는 건 단지 문에 손만 한 번 살짝 대면 쉽게 될 일. 그래서 그는 문 옆 침대로 다가간다. 여기 안락의자 위에 무언가가 놓여 있고 ─ 그는 그것을 만져보는데 ─ 그건 권총이다. 카를로는 몸을 움찔한다. 그 권총을 곧장 그가 차는 게 좋지 않을까? 이 사람은 어째서 권총을 준비해 두었지? 이 사람이 깨어 그를 알아보면… 아니야, 그럼 그는 이렇게 말해야겠지. '손님, 세 시예요. 일어나세요!' 그는 권총을 그대로 놔둔다.

그는 방 안으로 더 깊이 살금살금 기어들어간다. 여기 또 다른 안락의자 위 속옷 밑에… 이럴 수가! 이게 그거지. 이게 지갑이야. 그는 그것을 손에 넣는다! 이 순간 나지막하게 쿵 소리가 들린다. 침대 위의 사람이 급한 몸짓을 하며 침대 끝으로 다리를 쭉 뻗는다. 다시 한번 쿵 소리가 나고 ─ 숨을 깊이 들이마시고 ─ 헛기침을 하고 ─ 그리고는 다시 정적, 깊은 정적. 카를로는 지갑을 손에 쥐고 방바닥에 누워 기다린다. 방 안에는 더 이상 아무런 움직임도 없다. 벌써 새벽 어스름이 희미하게 방 안으로 들어온다. 카를로는 감히 일어나지 못하고, 앞쪽으로 방바닥을 기어 문으로 간다. 문은 그가 빠져나가기에 충분할 만큼 열려 있다. 그는 계속해서 살금살금 기어 복도로 나가고, 비로소 깊은 숨을 쉬면서 천천히 몸을 일으킨다. 그는 지갑을 연다. 지갑은 세 부분으로 나

뉘어 있다. 왼쪽과 오른쪽에는 소액의 은화들뿐이다. 이제 카를로는 가운데 부분을 연다. 그곳은 또 한 번 지퍼로 닫혀 있는데, 그 안에는 20 프랑크짜리 동전 세 개가 들어 있다. 한순간 그는 그중에서 두 개를 꺼 낼까 생각하다가 곧장 포기하고 동전 한 개만 꺼낸 다음 지갑을 닫는 다. 그런 다음 무릎을 굽히고 앉아서 그 방의 열린 문틈으로 안을 들여 다보는데, 방 안은 다시 온통 조용하다. 그러고 나서 지갑을 툭 쳐서 밀 어 넣자 그것은 두 번째 침대 밑에까지 미끄러져간다. 그 낯선 사람이 깨면 틀림없이 지갑이 안락의자에서 밑으로 떨어졌다고 생각할 것이 다. 카를로는 천천히 일어났다. 그때 바닥이 나지막하게 삐걱거리는 소리가 나고, 동시에 그 방 안에서 누군가의 목소리가 들린다.

"그게 어떻게 된 거지? 그게 도대체 어디 있지?"

카를로는 숨을 죽인 채 두 발짝 뒤로 물러나 자신의 방으로 미끄러져 들어간다. 그는 이제 안전한 상태에서 귀를 기울인다. 다시 한번 건너 편 침대가 삐걱거리는 소리를 내고는 온통 조용해진다. 그는 손가락 사 이에 그 금화를 끼고 있다. 해낸 거다 — 해냈어! 그는 20프랑크 동전을 가지고 있고, 동생에게 말할 수 있다. '너 내가 도둑이 아니라는 걸 이제 알겠지!' 그리고 그들은 당장 오늘 유랑 길에 오를 수도 있을 것이다. 남 쪽을 향해, 보르미오로, 그런 다음 계속해서 벨틀린을 지나… 티라노 로… 에돌레로… 브레노로… 작년처럼 이세오 해변으로. 그건 전혀 의 심받을 여지가 없는 일일 것이다. 왜냐하면 이미 그저께 바로 그가 여 관 주인에게 이렇게 말했기 때문이다.

"며칠 후에 우리는 저 아래쪽으로 갈 거예요."

날이 점점 더 밝아오고, 방은 잿빛 어스름 속에 잠겨 있다. 아, 제로니모가 빨리 깨면 좋으련만! 아침 일찍은 걸어가기에 참 좋은데! 그들은 해 뜨기 전에 출발할 것이다. 여관 주인에게, 일꾼에게, 그리고 마리아에게도 아침 인사를 하고, 그런 다음 떠나는 거다. 그리고 그들이 두 시간 정도 걸어가서 계곡 가까이에 이르면 그는 제로니모에게 그 얘기를 할 것이다.

제로니모는 기지개를 켜며 사지를 쭉 뻗는다. 카를로가 그를 부른다.

"제로니모!"

"왜, 무슨 일 있어?"

제로니모는 두 손을 짚고 일어나 앉는다.

"제로니모야, 우리 일어나자."

"왜?"

그의 시력을 잃은 죽은 눈이 형에게로 향한다. 카를로는 제로니모가 지금 어제의 일을 곱씹어 생각하고 있다는 걸 안다. 그러나 그는 또한 제로니모가 다시 술에 취하기 전에는 그 일에 대해 한마디도 하지 않으리라는 것도 알고 있다.

"제로니모야, 춥구나. 우리 출발하자. 지금 여기 있어봐야 더 이상 좋을 건 없어. 우리 가야 될 것 같다. 점심때쯤에는 볼라도르에 도착할 수 있을 거야."

제로니모는 일어섰다. 집이 잠에서 깨어나는 소란한 소리가 들려왔다. 아래쪽 마당에서는 여관 주인이 일꾼에게 말을 하고 있었다. 카를로는 일어서서 아래로 내려갔다. 그는 늘 일찍 깨어 자주 어스름이 가시지도 않은 시간에 도로로 나가곤 했다. 그는 여관 주인에게 가 말했다.

"우리 작별 인사를 해야겠어요."

"어, 너희 벌써 오늘 가려고?"라고 주인이 물었다.

"예. 여기 마당에 서 있으니까 벌써 지독하게 춥고 바람도 쌩쌩 부네요."

"그럼 보르미오에 내려가거든 발데티에게 내 안부 좀 전해주고, 나에게 연료 보내는 것 잊지 말라고 말해주게."

"예, 그 분에게 인사 전할게요. 다 됐는데 — 오늘 밤 숙소가 문제네요."

카를로는 배낭에 손을 집어넣었다.

"가만 있어봐, 카를로. 여기 내가 자네 동생에게 선사하는 20센트네. 나도 어젯밤 동생이 하는 얘기를 들었네. 잘 가게."

"고맙습니다. 그런데 우리는 그다지 급하게 출발하지는 않아요. 아저씨가 움막집에서 돌아오시면 다시 뵐 텐데요. 보르미오는 언제 가도 그 자리에 그대로 있을 거예요. 그렇지 않나요?"

카를로는 웃으면서 나무 계단을 올라갔다.

제로니모는 방 가운데에 서서 말했다.

"자, 나는 갈 준비 다 됐어."

"곧 출발하자"라고 카를로가 말했다.

그는 방의 귀퉁이에 서 있는 낡은 장롱에서 몇 가지 소지품들을 꺼내 보따리를 꾸렸다. 그러고 나서 말했다.

"날은 좋은데 무척 춥구나."

"나도 알아"라고 제로니모가 말했다. 둘은 방을 나섰다.

카를로가 말했다.

"조용히 걸어. 어제저녁에 들어온 두 사람이 여기서 자고 있어."

그들은 조심스럽게 걸어 내려갔다. 카를로가 말했다.

"주인아저씨가 너에게 인사 전하라고 하셨어. 아저씨가 우리에게 오늘 밤 여관비에 쓰라고 20센트를 주셨어. 지금 저 밖 움막집에 가계신데 두 시간 후에나 돌아오실 거야. 우리는 아저씨를 내년에나 다시 보겠지."

제로니모는 대답하지 않았다. 그들은 새벽 어스름 빛을 받으며 그들 앞으로 뻗어 있는 국도로 들어섰다. 카를로는 동생의 왼쪽 팔을 붙들었고, 둘은 말없이 골짜기를 내려갔다. 얼마 걸어가지 않아 그들은 도로가 길게 굽어지기 시작하는 지점에 이르렀다. 안개가 그들을 향해 피어올랐고, 그들 위쪽에서는 산등성이들이 구름에 포위되어 옴짝달싹 못하고 있는 것 같았다. 그리고 카를로는 동생에게 이제 그 말을 해야겠다고 생각했다.

그러나 카를로는 아무 말도 하지 않았고, 대신 호주머니에서 그 금화를 꺼내 동생에게 건네주었다. 동생은 오른손 손가락 사이에 금화를 끼고는 그것을 뺨과 이마에 대보고나서 마침내 고개를 끄덕였다. 그는 말했다.

"내가 이럴 줄 알았지."

"아 그렇구나."

카를로는 이렇게 대답하고 제로니모를 의아하게 바라보았다.

"그 낯선 남자가 내게 아무 말도 해주지 않았어도 나는 다 알아챘을지도 몰라."

"아 그렇구나."

카를로는 당혹스러워하며 계속하여 말했다.

"하지만 너는 이해하고 있겠지. 내가 저 위쪽 다른 사람들 앞에서 왜 그랬는지 — 내가 걱정했던 건 네가 그 돈을 한꺼번에 몽땅 써버릴까 봐 — 그리고 제로니모야, 나는 네가 새 재킷을 사고 셔츠와 신발도 사야 할 때가 되었다고 생각했어. 정말이지 그래서 그랬던 거야…."

눈먼 동생은 세차게 머리를 흔들면서 말했다.

"뭐 하러 새로 사?"

그러면서 그는 한 손으로 자신의 재킷을 만져보며 이어서 말했다.

"이 옷 아직 아주 쓸 만해, 아주 따뜻하고. 그리고 이제 우리 남쪽으로 가잖아."

카를로는 제로니모가 조금도 기뻐하지 않고, 잘못했다고 사과하지도 않는 것에 대해 이해할 수가 없었다. 그래서 그는 계속해서 말했다.

"제로니모야, 내가 그렇게 한 것이 잘못된 거니? 너는 왜 기뻐하지 않는 거니? 우리 이제 그 금화 가지고 있잖아, 그렇지 않니? 우리 지금 그 돈 모두 가지고 있잖아. 내가 너한테 저 위쪽에서 그 돈을 갖고 있다고 말해주었더라면 어떻게 됐을지… 오, 너한테 말하지 않은 건 잘 한 일이야 — 틀림없어!"

그러자 제로니모가 소리쳤다.

"거짓말 그만해, 카를로, 그 얘기라면 충분히 들었으니까!"

카를로는 멈춰 서서 동생의 팔을 놓고 말했다.

"거짓말하는 거 아니야."

"난 형이 거짓말하고 있다는 거 다 알아! 형은 늘 거짓말을 하지! 벌써 거짓말을 백 번은 했을걸! 그 돈도 형이 가지려고 했지만 두려웠던 거고, 지금 이러는 것도 바로 두려워서야!"

카를로는 머리를 숙이고 아무 대답도 하지 않았다. 그는 다시 눈먼 동생의 팔을 붙들고 계속하여 함께 걸어갔다. 제로니모가 던진 그 말이 그를 슬프게 했다. 그러나 그는 자신이 지금까지보다 더 슬프지는 않다는 것이 의아했다.

안개는 가시기 시작했다. 오랜 침묵 끝에 제로니모가 말했다.

"날이 따뜻해지네."

그는 이 말을 무심코, 이미 그런 말은 수백 번 해왔듯이 아무 뜻 없이 자연스럽게 내뱉은 것이다. 순간 카를로는 제로니모에게는 아무것도 변한 게 없다는 것을 느꼈다. 제로니모에게 그는 여전히 도둑놈이었던 것이다.

"너 배고프니?"라고 카를로가 물었다.

제로니모는 고개를 끄덕이고는 곧장 재킷에서 치즈 한 덩이와 빵을 꺼내 먹었다. 그리고 그들은 계속해서 걸어갔다.

그들은 보르미오에서 오는 우편 마차를 만났다. 마부가 그들에게 외쳤다.

"벌써 남쪽으로 내려가는 건가?"

그리고 나서 다른 마차들도 왔는데, 모두 위로 올라가는 마차들이었다.

"골짜기에서 바람이 불어오네."

제로니모가 이렇게 말하면서 동시에 급하게 몸을 돌리자 저 아래쪽에 벨틀린이 눈에 들어왔다.

정말로 — 아무것도 변한 건 없다고 카를로는 생각했다. '동생을 위해 돈을 훔치기까지 했는데 — 그것 또한 아무 소용없는 일이었어.'

그들 아래쪽에 있는 안개는 점점 더 옅어졌고, 햇살이 안개 사이를 뚫고 들어왔다. 카를로는 생각했다. '그렇게 성급히 여관을 떠나온 것이 현명하지 못한 일이었을지도 몰라. 지갑이 침대 밑에 있다는 건 어찌됐든 의심받을 만한 일인데⋯.' 하지만 모든 것은 아무 소용없게 돼 버렸던 것! 동생에게 이보다 더 나쁜 일이 일어날 수 있을까? 그가 시력을 잃게 한 동생은 자신이 형에게 속고 있다고 믿고 있으며, 이미 몇 년 동안 그렇게 믿어왔고, 앞으로도 계속하여 그렇게 믿을 것인데 — 동생에게서 이보다 더 나쁜 일이 일어날 수 있을까?

그들이 걸어가는 곳에서 내려다보이는 저 아래쪽에는 아침 햇살에 목욕을 한 듯 커다란 하얀 호텔이 서 있고, 아래로 더 깊숙이 내려가 골짜기가 넓게 펼쳐지기 시작하는 곳에는 마을이 길게 늘어서 있었다. 그들 둘은 계속해서 걸어갔고, 카를로의 손은 여전히 눈먼 동생의 손을 붙들고 있었다. 그들은 호텔 정원 옆을 지나쳐갔고, 카를로는 반짝이는 여름옷을 입은 손님들이 테라스에 앉아 아침 식사를 하고 있는 것을 보았다. 카를로가 물었다.

"너 어디서 쉬어가고 싶니?"

"음, 늘 그랬듯이 여관 '아들러'에서."

그들은 마을 끝에 있는 그 작은 여관에 이르자 안으로 들어갔다. 그리고 주점에 앉아 포도주를 시켰다. 주인이 물었다.

"자네들 어떻게 이렇게 일찍 내려오는 건가?"

카를로는 이 물음에 조금 놀라면서 대답했다.

"이르다니요? 9월 10일 아니면 11일인데 — 그렇잖아요?"

"자네들 작년에는 분명히 훨씬 늦게 내려왔었어."

그러자 카를로가 말했다.

"저 위쪽은 너무 추워요. 어젯밤 우리는 얼어 죽는 줄 알았어요. 예,

정말이에요. 부탁드리는데, 저 위쪽으로 연료 올려다주는 것 잊지 말아주세요."

주점 안의 공기는 탁하고 후텁지근했다. 알 수 없는 불안감이 카를로를 엄습했다. 그는 다시 밖으로 나가 있고 싶었다. 티라노든, 에돌레든, 이제오 호수든, 어디로든 먼 곳으로 가는 넓은 도로 위로 나가 있고 싶었던 것! 그는 갑자기 일어섰다.

"우리 벌써 가는 거야?"라고 제로니모가 물었다.

"오늘 점심때 볼라도레에 도착하도록 지금 출발하자. 거기 여관 '히르센'에서는 마차들이 점심 휴식을 취해. 아주 좋은 장소지."

그들은 걸어갔다. 이발사 베노치가 가게 앞에서 담배를 피우며 서 있었다. 그가 외쳤다.

"잘 있었나. 그런데 저 위쪽은 어떤가? 어젯밤에는 눈이 내렸겠지?"

"예, 예."라고 카를로는 말하고 발걸음을 재촉했다.

그들은 마을을 뒤로 하고 걸어갔다. 도로는 촬촬 소리를 내며 흐르는 강을 따라 초원과 포도밭 사이로 뻗어 있었다. 하늘은 푸르고 고요했다. '내가 왜 그런 짓을 했을까?'라고 카를로는 생각했다. 그는 옆에서 눈먼 동생을 바라보았다. '이 애의 얼굴이 지금까지와는 달라 보일까? 이 애는 늘 그렇게 믿어왔고 ─ 나는 늘 혼자였고 ─ 이 애는 늘 나를 미워해 왔지.' 그에게는 결코 어깨에서 벗어던져서는 안 되는 무거운 짐을 메고 걸어가는 것 같은, 또한 가는 길마다 햇살이 내리쬐고 있는데도 옆에서 걸어가는 제로니모는 깜깜한 밤을 통과해 가고 있을 거라는 생각이 들었다.

그들은 걷고 또 걸어 몇 시간을 걸어갔다. 제로니모는 이따금 이정표석에 앉아 있기도 했고, 둘이서 다리 난간에 기대어 쉬기도 했다. 그들은 다시 어느 마을을 통과해 갔다. 그 여관 앞에는 마차들이 서 있었고, 여행객들은 마차에서 내려 이리저리 거닐고 있었다. 하지만 그 두 거지는 거기에 머무르지 않았다. 그들은 다시 밖으로 나와 탁 트인 도로 위로 들어섰다. 해는 점점 더 높이 솟아올랐다. 정오가 다가왔음에 틀림없었다. 그날도 다른 수천의 날들과 똑같은 하루였다.

"볼라도레 탑인데."

제로니모가 말했다. 카를로가 올려다보았다. 그는 제로니모가 거리를 정확하게 측정하는 것에 대해 놀라워했다. 실제로 볼라도레 탑이 저 멀리 지평선에 보였다. 꽤 멀리 떨어진 곳에서 누군가가 그들을 향해 마주 오고 있었다. 카를로에게는 그가 길가에 앉아 있다가 갑자기 일어난 것처럼 보였다. 그 형체는 더 가까이 왔다. 이제 카를로는 그가 그들이 자주 국도에서 만났던 경찰관이라는 것을 알았다. 그럼에도 카를로는 조금 놀라 몸을 움츠렸다. 그러나 그 남자가 더 가까이 다가오자 그는 그를 알아보고는 안심했다. 그 남자는 피에트로 테넬리였다. 이 두 거지는 바로 지난 5월 모리뇨네에 있는 라가치의 주점에서 그와 함께 앉아 있었는데, 그는 그들에게 어느 부랑자에게 하마터면 칼에 찔려 죽을 뻔했던 소름끼치는 이야기를 해주었었다.

"누군가가 멈춰 섰는데."

제로니모가 말했다.

"테넬리야. 그 경찰관"이라고 카를로가 말했다.

이제 그들은 그에게 바짝 다가갔다.

"안녕하세요, 테넬리 경찰 아저씨."

카를로는 이렇게 말하고 그의 앞에 멈춰 섰다. 경찰관이 말했다.

"무슨 일이 있나 보네. 직무상 우선 두 사람을 볼라도레로 데려가야만 하겠네."

"에에!"라고 눈먼 제로니모가 외쳤다.

카를로는 얼굴이 하얗게 질렸다. '어떻게 이런 일이 있을 수 있지?' 그는 생각했다. '하지만 그 일과는 아무 관련도 없을 거야. 여기 아래쪽에서는 아직 아무도 그 일을 알지 못하지.'

경찰관은 웃으면서 말했다.

"자네들 이 길로 가고 있는 것 같은데, 함께 가게 되었군."

"왜 아무 말도 하지 않는 거야, 카를로?"라고 제로니모가 물었다.

"오 그래, 말해야지. 부탁하는데, 경찰 아저씨, 도대체 일이 어떻게 된 것인지… 우리가 어떻게 해야 되는지… 아니 그보다는 제가 어떻게 해야 되는지… 정말이지 저는 모르겠어요."

"무슨 일이 있나 보네. 어쩌면 자네는 아무 잘못도 없을지 몰라. 내가 뭘 알겠나. 어쨌든 우리는 경찰 기동대로 온 전신 통보를 받았는데, 자네들이 저 위쪽에서 사람들의 돈을 훔쳤다는 혐의를 받고 있기 때문에 자네들을 긴급히 억류하라는 내용이었네. 그런데 자네들은 아무 잘못도 없을 수도 있어. 그럼 가세!"

"왜 아무 말도 하지 않는 거야, 카를로?"라고 제로니모가 물었다.

"말해야지 ― 오 그래, 말해야지."

"자네들 이제 가세! 쓸데없이 도로 위에 서 있지 말게! 햇살이 뜨거워. 우리는 한 시간이면 정해진 그곳에 도착하지. 앞으로 가세!"

카를로는 늘 그랬듯이 제로니모의 팔을 붙들었다. 그렇게 그들은 천천히 걸어갔으며, 경찰관은 그들 뒤를 따라갔다.

"카를로, 왜 말을 하지 않는 거야?"라고 제로니모가 다시 물었다.

"그런데 제로니모야, 네가 원하는 게 뭐고, 또한 내가 무슨 말을 해야 하니? 모든 게 밝혀질 텐데. 나도 모르겠어."

그의 머릿속에 이런 생각이 스치고 지나갔다. '우리가 법정에 서기 전에 동생에게 그 일을 설명해 줘야 할까? 그건 안 되지. 경찰관이 우리 얘기를 들을 텐데… 그럼 어떻게 한담. 법정에서 사실을 말해야지. 이렇게 말할 거야. "재판장님, 그건 다른 도둑질과 똑같은 도둑질이 아닙니다. 말하자면 그건 바로 이런 것이었습니다." 그리고 이제 법정에서 그 일을 분명하고 이해하기 쉽게 설명할 수 있는 적절한 말을 찾기 위해 노력하는 거다. "어제 한 남자가 거기서 마차를 타고 고갯길을 넘어 갔는데… 미친 사람 같았고 — 아니면 마지막에 미쳐버렸는지도 모르고… 그런데 이 남자가…."'

하지만 그건 말도 안 되는 일! 그 말을 누가 믿는단 말인가? 사람들은 그에게 결코 그렇게 오래 말하게 하지도 않을 것이다. 아무도 이런 엉뚱한 이야기를 믿지 못할 것이고 — 제로니모조차 믿지 않을 것이다. 그는 옆에서 제로니모를 바라보았다. 오랜 습관에 따라 눈먼 동생의 머리는 걸어가면서 박자에 맞추듯 이리저리 흔들렸다. 그러나 얼굴은 동요가 없었고, 텅 빈 눈은 허공을 멍하니 바라보고 있었다. 카를로는 갑자기 동생의 이마 뒤로 어떤 생각이 스쳐지나가고 있을지 알아차렸다. 제로니모는 '그 돈이 그렇게 해서 생긴 거로군'이라고 생각하고 있을 것임에 틀림없었다. '카를로가 나한테서만 도둑질하는 게 아니라 다른 사람들한테서도 훔치고 있구나. 그래, 그는 그런 짓을 잘할 수 있겠지.

볼 수 있는 눈이 있고, 그 눈을 충분히 활용할 테니.' — '그래, 제로니모는 그렇게 생각하고 있어, 아주 확실하게. 그리고 사람들이 내게서 그 돈을 찾아내지 못한다 해도 그게 나에게 도움이 될 수도 없을 거야 — 법정에서도 제로니모에게도. 그들은 나를 가둘 거고 동생도… 그래, 동생도 그 금화를 가지고 있다는 이유로 나와 똑같이 가두겠지. 그리고 동생은 더 이상 아무 생각도 못하고, 엄청나게 당혹스러워하겠지.' 그는 앞으로 전개될 이 모든 사태에 대해 더 이상 아무것도 알 수 없을 것 같았다. 하지만 그는 한 가지만은 알고 있었다. 자신이 오로지 제로니모를 위해서 돈을 훔쳤다는 사실을 제로니모가 알게만 된다면 자신은 감옥에 1년… 아니 10년이라도 기꺼이 갇혀 있겠다는 것이었다.

제로니모가 갑자기 멈춰 섰고, 그래서 카를로도 멈춰야 했다. 경찰관이 화를 내며 말했다.

"아니, 왜 그러는 거지? 빨리, 빨리 가!"

그러나 그때 경찰관은 눈먼 제로니모가 기타를 땅에 떨어뜨리고는 두 팔을 들어 올려 양손으로 형의 뺨을 어루만지는 것을 보고 어리둥절해했다. 그리고 나서 제로니모는 입술을 카를로의 입에 가까이 가져다 대고 카를로에게 입맞춤을 했다. 카를로는 처음에는 동생이 왜 그러는지 알지 못했다. 경찰관이 물었다.

"자네들 미쳤나? 빨리, 빨리 가! 햇볕에 얼굴을 벌겋게 태우기 싫단 말이야."

제로니모는 아무 말도 하지 않고 땅에서 기타를 들어올렸다. 카를로는 깊은 숨을 들이마시고 다시 눈먼 동생의 팔을 붙들었다. '이게 가능한 일인가? 동생은 더 이상 그에게 화를 내지 않는 것일까? 마침내 동생이 모든 걸 이해한 것일까?' 그는 믿기지 않아하며 옆에서 동생을 바라보았다. 경찰관이 외쳤다.

"빨리 가! 너희들 정말!"

경찰관은 카를로의 옆구리를 한 대 쥐어박았다.

카를로는 눈먼 동생의 팔을 꼭 붙잡아 이끌면서 계속 앞으로 걸어갔다. 그는 전보다 발걸음을 더 빨리 떼었다. 왜냐하면 그는 제로니모에게서 어린 시절 이후 지금까지 보지 못했던 온화하고 행복하게 미소 짓는 모습을 보았기 때문이다. 카를로도 미소를 지었다. 카를로에게는 이제 더 이상 나쁜 일은 아무것도 일어날 수 없을 것 같은 생각이 들었다. 법정에서도, 세상 어디에서도. 그는 동생을 다시 찾게 되었다. 아니 처음으로 찾게 되었던 것이다.

안드레아스 타마이어의 마지막 편지
Andreas Thameyers letzter Brief

나는 더 이상 살아갈 수가 없다. 내가 살아 있는 한 사람들이 나를 조롱할 것이고, 아무도 진실을 알지 못할 것이기 때문이다. 하지만 진실은 나의 아내가 나에게 충실했다는 것이다. 나는 이것을 천지신명께 맹세하며, 내 죽음을 통해 이것을 증명하겠다. 나는 이 까다롭고 난해한 분야를 다루고 있는 많은 책들을 읽고 참고하기도 했으며, 비록 사실을 의심하는 사람들이 있을지라도 다른 한쪽에는 그것을 전적으로 확신하는 유능한 학자들도 서 있는 법이다. 여기에서 나는 공평무사한 사람이라면 누구에게나 분명히 항변할 수 없는 것으로 보일 사례들을 제시하고자 한다. 말레브랑슈는 이렇게 얘기하고 있다. 어느 여인이 신성한 성자의 시성식을 맞아 그의 초상을 뚫어져라 바라보았는데, 그러고 나서 그녀가 곧 출산한 아기가 이 성자와 완전히 똑같았다는 것이다. 아기의 얼굴은 노년의 지쳐 보이는 표정을 짓고 있었고, 두 팔은 가슴 위에 교차되어 있었으며, 눈은 하늘을 향하고 있었고, 한쪽 어깨 위에서는 매달려 있는 모자 모양의 모반이 뚜렷하게 보였다. 그러나 유명한 철학자 카르테시우스의 후계자 한 사람이 신빙성 있는 증인이 되어주고 있음에도 불구하고 이 이야기를 충분히 믿을 수 없다고 여기는 사람에게는 아마도 마르틴 루터가 확실한 증인이 되어줄 것이다. 루터는 — 그의 식사 중의 대화에서 찾아낸 것인데 — 비텐베르크에서 해골 모양을 하고 있는 어떤 사람을 알게 되었는데, 알고 보니 이 불쌍한 남자의 어머니는 임신 중에 어느 시체를 보고 소스라치게 놀란 적이 있다는 것이고, 그럼으로써 해골 모양의 아들을 낳게 된 것이다. 그러나 나에게 가장 중요하게 여겨지는, 의심할 아무런 합당한 이유가 없는 이야기는 헬리오도르의 『에티오피아의 책』이 전하고 있다. 이 명망 있는 작가에 따르면 왕비 페르시나는 에티오피아 왕 히다스페스와 결혼 후 십 년 동안 아이를 갖지 못하다가 마침내 하얀 피부의 딸을 낳는데, 남편이 격분할 것을 예상하고 두려움에 그 아이를 낳는 즉시 버렸다. 하지만 그녀는 숙명적으로 아이를 버릴 수밖에 없었던 진실한 이유를 적은 띠를 아이에게 둘러매 주었다. 왕비가 흑인 남편인 왕의 포옹을 받곤 했던 왕궁의 정원에는 그리스 남녀 신들의 멋진 대리석 조각상들이 세워져 있었는데, 페르시나 왕비는 완전히 매료되어 그 신들에게 눈길을 보냈었던 것이다. 그 밖에도 또 다른 정신의 위력이 나타나고 있는데, 미신을 믿는 사람들이나 무식한 사람들만이 이런 견해를 신봉하는 것만은 아니라는 것을 1637년 프랑스에서 있었던 이야기가 증명해 주고 있다. 거기에서 어느 부인이 4년 동안 남편 없이 살던 중 아이를 낳고는 맹세코 말하기를 자신은 이 아이의 가임기에 완전히 현실인 듯 생생하게 남편이 자신을 격정적으로 끌어안는 꿈을 꾸었다는 것이다. 몽뻴리에의 의사들과 조산원들은 그런 일이 실제로 가능한 것이라고 서약과 함께 증언했고, 하브르의 법원은 그 아이에게 합법적인 탄생의 모든 권리를 부여하는 판결을 내렸다. 또 다른 사례는 함베르크가 쓴 『자연의 수수께끼 같은 사건들』이란 책의 74쪽에서 찾을 수 있다. 그것은 사자머리가 달린 아이를 낳은 어떤 부인의 이야기인데, 그녀는 임신 7개월이 되었을 때 남편과 어머니와 함께 어느 사자 조련사의 공연을 관람했었다. 나는 또 다른 이야기도 읽었는데 — 그것은 1846년 바젤에서 발간된 림벅의 『임산부들의 실수에 관하여』라는 책의 19쪽에 실려 있으며 — 임산부가 출산 몇 주 전에 맞은편에 있는 집이 화염에 휩싸여 타오르는 것을 보았기 때문에 뺨에 불에 덴 커다란 반점이 있는 아이를 출산했다는 것이다. 이 책에는 그 밖에도 엄청나게 놀라운 이야기들이 담겨 있다. 나는 이 편지를 쓰고 있는 중에 책상 위에 놓여 있는 그 책을 다시 넘기며 훑어보았는데, 그 안에서 이야기되는 것들은 믿을 만하며 과학적으로 확증된 사실들이고, 나나 내게 충실했던 내 착한 아내가 손수 체험했던 사실 또한 그 이야기들과 똑같이 믿을 만하다. 이 순간에도 나는 그 진실을 믿고 살아가고 있지 않은가! 사랑하는 여보, 이제 내가 죽으러 가는 걸 용서해 주겠소? 여보, 당신은 꼭 그래줘야만 하오. 내가 죽는 건 오로지 당신에 대한 사랑 때문이오. 왜냐하면 나는 사람들이 당신과 나를 조롱하고, 비웃는 것을 참을 수가 없으니까. 이제 그들은 비웃는 것을 멈출 것이고, 내가 그것을 이해하는 것처럼 그들도 그것을 이해하게 될 것이오. 양심이 있는 사람이라면 누구나 그럴 수 있듯이 그녀는 내가 이 편지를 쓰는 동안 옆방에 누워 편안히 잠을 자고 있고, 이제 태어난 지 2주가 되는 그녀의 아기이자 — 우리의 아기도 마찬가지로 침대 옆 요람에서 잠을 자고 있다는 것을, 이 편지를 발견하게 될 너희들은 알 것이다. 그리고 나는 집을 떠나기 전에 내 아내와 아기에게로 가서 그들을 깨우지 않고 이마에 입맞춤을 해줄 것이다. 나는 사람들이 나를 정신 나간 사람으로 생각하지 않도록 모든 것을 이 편지에 정확하게 쓸 것이다. 그렇다. 이것은 아주 세심하게 심사숙고된 것이고, 나는 지극히 편안하다. 이 편지 쓰는 것을 끝내는 즉시 나는 집을 떠나 깊은 밤중 텅 빈 거리를 지나 계속 앞으로 걸어 나가 결혼 첫 해에 아내와 자주 걸었던 그 길을 따라 도른바흐로 간 다음 — 숲속으로까지 계속해서 갈 것이다. 그래, 모든 것은 아주 세심하게 심사숙고된 것이고, 내 정신은 조금도 흐트러짐이 없이 온전하다. 그래서 일이 이렇게 되고 있는 것이다. 내 이름은 안드레아스 타마이어이고, 오스트리아 은행에 근무하는 행원이며, 서른여섯 살이고, 헤르날저 중앙로 64번지에 살고 있으며, 결혼한 지 4년이 되었다. 나는 내 아내와 결혼하기까지 7년 동안을 그녀와 알고 지냈는데, 그녀는 나를 사랑하고 나를 기다려왔기 때문에 두 명의 청혼자를 거절했다. 한 사람은 1,800굴덴의 봉급을 받는 관리자였고, 또 한 사람은 부모 집에 얹혀사는 아주 멋지고 어린 트리에스트 의과대학 입학준비생이었다. 주목할 것은! — 나는 멋지지도 않고 부자도 아닌데도, 또한 우리의 결혼이 한 해 두 해 미뤄졌는데도 그녀는 나를 위해 그런 조건 좋은 두 사람을 거절했다는 것이다. 사람들은 이제 7년을 참고 견디며 나를 기다려온 이 여자가 나를 속인 거라고 주장하려 들겠지! 사람들은 어리석고 가련하며, 내가 꼭 하고 싶은 말은, 사람들은 우리의 속마음을 들여다볼 수 없다는 거다. 그들은 남이 잘못 되는 걸 기뻐하는 심술궂고 지극히도 비열한 자들인걸! 그러나 이제 그들은 모두 침묵할 것이다. 이제 그들은 이렇게 말할 것이다. "우리가 그릇되게 행동했고, 당신의 아내가 당신에게 충실했다는 걸 우리는 잘 알고 있으며, 당신이 자살하는 건 전혀 불필요한 일이야." 하지만 나는 너희들에게 말한다. 그건 꼭 필요한 일이야! 왜냐하면 내가 살아 있는 한 너희들은 모두 계속해서 조롱할 것이기 때문이다. 단 한 사람 만은 고결하고 선량한데, 그건 바로 늙은 발터 브라우너 박사다. 그래, 그는 나를 안으로 데리고 들어가기 전에 바로 이렇게 말했다. "사랑하 는 타마이어, 놀라지 말아요. 그리고 당신도 당신의 아내도 흥분하지 말아요. 그런 일들은 자주 있어왔어요. 내가 내일 당신에게 림벅의 책 과 함께 임신한 여자들의 실수에 관한 다른 책들도 가져다주겠소." 이 책들이 내 앞에 놓여 있다. 그렇지! 나의 친지들에게 정중하게 부탁하 는데, 이 훌륭하신 브라우너 박사께 여기 있는 그의 책들을 지극한 감 사와 함께 돌려드리기 바란다. 그 밖에 내가 더 처리할 일은 없다. 내 유 언은 오래전에 작성해 두었고, 그것을 고칠 이유는 없는데, 내 아내가 나에게 충실해 왔고, 그녀가 나에게서 낳은 아이는 내 아이이기 때문이 다. 나는 이제 그 아이가 그렇게 독특한 피부색을 띤 데에 가장 간단한 방식으로 설명하고자 한다. 악의와 무지만이 이 설명을 인정할 수 없을 것이며, 감히 주장하건대 만약 우리가 악의적이지 않고 엉뚱하지 않은 사람들 사이에서 살아간다면 모두가 그것을 이해하게 될 것이므로 나 는 계속 살아나갈 수 있을 것이다. 하지만 아무도 그것을 그렇게 이해 하려 하지 않으며, 그들은 미소를 짓거나 웃는다. 내 아내의 아저씨이 자 내가 늘 존경해 온 구스타프 렝엘호퍼까지도 내 아이를 처음 보았을 때 내 마음을 몹시 상하게 하는 식으로 눈을 깜박거렸으며, 내 어머니 도 — 나에게 동정을 보내듯 아주 별난 식으로 내 손을 꼭 붙들었다. 그 리고 어제 사무실에서 동료들은 내가 들어서자 서로 귓속말을 주고받았으며, 내가 크리스마스 때 그의 아이들에게 내 고물 시계를 선물로 주었던 집 관리인은 — 늘 그 시계 케이스를 장난감처럼 만지작거리며 소일거리로 삼고 있는데… 그 관리인은 어제 내가 그의 옆을 지나갈 때 웃음을 억지로 참고 있었고, 우리의 조리사 여자는 술에 취한 듯 재미있는 표정을 지었으며, 모퉁이에 있는 잡화상은 나를 세 번 내지 네 번은 바라보곤 했는데… 최근에는 문 옆에 서서 한 늙은 부인에게 이렇게 말했다. "저게 그 사람이래요." 그 말도 안 되는 소문이 급속하게 확산되고 있다는 증거가 하나 있다. 내가 전혀 알지 못하는 사람들이 그걸 알고 있다는 것인데, 그들이 어디서 알았는지 나는 모르겠다. 그저께는 내가 승합마차를 타고 집에 가는 중에 그 안에서 늙은 여자 셋이서 나에 대해 얘기하는 걸 들었고, 마차가 플랫폼에 멈춰 섰을 때는 내 이름을 말하는 소리를 아주 정확하게 들었다. 그리하여 나는 큰 소리로 묻겠다. (내 말이 글로 기록되고 있음에도 불구하고 나는 의도적으로 이런 표현을 사용하는데) — 나는 더 확실하게 들릴 수 있는 목소리로 묻겠다. 내가 어떻게 해야 되는가? 내게 무슨 방법이 더 남아 있는가? 내가 모든 사람에게 "함베르크의 『자연의 기적』과 림뵉의 뛰어난 저서 『임신부들의 실수에 관하여』를 읽어보시오!"라고 말할 수는 없는 것이다. 내가 그들 앞에 무릎을 꿇고 이렇게 간청할 수는 없는 것이다. "그렇게 포악하게 굴지 마세요. 그걸 이해해 주세요. 내 아내는 나에게 늘 충실했어요!" 아내가 8월에 여동생과 함께 아랫마을에 있는 동물원에 간 것이 잘못이었는데, 그곳에서는 그 낯선 사람들, 즉 섬뜩한 흑인들이 집단으로 거주하고 있었던 것이다. 나는 아내가 잘못했다고 맹세코 말할 수 있는데, 일이 이렇게 벌어졌기 때문이다. 나는 그날 — 아니 이미 이틀 전부터 — 시골에 있는 부모님 집에 가 있었는데 — 아버지가 몹시 편찮으셨기 때문이다. 다들 아버지가 몇 주 못 가 돌아가실 것으로 예상했었다. — 하지만 이건 아무 상관없는 얘기고. — 아무튼 안나는 혼자 있었다. 그리고 내가 돌아왔을 때 나는 아내가 침대에 누워 있는 것을 발견했는데 — 물론 몹시 격앙된 채 그리움에 사무쳐하며… 나는 전혀 생각지도 못했는데 그렇게 누워 있었다. 내가 겨우 사흘밖에 나가 있지 않았는데도 말이다. 내 아내는 그만큼 나를 사랑했다. 그래서 나는 곧장 그녀의 침대 옆에 앉아 사흘 동안 그녀가 어떻게 보냈는지 얘기해 달라고 했다. 그리고 그녀는 내가 묻지 않아도 모든 걸 다 이야기해 주었다. 나는 이런 경우에 요구되는 정확성을 가지고 그것을 여기에 적어놓겠다. 그녀는 월요일에는 오전 내내 집에 있었다. 그러나 오후에는 프리치와 함께 — 우리는 그녀의 미혼인 여동생을 그렇게 부르는데, 그녀의 세례명은 프리데리케이다. — 시내 중심지로 가서 쇼핑을 했다. 프리치는 어느 무척 착한 젊은 남자와 약혼했다. 그 사람은 지금 독일에서 직장을 갖고 있으며, 그것도 브레멘에 있는 대규모 상점에서 일하고 있고, 프리츠는 그의 아내가 되기 위해 곧 그를 따라 거기로 갈 예정이다. 이 또한 중요한 얘기는 아니다. 나는 그렇다는 걸 잘 안다. 아내는 화요일에는 비가 왔기 때문에 하루 종일 집에서 보냈다. 내가 정확히 기억하는 한 내 부모님이 계신 시골에도 이날 비가 내렸다. 그러고 나서 수요일이 되었다. 이날 저녁 무렵에 내 아내와 프리치는 흑인들이 집단으로 거주하고 있는 곳에 위치한 동물원에 갔다. 여기서 덧붙이겠는데, 나도 나중에 그 흑인들을 보았다. 즉 9월의 어느 일요일 저녁에 나는 루돌프 비트너와 그의 부인과 함께 저 아랫동네로 내려갔었다. 안나는 절대로 함께 가지 않으려 했는데, 그녀에게는 앞서의 그 수요일 이후의 그 공포가 남아 있었던 것이다. 그녀는 나에게 흑인들 옆에 혼자 있었던 그날 저녁보다 더 무시무시한 공포를 느껴본 적은 살아오면서 없었다고 말해주었다. 혼자 있었다는 건 프리치가 갑자기 사라졌기 때문이다. 나는 이런 사실을 말하지 않고 침묵할 수는 없다. 그런데 나는 이게 내 마지막 편지이기 때문에 프리치에 대해 나쁜 말은 하지 않으려 한다. 하지만 나는 프리치에게 진지하게 경고를 하기에는 이 편지가 적절할 것 같아 말하는데, 점잖은 그 사람이 몹시 불행해질 수 있으니 신랑이 될 그에게 상처 주지 말라는 것이다. 유감스럽게도 한 가지 사실이 존재하는데, 그날 저녁에 어떤 남자… 여기서 그 이름을 적을 필요는 없지만… 간단히 말하면 내가 매우 잘 알고 있으며, 결혼을 했는데도 평판이 그다지 좋지 않은 이 남자와 프리치가 그날 저녁에 사라져버렸고, 그래서 내 불쌍한 아내가 갑자기 혼자가 된 것이다. 그날은 늦여름이면 자주 그러하듯 안개가 자욱한 저녁이었다. 내 경우에는 저녁에 외투를 걸치지 않고는 프라터에 간 적이 없다. 나는 그곳 초원 위에 자주 회색 안개가 덮이고, 그 속에서 불빛이 반사되었던 것이 기억난다. 아무튼 그 수요일 저녁은 그러했고, 프리치가 갑자기 사라져버렸으며, 나의 안나는 혼자… 갑자기 혼자 있게 되었다. 번득이는 눈과 길고 시커먼 수염을 한 이 거대한 흑인들 앞에서 그녀가 얼마나 무시무시한 공포를 느꼈을 것인지 짐작 못할 사람이 어디 있을까? 그녀는 두 시간이나 프리치를 기다렸고, 계속하여 프리치가 다시 오기를 고대하다가 마침내 출입문이 닫혀 나가야만 했다. 상황은 이러했다. 안나는 아침에 내가 그녀의 침대 옆에 앉자 내가 이미 짐작했던 대로

이 모든 걸 나에게 이야기해 주었다. 그녀는 두 팔로 내 목을 끌어안고
는 몸을 떨었으며, 그녀의 눈은 눈물로 완전히 젖어 있었고, 나 또한 두
려워졌다. 이날은 내가 나중에 알게 된 것을 아직 알지 못하고 있었고,
그건 아내도 마찬가지였다. 그녀가 이미 몸속에 우리 아기를 품고 있다
는 걸 내가 알았더라면 그녀가 프리치와 함께 안개 낀 저녁에 프라터에
가 온갖 위험에 노출되는 것을 결코 허락하지 않았을 것이다. 그런 상
황에서 여자에게는 모든 것이 위험한 것이기 때문이다. 물론 프리치가
사라지지 않았다면 내 아내는 결코 그런 끔찍한 공포에 빠지지는 않았
을 것이다. 그러나 그녀가 혼자서 프리치를 걱정하며 떨고 있었다는 것
또한 엄청난 불상사였다. 이제 모든 것은 지나가버렸고, 나는 어느 누
구에게도 돌을 던지지 않겠다. 하지만 내가 이 모든 것을 기록한 것은
이 일을 완전히 투명하게 밝히는 것이 꼭 필요하다고 생각하기 때문이
다. 내가 이렇게 하지 않으면 마침내 사람들은 가련한 처지에 놓인 그
녀를 두고 이렇게 말할지도 모른다. "그가 자살한 것은 그의 아내가 그
를 속여 왔기 때문이지." 그렇지 않아, 이 사람들아. 다시 한번 말하는
데, 내 아내는 정숙하고, 그녀가 낳은 아이는 내 아이야! 그리고 나는 그
들 둘을 마지막 순간까지 사랑해. 오직 너희들이 나를 죽음으로 몰고
있어. 너무나도 가련하기도 하고 악의적이기도 하다고 생각되는 너희
들 모두가. 그리고 너희들이 서로 얘기를 나누면서 그 돌발적인 일을
과학적으로 해명하려는 시도를 하면 할수록… 내가 잘 아는데, 너희들
은 내 앞에서는 아니라도 등 뒤에서 점점 더 조롱하고 비웃을 거야. 아
니면 이렇게 말하겠지. "타마이어는 미쳤다." 존경하는 여러분, 이제
여러분에게 다 밝혔으니 나는 내 확신을 위해, 진실을 위해, 그리고 무

엇보다도 내 아내의 명예를 위해 죽겠소. 내가 죽으면 너희들은 내 아내를 조롱하지 않고 나를 보고 비웃지 않을 것이다. 너희들은 함베르크, 헬리오도르, 말레브랑슈, 벨젠부르크, 프로이스, 림뵉과 그 밖의 다른 사람들이 알리고 있는 그런 일들이 존재한다는 것을 알게 될 것이다. 또한 그대, 내 사랑하는 어머니, 정말이지 어머니는 마치 저를 불쌍히 여기는 것처럼 제 손을 꾹 눌러 잡으시면 안 돼요! 어머니는 이제 제 아내에게 용서를 빌어야 할 겁니다. 저는 잘 알아요. 이제 더 이상 할 말이 없는 것 같다. 시계가 1시를 울린다. 잘 자, 내 사랑하는 사람들. 이제 다시 한번 옆방으로 가서 내 아이와 아내에게 마지막으로 입맞춤을 해 줘야겠다. 그런 다음 떠나는 거다. 안녕.

라이젠보크 남작의 운명

Das Schicksal des Freiherrn von Leisenbohg

미적지근한 5월의 어느 날 저녁 클레레 헬은 '밤의 여왕'* 역으로 오 랜만에 다시 무대에 섰다. 이 여가수가 거의 두 달에 걸쳐 오페라에 출 연하지 않은 이유는 널리 알려져 있었다. 3월 15일 리햐르트 베덴브루 크 대공이 말에서 떨어지는 사고를 당하여 몇 시간 동안 병원에 누워 치료를 받다가 그의 옆을 지키고 있던 클레레의 품에 안겨 세상을 떠난 것이다. 클레의 상심이 너무 커서 사람들은 처음에는 그녀의 목숨이 위 태로울까 봐 걱정했고, 나중에는 정신이 이상해지지는 않을지, 그리고 최근에는 목소리가 상하지 않을지 걱정을 했다. 그러나 이 목소리에 대 한 걱정은 앞의 두 가지 것에 대한 걱정과 마찬가지로 근거 없다는 것 이 확인되었다. 그녀가 무대 위에 나타나자 관객들은 호의와 기대를 가 지고 그녀를 환영했다. 그녀가 첫 번째 긴 아리아를 끝내자마자 벌써 그녀의 절친한 친구들은 잘 모르는 사람들의 축하 인사까지도 받게 되 었다. 가장 싼 관람석에 앉아 있던 나이 어린 파니 링아이저 양은 기쁨 에 넘쳐 발그레한 앳된 얼굴을 반짝였고, 상급 관람석의 단골 관객들도

---

* 모차르트의 오페라 〈마술피리〉에 나오는 여가수.

클레레의 친구인 이 소녀에게 공감 어린 미소를 보냈다. 그들은 모두 파니가 마리아힐프 거리에 있는 의복장식공의 딸에 불과하지만 이 인기 있는 여가수의 아주 친한 친구라서 이따금 여가수 집으로 간식을 함께 먹기 위해 초대를 받곤 했다는 것과 그녀가 죽은 대공을 남몰래 좋아해 왔다는 것을 알고 있었다. 공연의 중간 휴식 시간에 파니는 남녀 친구들에게 클레레가 두 달 만의 첫 무대에서 '밤의 여왕' 역을 맡을 생각을 하게 된 것은 라이젠보크 남작에 의해서라며 — 남작은 그 검은 의상이 클레레의 분위기에 가장 잘 어울릴 거라는 얘기도 해주었다고 설명했다.

남작은 오케스트라단 앞에 자리를 잡고 앉았다. 늘 그런 것처럼 중앙 통로 첫 열 구석자리였다. 그는 인사를 하는 친지들에게 정겨운 미소로 감사를 표했으나 그 미소에는 어딘지 모를 고통이 어려 있었다. 오늘 그의 마음속에서는 많은 추억들이 스쳐지나갔다. 그가 클레레를 처음 알게 된 것은 10년 전이었다. 당시 남작은 어느 호리호리한 붉은 머리칼의 젊은 여인이 예능 교육을 받도록 도움을 주고 있었다. 남작은 자신이 후원하는 이 여인이 미뇽 역을 맡아 공식적인 무대에 처음 데뷔하는 아이젠슈타인 음악학교의 연극의 밤에 참석하게 되었다. 바로 이날 밤 같은 장면에서 필리네 역을 맡아 노래하는 클레레를 처음 보았던 것이다. 당시 그는 스물다섯 살이었고, 아무런 속박도 받지 않고 혼자서 자유분방하게 살고 있었다. 그는 더 이상 미뇽 역의 여인에게는 관심이 없었고, 공연이 끝나자 나탈리에 아이젠슈타인 부인을 통해 필리네 역의 여인을 소개받았다. 그는 그 자리에서 자신의 마음과 재산과 극장 감독과의 관계 등 모든 것을 그녀를 위해 이용하겠노라고 선언했다. 그 당시 클레레는 우체국 고위 공무원의 미망인인 어머니와 함께 살고 있었으며, 어느 의과대학생 청년과 열애 중이어서 이따금 알저포어슈타트에 있는 그 대학생의 방에서 함께 차를 마시고 수다를 떨곤 했다. 그녀는 남작의 저돌적인 구애를 거절했지만 라이젠보크의 찬사로 인해 부드럽게 마음의 빗장이 풀려 자신이 의과대학생의 애인임을 밝혔다. 그녀가 모든 것을 숨기지 않고 털어놓자 남작은 다시 자신이 후원하는 빨간 머리의 여인에게로 돌아섰다. 하지만 클레레와의 친분관계는 계속 이어나갔다. 그는 축제일들을 구실 삼아 늘 그녀에게 꽃과 봉봉과자를 보냈고, 이따금 그 우체국공무원의 미망인 집도 정중한 예의를 갖춰 방문했다.

가을에 클레레는 데트몰트에서 고용계약을 맺고 첫 일자리를 얻었다. 라이젠보크 남작은 — 당시에는 아직 중앙부처 공무원이었는데 — 처음 맞는 크리스마스 휴가를 이용하여 새로운 곳에 거주하게 된 클레레에게 방문했다. 그는 그 의대생이 의사가 되어 지난 9월에 다른 여자와 결혼했다는 사실을 알고 새로운 희망에 부풀어 있었다. 그러나 클레레는 남작이 도착하는 즉시 자신이 그 사이 궁정극장의 테너가수와 깊은 관계를 맺게 되었다고 전처럼 솔직하게 털어놓았다. 그리하여 라이젠보크는 시내 숲에서 그녀와 플라토닉한 산책을 하고, 극장의 레스토랑에서 그녀의 몇몇 남녀 동료들과 함께 저녁 식사를 하는 것밖에는 다른 추억을 만들 수가 없었다. 그럼에도 불구하고 그는 데트몰트를 여러 차례 방문했으며, 예술을 이해하고 애호하는 마음에서 클레레의 괄목할 만한 발전을 보고 기뻐했다. 그는 또한 다음 시즌을 기대했는데, 클레레의 애인인 그 테너가수가 계약에 따라 다음 시즌에는 함부르크로 옮겨가기로 되어 있었기 때문이다. 그러나 그는 다음 해에도 실망할 수밖에 없었는데, 클레레가 루이스 페르하옌이라는 네덜란드 출신 거상의 구혼을 받아들이기로 마음먹었기 때문이다.

세 번째 시즌에는 클레레가 드레스덴 궁정극장에 초빙되어 배역을 맡자 젊은 나이임에도 불구하고 남작은 전도가 유망한 국가 공무원으로서의 출세 길을 포기하고 드레스덴으로 이주했다. 이제 그는 매일 저녁 클레레와 그녀의 어머니와 함께 시간을 보냈다. 그녀의 어머니는 딸이 남작과 어떤 연애 행각을 벌이든 일부러 모른체하며 용인해 주었으므로 그는 새로운 희망을 품게 되었다. 그러나 유감스럽게도 그 네덜란드 상인에게는 몹쓸 습관이 있었다. 그녀에게 편지를 쓸 때마다 자신이 다음에 오게 될 날짜를 알렸고, 그녀 주위에는 많은 감시자들이 배치되어 있다면서 다른 남자와 어울리며 자신에게 충절을 지키지 못할 경우 죽도록 고통스러운 일을 당하게 될 것임을 넌지시 알렸던 것이다. 그러나 그는 오지 않았고, 클레레는 점차 극도로 신경이 예민해지고 불쾌한 상태에 빠져들었다. 그리하여 라이젠보크는 어떻게 해서든 그녀와 상인과의 관계를 끝장내야겠다고 다짐하고 개인적으로 그와 담판을 짓기 위해 그가 살고 있는 데트몰트로 출발했다. 그러나 놀랍게도 그 네덜란드인은 엉뚱한 얘기를 했다. 그가 클레레에게 사랑과 함께 협박이 담긴 편지를 보낸 것은 오로지 기사도적인 의무감에서였으며, 앞으로 그 모든 의무에서 벗어난다면 그보다 더 기분 좋을 수는 없겠다는 것이었다. 라이젠보크는 몹시 행복해하며 드레스덴으로 돌아와 클레레에게 담판이 기분 좋게 끝났음을 전해주었다. 그녀는 남작에게 진심으로 고마움을 표했지만 그가 애정관계를 더 진척시키려고 하자 단호하게 거절함으로써 그를 의아하게 했다. 왜 그러냐고 그가 여러 번 짤막하게 다급히 물어보자 그녀는 마침내 고백했다. 그가 드레스덴을 떠나 있는 동안 다른 사람도 아닌 바로 그 지체 높은 카예탄 왕자가 그녀에 대한 불타는 열정에 사로잡히게 되었고, 그녀가 자신의 사랑을 받아들이지 않는다면 죽어버리겠다는 맹세까지 했다는 것이다. 그녀가 왕실과 나라를 엄청난 비탄에 빠뜨리지 않기 위해서는 결국 왕자의 청을 받아들일 수밖에 없다는 건 너무도 당연한 일이었다.

라이젠보크는 가슴이 찢어지는 듯한 슬픔을 안고 드레스덴을 떠나 빈으로 돌아갔다. 그는 빈에서 자신의 인간관계들을 활용하기 시작했다. 클레레가 이듬해에 빈 오페라단과 계약을 맺게 된 것도 전적으로 그의 이런 끝없는 노력 덕분이었다. 그녀는 초청 공연을 성공적으로 마친 후 10월에 정식 배역으로 고용되었다. 그녀는 처음 무대에 선 날 저녁 분장실에서 남작이 보낸 화려한 꽃바구니를 받았는데, 이 꽃바구니는 남작의 소원과 희망을 동시에 말해주고 있는 듯했다. 하지만 한껏 들떠서 공연이 끝난 후 그녀와의 만남을 기대하고 있던 남작은 이번에도 한 발 늦었다는 것을 알게 되었다. 그녀가 지난 몇 주 동안 함께 연습을 해온 연습 코치이자 가요 작곡가로서도 인정받는 금발의 남자가 그녀에게서 권리를 얻게 되었고, 그녀는 세상에 어떤 일이 일어나도 그의 권리를 손상시키지 않을 생각이었던 것이다.

그로부터 7년의 세월이 흘렀다. 그 사이 많은 남자들이 그녀를 거쳐 갔다. 연습 코치 다음에는 용감무쌍한 승마 선수 클레멘스 폰 로데뷜이 뒤를 이었고, 그 다음에는 이따금 자신이 지휘하는 오페라단과 함께 너무 큰 소리로 노래를 불러 가수들의 노래가 들리지 않았던 악단장 빈센츠 클라우디가 뒤를 이었다. 악단장 다음에는 알반-라토니 백작이 뒤를 이었는데, 그는 카드 도박으로 헝가리에 있는 자신의 땅을 몽땅 날리고 나서 나중에는 남부 오스트리아에 있는 성 한 채를 딴 사람이었다. 백작에 이어 발레 대본의 저술자인 에드가 빌헬름이 등장했다. 그는 발레 대본에 쓸 음악을 작곡하는 데에 많은 돈을 썼다. 또한 비극들도 썼는데, 그것의 공연을 위해 얀츠극장을 빌리기도 했다. 또 그가 쓴 시들은 그 지역에서 가장 얇은 고급지 위에 가장 멋진 활자체로 인쇄되었다. 에드가 빌헬름 다음에는 겨우 열아홉 살밖에 안 되는 아마데우스 마이어라는 아주 귀여운 청년이 뒤를 이었는데, 그는 머리를 땅에 대고 거꾸로 설 줄 아는 폭스테리어* 한 마리밖에는 가진 것이 없었다. 마이어의 뒤를 이은 사람이 바로 제국에서 가장 멋진 신사인 리햐르트 베덴브루크 대공이었다.

클레레는 남자들과의 관계를 숨기지 않았다. 그녀는 언제나 평범한 중산층의 집에서 살았는데, 집에서 이따금 바뀌는 건 남자 주인 뿐이었다. 일반 대중들 사이에서 그녀의 인기는 대단했다. 상류층에서는 그녀가 일요일마다 미사를 드리러 가고, 한 달에 두 번씩 고해 성사를 하며, 교황이 봉헌한 성모상을 부적처럼 가슴에 달고 다니고, 기도를 올리지 않고는 잠자리에 들지 않는다는 사실이 호감 어린 감동을 일으켰다. 그녀는 직접 물건을 팔지는 않았지만 가끔 열리는 자선바자회에도 참여했다. 그럴 때면 귀족 부인들은 물론 부유한 유대계 상인들의 부인들도 클레레와 같은 텐트 아래에서 물건을 내놓고 파는 것을 행복해했

---

* 영국산 애완견의 일종.

다. 그녀에게 열광하는 젊은 남녀 팬들은 무대로 통하는 문 옆에 서서 그녀를 기다렸는데, 그녀는 그들에게 넋을 잃게 하는 매혹적인 미소를 던지며 인사했다. 그녀는 자신에게 보내온 꽃들을 인내심 있게 기다리는 팬들에게 나누어주었다. 한번은 꽃을 분장실에 놔두고 나왔는데, 그녀는 자신의 얼굴 표정과 잘 어울리는 생동감 넘치는 빈 사투리로 이렇게 말했다.

"어이구 이런, 깜박 잊고 샐러드*를 위층 분장실에 놓고 왔으니! 여러분, 뭔가 좀 먹고 싶은 사람은 내일 오후에 제 집으로 오세요."

그런 다음 그녀는 마차에 올라 창밖으로 머리를 내밀고는 출발하면서 외쳤다.

"커피도 한 잔 마실 수 있어요!"

이런 초대에 응할 정도로 용기가 있는 팬들은 얼마 되지 않았는데, 그중 한 사람이 파니 링아이저 양이었다. 클레레는 그녀와 농담을 섞어 대화를 나누었고, 마치 대공비나 되는 것처럼 상냥하게 그녀의 가족 관계를 물었으며, 싱그럽고 활달한 소녀가 수다 떠는 것이 마음에 들어 그녀에게 곧 또 놀러 오라고 청했다. 파니는 초대에 응했고, 머지않아 그 예술가의 집에서 없어서는 안 될 위치를 차지하기에 이르렀다. 그녀는 그렇게 된 것이 클레레가 자신에게 내보이는 온갖 믿음에도 불구하고 자신은 클레레에게 결코 진정한 믿음을 허용하지 않았기 때문이라는 것을 알고 있었다. 세월이 흐르면서 파니는 연이어 청혼을 받았는데, 청혼자들은 대부분 무도장에서 그녀와 함께 춤추곤 했던 마리아힐프 거리 공장주들의 아들들이었다. 그러나 그녀는 청혼을 모두 거절했

---

* 꽃을 비유한 말.

는데, 아무리 막으려 해도 막을 수 없이 계속하여 클레레의 연인에게 푹 빠져 들었기 때문이다.

클레레는 3년 넘게 베덴브루크 대공을 이전의 어떤 남자들보다 더 진실하고 열렬하게 깊이 사랑했다. 그리하여 수없이 절망을 하면서도 희망을 버리지 않았던 라이젠보크 남작은 자신이 10년 동안 갈망해 온 행복이 결코 꽃을 피울 수 없을 것 같아 심각하게 걱정하기 시작했다. 그는 클레레의 연인들 중 누군가가 그녀를 좋아하는 마음이 흔들리는 것을 보면 자신이 아무리 사랑하는 여인에게라도 결별을 고했다. 어떤 일이 닥치든, 또한 어떤 순간에라도 클레레와의 사랑을 위한 만반의 준비를 해놓기 위해서였다. 그래서 그는 이번에 베덴브루크 대공이 갑자기 사망한 후에도 그렇게 했다. 하지만 이번에는 처음으로 신념에 의해서라기보다는 그저 습관에 의한 것이었다. 클레레가 한 없이 고통스러워하는 듯하여 모두들 그녀가 이제는 영원히 인생의 기쁨과 단절하게 될 것이라고 생각할 수밖에 없었기 때문이다. 그녀는 날마다 공동묘지로 가서 세상과 하직한 대공의 묘에 꽃을 바쳤다. 그녀는 화려한 옷들은 바닥에 내던져버리고, 장신구들은 손이 잘 닿지 않는 책상 서랍 속에 처박아 두었다. 영원히 무대를 떠나겠다는 그녀의 생각을 되돌리기 위해서는 진지한 설득이 필요했다.

성황리에 진행된 첫 무대 복귀 공연 후 그녀의 삶은 적어도 표면적으로는 지금까지와 달라지지 않은 것 같았다. 조금 소원해졌던 이전의 친구들도 다시 몰려들었다. 음악비평가 베른하르트 포이어슈타인은 점심에 무엇을 먹었는지 재킷에 시금치나 토마토 자국을 묻힌 채 나타나 남녀 동료들과 감독에게 욕을 퍼부었고, 이를 보고 클레레는 한없이 즐거워했다. 베덴브루크 가문의 방계혈통이자 죽은 베덴브루크 대공의 사촌으로 루치우스와 크리스티안이 있었는데, 클레레는 대공이 살아 있을 때와 마찬가지로 이 두 사람에게 지극히 자연스러우면서도 공손하게 비위를 맞춰주었다. 그녀는 프랑스 대사관에서 일하는 한 신사와 체코의 젊은 피아노 명인을 소개받기도 했고, 6월 10일에는 다시 처음으로 경마에 나갔다. 그러나 조금은 문학적 재능이 있었던 루치우스 대공의 표현대로, 그녀는 영혼은 깨어 있었으나 심장은 여전히 잠에 빠져 있었다. 그래서 누군가가 그녀보다 어리거나 나이가 많은 남자 친구들에 대해 아주 넌지시 암시만 해도, 이 세상에 애정이나 열정 같은 것이 존재하느냐는 듯 그녀의 얼굴에서는 미소가 완전히 사라지고 눈은 더 침울하게 멍하니 앞을 응시했다. 또한 그녀는 이따금 손을 들어 올려 거부하는 듯한 이상한 동작을 취했는데, 모든 사람들을 언제까지나 거부하려는 것처럼 보였다.

6월 하순에는 북국* 출신의 지구르트 월제라는 남자 가수가 오페라에서 트리스탄 역을 맡아 노래를 부르게 되었다. 그의 목소리는 그다지 고상하지는 않았지만 맑고 강렬했다. 체구는 거의 초인적으로 거대했고, 몸은 살이 많이 찐 편이었다. 그의 얼굴은 가만히 있을 때는 그다지 특별한 표정을 나타내지 않았지만 일단 노래를 부르기 시작하면 잿빛 눈이 마치 몸속에서 타오르는 신비로운 불꽃을 받은 듯 빛났다. 또한 그는 목소리와 시선으로 모든 관객들을, 무엇보다도 여자들을 정신을 못 차릴 정도의 도취 상태로 끌어들이는 것 같았다.

---

* 노르웨이, 스웨덴, 핀란드 등 북유럽에 위치한 나라를 통칭하지만 여기서는 노르웨이를 가리킴.

클레레는 무대에 오르지 않는 남녀 동료들과 함께 극장의 특별석에 앉아 있었다. 다른 동료들과 달리 오직 그녀만은 아무런 감흥도 없이 앉아 있는 듯했다. 다음날 오전에 그녀는 극장 사무실에서 지구르트 윌제를 소개받았다. 그녀는 그에게 어제의 공연에 대해 상냥하게 몇 마디 건넸지만 거의 냉담에 가까운 말투였다. 그날 오후에 그는 클레레가 초대하지도 않았는데 그녀를 찾아왔다. 라이젠보크 남작과 파니 링아이저 양도 자리를 함께했다. 지구르트는 그들과 함께 차를 마셨다. 그는 노르웨이의 한 작은 도시에서 고기잡이로 살아가는 자신의 부모에 대해 얘기했고, 놀랍게도 하얀 요트를 타고 외딴 피오르드에 정박해 있던 어느 영국인 여행자를 통해 자신의 노래에 대한 소질을 발견했다는 이야기를 들려주었다. 또한 이탈리아인이었던 자신의 아내는 신혼여행 중 대서양에서 물에 빠져 죽었다는 이야기도 했다. 그가 작별을 하고 돌아간 뒤 남은 사람들은 오랫동안 침묵에 잠겨 있었다. 파니 양은 이따금 자신의 빈 찻잔 속을 들여다보았고, 클레레는 피아노 앞에 앉아 닫혀 있는 뚜껑 위에 양 팔꿈치를 괴고 있었다. 남작은 침묵한 채 불안해하며 의문에 잠겨 있었다. 그것은 대공이 죽은 후에는 이 세상에 또 다른 정열적인 관계나 깊은 애정 관계들이 존재한다는 암시만 받아도 이상한 손동작을 하며 그것을 모조리 거부해 온 클레레가 어째서 지구르트가 신혼여행에 대해 이야기할 때는 그 이상한 손동작을 하지 않는지에 대한 의문이었다.

지구르트 윌제는 다음 초청 공연들에서는 지크프리트와 로엔그린 역을 맡아 노래를 불렀다. 그때마다 클레레는 아무 감흥도 없이 무심히 특별석에 앉아 있었다. 그러나 노르웨이 영사 외에는 아무와도 접촉하지 않던 그 가수는 매일 오후 클레레의 집에 왔고, 그때마다 파니 링아이저 양과 만나지 않는 날은 드물었고, 라이젠보크 남작과는 만나지 않은 날이 한 번도 없었다.

6월 27일에 그 가수는 트리스탄 역을 맡아 마지막으로 무대에 섰다. 클레레는 이번에도 아무 감흥도 없이 특별석에 앉아 있었다. 다음날 아침 그녀는 파니와 함께 공동묘지로 가 대공의 묘 앞에 엄청나게 큰 화환을 놓았다. 그리고 이날 저녁에는 다음날 빈으로 떠나는 그 가수에게 환송연을 베풀어주었다.

환송연에는 엄청나게 많은 친구들이 몰려왔다. 지구르트가 클레레를 열렬히 좋아하고 있다는 것을 알아채지 못하는 사람은 아무도 없었다. 지구르트는 늘 그렇듯이 기분이 한껏 고조되어 이런저런 이야기를 꽤 많이 주절거렸다. 무엇보다도 그는 배를 타고 이곳으로 오는 도중에 러시아 대공과 결혼한 어느 아랍인 여자에게서 손금을 본 이야기를 했는데, 그 여자가 자신에게 곧 인생에서 가장 큰 운명의 시기가 닥쳐올 것이라는 예언을 해주었다는 것이다. 그는 미신까지도 재미로 웃어넘겨야 하는 것 이상으로 여기고 있었던 만큼 이 예언을 굳게 믿고 있었다. 이와 관련하여 그는 다른 사람들도 많이 알고 있는 실화도 이야기해 주었다. 그가 작년에 초청 공연을 마무리하기 위해 배를 타고 뉴욕에 도착한 직후 바로 유럽으로 돌아가는 배에 올라탔다는 것이다. 그리하여 그는 공연불발에 따른 엄청난 액수의 위약금을 물어야 했다. 그는 일이 그렇게 꼬이게 된 이유가 배를 정박시키기 위해 설치된 교량 위에서 재수 없게도 그의 다리 사이로 검은 고양이 한 마리가 빠져나갔기 때문이라고 했다. 그는 알 수 없는 이상한 징조들과 사람의 운명 사이에 존재하는 그런 신비로운 관계를 믿을 수밖에 없는 근거들을 충분히 갖고 있었다. 그가 어느 날 저녁 런던의 코벤트가든 극장에서 무대에 오르기 전 할머니에게서 전해 받은 주문을 암송하는 것을 잊었는데, 바로 그때 갑자기 그에게서 목소리가 나오지 않았던 적이 있었다. 어느 날 밤에는 꿈속에서 날개 달린 요정이 분홍색 타이즈를 입고 나타나 그가 좋아하는 이발사가 죽을 것임을 알려주었는데, 실제로 다음 날 아침 그 불쌍한 이발사는 목을 매어 죽은 채로 발견되었다. 뿐만 아니라 그는 짧지만 의미심장한 내용의 편지 한 통을 항상 몸에 지니고 있었다. 그 편지는 브뤼셀에서 열린 어느 심령술사 모임에서 죽은 여가수 코르넬리아 루얀의 혼령에게서 건네받은 것으로, 유창한 포르투갈어로 그가 틀림없이 유럽과 아메리카를 통틀어 가장 위대한 가수가 될 것이라는 예언을 담고 있었다. 오늘 월제는 이 모든 이야기를 했다. 글린우드 회사에서 제작된 분홍색 편지지에 쓰인 그 심령술적인 편지가 손에서 손으로 옮겨가 읽히자 환송연에 참석한 사람들은 모두가 크게 동요했다. 하지만 정작 클레레는 거의 표정 하나 변하지 않고 이따금 아무 관심도 없다는 듯 고개만 끄덕일 뿐이었다. 클레레의 그런 태도에도 불구하고 라이젠보크는 극도로 불안해했다. 예리한 그의 눈에는 점점 더 심각한 위험이 다가오고 있다는 징조가 보였다. 무엇보다도 지구르트는 저녁 식사를 하는 동안 클레레의 과거 연인들이 그랬던 것처럼 남작에게 눈에 띄는 호감을 나타냈고, 남작을 몰데 피오르드에 있는 자신의 저택으로 초대했으며, 마침내 서로 말을 트자는 제안까지 했다. 뿐만 아니라 파니 링아이저 양은 지구르트가 말을 걸 때마다 온몸을 부들부들 떨었다. 그가 커다란 짙은 잿빛 눈으로 바라볼 때면 그녀의 얼굴은 하얗게 질렸다가 빨갛게 물들고를 반복했다. 또 그가 곧 떠난다는 말을 하자 그녀는 큰 소리로 울기 시작했다. 그러나 클레레는 여전히 침착하고 진중하게 있었다. 그녀는 지구르트의 불타는 눈길에 거의 반응을 보이지 않았고, 다른 사람들에게 말할 때보다 특별히 그에게 더 생기발랄하게 말하지도 않았다. 마침내 그가 그녀의 손에 입맞춤하고는 간청하고, 약속하고, 실망하는 듯한 눈길로 그녀를 올려다볼 때도 그녀의 눈은 베일에 싸인 듯 덤덤했고 표정은 아무런 동요도 없었다. 라이젠보크는 오로지 불신과 걱정만을 품은 채 이 모든 것을 관찰하고 있었다. 남작은 맨 마지막으로 다른 사람들과 마찬가지로 클레레에게 손을 내밀어 작별 인사를 하고 떠나려고 했다. 그러나 그때 그녀가 그의 손을 꼭붙들고 그에게 속삭였다.

"또 오세요."

남작은 잘못 들은 게 아닌지 귀를 의심했다. 하지만 그녀는 다시 한번 그의 손을 붙들고 입술을 그의 귀에 바짝 대고는 말했다.

"또 오세요. 한 시간 후 다시 오시기를 기다리고 있겠어요."

그는 거의 휘청거리면서 다른 사람들과 함께 집을 나왔다. 그는 파니와 함께 지구르트를 호텔로 데려다주었다. 그는 마치 아득히 멀리에서 클레레가 몽상에 빠져 웅얼대는 소리가 들려오는 듯 그것에 귀를 기울였다. 그런 다음 그는 파니 링아이저를 부드럽고 서늘한 밤공기가 감싸고 있는 고요한 거리를 지나 그녀의 집이 있는 마리아힐프 지역으로 데려다주었는데, 안개 속에서 그녀의 앳된 발그레한 뺨 위로 속절없는 눈물이 흘러내리는 것이 보였다. 그러고 나서 그는 마차를 잡아타고 클레레의 집으로 달려갔다. 그녀 침실의 커튼을 뚫고 불빛이 비치는 것이 보였다. 그는 그녀의 그림자가 지나가는 것을 보았고, 커튼 옆 틈새로 그녀의 머리가 나타나더니 그를 향해 끄덕였다. 그는 꿈을 꾼 게 아니었고, 그녀는 그를 기다리고 있었다.

다음날 아침 라이젠보크 남작은 말을 타고 프라터 공원을 산책했다. 그는 행복과 젊어진 느낌을 받았다. 그에게는 자신이 갈망해 온 것이 뒤늦게나마 실현된 데에는 좀 더 깊은 의미가 담겨 있는 듯이 여겨졌다. 지난밤에 그가 겪은 것은 꿈에도 생각지 못할 지극히 놀랄 만한 일이었고 ― 또한 그것은 다름이 아니라 지금까지 그가 맺어온 클레레와의 관계가 상승하여 이루어진 필연적인 귀결이었다. 이제 그는 앞으로 그녀와 엉뚱하게 꼬이는 일은 일어나지 않을 거라고 느꼈고, 가까운 훗날과 좀 더 먼 미래에 대한 계획을 떠올렸다. 그는 이렇게 생각했다. "클레레가 앞으로 얼마나 더 무대에 서게 될까? 아마 4년이나 5년이겠지. 그보다 더 일찍은 안 되겠지만 그 후에는 그녀와 결혼을 해야지. 우리는 함께 시골에 사는 거야. 빈과 아주 가까운 곳, 장트 바이트나 라인츠쯤이면 좋겠지. 거기서 조그만 집을 한 채 사거나 그녀의 취향에 맞춰 직접 지어야지. 우리는 아주 조용히 살아가겠지만 자주 멀리 여행도 해야지. 스페인이나 이집트나 인도 등으로…."

그는 말을 타고 호이슈타들 옆 초원을 재빨리 가로질러 달리면서 이런 상상을 했다. 그런 다음 그는 말을 급히 몰아 다시 대로로 접어든 뒤 프라터 광장에서 타고 온 마차에 올라탔다. 그는 포사티 꽃집에서 마차를 세우고 화려한 흑장미로 된 꽃다발을 클레레에게 보내도록 주문했다. 그는 여느 때와 마찬가지로 슈바르첸베르크 광장 옆 자신의 집에서 혼자 아침 식사를 했고, 식사 후에는 안락의자에 누웠다. 그는 클레레에 대한 참을 수 없는 그리움에 사로잡혔다. 그녀 아닌 다른 여자들은 그에게 무슨 의미를 지녔었던가? 그들은 모두가 기분풀이의 대상이었고 ─ 그 이상 아무것도 아니었다. 그리고 그는 클레레도 자신에게 이렇게 말해줄 날이 올 거라고 예상하고 있었다.

"다른 남자들은 모두 내게 무엇이었을까요? 당신은 내가 사랑한 단하나이자 첫 번째 남자이고…."

그는 안락의자에 누워 있으면서 눈을 감고 그녀를 거쳐 간 남자들을 차례로 떠올려 보았다. 그리고 '틀림없어. 그녀는 나에 앞서 어떤 남자도 사랑하지 않았고, 어쩌면 앞으로도 언제나 어떤 상황에서도 나를 사랑할 거야!'라고 생각했다.

남작은 옷을 차려 입었다. 그런 다음 그녀와의 첫 재회를 기다리는 기쁨을 조금이라도 더 간직하려는 듯 그녀의 집으로 가는 길을 천천히 걸어갔다. 원형 광장에는 제법 많은 산보객들이 있었지만 이제 날이 더워져 밖에서 산보하기 좋은 계절은 끝났음을 알 수 있었다. 라이젠보크는 여름이 왔다는 것과 클레레와 함께 여행을 떠나고, 함께 바다나 산을 보러 가게 될 것을 기대하며 기뻐했다. 그는 너무 황홀한 나머지 크게 환호성이라도 지를까 봐 애써 스스로를 제어해야 했다.

그는 그녀의 집 앞에 서서 창문을 올려다보았다. 오후의 햇살이 창문에서 반사되어 눈이 부실 지경이었다. 그는 계단 두 개를 올라 그녀의 집 대문 앞의 초인종을 눌렀다. 하지만 문은 열리지 않았다. 그는 한 번더 초인종을 눌렀다. 그래도 문은 열리지 않았다. 그제야 라이젠보크는 대문에 맹꽁이 자물통이 채워져 있는 것을 알아챘다. '이건 도대체 뭐지? 내가 집을 잘못 찾은 건가?' 그녀는 대문에 문패를 달아놓지 않았었다. 하지만 맞은편 집에는 평소처럼 '중위 옐레스코비츠'라는 문패가 그대로 달려 있었다. 그러니 의심할 여지가 없었다. 그는 그녀의 집 앞에 서 있는 것이고, 그녀의 집 문이 잠겨 있는 것이다. 그는 급히 계단을 내려가 관리인 집의 문을 열었다. 관리인의 부인은 어둠침침한 방에서 침대에 앉아 있었고, 한 아이가 반지하층의 조그만 창문으로 거리를 내다보고 있었으며, 다른 아이는 빗을 악기 삼아 입으로 불며 알 수 없는 멜로디를 내고 있었다. 남작은 "헬 양은 지금 집에 없소?"라고 물었다. 부인은 일어나서 "예, 남작님, 헬 양은 여행을 떠났는데…"라고 대답했다.

"뭐라고?"라고 남작이 소리쳤다. 그리고는 "그래, 맞아. 세 시에 떠났어, 그렇지 않소?"라고 곧장 덧붙여 말했다.

"아니에요, 남작님, 그 아가씨는 아침 8시에 떠났는걸요."

그는 생각나는 대로 마구 말했다.

"그럼 어디로 갔지? 내 생각에는 곧장 드레스덴으로 간 것 같은데?"

"아니에요, 남작님. 그 아가씨는 가는 곳의 주소를 남기지 않았어요. 다만 어디에 가 있는지 곧 편지로 알려주겠다고 말했지요."

"그렇군. ― 그래… 그래 ― 그렇군… 당연하고… 아무튼 고맙소."

그는 돌아서서 다시 거리로 나왔다. 그리고는 자신도 모르게 그녀의 집 쪽을 돌아다보았다. 창문에서 반사되는 햇살이 조금 전 그 집으로 들어갈 때와는 어찌 이다지도 다르게 느껴지는지! 여름날 저녁의 후텁지근함이 둔중하고 침울하게 도시를 덮고 있었다. '클레레가 떠났다고…?! 어째서일까…? 그에게서 달아난 걸까…? 이걸 어떻게 해석해야

할까…? 그는 우선 오페라극장으로 가보려고 생각했다. 그러나 모레부터 휴가가 시작되고, 클레레는 휴가가 시작되기 전 이틀간은 공연이 없다는 생각이 떠올랐다.

그래서 그는 마차를 타고 링아이저가 살고 있는 마리아힐프 거리 76번지로 갔다. 나이 든 여자 요리사가 문을 열어주고는 귀품 있게 차려입은 방문객을 좀 미심쩍다는 듯이 살펴보았다. 그는 링아이저 부인을 불러냈다. 그리고 "파니 양 집에 있나요?"라고 더 이상 스스로를 제어할 수 없을 만큼 흥분하여 물었다.

"왜 그러시는데요?"라고 링아이저 부인이 날카롭게 물었다.

남작은 자신을 소개했다. 그러자 링아이저 부인이 말했다.

"아, 그러시군요. 좀 안으로 들어오시겠어요, 남작님?"

그는 현관에서 멈춰 서서 다시 한번 물었다.

"파니 양은 집에 없나요?"

"남작님, 조금 더 안으로 들어오시지요."

라이젠보크는 어쩔 수 없이 부인의 말을 따라 천장이 낮은 어두컴컴한 방으로 들어갔다. 방에는 파란 우단이 덮인 가구들이 있었고, 창문에는 같은 색깔의 천으로 된 커튼이 쳐 있었다. 링아이저 부인이 말했다.

"그래요, 파니는 집에 없습니다. 헬 양이 그 애를 데리고 휴가 여행을 떠났지요."

"어디로요?"

남작은 이렇게 묻고는 피아노 위에 있는 가느다란 금박 테두리가 된 액자 속 클레레의 사진을 응시했다. 링아이저 부인이 말했다.

"어디론지는 저도 모릅니다. 아침 8시에 헬 양이 직접 찾아와서 파니를 데리고 가게 해달라고 저에게 부탁을 했지요. 하도 간절하게 부탁하는 바람에 — 저도 거절할 수가 없었답니다."

"대체 어디로… 어디로 떠난 거지요?"라고 라이젠보크 남작은 절박하게 물었다.

"아, 그건 저도 말씀드릴 수가 없습니다. 헬 양이 어디서 머무를지 정하는 대로 파니가 저에게 전보를 칠 겁니다. 아마 내일이나 모레쯤엔 연락이 오겠지요."

"그렇군요"라고 말하고 라이젠보크는 피아노 앞에 있는 조그만 등나무 의자에 주저앉았다. 그는 잠시 침묵하고 있다가 갑자기 일어나서 링아이저 부인에게 손을 내밀고는 찾아와 번거롭게 해서 죄송하다고 말했다. 그런 다음 천천히 그 낡은 집의 어두운 계단을 내려갔다.

그는 고개를 저었다. '그녀는 무척 조심스러워했고 — 정말 맞아! 필요 이상으로 조심스러워했어. 내가 추근거리는 사람이 아니라는 걸 충분히 알 수 있었을 텐데도.'

"어디로 모실까요, 남작님?"이라고 마부가 묻자 라이젠보크는 그제야 자신이 이미 얼마 동안 지붕 없는 마차를 타고 멍하니 앞만 응시하고 달려왔음을 깨달았다. 그리고는 퍼뜩 떠오른 영감에 따라 대답했다.

"브리스톨 호텔로 가게."

지구르트 욀제는 아직 떠나기 전이었다. 욀제는 남작에게 자기 방으로 올라와 달라고 청하면서 그를 몹시 기쁘게 맞이했다. 그리고는 빈에 체류하는 자신의 마지막 밤을 함께 보내달라고 요청했다. 라이젠보크는 지구르트 욀제가 아직도 빈에 있다는 것이 몹시 신경이 쓰였지만 그가 자신을 그토록 좋아한다는 생각에 눈물이 날 정도로 감동했다. 지구르트는 곧장 클레레에 대해 입을 열었다. 그는 라이젠보크에게 그녀에 대해 알고 있는 것을 가능한 한 모두 얘기해 달라고 부탁했다. 그는 자기 앞에 서 있는 남작이 그녀의 가장 오래되고 진실한 친구라는 것을 알고 있다는 것이었다. 그래서 라이젠보크는 여행용 트렁크 위에 앉아 클레레에 대해 이야기했다. 그리고 그녀에 대해 얘기할 수 있어 마음이 편했다. 그는 지구르트에게 거의 모든 것을 다 얘기했는데 — 다만 기사로서 털어놓아서는 안 된다고 생각되는 것들은 예외였다. 지구르트는 귀 기울여 열심히 들으면서 황홀해하는 것 같았다.

저녁 식사를 하면서 그 가수는 남작 친구에게 오늘 저녁에 당장 함께 빈을 떠나 몰데*에 있는 자기 집으로 가자고 요청했다. 남작은 이상하게도 마음이 편안해지는 것을 느꼈다. 그는 오늘은 안 된다며 거절하고, 이번 여름이 가기 전에 한번 방문하겠다고 윌제에게 약속했다.

그들은 함께 마차를 타고 역으로 갔다. 가는 도중 지구르트가 말했다.

"나를 멍청이로 여기실지 모르겠지만 한 번 더 그녀의 집 창문 옆으로 지나가고 싶은데요."

라이젠보크는 옆에서 곁눈질로 그를 바라보았다. '이건 나를 속이기 위한 수작이 아닐까? 아니면 저 가수 녀석이 자신은 수상쩍은 사람이 아니라는 마지막 증거를 보여주려는 것일까?' 클레레의 집 앞에 당도하자 지구르트는 닫혀 있는 창문을 향해 키스를 보냈다. 그런 다음 이렇게 말했다.

"그녀에게 다시 한번 제 안부를 전해 주세요."

---

* 노르웨이 서부 해안에 위치한 도시로 뫼레오그롬스달주의 주도이다.

라이젠보크는 고개를 끄덕이고 말했다.

"그녀가 돌아오면 그렇게 전하지요."

이 말을 듣고 지구르트는 어리둥절해하며 그를 바라보았다. 그러자 라이젠보르크가 이어서 말했다.

"그녀는 이미 여기를 떠났지요."

라이젠보르크는 덧붙여서 거짓말까지 했다.

"그녀는 오늘 아침 일찍 여행을 떠났어요. 인사도 없이… 그녀는 늘 그런 식이지요."

"여행을 떠났다…"라고 지구르트는 남작이 한 말을 반복하고는 생각에 잠겼다. 그리고는 두 사람 모두 침묵했다.

기차가 출발하기 전 그들은 오랜 친구인 것처럼 서로를 끌어안았다.

남작은 그날 밤 침대에 누워 울었는데, 유년 시절 이후 지금까지 그런 적은 한 번도 없었다. 클레레와 함께했던 쾌락의 한 시간이 어두운 전율로 그를 휘감는 것처럼 여겨졌다. 어젯밤 그녀의 눈은 광기에 빠져 이글거리는 것처럼 보였다. 그는 이제야 모든 걸 이해할 수 있었다. 경솔하게도 너무 일찍 그녀의 부름에 응했던 것이다. 죽은 베덴브루크 대공의 그림자가 아직도 그녀를 지배하고 있는데 말이다. 라이젠보르크는 클레레를 소유함으로써 오히려 영원히 그녀를 잃게 되었다는 느낌이 들었다.

그 후 그는 빈에서 낮과 밤을 어떻게 보내야 할지 몰라 며칠 동안 아무것도 하지 않고 빈둥거렸다. 지금까지 시간을 보내기 위해 했던 모든 일 — 신문 읽기, 카드놀이, 승마 따위에는 전혀 관심이 없었다. 그는 자신의 삶 전체가 오직 클레레에 의해서만 의미를 지닐 수 있는 것처럼 여겼고, 따라서 다른 여자들과의 관계까지도 오로지 클레레에 대한 열정에서 나오는 반사광에 의해서만 맺어왔다고 느꼈다. 끝이 보이지 않는 잿빛 연무가 도시를 덮고 있었다. 그와 얘기를 나누는 사람들은 뭔가를 숨기는 듯한 목소리를 냈고, 그를 예사롭지 않게, 죄인 대하듯이 바라보았다. 어느 날 저녁 그는 역으로 가 아무 생각 없이 이슐*로 가는 열차표를 샀다. 그는 이슐에서 아는 사람들을 만났는데, 그들은 별 뜻 없이 클레레에 대해 물었고, 그는 흥분하여 거칠게 대답했다. 그 바람에 그와 아무런 이해관계도 없는 한 남자와는 결투까지 벌이게 되었다. 그는 흥분을 가라앉히고 차분히 결투에 나섰는데, 총알이 자신의 귓전을 스치는 소리를 듣고는 공중에 대고 총을 쏘았다. 그리고는 결투 후 30분 만에 이슐을 떠났다. 그는 티롤, 엥가딘, 베르너 오버란트, 제네바 호수로 여행을 떠나 노를 젓고, 산길을 걷고, 산을 올랐다. 한 번은 알프스 농가의 오두막에서 잠을 자기도 했다. 그러면서 그는 지난날은 어떠했고 다가올 날은 어떨지 도무지 알지 못하면서 하루하루를 보냈다.

그러던 어느 날 그는 빈의 집을 거쳐 다시 배달된 전보 한 통을 받았다. 그는 열에 들뜬 손으로 전보를 펼쳤다. 그리고 읽었다.

"당신이 내 친구라면 약속을 지켜 급히 내게 와줄 것. 나는 친구 하나가 필요함. 지구르트 윌제."

라이젠보크는 이 전보의 내용이 틀림없이 클레레와 무슨 관련이 있다는 것을 한순간도 의심하지 않았다. 그는 가능한 한 빨리 짐을 꾸려 가장 빠른 교통편으로 머물고 있던 아익스를 떠났다. 그는 도중에 한군

---

* 오스트리아 중서부에 위치한 작은 휴양 도시로 잘츠카머구트 지방의 중심지이다. 1853년 오스트리아-헝가리 제국의 황제 프란츠 요제프 1세가 세운 여름 별장으로 유명하다.

데서도 지체하지 않고 뮌헨을 거쳐 함부르크로 가서 스타방어를 거쳐 몰데로 가는 배를 탔다. 몰데에는 어느 화창한 여름날 오후에 도착했다. 그 여행길은 끝없이 길게만 여겨졌다. 온갖 매혹적인 풍경들에도 그의 마음은 아무런 감동도 받지 않았다. 그는 최근에는 더 이상 클레레의 노래는 물론 심지어 그녀의 얼굴조차도 기억해 내지 못했다. 그는 수년, 아니 수십 년 동안 빈을 떠나 있었던 것 같은 생각이 들었다. 그러나 지구르트가 하얀 플란넬 양복에 하얀 모자를 쓰고 바닷가에 서 있는 모습을 보자 그는 지구르트를 마지막으로 본 것이 바로 어제저녁이었던 듯한 느낌이 들었다. 그는 무척 심란했지만 갑판에서 지구르트의 손님맞이 인사에 미소로 답하고 아무렇지도 않은 태도로 계단을 통해 배에서 내려왔다.

"당신이 내 요청을 받아주어 너무나 고맙소"라고 지구르트는 말했다. 그리고는 덧붙여서 간단히 말했다.

"나는 이제 끝장났소."

남작은 그를 유심히 바라보았다. 지구르트는 무척 창백해 보였고, 관자놀이 부분의 머리칼은 눈에 띄게 허옇게 변해 있었다. 팔에는 희미하게 반짝이는 녹색 숄을 걸치고 있었다.

"무슨 일입니까? 무슨 일이 생긴 겁니까?"라고 라이젠보크는 굳은 미소를 지으며 물었다.

"당신에게 모든 걸 다 털어놓겠소"라고 지구르트 욀제는 말했다. 남작은 지구르트의 목소리가 이전에 비해 힘이 없다는 것을 알았다. 그들은 좁다란 작은 마차를 타고 푸른 바닷가를 따라 이어진 멋진 가로수 길을 달려갔다. 두 사람 모두 아무 말도 하지 않았다. 라이젠보크는 감히 질문을 할 수가 없었다. 그의 시선은 거의 움직임이 없는 잔잔한 바다를 응시하고 있었다. 그는 물결의 수를 세어보는 별난 생각을 떠올렸으나 곧장 그것은 실현 불가능하다는 것을 알았다. 그리고는 허공을 바라보았는데, 하늘에서 별들이 하나씩 천천히 떨어져 내리는 것 같았다. 마침내 그에게는 클레레 헬이라는 이름의 여가수가 존재하며, 저 멀리 세상 어딘가에서 떠돌고 있으리라는 생각이 떠올랐다. 하지만 그건 그다지 중요한 일이 아니었다. 이제 덜컹 하는 충격과 함께 마차가 온통 녹색 초목에 에워싸인 어느 아담한 하얀 집 앞에 멈춰 섰다. 그들은 바다가 내려다보이는 베란다에 앉아 저녁 식사를 했다. 엄숙한 표정의 하인 한 사람이 시중을 들었는데, 그는 포도주를 따라주는 순간에는 마치 위협이라도 하는 듯한 표정이었다. 밝은 북유럽의 밤이 저 멀리 펼쳐져 있었다.

"자 이제 말씀해 보시겠어요?"라고 라이젠보크가 물었다. 그에게는 조급함이 물밀 듯이 밀려왔다.

"나는 끝장난 사람이오"라고 지구르트 욀제는 말하고 멍하니 앞을 바라보았다.

"그게 무슨 뜻이오?"라고 라이젠보크는 억양 없는 말투로 말했다. 그리고는 기계적으로 "내가 어떻게 도와드릴 수 있을까요?"라고 덧붙였다.

"도움 받을 일은 별로 없을 거요. 아직 잘 모르겠어요."

지구르트는 식탁보, 난간, 앞뜰, 창살, 거리와 멀리 바다를 바라보았다.

라이젠보크는 마음이 굳어 있었다. 온갖 생각이 동시에 솟아올라 그를 괴롭혔다. '무슨 일이 벌어진 걸까? 클레레가 죽었나? 지구르트가 그녀를 죽였나? 그래서 바닷물 속으로 던져버렸나? 아니면 지구르트는 지금 죽은 걸까? 아니지, 그럴 리는 없지. 그는 지금 여기 내 앞에 앉아 있는걸. 그런데 왜 말이 없지?' 그리고 라이젠보크는 돌연 어마어마한 불안에 쫓겨 말을 내뱉었다.

"클레레는 어디 있소?"

그러자 가수 지구르트는 천천히 남작에게로 얼굴을 돌렸다. 그의 조금 통통한 얼굴은 진심으로 번득이기 시작했고, 미소를 짓는 듯했다. 얼굴을 비추는 달빛 때문이 아니라면 말이다. 어쨌든 이 순간 라이젠보크는 뭔가를 숨기는 눈빛을 하고 등을 기댄 채 옆에 앉아 있었다, 그는 양손을 바지 주머니에 넣고 두 발을 식탁 아래로 길게 뻗고 있는 지구르트보다 어릿광대와 더 닮은 사람은 이 세상에 없다고 생각했다. 지구르트의 녹색 숄은 테라스 난간 위에 걸려 있었고, 이 순간 남작에게는 그것이 오래전부터 잘 알고 있는 좋은 사람처럼 생각되었다. 하지만 이 우스꽝스러운 숄이 그와 무슨 관계가 있단 말인가? 혹시 그가 지금 꿈을 꾸고 있는 건 아닐까? 하지만 그는 지금 몰데에 와 있다. 참으로 이상한 일이다. 그가 제정신이었다면 일찍이 아익스에서 이 가수에게 "무슨 일이 있는지요? 나한테 무슨 용무가 있소, 어릿광대?"라고 전보라도 칠 수 있었을지 모른다. 그는 갑자기 앞서의 질문을 되풀이했다. 다만 앞서보다는 훨씬 더 공손하고 침착하게.

"클레레는 어디 있는 거요?"

그러자 지구르트는 고개를 여러 번 끄덕이고 말했다.

"물론 그 여자가 문제지요. 당신은 내 친구 맞지요?"

라이젠보크는 고개를 끄덕였다. 그는 조금 오싹한 느낌이 들었다. 바다에서 미지근한 바람이 불어왔다.

"나는 당신의 친구요. 내게 원하는 게 뭐지요?"

"남작, 우리가 서로 작별을 나누던 그날 저녁 기억하지요? 그날 저녁 우리는 브리스톨 호텔에서 함께 저녁 식사를 하고 당신이 나를 역으로 데려다주었지요?"

라이젠보크는 이번에도 고개를 끄덕였다.

"당신은 클레레가 나와 같은 열차를 타고 함께 빈을 떠났다는 건 전혀 짐작조차 못했겠지요."

라이젠보크는 머리를 가슴에 무겁게 떨구었다. 지구르트가 이어서 말했다.

"나도 당신처럼 전혀 짐작조차 못했어요. 다음날 아침이 되어서야 역에서 아침을 먹으면서 클레레를 보았던 거요. 그녀는 파니 링아이저와 함께 식당에 앉아 커피를 마시고 있었지요. 그녀가 하는 행동거지를 보고 나는 그녀를 만난 것은 우연일 뿐이라고 생각했지요. 그런데 우연이 아니었어요."

"계속해요"라고 말하며 남작은 조금씩 흔들리는 그의 녹색 숄을 유심히 바라보았다.

"나중에 그녀는 그게 우연이 아니었다고 나한테 고백하더군요. 그날 아침부터 우리는 함께 지내게 되었지요. 클레레, 파니, 나 셋이서 말입니다. 우리는 매력적인 오스트리아의 작은 호수들 중 한 곳에서 머물렀어요. 사람들과 떨어져서 물과 숲 사이에 있는 어느 우아한 집에서 지냈지요. 우리는 무척 행복했습니다."

그가 말을 너무 느리게 하여 라이젠보크는 미쳐버릴 지경이었다.

'이 작자가 뭐 하려고 나를 이곳으로 불렀지?'라고 라이젠보크는 생각했다. '이 자가 나한테 원하는 게 뭘까? 그녀가 이 자에게 고백했나? 이 자에게 어떤 문제가 생긴 걸까? 이 자는 내 얼굴을 왜 그렇게 꼿꼿이 쳐다보는 걸까? 내가 어째서 이곳 몰데까지 와서 이 어릿광대 녀석과 함께 베란다에 앉아 있는 거지? 결국 이건 모두 꿈이 아닐까? 어쩌면 나는 클레레의 품에서 쉬고 있는 게 아닐까? 결국 그날 밤의 일이 계속 이어지고 있는 게 아닐까?' 그는 자신도 모르게 눈을 번쩍 떴다.

"내 원수 좀 갚아주겠소?"라고 지구르트가 갑자기 물었다.

"원수를 갚다니? 아니 왜? 도대체 무슨 일이 있었던 거요?"라고 남작은 물었고, 자신이 한 말인데도 아주 멀리서 울리는 것처럼 들렸다.

"그녀가 나를 파멸로 이끌어 내가 끝장났기 때문이오."

"어떻게 된 건지 다 말해 보시오"라고 라이젠보크는 더 단호하고 메마른 목소리로 말했다.

"파니 링아이저도 우리와 함께 있었지요. 그녀는 좋은 아가씨지요. 그렇지 않나요?"라고 지구르트는 이어서 말했다.

"예, 그녀는 좋은 아가씨지"라고 라이젠보크는 대답했다. 그는 갑자기 파란 우단이 덮인 가구들과 싸구려 천으로 된 커튼이 걸린 어둠침침한 방을 떠올렸다. 거기에서 파니의 어머니와 얘기를 나눈 지가 수백 년은 흐른 듯한 느낌이었다.

"그녀는 꽤나 어리석은 아가씨예요. 그렇지 않나요?"

"나도 그렇게 생각해요"라고 남작이 대답했다.

"그렇군요. 그 아가씨는 우리가 얼마나 행복했는지도 알지 못했어요"라고 말하고 지구르트는 오랫동안 침묵했다.

"얘기 계속해요"라고 말하면서 라이젠보크는 기다렸다. 지구르트는 다시 이야기하기 시작했다.

"어느 날 아침이었는데, 클레레는 아직 자고 있었지요. 그녀는 늘 아침 늦게까지 잠을 잤어요. 나는 숲으로 산책을 나갔습니다. 그때 갑자기 파니가 내 뒤를 뒤쫓아 달려왔습니다. 그리고는 이렇게 말했지요. '윌제 씨, 너무 늦기 전에 달아나세요. 당신은 지금 엄청난 위험에 빠져 있으니 빨리 떠나세요.' 이상하게도 그녀는 처음에는 더 이상 아무 말도 해주지 않으려 하더군요. 하지만 그녀를 계속 다그친 끝에 마침내 그녀가 말한 내게 닥칠 위험이 무엇인지를 알게 되었지요. 아, 그녀는 아직 나를 구해낼 수 있을 것으로 생각했을 겁니다. 그렇지 않았다면 당연히 내게 아무 말도 하지 않았겠지요!"

난간에 걸려 있는 녹색 솔이 마치 돛처럼 부풀어 올랐고, 식탁 위의 램프불도 조금씩 흔들거렸다.

"파니가 당신에게 무슨 얘기를 한 거요?"라고 라이젠보크가 엄하게 물었다. 그러자 지구르트가 물었다.

"우리 모두가 클레레의 집에 손님으로 초대받아 갔던 날 저녁을 기억하십니까? 그날 아침 클레레는 파니와 함께 공동묘지에 갔는데, 대공의 묘지에서 파니에게 끔찍한 얘기를 털어놓았지요."

"끔찍한 얘기라고요?"

남작은 몸이 떨려왔다.

"그렇소. 당신은 대공이 어떻게 죽었는지 아시지요? 대공은 말에서 떨어진 후 한 시간을 더 살아 있었어요."

"알고 있습니다."

"대공 곁에는 클레레 외에는 아무도 없었지요."

"알고 있습니다."

"대공은 클레레 외에는 아무도 보려고 하지 않았지요. 그리고 임종의 자리에서 저주를 내렸지요."

"저주라고요?"

"저주지요. 대공은 말했지요. '클레레, 날 잊지 말아줘. 당신이 날 잊는다면 난 무덤 속에서도 편히 쉬지 못할 거야.' 그러자 클레레는 '난 결코 당신을 잊지 않을 거예요'라고 대답했지요. '날 잊지 않는다고 맹세해 주겠어?' '맹세할게요.' '클레레, 당신을 사랑하는데도 이제 난 죽을 수밖에 없구려!'"

"지금 누가 말하고 있는 거요?"라고 남작이 외쳤다. 그러자 지구르트가 말했다.

"내가 말하고 있는 거요. 그런데 이 얘기를 나에게 말해준 건 파니이고, 파니에게는 클레레가, 클레레에게는 대공이 말해주었지요. 내 말 무슨 뜻인지 모르겠소?"

라이젠보크는 바짝 긴장하며 들었다. 그때 죽은 대공의 목소리가 삼중으로 밀폐된 관을 뚫고 나와 밤의 어둠 속으로 울려 퍼지는 것 같은 느낌이 들었다.

"'클레레, 당신을 사랑해. 하지만 난 죽을 수밖에 없지! 당신은 그토록 젊은데, 나는 죽을 수밖에 없다니… 내 뒤를 이어 당신에게 다른 놈이 나타나겠지. 나는 잘 알아. 그렇게 될 거야. 다른 놈도 당신을 품에 안고 당신과 행복하게 살겠지. 다른 놈이 그럴 수는 없지 — 허용할 수 없어! 난 그놈을 저주할 거야. — 듣고 있지, 클레레? 난 그놈을 저주할 거란 말이야! 내 뒤를 이어 당신의 입술에 처음으로 키스하고, 당신의 몸을 처음으로 끌어안는 놈은 지옥으로 떨어지고 말거야! 클레레, 하늘은 죽어가는 자의 저주를 들어주는 법이야. 몸조심하고 — 그놈도 조심해. 그놈은 지옥으로 떨어져라! 광기와 고통과 죽음 속으로! 당해봐라! 당해봐! 당해봐!'"

자신의 입으로 죽은 대공의 목소리를 주절주절 울려 퍼지게 한 지구르트가 자리에서 일어났다. 키 크고 뚱뚱한 그는 하얀 플란넬 양복을 입고 서서 밝은 밤하늘을 올려다보았다. 난간에 걸려 있던 녹색 숄은 아래쪽 정원으로 떨어졌다. 남작은 두려워서 몸서리를 쳤다. 그는 온몸이 딱딱하게 굳어버리는 것 같았다. 소리라도 지르고 싶었지만 입만 크게 벌린 채 꼼짝도 할 수 없었다. 이 순간 남작은 환상에 빠져 성악 교수 아이젠슈타인의 작은 홀에 있었다. 이 홀은 그가 클레레를 처음으로 보았던 곳이었다. 무대 위에서는 어느 어릿광대가 서서 절규하고 있었다.

"베덴브루크 대공은 이런 저주를 내뱉으며 세상을 떴습니다. 그리고… 들어 보시오. 그녀를 품에 안음으로써 이 저주가 실현되게 될 그 불행한 사람, 그 비참한 사람이 바로 나요! 나…! 나…!"

그때 무대가 쾅하는 굉음을 내며 라이젠보크 남작의 눈앞에서 바닷속으로 가라앉았다. 그러나 남작은 실제로는 안락의자에 앉은 채 꼭두각시 인형과도 같이 소리 없이 뒤로 넘어졌다.

지구르트는 벌떡 일어나 도와달라고 소리쳤다. 하인 둘이 달려와 정신을 잃은 남작을 들어 올려 식탁 옆에 있는 안락의자 위에 눕혔다. 그런 다음 하인 한 사람은 의사를 부르려고 달려나갔고, 다른 하인은 물과 식초를 가져왔다. 지구르트는 남작의 이마와 관자놀이를 문질러주었지만 남작은 꼼짝도 하지 않았다. 그러고 나서 의사가 와서 진찰을 했다. 진찰은 오래 걸리지 않았다. 마침내 의사가 말했다.

"이 분은 사망했습니다."

지구르트 윌제는 몹시 흥분하여 의사에게 필요한 조치들을 내려달라고 부탁하고는 테라스를 떠났다. 그는 응접실을 지나 위층으로 올라가 침실로 들어갔다. 그리고는 양초에 불을 붙인 다음 급하게 다음과 같은 글을 썼다.

"클레레! 내가 지체하지 않고 서둘러 몰데로 달려와 보니 당신이 보낸 전보가 와 있더군요. 당신에게 고백하는데, 나는 당신의 말을 믿지 않았소. 나는 그저 당신이 거짓말로 나를 안심시키려 한다고 생각했던 거요. 용서해 줘요. 더는 의심하지 않으리다. 라이젠보크 남작이 내 집에 왔었소. 내가 부른 거요. 하지만 나는 그에게 아무것도 묻지 않았소. 그는 명예를 중시하는 사람이므로 내게 거짓으로 답할 게 뻔했으니까. 나에겐 기발한 생각이 하나 있었소. 남작에게 죽은 대공의 저주에 대해 이야기해 주었다오. 그 효과는 놀랄 만큼 대단했소. 남작이 안락의자에 앉은 채 뒤로 넘어져 그 자리에서 죽었으니 말이오."

지구르트는 쓰는 것을 멈추고 무척 진지해졌으며, 무언가를 곰곰이 생각하는 것 같았다. 그러더니 방 가운데에 서서 목소리를 높여 노래를 불렀다. 처음에는 두려움에 찬 듯 기어들어가는 목소리가 울렸다. 그러나 점차 맑아져서 크고 낭랑한 목소리가 밤을 뚫고 울려 퍼졌다. 마침내 노랫소리는 너무 우렁찬 나머지 거센 파도 소리가 울려오는 듯했다. 지구르트의 얼굴에는 안도의 미소가 흐르고 있었다. 그는 숨을 깊이 들이마셨다. 그는 다시 책상으로 다가가 쓰다 만 전보에 이렇게 덧붙였다.

"너무나도 사랑하는 클레레! 용서해 주오. 모든 게 다시 좋아졌소. 사흘 안에 당신 곁으로 가게 될 거요."

새로운 노래

Das neue Lied

"그런 일이 벌어진 게 나 때문은 아니오, 브라이테네더 씨. 천만에요, 아무도 그렇다고 말 못해요."

카를 브라이테네더는 멀리서 울려오는 듯한 이 말을 듣고는 이렇게 말한 남자가 자기 옆을 유유히 걸어가고 있다는 걸 아주 분명히 느끼고 있었다. 그는 이 말을 에워싸고 있던 포도주 냄새도 맡았다. 하지만 그는 아무 대답도 하지 않았다. 그는 논쟁에 끼어드는 것이 불가능했다. 그는 너무 피곤했다. 이날 밤에 겪은 끔찍스러운 일로 정신이 온통 혼란스러워져 있었기에 오로지 혼자 있고 싶었고 신선한 공기만을 갈망했다. 그리하여 그는 집으로 가지 않고 아침 바람을 맞으며 사람들이 없는 텅 빈 거리를 계속 걸었고, 야외로 나가 건너편의 엷은 5월의 안개 위로 솟아 있는 숲이 우거진 언덕을 향해 걸어갔다. 그러나 그 남자를 향한 전율이 머리에서 발끝까지 그의 전신을 훑고 지나갔고, 평소 같으면 밤을 꼬박 새우고 난 다음 새벽바람 속에 그를 오싹하게 하곤 했던 기분 좋은 신선함을 조금도 느끼지 못했다. 그가 뛰쳐나올 수밖에 없었던 그 끔찍스러운 장면이 계속해서 그의 눈앞에 어른거렸다.

그의 옆에 있는 남자는 방금 그의 뒤를 따라붙었음에 틀림없었다. '이 남자는 도대체 나에게서 무얼 원하는 걸까? 이 남자는 왜 자기를 방어할까? 그리고 왜 하필 내 앞에서?' 그는 그런 일이 일어나게 된 주된 책임이 이 남자에게 있다는 것을 아주 잘 알고 있었는데도 이 늙은 레베이에게 큰 소리로 비난을 퍼부을 생각을 하지 않았었다. 이제 그는 옆에서 레베이를 바라보았다. 그 사람은 어떻게 보였던가! 검은색 프록코트는 구겨지고 얼룩이 묻어 있었으며, 단추 한 개가 떨어져 나갔고, 다른 단추들은 실이 풀려 있었는데, 한 단추 구멍에는 시들어버린 꽃대가 꽂혀 있었다. 그 꽃은 카를이 어제저녁에 보았을 때는 싱싱했었다. 어제저녁 지휘자 레베이는 바로 이 꽃으로 치장하고 덜거덩거리는 낡은 피아노 앞에 앉아, 거의 30년 동안 해온 라덴바우어 악단의 모든 공연을 위한 음악을 준비했다. 조그만 식당은 사람들로 가득 찼고, 바깥 정원에까지 식탁과 의자들이 놓였다. 왜냐하면 어제가 검정색과 빨강색 글씨로 커다란 노란 종이들에 다음과 같이 쓰여 있는 그런 날이었기 때문이다. "'하얀 지빠귀'로 불리는 마리아 라덴바우어 양 중병에서 회복 후 첫 공연."

카를은 숨을 깊이 들이마셨다. 날은 완전히 밝아졌고, 거리에는 오래전부터 그와 그 지휘자뿐만 아니라 다른 사람들도 있었다. 그들 뒤에서, 옆 골목들에서, 저 위쪽 숲에서도 산보객들이 그들을 향해 다가왔다. 카를에게는 그제야 오늘이 일요일이란 생각이 떠올랐다. 그의 아버지는 일요일에 종종 그랬듯이 이번에도 자신이 일하지 않아도 관대하게 넘어가 줄 것이다. 그는 시내에 나갈 의무가 없어 기뻤다. 알저 거리에 있는 오래된 선반공 가게는 그가 없이도 당장은 운영이 되었고,

아버지는 브라이테네더 가계가 지금까지 줄곧 제때에 견실한 처신을 결정해 왔다는 것을 경험을 통해 알고 있었다. 아버지에게 있어 마리 라덴바우어 양과의 일은 물론 전적으로 옳은 것은 아니었다. 아버지는 언젠가 카를에게 부드럽게 말한 적이 있다.

"네가 하고 싶은 대로 해라. 나도 한때는 너처럼 젊었었지만… 여자 친구들의 집에는 결코 드나들지 않았었지! 그때 나는 언제나 나 자신을 지극히 높이 평가해 왔단다."

그때 아버지 말을 들었더라면 — 카를은 이제 생각했다. — 많은 것들에서 벗어날 수 있었을 텐데. 하지만 그는 마리를 무척 좋아했었다. 그녀는 마음씨 착한 사람이었고, 여러 말 하지 않고 그에게 매달려 있었다. 그녀가 그와 팔짱을 끼고 함께 산보할 때면 어느 누구도 그녀를 그토록 많은 것을 경험한 여자로 여기지 않았을 것이다. 또한 그녀의 부모들도 여느 중산층 가정과 같이 품위 있는 사람들이었다. 그녀의 집은 잘 꾸며져 있었고, 책장에는 책들이 꽂혀 있었다. 라덴바우어 어른의 동생은 시청의 공무원으로 일했는데, 자주 찾아와서 정치, 선거, 동네 일에 대해 진지하게 대화를 나누었다. 카를은 일요일이면 미치광이 예데크와 함께 타록*을 했는데, 예데크는 이따금 저녁에 위층에서 라덴바우어 어른과 광대 복장을 하고 술잔과 접시 끝을 밟고 왈츠와 행진곡을 연주하곤 했었다. 예데크는 자신이 이기게 되면 돈을 서슴없이 모두 다 썼는데, 그의 커피숍에서 그런 일이 일어나는 경우는 그다지 흔치는 않았다. 창문 앞에는 스위스 풍경이 담긴 그림판이 걸려 있었고, 그 옆 벽감에는 저녁이면 공연 중에 시들을 낭송해 주던 창백하고 키 큰 예데

* 세 사람이 하는 이탈리아의 카드놀이.

크 부인이 앉아서 마리와 수다를 떨면서 거의 쉬지 않고 고개를 끄덕이고 있었다. 마리는 카를 쪽을 건너다보았고, 손으로 장난을 치며 그에게 인사를 하거나 그에게로 와 앉아서 그가 쥔 카드들을 들여다보곤 했다. 그녀의 남동생은 어느 큰 회사에서 일하고 있었는데, 카를이 그에게 담배를 건네면 그는 즉시 고맙다는 표시를 했다. 그는 무척 존경하는 그의 누나에게 이따금 시내 과자점에서 군것질할 것을 사다주기도 했다. 그리고 작별하며 떠날 때면 그는 반쯤 눈을 감고 이렇게 말했다.

"미안하지만 다른 약속이 있어서…."

물론 카를은 마리와 단둘이서 있는 것을 가장 좋아했다. 그는 지금 저 위 언덕에서 시작되는 쏼쏼 소리를 내는 숲을 향해 걸어가면서 그녀와 함께 같은 길을 걸었던 어느 날 아침을 생각했다. 그들 둘은 동이 틀 때까지 민요 가수 단원들과 함께 앉아 있었던 커피숍에서 방금 나왔기 때문에 무척 피곤했다. 그들은 어느 비탈진 풀밭 가장자리에 있는 너도밤나무 아래에 누워 잠이 들었다. 그들은 뜨거운 여름날 한낮이 되어서야 고요함 속에서 깨어 계속하여 숲속으로 걸어 들어갔고, 이유도 모르면서 하루 종일 수다를 떨고 웃었다. 저녁 늦게야 그는 공연을 하도록 그녀를 다시 시내로 데려다주었다. 그런 아름다운 추억들은 많이 있었고, 두 사람은 앞날을 생각하지 않고 무척 만족하며 살았다. 겨울이 시작되면서 마리가 갑자기 병이 났다. 의사는 모든 방문을 엄격히 금지시켰다. 그 병은 뇌염이나 그와 유사한 것이어서 그녀에게 자극을 주는 일은 모두 피해야 된다는 것이었다. 카를은 처음에는 날마다 라덴바우어 집으로 가 그녀의 상태를 물어보았지만 병이 오래 지속되자 나중에는 이틀이나 사흘에 한 번만 갔다. 한번은 라덴바우어 부인이 문 옆에서 이렇게 말했다.

"오늘은 안으로 들어와도 돼요, 브라이테네더 씨. 하지만 제발 아무한테도 말하지 말아주세요."

"제가 무엇 때문에 말하겠어요? 무슨 일이 있나요?"라고 카를은 물었다.

"그래요, 안타깝게도 눈은 더 이상 어떻게 할 수 없어요."

"어떻게 된 건데요?"

"그 애는 더 이상 아무것도 보지 못해요. 안타깝게도 병으로 인한 후유증이 생긴 게 틀림없어요. 하지만 그 애는 그게 치료될 수 없다는 걸 몰라요. 그 애가 눈치채지 못하도록 주의해요."

그러자 카를은 그저 두어 마디 더듬거리고는 돌아갔다. 그는 갑자기 마리를 다시 보는 것이 두려워졌다. 그는 그녀에게서 그녀의 눈보다 더 좋아했던 것은 없었던 것 같았다. 그녀는 그토록 맑은 눈을 하고 그에게 언제나 환하게 웃었었다. 그는 내일 또 오려고 했다. 그러나 가지 않았고, 그 다음날에도 또 그 다음날에도 그는 가지 않았다. 그리고 그 방문을 계속해서 미루었다. 그는 그녀가 스스로 자신의 운명이 어떻다는 것을 알 수 있게 될 때까지는 그녀를 다시 보지 않을 작정이었다. 그리고 공교롭게도 그는 아버지가 오래전부터 재촉해 왔던 업무 여행을 떠나야 하는 일이 생겼다. 그는 베를린, 드레스덴, 쾰른, 라이프치히, 프라하 등 먼 곳으로 돌아다녔다. 한번은 그가 라덴바우어 어른의 부인에게 엽서를 보내 돌아가는 즉시 위로 올라가 마리에게 따뜻하게 인사하겠다고 했다. 봄에 그는 돌아왔지만 라덴바우어 가족들에게는 가지 않았다. 그는 결정할 수가 없었다. 물론 그는 날이 갈수록 그녀를 점점 덜 생각하게 되었고, 그녀를 완전히 잊을 생각을 했다. 그는 그녀의 첫 남자가 아니었고, 하나밖에 없는 남자도 아니었다. 그는 또한 자신이 전혀 그녀에게 예속돼 있지 않다는 생각에 점점 더 안심했으며, 무슨 이유에선지 마리가 시골에 있는 친척 집에 가 살게 되리라는 생각이 들었다. 그는 가끔 마리가 그렇게 말하는 걸 들은 적이 있었다.

그런데 어제저녁에 그는 ─ 근처에 사는 친지들을 방문하려고 ─ 우연히 라덴바우어 모임의 공연이 열리곤 했던 그 주점을 지나치게 되던 것이다. 그가 생각에 잠겨 막 그곳을 지나치려는 순간 노란 플래카드가 눈에 들어왔고, 거기가 어디인지 잘 알고 있었던 그는 한 구절을 읽기도 전에 날카로운 바늘이 심장을 찌르는 것 같았다. 그런 다음 검정과 빨강 글씨로 쓰인 "'하얀 지빠귀'로 불리는 마리아 라덴바우어의 회복 후 첫 공연"이라는 문구를 보자 그는 온몸이 마비된 듯 멈춰 섰다. 그리고 그 순간 땅에서 솟아난 듯한 모습으로 레베이가 그의 옆에 서 있었다. 레베이는 모자도 쓰지 않아 헝클어진 허연 머리를 드러낸 채 손에는 낡은 검정색 실린더 모자를 들고 있었고, 단추 구멍에는 싱싱한 꽃 한 송이가 꽂혀 있었다. 그는 카를에게 인사했다.

"브라이테네더 씨가 ─ 어이구, 이런! 당신은 오늘 우리에게 경의를 표하러 다시 온 거겠지요! 마리 양이 과거의 남자 친구들이 아직도 자기 주위를 얼쩡거리고 있다는 얘기를 들으면 기뻐서 정신을 못 차리겠는걸요. 그런 불행한 일이 일어날 줄이야! 브라이테네더 씨, 우리는 그녀와 많은 것을 함께 견뎌내 왔지요. 하지만 이제 그녀는 다시 제자리를 찾았어요."

그는 많은 얘기를 더 했고, 카를은 비록 당장 멀리 달아나고 싶은 마음이 굴뚝같았지만 꼼짝 않고 그대로 있었다. 그러나 갑자기 그의 마음속에서 한 가지 희망이 꿈틀거렸고, 그는 레베이에게 마리가 전혀 아무것도 볼 수 없는지 — 적어도 한쪽 눈으로라도 볼 수는 있는지 물어보았다.

"한쪽 눈으로라니요? 무슨 생각을 하고 있는 거요, 브라이테네더 씨! 그녀는 아무것도 보지 못해요, 전혀 아무것도!"

그는 이상하게도 흥겹게 외쳐대며 말을 이어갔다.

"그녀 앞에서는 모든 것이 새까맣지요. 하지만 브라이테네더 씨, 당신도 곧 확인하게 될 텐데, 흔히들 말하듯 모든 건 나쁜 쪽이 있으면 나름대로 좋은 쪽도 있는 법이지요. 그 아가씨가 전보다 더 고운 목소리를 갖게 됐으니까! 아무튼 당신은 곧 알게 될 거요, 브라이테네더 씨. 그리고 그녀는 착하고 마음씨가 곱지요! 전보다 훨씬 더 다정해졌어요. 아, 당신은 그녀를 잘 알고 있지요. 하하! 아, 이제 물론 그 나쁜 일들도 지나가버렸으니까. 오늘 그녀를 아는 사람들이 많이 와요. 물론 당신만큼 그녀를 잘 아는 사람들은 아니지만요, 브라이테네더 씨. 응당 좋은 일이 다시 찾아오겠지요! 내가 아는 어떤 여자는 눈이 멀었는데 쌍둥이를 얻었지요. 하하! 그런데 보세요, 저기에 누가 있는지."

그가 갑자기 그렇게 말했고, 카를은 그와 함께 매표소 앞에 서 있었는데, 매표소에 라덴바우어 부인이 앉아 있었다. 그녀는 부어오른 얼굴이 창백해진 채 한 마디 말도 없이 그를 바라보았다. 그녀는 그에게 입장권을 주고 그는 돈을 지불했다. 그녀는 그가 웬일로 왔는지 알 수가 없었다. 갑자기 그가 앞으로 뛰어나갔다.

"라덴바우어 여사님, 제발 부탁인데 마리에게는 말하지 말아주세요. 마리에게는 제가 여기에 왔다고 절대로 말하지 마세요! 레베이 씨,

그녀에게 아무 말도 하지 말아주세요!"

"잘 알았어요."

라덴바우어 부인은 이렇게 말하고 표를 사려는 다른 사람들에게 정신을 집중했다.

레베이가 말했다.

"나는 아무 말도 하지 않을 거요. 하지만 그러면 나중에 깜짝쇼가 될 텐데! 함께 가시겠소? 커다란 축제인데 — 호호! 만나게 되어 영광이오, 브라이테네더 씨."

그리고 그는 사라졌다. 카를은 사람들로 꽉 찬 홀을 가로질러 바로 인접해 있는 정원으로 들어가 맨 뒤에 있는 테이블에 앉았다. 그의 앞에는 어느 할아버지와 할머니가 앉아 있었다. 그들은 서로 아무 말도 하지 않았고, 새로 자리에 앉은 그를 말없이 바라보고 슬픈 표정으로 고개를 끄덕였다. 카를은 앉아서 기다렸다. 공연이 시작되었고, 카를은 오래전부터 알고 있는 곡들을 다시 들었다. 다만 그에게는 모든 것이 무척 달라진 것 같은 느낌이 들었는데, 지금까지 그렇게 무대에서 멀리 떨어져서 앉아본 적이 없었기 때문이었다. 먼저 지휘자 레베이가 이른바 전주곡을 연주했는데, 카를에게는 그 가운데 간헐적인 딱딱한 화음만이 들려왔다. 그런 다음 연분홍색 옷차림에 승마용 장화를 신은 헝가리 여인 일카가 맨 처음으로 무대에 올라 헝가리 노래들을 부르고 헝가리 민속춤인 차르다스를 추었다. 그 다음에는 코미디언 비겔-바겔의 유머러스한 강연이 이어졌다. 그는 황록색 연미복을 입고 무대에 올라 자신이 아프리카에서 방금 도착했다고 말하고, 온갖 말도 안 되는 모험들에 대해 얘기했으며, 자신과 어느 늙은 과부와의 결혼 얘기로 끝을 맺었다. 그런 다음 라덴바우어 씨 부부의 이중창이 있었는데, 두 사람 모두 티롤 의상을 입고 있었다. 그들에 이어 그 키 작은 멍청한 에데크가 하얀 광대 복장을 하고 등장하여 먼저 광대 연기를 보여주면서 누군가를 찾는 듯 커다란 눈으로 사람들 사이를 이리저리 두리번거렸다. 그러고 나서 그는 자기 앞에 접시들을 나란히 세워놓은 다음 막대기로 그것을 하나씩 두드리면서 걸어 나갔고, 유리잔들을 정렬해 놓고는 그것의 테두리를 젖은 손가락으로 두드리며 우수에 찬 왈츠 곡을 연주했다. 그러면서 그는 천장을 올려다보고 행복해하며 웃었다. 그는 퇴장하고, 레베이가 다시 흥겨운 화음으로 악기를 연주했다. 홀에서 정원쪽으로 속삭이는 소리가 울려왔다. 사람들이 머리를 맞대고 은밀히 얘기를 나누었고, 갑자기 무대 위에 마리가 서 있었다. 그녀를 데리고 올라온 아버지는 곧장 다시 아래로 사라져 그녀 혼자서 서 있게 되었다. 카를은 그녀가 귀여운 창백한 얼굴에 초점을 잃은 눈으로 무대 위에 서있는 것을 보았다. 그는 그녀가 먼저 입술만 움직이며 살짝 미소 짓는 것을 아주 분명하게 보았다. 그는 자기도 모르게 의자에서 벌떡 일어나녹색 가로등에 기대었고, 동정과 두려움으로 하마터면 소리를 지를 뻔했다. 이제 그녀가 노래를 부르기 시작했다. 아주 낯선 목소리로 전보다 훨씬 더 나지막하게. 그것은 그녀가 늘 불러왔고 카를이 적어도 쉰번은 들었던 노래였지만, 그녀의 목소리는 그에게 이상하게도 낯설게 느껴졌고, 후렴구인 "그들은 나를 일터에서도 집에서도 하얀 지빠귀라고 불러요"가 나올 때서야 그는 그 목소리의 음색을 다시 알아차릴 수 있을 것 같았다. 그녀는 노래 3절을 모두 불렀다. 레베이가 노래에 맞춰 반주를 하면서 습관에 따라 자주 그녀를 똑바로 올려다보곤 했다.

그녀가 노래를 마치자 우레와 같은 박수가 쏟아졌다. 마리는 웃으며 몸을 숙여 인사했다. 그녀의 어머니가 세 개의 계단을 통과하여 무대 위로 올라갔고, 마리는 엄마의 손을 찾으려는 듯 두 팔로 허공을 휘저었다. 그러나 박수갈채가 워낙 엄청나서 그녀는 곧장 두 번째 노래를 부를 수밖에 없었다. 그 노래 또한 카를이 쉰 번은 들었던 것이었다. 그 노래는 "오늘 나는 애인과 함께 시골에 가서…"로 시작했다. 마리는 몹시 만족해하며 머리를 들어 올리고, 가볍게 이리저리 몸을 놀렸는데, 마치 자기가 부르는 노래의 가사와 같이 실제로 애인과 함께 시골로 가서 푸른 하늘과 녹색 초원을 보며 탁 트인 야외에서 춤이라도 추는 것 같았다. 그러고 나서 그녀는 세 번째의 새로운 노래를 불렀다.

"여기에 조그만 정원 주점이 있을 텐데."

레베이가 이렇게 말하자 카를은 정신이 드는 듯 몸을 움찔했다. 뜨거운 햇볕이 내리쬐고 있었고, 멀리서 도로가 햇볕에 반짝였고, 주변은 밝고 활기에 넘쳤다. 레베이는 이어서 말했다.

"저기 안에 들어가 앉아 포도주 한잔 마셨으면 좋겠는데. 몹시 갈증이 나네. 날이 덥겠는걸."

"날이 더워질지 모르지!"

그들 뒤에서 누군가가 말했다. 카를은 몸을 돌렸다. '어떻게 된 거지? 저 사람도 나를 뒤쫓아 왔단 말인가? 저 사람은 무슨 일로 나를 따라오는 걸까?' 그는 멍텅구리 예데크였는데, 사람들은 그를 그렇게밖에 달리 부르지 않아왔다. 그런데 그가 틀림없이 곧 심각한 상태로 완전히 미쳐버릴 것이라는 데에는 의심의 여지가 없었다. 며칠 전에 그는 키 크고 창백한 자기 부인의 목숨을 위협한 적이 있는데, 그 후 사람들이 그를 마음대로 나돌아 다니게 한 것은 도무지 이해할 수 없는 일이었다. 지금 그는 난쟁이처럼 작은 체구로 카를 옆에서 살금살금 걸어가고 있었다. 그의 누르스름한 얼굴에 붙은 말할 수 없이 우습게 생긴 부릅뜬 두 눈은 먼 곳을 뚫어져라 바라보고 있었다. 머리 위에는 그 도시에서 유명한 헤진 깃털이 달린 회색의 부드러운 천으로 된 작은 모자가 얹혀 있었으며, 손에는 작고 가느다란 산책용 지팡이가 쥐어져 있었다. 그는 갑자기 두 사람을 앞질러서 식당의 작은 정원 안으로 홀짝 뛰어 들어가, 그 낮은 식당 건물에 기대어 놓여 있는 나무 벤치에 앉아 산책용 지팡이를 녹색 칠이 된 식탁 위에 급히 던져놓고는 종업원을 불렀다. 두 사람은 그를 따라갔다. 녹색 나무 울타리를 따라 위쪽으로 뻗어 있는 하얀 도로는 초라한 작은 빌라들을 지나 숲속으로 자취를 감추었다.

종업원이 포도주를 가져왔다. 레베이는 실린더 모자를 식탁 위에 벗어놓고 허연 머리칼을 쓰다듬고 나서 습관대로 두 손으로 자신의 매끈한 뺨을 비볐다. 그리고는 예데크의 술잔을 옆으로 치운 다음 카를을 향해 식탁 위로 몸을 숙였다.

"나는 어리석지 않아요, 브라이테네더 씨! 나는 내가 무얼 하는지 잘 알아요! 내가 어째서 잘못이라는 거요? 내가 젊은 시절에 누구를 위해 풍자곡들을 썼는지 알아요? 마리를 위해서였지요! 그건 하찮은 일이 아니었어요! 그것은 주목을 불러일으켰지요! 내가 만든 가사와 음악이! 그리고 많은 것들이 다른 작품들에 삽입되었지요!"

"내 술잔 그냥 놔둬요."

예데크는 이렇게 말하고 혼자 낄낄 웃었다.

레베이가 이어서 말하면서 다시 술잔을 옆으로 밀어 치웠다.

"들어보세요, 브라이테네더 씨. 당신은 나를 잘 알고, 내가 점잖은 사람이라는 것도 알고 있지요! 내 풍자곡들에도 점잖지 못한 것, 즉 음담 같은 건 결코 담겨 있지 않아요! 라덴바우어 어른에게 유죄판결이 내려진 것은 내가 아닌 다른 사람이 만든 곡 때문이었어요! 그리고 지금 나는 예순여덟 살이오, 브라이테네더 씨 ― 그게 내 번호요! 당신은 내가 라덴바우어 악단에서 얼마나 오래 일해 왔는지 알고 있나요? 이 악단을 만든 에두아르트 라덴바우어가 아직 살아 있을 때부터였지요. 또한 나는 마리가 태어날 때부터 그녀를 알아왔어요. 나는 29년 동안 라덴바우어 가족과 함께하고 있으며 ― 오는 3월이면 29주년을 맞지요. 그리고 나는 내 멜로디들을 표절한 적이 없고 ― 그것들은 내가, 모두 내가 만든 거요! 당신은 그 동안 내 멜로디들이 곡으로 얼마나 많이 연주되었는지 알고 있나요? 열여덟 번! 그렇지 않나, 예데크?"

예데크는 부릅뜬 커다란 눈을 하고 계속해서 말없이 웃었다. 이제 그는 그의 앞에 놓인 술잔 세 개를 모두 밀어제쳐 놓고 손가락들로 테두리들을 가볍게 훑기 시작했다. 마치 멀리서 오보에와 클라리넷의 음이 들리듯 부드럽고 조금은 감동적인 소리가 울렸다. 카를은 이 숙련된 기술에 대해 늘 무척 놀라워했었는데, 이 순간에는 그 울림소리를 도저히 참고 견딜 수가 없었다. 다른 식탁들에서는 사람들이 그 소리를 귀 기울여 듣고 있었다. 몇몇 사람은 만족해하며 고개를 끄덕였고, 한 뚱뚱한 남자는 손뼉을 쳤다. 예데크는 갑자기 세 개의 잔을 모두 다시 밀어제쳐 놓고는 팔짱을 끼고 하얀 도로를 응시했는데, 도로 위로는 점점 더 많은 사람들이 숲을 향해 위쪽으로 걸어가고 있었다. 카를은 눈앞이 가물거렸고, 마치 사람들이 거미줄 뒤에서 춤추듯이 걸어가거나 둥둥 떠다니는 것 같았다. 그는 이마와 눈꺼풀을 비비면서 정신을 차리려고 했다. '레베이는 그 일에 아무것도 어떻게 할 수가 없었지. 그것은 끔찍하게도 불행한 일이긴 했지만 — 그것이 그의 잘못은 아니었던 거야!' 그는 갑자기 일어섰는데, 모든 게 끝났다는 걸 생각하자 가슴이 터져버릴 것 같았기 때문이었다. 그는 말했다.

"갑시다."

"그래요, 신선한 공기가 최고지요"라고 레베이가 응답했다.

예데크는 갑자기 화가 나 있었는데, 아무도 왜 그런지 알 수 없었다. 그는 한 쌍의 남녀가 평화롭게 앉아 있는 식탁 앞으로 가 자신의 산책용 지팡이를 휘두르며 소리 높이 외쳤다.

"이런 빌어먹을 일이 있나 — 에잇!"

평화롭게 앉아 있던 두 사람은 당황하며 그를 달래려고 했다. 나머지 사람들은 웃었고, 그가 술에 취한 걸로 생각했다.

카를과 레베이는 이미 하얀 도로로 들어서 있었고, 다시 아주 잠잠해진 예데크는 비틀거리며 그들 뒤를 따랐다. 그는 회색 모자를 벗어 산책용 지팡이에 매달고 모자와 함께 지팡이를 마치 총처럼 어깨 위에 올려놓았고, 다른 손은 힘차게 인사하는 몸짓을 하며 하늘을 향해 뻗어 올렸다.

"당신은 내가 사과할 거라고 생각해서는 안 돼요"라고 레베이는 이를 덜덜 떨며 말했다.

"오호, 원인은 내게 있는 게 아니지! 절대로 아니지! 나는 최선의 의도를 갖고 있었고, 모두가 내게서 그걸 인정해 줄 거요. 내가 그녀와 함께 그 노래를 손수 만들어 연습한 게 아니라고요? 아니오, 그랬어요! 그래요, 그녀가 아직 눈에 붕대를 감은 채 방에 앉아 있을 때 나는 그녀와 함께 그 노래를 만들어 연습했지요. 그리고 그때 내가 무슨 생각을 했는지 아세요? 나는 그건 불행한 일이긴 하지만 그렇다고 모든 것을 잃은 것은 아니라고 생각했지요. 그녀는 아직 목소리를 지니고 있고, 아름다운 얼굴도 있으니. 나는 온통 절망에 빠져 있던 그녀의 어머니에게도 그렇게 말해주었지요. 나는 '라덴바우어 부인, 아직 아무것도 잃은 것은 없으니 — 그저 정신만 똑바로 차리세요!'라고 말했지요. 그리고 오늘날에는 맹인학교가 있어 눈이 보이지 않는 사람들은 그곳에서 시대에 순응하며 다시 읽고 쓰는 것을 배울 수가 있지요. 또한 내가 아는 한 젊은 남자가 있는데 — 그는 스무 살 때 눈이 멀었지요. 그는 밤마다 가장 멋진 불꽃들을, 온갖 가능한 조명들을 꿈꾸었지요."

카를은 폭소를 터뜨렸다. 그리고 물었다.

"당신 진심으로 하는 말이오?"

레베이는 거칠게 응대했다.

"아니 무슨 말을! 도대체 원하는 게 뭐요? 내가 자살이라도 해야 된단 말이오, 내가? 왜 그래야 되는데요? 분명히 말하는데, 나는 세상의 불행이란 불행은 이미 충분히 겪었어요! 브라이테네더 씨, 그게 아니면 당신은 나처럼 젊은 시절에 극본을 써 온 사람은 예순여덟이면 볼 장 다 봤으니 낡은 피아노로 둔탁한 반주나 해주고, 사람들에게 풍자곡이나 써주면서 근근이 두어 냥의 동전이나 받아 살아가야 된다고 생각하고 있는 건지… 내가 어떤 풍자곡을 갖고 있는지 아세요? 당신은 놀랄 거요, 브라이테네더 씨!"

"하지만 그 곡은 풍금으로 연주하지요"라고 예데크가 이제 아주 진지하고 점잖아져서 그들 옆에서 단정하게 걸어가며 말했다.

카를이 말했다.

"나한테 원하는 게 뭐요?"

그는 갑자기 그 두 사람이 자신을 추적한다는 생각이 들었으며, 왜 그러는지 알 수가 없었다. '내가 저 사람들과 무슨 관계가 있나?'

레베이는 계속해서 말했다.

"나는 그 소녀에게 생계수단을 하나 만들어주려고 했어요! 새로운 생계수단 말이요! 바로 그 새로운 노래와 함께! 바로 그 노래와! 그것 참 멋지지 않나요? 감동적이지 않나요?"

키 작은 예데크가 갑자기 카를의 양복 옷소매를 잡아끌고는 왼쪽 검지를 들어 올려 조심스럽게 그 끝을 입술에 대고 휘파람을 불었다. 그는 "하얀 지빠귀"로 불리는 마리 라덴바우어가 어젯밤에 불렀던 바로 그 새로운 노래의 멜로디를 휘파람으로 불었다. 그는 그 멜로디를 아주 완벽하게 휘파람으로 불었다. 그것 또한 그가 지닌 노련한 기술이었기 때문이다.

"멜로디에 문제가 있는 건 아니지요"라고 카를이 말했다.

레베이는 "그게 무슨 말이오?"라고 외쳤다. 길이 심한 오르막이었는데도 그들은 모두 급히, 거의 뛰어가듯이 걸었다.

"왜 그렇게 말하는 거요, 브라이테네더 씨? 가사가 잘못됐다고 생각하는 거요? 그래요, 빌어먹게도 가사 속에 마리가 알고 있었던 것과는 다른 내용이 들어 있다는 거지요? 내가 그녀의 방에서 그 노래를 연습시킬 때 그녀는 한 번도 울지 않았어요. 그녀는 말했지요. '레베이 씨,

슬픈 노래네요. 하지만 이 노래는 아름다워요!' 그녀는 '이 노래는 아름다워요'라고 말했어요. 브라이테네더 씨, 물론 그것은 슬픈 노래이고 — 그녀에게 닥친 슬픈 운명이기도 하지요. 그러니 내가 그녀에게 흥겨운 노래를 써 줄 수는 없잖아요?"

도로는 숲 속으로 모습을 감추었다. 나뭇가지들 사이로 햇볕이 빛났고, 빽빽한 숲에서는 웃음소리와 외침소리가 울려왔다. 그들은 셋이서 나란히 걸어갔는데, 서로 먼저 앞장서려는 듯 아주 빨리 걸었다. 갑자기 레베이가 다시 말하기 시작했다.

"그런데 사람들이 — 빌어먹을! — 그들이 미친 듯이 박수를 치지 않았던가요? 그 노래로 그녀가 엄청난 성공을 거두리라는 걸 나는 미리 알고 있었지요! 또한 그 노래가 그녀에게 기쁨을 안겨주기도 했고. 그녀는 예의바르게 만면에 미소를 지었고, 마지막 절을 반복하여 불러야 했지요. 그 마지막 절은 정말 감동적이었지요! 내게 그 절이 울리기 시작하자 나마저도 눈물을 왈칵 쏟았지요. 아시겠지만 그녀가 늘 불렀던 다른 노래가 떠올랐기 때문이지요."

그리고 그는 다음과 같이 노래를 불렀다기보다는 말로 읊었는데, 마치 오르간 음을 내듯 계속하여 운율을 띤 말들을 내뱉었기 때문이다.

"예전에는 세상이 얼마나 아름다웠던가. 그때는 태양이 숲으로 들판으로 나를 비추었지. 일요일에는 애인과 시골로 산책을 나갔지. 그는 오로지 사랑으로 내 손을 잡고 나를 이끌어주었지. 이제는 내게 태양도 별들도 떠오르지 않고, 행복과 사랑은 내게서 멀리 떠나 버렸네!"

카를은 "됐어요! 충분히 들었단 말이에요!"라고 외쳤다. 그러자 레베이가 실린더 모자를 흔들며 말했다.

"이 노래 참 멋지지 않나요? 오늘날 이런 풍자곡을 만드는 사람은 많지 않아요. 라덴바우어 어른이 내게 5굴덴을 주었는데… 고작 그게 내 급료요, 브라이테네더 씨. 그럼에도 나는 아직도 그녀와 그 노래를 연습해 오고 있지요."

예데크는 다시 검지를 들어 올리고 무척 나지막한 소리로 후렴구를 불렀다.

"오 하느님, 내게 어찌 그런 쓰디쓴 일이 일어났는지 — 나는 다시는 봄을 볼 수 없으니…."

"그런데 내가 어째서 잘못했냐고 나는 묻는 거요!"라고 레베이가 외쳤다.

"어째서 잘못했다는 거요? 끝나고 나서 나는 곧장 안으로 가 그녀 옆에 있었어요. 그렇지 않나, 예데크? 그리고 그녀는 행복한 미소를 지으며 앉아 있었고, 자신의 포도주를 1/4 정도 마셨으며, 나는 그녀의 머리를 쓰다듬어주고 이렇게 말했지요. '이봐, 마리, 그 노래가 얼마나 사람들의 마음에 들었는지 알겠지? 이제 틀림없이 시내에서도 사람들이 우리에게 몰려올 거야. 그 노래가 선풍적인 인기를 일으키게 될 거야. 너는 훌륭하게 그 노래를 부르는 거야.' 그리고 그런 때 해 줄 수 있는 적절한 말들을 그녀에게 더 해주었지요. 식당 주인도 들어와서 그녀에게 축하의 인사를 했어요. 또한 그녀는 꽃들도 받았는데 — 당신이 보낸 꽃은 없었지요, 브라이테네더 씨. 모든 것이 최고로 잘 이루어진 상태였어요. 그런데 어째서 내 풍자곡이 잘못됐다는 거지요? 그건 정말 말도 안되는 얘기요!"

갑자기 카를이 일어선 채 레베이의 어깨를 움켜잡았다.

"내가 왔다는 얘기를 그녀에게 왜 했지요? 왜 했냐고! 그녀에게 말하지 말아달라고 내가 부탁하지 않았어요?"

"이거 봐요! 나는 그녀에게 아무 말도 하지 않았어요! 그녀는 그 얘기를 어르신들한테 들었겠지요!"

그때 예데크가 정중하게 몸을 숙여 말했다.

"아니에요, 나는 잘못이 없어요, 브라이테네더 씨 — 나는 잘못이 없어요. 당신이 와 있는 걸 알았기 때문에 내가 그녀에게 당신이 와 있다고 말해주었어요. 그리고 그녀가 앓고 있는 동안 당신에 대해 너무 자주 물었기 때문에 나는 그녀에게 '브라이테네더 씨는 저기… 저 뒤 가로등 옆에 서 있고, 무척 즐겁게 얘기하고 있어!'라고 말해주었어요."

"그래?"

카를이 말했다. 그는 예데크의 목을 졸랐고, 그를 꼿꼿하게 응시하는 예데크의 시선을 피해 눈을 돌려야 했다. 그는 몹시 지쳐서 방금 그들이 지나친 벤치에 주저앉아서 눈을 감았다. 그는 갑자기 다시 정원 안에 앉아 있는 자신의 모습을 보게 되었고, 라덴바우어 부인의 목소리가 귓전에 울려왔다.

"마리가 당신에게 인사를 전하는군요. 공연이 끝나고 나서 우리와 함께 가지 않겠어요?"

그는 그 당시 마리가 모든 것을 용서해 준 듯 갑자기 몹시 기분이 좋아졌던 걸 떠올렸다. 그는 자신의 포도주를 모두 마시고 또 한 병을 시켰다. 그는 술을 너무 많이 마셔 인생이 온통 더 쉽게 여겨졌다. 그는 계속 이어지는 노래들을 즐거운 마음으로 바라보며 들었고, 다른 사람들처럼 박수를 쳤다. 공연이 끝나자 그는 기분 좋게 정원과 홀을 지나 식당의 별실로 들어가 구석에 있는 둥근 식탁에 앉았는데, 그곳은 보통 단원들이 공연이 끝난 후 모이는 곳이었다. 이미 몇 사람이 앉아 있었다. 비겔-바겔과 예데크와 그의 부인과 카를이 전혀 모르는 안경 낀 어떤 남자였다. 그들은 모두 그에게 인사를 했고, 그를 다시 만난 데 대해 전혀 특별히 놀라워하지 않았다. 그는 갑자기 뒤에서 마리의 목소리를 들었다.

"가는 길을 찾았어요, 엄마. 나 이 길 잘 알아요."

그는 감히 뒤돌아볼 수가 없었다. 하지만 그녀는 벌써 그의 옆에 앉아서 말했다.

"안녕하세요, 브라이테네더 씨 ― 당신 어떻게 지내시나요?"

이 순간 그는 예전에 그녀가 그녀의 애인이었던 한 젊은 남자와 헤어지고 나서는 그 남자에게 늘 "당신"과 "씨"를 써서 말했던 것을 떠올렸다. 그러고 나서 그녀는 저녁 식사를 했다. 사람들은 모든 것을 잘라서 그녀 앞에 놓아주었고, 단원들 모두 변한 것은 전혀 아무것도 없다는 듯 명랑했고 만족스러워했다. 라덴바우어 어른이 말했다.

"잘 끝났어. 이제 다시 더 좋은 때가 올 거야."

예데크 부인은 마리의 목소리가 전보다 훨씬 더 예뻐진 걸 모두 다 알게 되었다고 얘기했고, 비겔-바겔 씨는 술잔을 들어 올리며 외쳤다.

"다시 회복된 마리의 건강을 위하여!"

마리는 자신의 잔을 들어 올렸고, 모두가 그녀와 건배를 했으며, 카를도 잔을 그녀의 잔과 부딪혔다. 그때 그에게는 그녀가 죽어버린 눈을 그의 눈 속에 파묻고 그의 마음속을 들여다보려는 것처럼 느껴졌다. 거기에는 매우 우아한 옷차림을 한 그녀의 남동생도 있었는데, 그는 카를에게 담배를 권했다. 가장 즐거워한 건 일카였다. 일카의 애인인, 불안해 보이는 이마를 한 젊고 뚱뚱한 남자는 그녀 맞은편에 앉아 라덴바우어 어른과 열띠게 얘기를 나누고 있었다. 예데크 부인은 노란 레인코트도 벗지 않고 아무것도 보이지 않는 한쪽 구석을 들여다보았다. 바로 옆에 놓인 식탁에 앉아 있던 사람들이 두 번인가 세 번인가 다가와서 마리에게 인사를 했다. 그녀는 지난날과 마찬가지로 조금도 달라진 건 없다는 듯 그녀만의 차분한 방식으로 응대했다. 그리고 갑자기 그녀는 카를에게 말했다.

"그런데 왜 그렇게 말이 없나요?"

그는 그제야 자신이 줄곧 입을 열지 않고 앉아 있었다는 것을 깨달았다. 하지만 이제 그는 다른 모든 사람들보다 더 활기차졌고, 대화에도 끼어들었다. 다만 마리에게만은 아무 말도 건네지 않았다. 레베이는 마리를 위해 풍자곡들을 썼던 멋진 시절에 대해 이야기했고, 35년 전에 완성했던 어느 익살극의 내용을 낭독했으며, 손수 배역들을 얼마간 연기해 보였다. 그는 무엇보다도 보헤미아의 음악가로서 사람들에게 큰 흥겨움을 불러일으켰다. 새벽 한 시에 모임은 끝났다. 라덴바우어 부인은 딸의 팔을 붙들었다. 모두가 웃고, 소리쳤는데… 몹시도 이상한 것은 마리를 둘러싼 세계가 완전히 깜깜한 어둠에 싸여 있는 데 대해 아무도 더 이상 특별한 일로 여기지 않는다는 것이었다. 카를은 그녀 옆에서 걸어갔다. 그녀의 어머니는 그에게 스스럼없이 이런저런 것에 대해 물었다. 그녀는 그의 집안은 잘 지내고 있는지, 그가 여행에서 즐거웠는지 물었고, 카를은 그가 여행에서 본 여러 가지 것들에 대해, 특히 그가 방문했던 극장들과 오페라홀들에 대해 급하게 이야기했다, 그는 마리가 어머니의 인도를 받으며 안전하게 걸어가면서, 그의 얘기를 차분하고 명랑하게 귀 기울여 듣는 데 대해 줄곧 놀라워했다. 그러고 나서 그들은 모두 낡고 담배 연기가 자욱한 커피숍에 들어가 앉았는데, 그 시간에는 손님이 없어 텅 비어 있었다. 그리고 그 헝가리 여인 일카의 뚱뚱한 남자 친구가 단원들을 위해 커피 값을 지불했다. 이제 시끌벅적 소란과 혼란에 에워싸인 채 마리는 전에 종종 그랬듯이 카를 옆에 바짝 붙어 앉았고, 그래서 그는 그녀 머리의 따스한 온기를 느낄 수 있었다. 그는 갑자기 그녀가 한마디 말도 없이 그의 손을 잡아 쓰다듬는 것을 느꼈다. 그는 그녀에게 무슨 말인가를⋯ 사랑이 담긴 어떤 말, 위안을 주는 어떤 말을 하고 싶었지만 그럴 수가 없었다. 그는 그녀를 옆에서 바라보았다. 또 다시 그녀의 눈에서 무언가가 그를 바라보는 것처럼 느껴졌다. 그것은 사람의 시선이 아니었고, 그가 전에는 알지 못했던 무언가 무시무시하고 낯선 어떤 것이었으며 — 그것은 마치 그의 옆에 유령이라도 앉아 있는 것처럼 공포를 불러일으켰다. 그녀의 손이 떨면서 살며시 그의 손에서 떨어져 나갔고, 그녀는 나지막하게 말했다.

"왜 그렇게 두려워해요? 나는 지금까지와 똑같은 여자예요."

그는 이번에도 대답할 수가 없었고, 곧장 다른 사람들과 이야기를 했다. 잠시 후에 갑자기 누군가가 외치는 목소리가 들렸다.

"마리 어디에 있니?"

라덴바우어 부인의 목소리였다. 사람들은 모두 마리가 없어졌다고 생각했다. "마리 어디에 있는 거야?"라고 다른 사람들이 외쳤다. 몇몇은 자리에서 일어섰고, 라덴바우어 어른은 커피숍 문 옆에 서서 밖의 거리를 향해 외쳤다.

"마리야!"

모두들 격앙된 채 서로 뒤엉켜 얘기를 주고받았다. 어떤 사람이 말했다.

"아니 어떻게 그런 사람을 혼자서 일어나 나가게 할 수 있단 말이야?"

갑자기 집 마당에서 외침소리가 울려왔다.

"촛불 좀 가져와! 등불 좀 가져와!"

그리고 한 여자가 소리쳤다.

"아니 이럴 수가!"

그것은 라덴바우어 부인의 목소리였다. 모두들 좁은 커피숍 주방을 지나 마당으로 뛰쳐나갔다. 벌써 새벽 어스름이 지붕 위로 내려앉고 있었다. 그 낡은 단층집의 마당 둘레에는 목재로 만든 길이 나 있었고, 위쪽에서는 한 남자가 셔츠 바람으로 촛불이 타고 있는 등불을 손에 들고 난간에 기대어 아래를 내려다보고 있었다. 잠옷 차림의 여자 두 명이 그의 뒤에 나타났고, 또 한 남자는 삐거덕거리는 계단을 타고 달려 내려왔다. 이것이 카를이 처음에 본 광경이었다. 그런 다음 그는 무언가가 눈앞에서 어른거리는 것을 보았다. 누군가가 하얀 레이스 달린 목도리를 들어 올렸다가 다시 내렸다. 옆에서 이런 말이 들려왔다.

"더 이상 어떻게 해볼 수가 없는걸… 이 여자가 움직이질 않아… 의사를 불러와! 구조대를 부르는 건 어떨까? 경비원을! 경비원을!"

모두가 서로 수군거렸고, 몇 사람은 급히 거리로 달려 나갔다. 카를은 자신도 모르게 그중 한 사람을 눈으로 좇았는데, 그 사람은 노란 외투를 걸친 키 큰 예데크 부인이었다. 그녀는 절망하여 두 손을 이마에 대고 달려나가서 돌아오지 않았다. 카를 뒤에서 사람들이 몰려들었다.

그는 팔꿈치를 뒤로 내뻗어 사람들이 라덴바우어 부인에게 몰려드는 것을 막았다. 라덴바우어 부인은 땅에 무릎을 꿇고 앉아 마리의 두 손을 붙잡고 그녀를 이리저리 흔들며 "말 좀 해봐! 말 좀 해봐!"라고 소리쳤다. 마침내 어떤 사람이 등불을 들고 왔는데, 문지기인 그는 갈색 잠옷 차림에 슬리퍼를 신고 있었다. 그는 누워 있는 여자의 얼굴을 등불로 비추었다. 그러고 나서 말했다.

"어찌 이런 불행한 일이! 이 여자는 저기 저 우물가로 떨어져 머리를 다쳤음에 틀림없어요."

이제 카를은 마리가 돌로 둘러쳐진 우물 옆에 사지를 뻗고 누워 있는 것을 보았다. 갑자기 셔츠 차림으로 현관에 서 있던 그 남자가 말했다.

"내가 무언가 쿵하고 떨어지는 소리를 들었는데, 아직 채 5분도 안 됐어요!"

그래서 모두가 그를 올려다보았고, 그는 그저 같은 말만 되풀이했다.

"내가 무언가 쿵하고 떨어지는 소리를 들은 게 아직 채 5분도 안 됐는데…."

"그녀가 어떻게 길을 찾아 올라갔지?"라고 누군가가 카를 뒤에서 속삭였다. 그러자 다른 사람이 대답했다.

"이봐요, 이 집은 그녀가 익숙하게 잘 알고 있어요. 그래서 그녀는 부엌을 지나 더듬거리며 밖으로 나갔고, 그런 다음 나무 계단을 타고 올라가서 난간을 짚고 아래로 뛰어내린 — 그건 그다지 어려운 일이 아니지요!"

카를을 둘러싸고 그렇게들 수군거렸는데, 그는 그러나 말하는 사람들이 분명 잘 아는 사람들임에도 불구하고 누구의 목소리들인지는 알 수가 없었다. 그리고 그는 돌아보지도 않았다. 이웃 어딘가에서 수탉이 울었다. 카를은 꿈을 꾸고 있는 듯한 느낌이었다. 집주인이 등불을 샘물을 둘러싼 테두리 위에 놓았고, 마리의 어머니는 소리쳤다.

"의사 빨리 안 오나요?"

아버지 라덴바우어 어른이 마리의 머리를 들어 올리자 등불의 빛이 곧바로 그녀의 얼굴을 비췄다. 이제 카를은 그녀의 콧방울이 움직이고, 입술이 움찔하고, 뜨고 있는 죽은 눈이 예전과 똑같이 그를 바라보는 것을 분명하게 보았다. 그는 또한 마리의 머리를 들어 올린 곳이 빨갛고 축축하게 젖어 있는 것도 보았다. 그는 외쳤다.

"마리! 마리!"

그러나 아무도 그의 말을 듣지 못했고, 그 자신에게조차 들리지 않았다. 위쪽 현관에 있던 남자는 여전히 난간에 기댄 채 그대로 서 있었고, 두 여자는 그의 옆에 서 있었는데, 그들은 마치 무슨 공연을 관람하고 있는 것 같았다. 촛불은 꺼졌다. 보랏빛 새벽어스름이 마당 위로 내려앉았다. 라덴바우어 부인은 하얀 레이스 손수건을 접어 그 위에 마리의 머리를 눕혔다. 카를은 꼼짝 않고 서서 아래를 내려다보았다. 갑자기 날이 환하게 밝아졌다. 그는 이제 마리의 얼굴에서 모든 것이 완전히 멈춰 있으며, 이마와 머리칼에서 나와 뺨을 지나고 목을 지나 천천히 축축한 포석 위로 흘러내리는 핏줄기밖에는 아무것도 움직이지 않는다는 것을 알았다. 그리고 마리가 죽었다는 것을 알았다.

카를은 악몽을 쫓아내버리기라도 하려는 듯 눈을 번쩍 떴다. 그는 길가의 벤치에 혼자 앉아 있었고, 지휘자 레베이와 미친 예데크가 셋이서 함께 걸어 올라왔던 그 길을 다시 걸어 내려가고 있는 것이 보였다. 두 사람은 손을 휘두르고 거센 동작을 하면서 서로 열띠게 얘기하는 것 같았고, 예데크의 산책용 지팡이가 지평선에 있는 가느다란 선처럼 돋보였다. 그들은 엷은 먼지구름을 뚫고 점점 더 빨리 걸어갔고, 그들이 주고받는 말은 바람 속으로 사라져 들리지 않았다. 주변에 놓인 풍경들이 반짝이며 서 있었고, 저 아래 깊은 곳에서는 한낮의 햇살 속에 도시가 헤엄치며 흔들거리고 있었다.

총각의 죽음

Der Tod des Junggesellen

누군가가 문을 두드렸다. 아주 나지막한 소리인데도 의사는 즉시 잠에서 깨어 불을 켜고 침대에서 일어났다. 그는 편안하게 계속 잠자고 있는 아내에게로 눈길을 던졌고, 잠옷을 갈아입고 거실로 들어섰다. 그는 회색 두건을 머리에 두르고 서 있는 노파가 누구인지를 곧바로 알아볼 수가 없었다. 노파가 말했다.

"우리 주인어른께서 갑자기 상태가 몹시 나빠지셨어요. 의사 선생님께서 너그러운 마음으로 곧장 가주셨으면 해요."

이제야 의사는 그 목소리를 알아차렸다. 그것은 그의 총각으로 지내는 친구의 가정부 목소리였다. 의사에게는 맨 처음 이런 생각이 떠올랐다. '내 친구 나이가 쉰다섯이고, 벌써 2년 전부터 심장이 정상이 아니었으니 좀 심각한 상태일 수도 있겠는걸.'

그는 말했다.

"즉시 갈 테니 조금만 기다리시겠어요?"

"의사 선생님, 저는 또 급히 다른 두 분께 가야 해요."

그녀는 이렇게 말하고 상인과 작가의 이름을 대었다.

"그 사람들에게는 무슨 볼 일이 있는데요?"

"우리 주인어른께서 그 분들을 한 번 더 보고 싶어 하셔요."

"한 번 — 더 — 본다고요?"

"예, 의사 선생님."

의사는 그가 친구들을 부르는 걸로 보아 죽음이 가까이 다가왔음을 스스로 느끼고 있다고 생각했다. 의사가 물었다.

"당신의 주인 곁에는 지금 누군가가 있나요?"

"물론이지요, 의사 선생님, 요한이 꼼짝 않고 지키고 있어요."

노파는 이렇게 말하고는 가버렸다.

의사는 침실로 다시 들어가 가능한 한 소리 내지 않고 급히 옷을 입는 동안 마음속에서 무언가 쓰디쓴 고통이 솟구쳤다. 어쩌면 오래된 좋은 친구를 곧 잃게 되리라는 것보다는 몇 년 전만 해도 젊었던 그들 모두가 이제 젊음과는 멀리 떨어져 있다는 서글픈 느낌이 더 큰 고통이었다.

의사는 무개마차에 올라 어둠이 짙게 깔린 온화한 봄밤을 뚫고 그 총각이 살고 있는 근처의 전원도시로 갔다. 그는 활짝 열려 있는 그 집 침실의 창문을 올려다보았다. 거기에서는 희미한 불빛이 밤의 어둠 속으로 흘러나와 가물거리고 있었다.

의사는 계단을 올라갔고, 하인은 문을 열어주고 심각한 표정으로 인사를 하고는 서글픈 몸짓으로 왼손을 내렸다.

의사는 몹시 숨차하며 물었다.

"어떻게 된 건가? 내가 너무 늦게 왔나?"

하인이 대답했다.

"예, 의사 선생님. 15분 전에 주인어른은 돌아가셨어요."

의사는 숨을 깊이 들이마시고는 방으로 들어갔다. 그의 죽은 친구가 푸르스름한 입술을 반쯤 벌리고 두 팔을 하얀 이불 위로 뻗친 채 누워 있었다. 듬성한 턱수염은 뒤엉켜 있었고, 두어 줄기의 머리칼이 핏기 없는 창백하고 축축한 이마로 흘러내려 있었다. 침대 옆 협탁 위에 놓인 전등의 비단 천으로 된 갓이 쿠션 위에 불그레한 그림자를 펼쳤다. 의사는 죽은 자를 관찰했다. 그는 '이 친구가 마지막으로 우리 집에 있었던 게 언제였지?'라고 생각했다. '내 기억으로는 그날 저녁 눈이 내렸지. 바로 지난겨울이었어. 우리가 최근에는 서로 만나는 일이 정말 드물었지.'

밖에서는 말들이 발굽으로 바닥을 긁는 소리가 들려왔다. 의사는 환자에게서 몸을 돌려 건너편에서 나무들의 잔가지들이 밤바람 속으로 쏠려 들어가는 것을 바라보았다.

하인이 들어왔고, 의사는 그에게 이 모든 일이 어떻게 된 것인지 물었다.

하인은 자신이 알고 있는 것들을 의사에게 이야기해 주었다. 그의 주인이 갑자기 상태가 나빠지고, 호흡곤란이 오고, 침대에서 뛰어내리고, 방에서 이리저리 거닐고, 급히 서재로 갔다가 다시 비틀거리며 침대로 들어가고, 갈증을 느끼며 신음을 하고, 마지막으로 손을 높이 뻗고 일어섰다가 쿠션에 주저앉았다는 것이다. 의사는 들으면서 고개를 끄덕였고, 오른손으로 죽은 자의 이마를 만져보았다.

마차 한 대가 집 앞에 섰다. 의사는 창가로 갔다. 그는 상인이 내리는 걸 보았는데, 상인은 알 수 없다는 눈길로 그를 올려다보았다. 의사는 앞서 하인이 그를 맞이할 때 그랬던 것처럼 자신도 모르게 손을 아래로 내렸다. 상인은 믿을 수 없다는 듯 고개를 뒤로 젖혔고, 의사는 어깨를 들썩이고는 갑자기 피곤해져 창가에서 물러나 죽은 자의 발치에 놓인 안락의자에 앉았다.

상인은 단추를 잠그지 않은 노란 외투 차림으로 안으로 들어와 모자를 문 가까이에 있는 작은 탁자 위에 놓고 의사와 악수를 했다. 그리고 말했다.

"끔찍하구려. 어떻게 이런 일이 일어난 거지요?"

그러면서 그는 믿기지 않는다는 눈길로 죽은 자를 응시했다.

의사는 자신이 알고 있는 상황을 얘기해 주고는 덧붙여 말했다.

"내가 제때에 왔더라도 도움을 줄 수 없었을 거요."

상인이 말했다.

"생각해 보니 오늘로 내가 그와 극장에서 마지막으로 얘기를 나눈 지 꼭 1주일이 되었소. 나는 그 후 그와 저녁 식사를 하려고 했지만 그가 또 비밀스러운 만남 약속들 중 하나가 있다고 하여 못했소."

"그는 아직도 여전히 그 약속들을 계속 이어나가고 있었나보지요?" 라고 의사가 침울한 미소를 지으며 물었다.

마차 한 대가 또 섰다. 상인이 창가로 갔다. 작가가 내리는 것을 보자 그는 뒤로 물러섰는데, 자신의 표정을 통해 슬픈 소식의 전달자가 되고 싶지 않았기 때문이다. 의사는 자신의 담배 상자에서 담배 한 개비를 꺼내 쥐고 어쩔 줄 몰라 하며 이리저리 돌렸다.

"이건 내가 요양 병원에 근무할 때 몸에 밴 습관이오."

의사는 미안해하며 계속해서 말했다.

"이건 내가 야간에 모르핀 주사를 놓았든 시체검안을 했든 병실을 나서 밖에 나와 맨 먼저 하던 행동이었소."

상인이 말했다.

"내가 죽은 사람을 본 지 얼마나 오래 되었는지 아오? 14년이오. 들것에 누워계신 아버지 이후로는 보지 못했소."

"그럼 — 당신의 부인은?"

"내 아내는 죽기 전 마지막 순간에 보았지만 — 그 이후에는 더는 보지 못했소."

작가가 나타나 두 사람에게 악수를 청하고, 침울한 눈길을 침대로 던졌다. 그런 다음 그는 단호하게 더 가까이 다가서서 시신을 진지하게 관찰했다. 그는 경멸하는 표정으로 입술을 실룩거리는 것을 잊지 않았다. 그는 마음속으로 '바로 이 녀석이로군'이라고 말했다. 그는 자주 자신의 가까운 친지들 중 누가 맨 먼저 마지막 길을 가게 될 것인지 궁금해했었기 때문이다. 가정부가 들어왔다. 그녀는 눈물을 글썽이며 침대 앞에 주저앉아 흐느끼며 두 손을 합장했다. 작가는 위로하듯 살며시 그녀의 어깨에 손을 얹었다.

상인과 의사는 창가에 서 있었고, 어둠 속의 봄바람이 그들의 이마를 휘감으며 스쳐지나갔다.

상인이 말을 꺼냈다.

"그가 사람을 보내 우리 모두를 오게 했으니 정말 예삿일이 아니군요. 그는 우리 모두가 임종의 자리에 모여 있는 것을 보고 싶어 했던 걸까요? 그가 우리에게 중요한 무언가를 말해주려고 했던 걸까요?"

의사는 고통스럽게 웃으면서 말했다.

"내 입장에서는 그게 그다지 이상한 일은 아닌걸요. 내가 의사이기에 날 부른 걸 테니까요."

의사는 상인에게 몸을 돌려 계속 이야기했다.

"그리고 당신은 이따금 이 친구의 사업상의 조언자였지요. 그래서 아마도 당신에게 개인적으로 남기고 싶은 유언을 전하려고 당신을 불렀겠지요."

"그럴지도 모르겠소"라고 상인이 말했다.

가정부는 방을 나갔고, 의사와 상인은 그녀가 거실에서 하인과 얘기하는 소리를 들을 수 있었다. 작가는 여전히 침대 옆에 서서 죽은 자와 은밀한 가상의 대화를 나누고 있었다. 상인이 의사에게 나지막하게 말했다.

"내 생각에는 최근 들어 저 친구가 죽은 이 친구와 평소보다 더 자주 만났던 것 같소. 그러니 어쩌면 저 친구가 우리에게 무언가 해명을 해줄 수 있을 거요."

작가는 꼼짝하지 않고 서 있었다. 그는 죽은 자의 감긴 눈을 뚫어져라 응시하고 있었다. 그는 넓은 창이 달린 회색 모자를 잡고 있던 두 손을 등으로 가져가 뒷짐을 졌다. 다른 두 사람은 조급해졌다. 상인이 작가에게 더 가까이 다가가 헛기침을 했다. 작가가 설명을 해나갔다.

"사흘 전 나는 이 친구와 함께 야외에 있는 포도원을 두 시간 동안 산책했소. 이 친구가 무슨 얘기를 했는지 알고 싶소? 이 친구는 여름에 떠나기로 계획한 스웨덴으로의 여행에 대해, 런던에서 왓슨이 찾아낸 렘브란트의 새로운 화첩에 대해, 그리고 마지막으로 산토스 뒤몽*에 대

---

* 브라질 출신의 비행사로 18세에 프랑스로 건너가 인생의 대부분을 그곳에서 지냈다. 라이트 형제와 더불어 비행술의 선구자로 꼽힌다.

해 얘기했소. 그는 조종이 가능한 비행선에 대해 온갖 수학적이며 물리학적인 언급을 했는데, 솔직히 말하면 나는 완전하게 이해할 수는 없었소. 그는 정말 죽음은 생각하지 않았소. 물론 그 나이에 죽음을 생각하는 것을 중단한 듯이 행동하면 안 되겠지만."

의사는 옆방으로 들어갔다. 여기에서는 담배에 불을 붙이는 것이 더 자유로울 수 있었다. 그는 서재 책상 위에 놓인 청동 접시 안에 쌓인 하얀 재를 보자 이상한, 으스스하게 무서운 느낌이 들었다. 그는 책상 앞 안락의자에 앉아 있는 동안 '도대체 왜 내가 아직도 여기에 머물러 있어야 하는 거지?'라고 생각했다. '나는 단지 의사로 불려왔기 때문에 누구보다 먼저 가버릴 권리가 있어. 우리가 친구 사이로 지낸 것 또한 그다지 오래된 게 아니니까. 내가 살아온 시절에 나와 같은 부류의 사람에게는 직업이 없는, 그것도 한 번도 직업을 가진 적이 없는 사람과 친구가 된다는 것은 절대로 불가능했지. 이 친구가 부자가 아니었다면 무슨 일을 했을까? 어쩌면 이 친구는 글 쓰는 일에 몰두했을 거야. 이 친구는 무척 총명했으니까.' 의사는 무엇보다도 친구인 작가의 작품들에 대해 내뱉었던 그 총각의 수많은 냉소적인 발언들을 떠올렸다.

작가와 상인이 안으로 들어왔다. 작가는 의사가 아직도 여전히 불을 붙이지 않은 채 담배를 손에 들고 주인 잃은 안락의자에 앉아 있는 것을 보자 기분 나쁜 얼굴을 했고, 등 뒤에 있는 문을 잠갔다. 이곳은 이제 어느 정도 다른 세계였다. "무언가 짐작 되는 거라도 있소?"라고 상인이 물었다. "어느 정도까지 말이오?"라고 작가가 기분이 풀어져서 물었다. "무엇이 그로 하여금 사람을 보내 우리를, 바로 우리를 모이도록 했는지!" 작가는 특별한 이유를 찾는 것은 쓸데없는 일이라고 여겼다.

그는 설명했다.

"우리의 친구는 죽음이 다가오는 걸 느끼고 있었으며, 적어도 최근에는 꽤 혼자서 외롭게 살았는데 — 그렇게 살 때는 남들과 어울리고 싶은 원천적인 본능이 살아나는 법이며, 아마도 그것은 주위에 있는 가까운 사람들을 보고 싶은 욕구일 거요."

상인은 "그런데 그는 어찌됐든 연인이 있었소"라고 말했다. 작가는 "연인이"라고 같은 말을 따라 하고는 경멸하듯 눈썹을 치켜 올렸다.

그때 의사는 가운데 책상 서랍이 반쯤 열려 있는 것을 발견했다. 그는 "이 안에 그의 유서가 들어 있을지도 몰라요"라고 말했다. 그러자 상인이 말했다.

"그게 우리와 무슨 상관이 있담. 적어도 이 순간에는 말이오. 게다가 그는 결혼하여 런던에서 살고 있는 누이동생도 있소."

하인이 들어왔다. 그는 시신 안치와 장례식과 부고에 관해 스스럼없이 조언을 구했다. 하인은 자신이 알기로 유서는 주인어른의 공중인에게 남겨져 있으며, 하지만 유서에 그런 일들에 대한 지침이 담겨 있을지는 의문스럽다고 말했다. 작가는 방 안이 칙칙하고 후텁지근하다고 느꼈다. 그는 한쪽 창문의 빨간색 무거운 커튼을 젖히고는 양쪽 창 덮개를 열었다. 봄밤의 넓고 검푸른 빛줄기가 흘러들었다. 의사는 하인에게 자기 생각이 맞다면 자신은 의사라는 특별한 신분임에도 불구하고 몇 년 동안 이 집에 불려온 적이 없는데 이번에 죽은 그가 사람을 보내 자신들을 부른 이유가 뭔지 아느냐고 물었다. 하인은 마치 기다렸다는 듯 그 질문을 반겼고, 양복 주머니에서 무척 커다란 지갑 하나를 꺼내더니 거기서 종이 한 장을 꺼내어 자신의 주인어른이 이미 7년 전에 죽음을 맞이하는 자리에 모여주기를 원하는 친구들의 이름을 적어두었다고 알려주었다. 또한 그의 주인어른은 더 이상 의식이 없는 상태였다고 하더라도 자신의 막강한 권위로 감히 그 친구 분들을 불러오도록 사람을 보냈을 것이라고도 말했다.

의사는 하인의 손에서 그 종이쪽지를 받아들고 다섯 사람의 이름이 적혀 있는 것을 발견했다. 거기에 있는 그들 세 사람 외에 2년 전에 죽은 친구와 모르는 어떤 사람이었다. 하인은 마지막에 적혀 있는 다섯 번째 사람은 어느 제조업자였는데, 죽은 총각은 그의 집과 9년 혹은 10년 전부터 교류를 해왔지만 그의 주소를 잃어버리고 기억도 못하고 있다고 설명했다. 그들은 당혹해하고 동요하면서 서로를 바라보았다. "이걸 어떻게 설명해야 되지?"라고 상인이 물었다.

"그는 자신의 마지막 순간에 무슨 연설이라도 할 의도였나?"

그러자 작가가 덧붙여 말했다.

"스스로 조사(弔辭)를."

의사는 열려 있는 책상 서랍으로 눈길을 돌리고는 갑자기 어떤 봉투에 커다란 로마 문자로 쓴 "나의 친구들에게(An meine Freunde)"라는 세 개의 단어를 마주했다. 그는 "오!"라고 소리쳤고, 그 봉투를 집어 높이 들어 올리고는 다른 사람들에게 보여주었다. 그는 "이건 우리에게 쓴 거요"라고 말하고, 고갯짓을 통해 하인에게 여기서 필요 없으니 나가 달라는 암시를 던졌다. 작가는 "우리에게요?"라고 눈을 크게 뜨고 말했다. 의사는 "우리가 이걸 열어보는 게 정당하다는 건 의심의 여지가 없어요"라고 말했다. "의무지요"라고 상인은 말하고 외투의 단추를 채웠다.

의사는 유리 접시에서 편지 개봉용 칼을 들고 봉투를 뜯은 다음 편지를 내려놓고 안경을 썼다. 작가는 이 순간을 이용하여 그 편지를 자기 쪽으로 끌어당겨 펼쳤다. 그는 "그가 우리 모두에게 쓴 것이니"라고 가볍게 말하면서 책상에 기댔고, 그리하여 천장의 조명등 불빛이 편지지 위로 떨어졌다. 그의 옆에는 상인이 서 있었다. 의사는 앉아 있었다. "좀 크게 읽어요"라고 상인이 말했다. 작가는 읽기 시작했다.

"나의 친구들에게."

그는 웃으면서 읽는 것을 멈췄다. 그는 "여기에 같은 말이 또 한 번 써 있군"이라고 말한 다음 그만의 남다른 자유분방함을 내보이며 계속하여 읽어나갔다.

"약 15분 전에 나는 목숨이 끊어졌습니다. 여러분들은 내 임종의 자리에 모여 함께 이 편지를 읽을 준비가 되었겠지요. — 덧붙인다면 이 편지가 내가 죽는 순간에도 존재하고 있다면 말입니다. 왜냐하면 나를 죽음에서 다시 깨우는 더 좋은 어떤 충동이 내게 밀어닥치는 일이 생길 수도 있기 때문입니다."

"뭐라고?"라고 의사가 물었다. "더 좋은 어떤 충동이 내게 밀어닥치는 일이 생길 수도 있기 때문입니다"라고 작가는 다시 한번 읽고 나서 그 다음을 계속 읽어나갔다.

"그리고 나는 나한테 조금도 도움이 되지 않고, 여러분들 중 누군가 한 사람의 목숨을 해치지 않더라도 적어도 여러분들에게 불쾌한 시간을 초래하게 될 이 편지를 없애버릴 결심을 하게 될 것이기 때문입니다."

"목숨을 해친다고?"라고 의사는 의아해하며 편지에 적힌 말을 되풀이하고 자신의 안경알을 닦았다. "더 빨리"라고 상인이 쉰 목소리로 말했다. 작가는 이어서 읽었다.

"또한 나는 스스로에게 묻습니다. 오늘 나를 책상 앞으로 이끌어 글을 쓰도록 하는 이 이상한 기분은 무엇일까? 나는 이 글이 어떤 영향을 미칠 것인지 더 이상 여러분들의 표정에서 읽을 수도 없게 될 텐데 말입니다. 설령 내가 살아나 읽을 수 있다고 해도 방금 지극히 느긋한 마음으로 저지른 이 엄청나게 비열한 짓에 대해 사과를 하기에는 너무나도 미흡할 것입니다."

"호"라고 의사는 자신도 알 수 없는 목소리로 외쳤다. 작가는 의사에게 기분 나쁜 눈길을 슬쩍 던지고는 계속하여 전보다 더 빠르게 톤을 더 낮춰서 읽어나갔다.

"그래요, 이건 다른 어떤 것도 아닌 털어놓고 싶은 기분일 뿐이지요. 왜냐하면 나는 근본적으로 여러분에 대해 그 어떤 반감도 갖고 있지 않으니까요. 나는 더욱이 여러분 모두를 내 방식으로 아주 좋아하지요. 여러분이 여러분의 방식으로 나를 좋아하듯 말입니다. 나는 여러분을 결코 무시한 적이 없으며, 가끔 여러분을 흉내 냈다고 하여 그것이 여러분들을 조롱한 것은 결코 아니었지요. 여러분 모두의 마음속에서 즉시 가장 격렬하며 고통스러운 상상이 펼쳐질 그런 순간에서조차 결코 그런 적은 없었지요. 그럼 이런 털어놓고 싶은 기분은 어디서 나온 걸까요? 그것은 아마도 온갖 거짓을 지닌 채로 죽고 싶지 않은 심오하면서도 지극히 고결한 욕망에서 생겨난 것이 아닐까요? 내가 사람들이 흔히 후회라고 부르는 것이 어떤 것인지를 단 한 번만이라도 조금이나마 느꼈더라면 이런 기분을 충분히 상상할 수 있을 텐데 말입니다."

"마지막 부분 좀 빨리 읽어요"라고 의사가 새로운 목소리로 명했다.

그러자 상인이 손가락에 일종의 마비 증세를 느낀 작가에게서 편지를 쉽게 빼앗아 재빨리 눈을 아래로 깔고 편지글을 읽었다.

"내 사랑하는 사람들이여, 그것은 운명이었고, 나는 달리 어떻게 할 수가 없었소. 나는 여러분의 부인들을 모두 데리고 놀았지요. 모두를."

상인은 읽는 것을 멈추고 편지지를 뒤로 넘겼다. "왜 그래요?"라고 의사가 물었다. "이 편지는 9년 전에 쓴 것이오"라고 상인이 말했다. "계속 읽어요"라고 작가가 명했다. 상인은 읽었다.

"물론 무척 다양한 종류의 관계였지요. 한 여인과는 거의 혼인한 부부처럼 몇 달간을 살았지요. 다른 여인과는 흔히들 대단한 모험이라고 말하는 그런 관계를 가졌지요. 세 번째 여인과는 그녀와 함께 죽겠다는 생각을 할 정도까지 갔었지요. 네 번째 여자는 다른 남자와 함께 나를 속였기 때문에 계단 아래로 밀어 떨어뜨렸지요. 그리고 한 여인은 단한 번만 내 연인이었지요. 나의 진실한 친구들이여, 여러분은 모두가 동시에 안도의 한숨을 쉬고 있나요? 그러지 마세요. 그것은 아마도 나의… 또한 여러분들의 가장 아름다운 시간이었을 거요. 일이 이렇게 된 거라오, 내 친구들이여. 더 이상 여러분에게 할 말은 없습니다. 이제 나는 이 편지를 접어서 내 책상 위에 놓겠는데, 이 편지는 책상 위에서 내가 기분이 바뀌어 없애 버려지든지 내 임종의 순간에 여러분의 손에 넘어가든지 둘 중의 하나를 기다릴 것입니다. 다들 잘 있어요."

의사는 상인의 손에서 편지를 빼앗아 겉보기에는 주의 깊게 처음부터 끝까지 읽는 듯했다. 그런 다음 팔짱을 끼고 서서 자신을 조롱하듯이 내려다보고 있는 상인을 올려다보았다. 의사는 "당신의 부인도 이 편지가 쓰이기 전 해에 죽었다면 편지 속 얘기가 사실이로구려"라고 조용히 말했다.

작가는 방 안에서 이리저리 왔다 갔다 했고, 몇 번 고개를 내둘렀으며, 경련이라도 이는 듯 갑자기 이빨 사이로 "이 개자식이"라고 날카롭게 내뱉고는 허공에 흩어져버리는 어떤 물건이라도 되는 듯 그 말을 좇아 허공으로 눈길을 던졌다. 그는 자신이 과거에 아내로서 품에 안았던 젊은 여인의 모습을 상기해 보려고 했다. 그러나 자주 기억을 더듬어보았지만 떠오르지 않았던 다른 여자들의 모습이 떠올랐고, 자신이 원하는 아내의 모습은 억지로 떠올릴 수가 없었다. 그가 다른 여자를 소망해 온 것은 아내의 몸이 시들어 향기를 풍기지 않았으며, 그에게 그녀는 아주 오래전부터 사랑하는 여인으로서의 의미를 잃었기 때문이었다. 하지만 그녀는 그가 생각하는 것과는 다른 사람이었다. 그녀는 본래 보다 더 고상했고, 친구이자 동반자였으며, 그의 성공에 자부심으로 가득 차 있었고, 그의 절망에 연민으로 가득 차 있었으며, 그의 가장 깊숙한 내면을 꿰뚫어보는 통찰로 가득 차 있었다. 그는 그 늙은 총각이 음흉한 마음을 품고 은근히 부러워만 해오던 친구인 자신에게서 동반자 여인을 빼앗으려는 시도를 했던 것이 전혀 불가능한 일은 아니라는 생각을 했다. 그 친구에게 그 밖의 다른 모든 일들은 근본적으로 아무 의미도 없었기 때문이 아니었을까? 그는 자신의 풍요로운 작가의 삶을 누리면서 마음껏 벌였던 과거와 최근의 특별한 모험들을 생각해 보았다. 그는 그런 빗나간 짓거리들을 벌임으로써 모험을 넘어 아내를 미소 짓게도 하고 울리기도 했었다. 오늘날 그 모든 것은 어디로 사라져 버렸을까? 그의 아내가 아무 깊은 생각도 없이 쓸모없는 인간이었던 그의 품에 몸을 내던졌던 그 아련하게 먼 시간은 퇴색해 버렸고, 어쩌면 그 시간은 이 순간 방 안에서 고통에 짓이겨진 쿠션 위에 쉬고 있는 죽은 그 친구의 머릿속에 있는 기억처럼 거의 완전히 사라져 버렸을지도 모른다. 유서에 적혀 있는 것은 거짓말일지도 모르지 않을까? 자신이 죽어 영원히 잊힌다는 걸 잘 알고 있는 가련하고 평범한 사람이, 자신의 죽음이 뛰어난 남자의 작품들에 어떤 위력도 발휘하지 못하는 것에 대한 마지막 복수를 한 것일까? 그것은 그럴 만한 개연성을 충분히 갖추고 있었다. 하지만 그게 사실이라고 해도 — 그것은 치졸한 복수이자 어떤 경우에도 잘못된 복수였다.

의사는 자기 앞에 놓인 편지지를 뚫어지게 바라보았고, 늙어가는 온화하고 착한, 지금 집에서 자고 있는 아내를 생각했다. 그는 자신의 세 아이도 생각했다. 장남은 지원병 복무를 마쳤고, 큰딸은 변호사와 약혼을 했으며, 막내딸은 너무나 우아하고 매력적이어서 최근에 어떤 유명한 예술가가 초상을 그려주겠다며 그녀를 무도회에 초대했다. 그는 자신의 아늑한 집을 생각했고, 죽은 자의 편지에서 자신을 향해 쏟아져 나오는 모든 것이 크게 거짓된 것은 아닌 듯 여겨졌으며, 그보다는 오히려 수수께끼 같은, 아니 숭고하지만 하찮은 일로 여겨졌다. 그는 지금 이 순간 무언가 새로운 것을 알게 되었다는 느낌은 거의 들지 않았다. 14년이나 15년 전으로 거슬러 올라가는 삶에서의 별난 시기가 그의 기억 속에 떠올랐다. 그는 의사로서의 생활을 해나가던 중 어떤 편치 않은 일에 부닥쳐 몹시 불쾌해지고 마침내 격분하여 혼돈 속에 방황하게 되었고, 도시와 아내와 가족을 떠날 계획을 세웠었다. 동시에 그는 그 당시 일종의 황폐하고 경박한 삶을 이끌어갔는데, 그 속에서 특이하고 신경질적인 여자 하나가 역할을 했고, 그녀는 나중에 또 다른 애인으로 인해 자살을 했다. 그의 삶이 나중에 어떻게 하여 차츰 다시 이전의 정상적인 궤도로 진입하게 되었는지에 대해서는 그도 도무지 기억할 수가 없었다. 그러나 흡사 질병과도 같이 찾아왔다가 다시 가버린 그 못된 시기에 그의 아내가 그를 속이는 일이 일어났던 것은 틀림없었다. 분명 사정은 그러했고, 그는 본래 자신도 그런 상황을 늘 알고 있었다는 것을 분명하게 상기했다. '그녀가 한 번 나에게 그 일을 털어놓기 직전까지 간 적이 있지 않았던가? 그녀가 암시를 주지 않았던가? 13년이나 14년 전에… 어떤 기회에 그랬더라…? 어느 여름에, 휴가여행을 하면서 — 저녁 늦게 호텔 테라스에서였던가?' 그는 사라져버린 말들을 곰곰이 되살려 생각해 내려고 했지만 헛된 일이었다.

상인은 창가에 서서 온화한 하얀 밤을 들여다보았다. 그는 자신의 죽은 아내를 기억해 내려는 강한 의지를 품고 있었다. 그러나 그가 마음속으로 무척 많은 노력을 했지만 처음에는 잿빛 아침의 여명 속에서 검은 상복을 입고 경첩이 떨어져나간 문의 문설주 사이에 서서 문상객들과 동정에 가득 찬 악수를 주고받는 자기 자신의 모습만이 계속하여 떠올랐을 뿐이었다. 그 당시 그의 콧속으로는 석탄산과 꽃의 김빠진 냄새가 흘러들었었다. 그는 조금씩이나마 자기 아내의 모습을 기억 속에서 되살려 내기에 이르렀다. 하지만 그것은 처음에는 그저 사진 속의 모습일 뿐이었다. 왜냐하면 그는 단지 자기 집 응접실의 피아노 위쪽에 걸려 있으면서, 무도회 드레스를 입은 서른 살의 위풍당당한 귀부인을 연상시키는 커다란 금박 액자로 된 초상화만을 보았기 때문이다. 그런 다음 그녀가 어린 소녀로서 기억 속에 나타났는데, 25년 전 창백한 얼굴로 수줍어하며 그의 청혼을 받아들일 때의 모습이었다. 그런 다음 그의 앞에는 화려한 특별석에서 그와 나란히 앉아 시선을 아주 멀리 떨어져 있는 무대 위로 두고 있는 생기발랄한 여인의 모습이 나타났다. 그 다음에 그는 자신이 긴 여행에서 돌아오자 예상 밖의 불타는 열정으로 그를 맞이해 주었던 욕망에 불타는 여인을 기억 속에 떠올렸다. 그리고는 곧장 온갖 불쾌한 기분을 다 폭발시킴으로써 살아오는 동안 줄곧 그의 마음을 몹시 상하게 했던 녹색 빛이 도는 생기 없는 눈을 한 신경질적인 여자를 떠올렸다. 그런 다음에는 밝은 아침 가운을 입고 죽음을 앞둔 자식의 침대맡을 지키고 있는 불안해하는 자애로운 어머니의 모습이 나타났다. 그리고는 마침내 어느 창백한 여자가 고통스럽게 입을 벌리고 이마에 차가운 땀방울이 맺힌 채 에테르 냄새로 가득찬 방에서 누워 있는 것을 보았는데, 이것이 그의 마음을 고통에 찬 동정으로 가득 채웠다. 그는 이 모든 모습과 지금 그의 마음의 눈을 재빨리 스치고 지나가 알아볼 수 없는 그 밖의 많은 다른 모습들이 동일한 한 사람을 가리킨다는 것을 알았다. 그것은 2년 전에 땅 속에 묻힌, 그가 울었지만 죽은 후에는 자신이 구제되었다고 느낀 바로 그 사람이었다. 그는 감정을 희미하게 누그러뜨리기 위해 한 가지 모습만 골라낸 다음 다른 모습들은 모두 버려야만 할 것 같은 생각이 들었다. 수치심과 분노가 허공을 뚫고 격렬하게 퍼덕거렸기 때문이다. 그는 결정을 못하고 망설이며 서서 건너편 정원 안에 있는 집들을 바라보았다. 집들은 달빛을 받아 노랗고 빨갛게 헤엄치고 있었고, 연한 색칠이 된 담장들만이 반짝였으며, 그 뒤에서는 바람이 일었다.

"잘 자요"라고 의사가 말하며 일어섰다. 상인이 몸을 돌렸다. 의사는 이어서 "여기서 더 이상 내가 할 일은 없군요"라고 말했다. 작가는 편지를 집어 들어 자신도 모르게 양복 주머니에 집어넣고는 문을 열고 옆방으로 들어갔다. 그는 천천히 죽은 자가 누워 있는 침대로 다가갔고, 다른 사람들은 그가 말없이 뒷짐을 진 채 시신을 내려다보고 있는 것을 보았다. 그런 다음 그들은 흩어졌다.

현관에서 상인이 하인에게 말했다.

"장례와 관련해서는 공중인이 가지고 있는 유서에 좀 더 자세한 사항들이 정해져 있을 걸세."

이에 의사가 덧붙여 말했다.

"런던으로 이 분의 누이동생에게 전보 치는 일도 잊지 말게."

하인은 "물론 잊지 않겠습니다"라고 대답하고 그 남자들에게 문을 열어주었다.

작가가 계단으로 내려가는 그들을 뒤따라갔다. "내가 두 사람을 모셔다드릴 수 있는데요"라고 자신의 마차를 대기시켜 놓은 의사가 말했다. 상인은 "고맙소. 하지만 나는 걸어서 가겠소"라고 말했다. 그는 두 사람에게 악수를 한 다음 거리를 따라 시내 쪽으로 걸어 내려갔고, 온화한 밤기운이 그를 에워쌌다.

작가는 의사와 함께 마차에 올라탔다. 정원들에서는 새들이 노래하기 시작했다. 마차가 상인을 지나쳐갔고, 세 남자는 모두 정중하고도 익살스럽게 똑같은 표정을 지으며 각자의 모자를 조금 들어올렸다. "곧 다시 연극무대에서 당신의 작품을 볼 수 있겠지요?"라고 의사가 작가에게 늙은이 티가 나는 목소리로 물었다. 작가는 자신의 최근 드라마를 공연하면서 부닥친 유별난 어려움에 대해 이야기했는데, 그것은 사람들이 이른바 신성하다고 말하는 가능한 모든 것에 대해 거의 들어보지 못한 공격을 당한 것이었다. 의사는 고개를 끄덕였지만 주의 깊게 듣지는 않았다. 작가도 주의를 기울여 이야기하지는 않았는데, 연결된 문장들이 외워둔 듯이 오랫동안 입술에서 흘러나왔기 때문이다.

의사의 집 앞에서 두 남자는 내렸고, 마차는 떠났다.

의사가 초인종을 눌렀다. 두 사람은 서서 침묵했다. 주택관리인의 발자국 소리가 가까이 다가오자 작가가 말했다.

"편히 자요, 사랑하는 의사 선생님."

그런 다음 작가는 콧방울을 실룩이고 천천히 이어서 말했다.

"나도 그 얘기를 아내에게 하지 않을 거요."

의사는 그를 훑어보고 부드럽게 미소 지었다. 대문이 열렸고, 그들은 서로 악수를 나눴으며, 의사는 현관 안으로 사라지고, 대문은 닫혔다. 작가는 떠났다.

작가는 양복 안주머니를 뒤졌다. 편지는 거기에 그대로 있었다. 그는 그 편지를 아무도 손대지 못하게 잘 보관해 두었다가 봉인하여 자신이 죽은 후 아내가 발견하도록 할 참이었다. 그는 자신만의 묘한 상상력을 동원하여 아내가 자신의 무덤에서 속삭이게 될 소리를 들었다. '그대 고결하고… 위대한…'

어느 천재의 이야기

Geschichte eines Genies

"그럼 세상 구경 좀 나가볼까?"라고 말하며 나비는 갈색 나뭇가지 위를 이리저리 날면서 주변을 관찰했다. 공원 위로는 따스한 3월의 햇볕이 내리쬐고 있었고, 건너편 비탈들에는 아직 눈이 조금 남아 있었으며, 마을 도로는 축축하게 반짝이며 계곡을 향해 뻗어 있었다. 나비는 격자 모양을 하고 있는 두 개의 나뭇가지 사이로 빠져나가 밖으로 날아갔다. '이것이 우주로구나'라고 나비는 생각했고, 몹시 볼 만하다고 여기면서 여행길에 올랐다. 나비는 조금 추웠지만 할 수 있는 한 빨리 계속하여 날아갔고, 해가 점점 더 높이 떠올랐기에 점차 더 따뜻해졌다.

나비는 처음에는 살아 있는 존재를 만나지 못했다. 나중에 조그만 소녀 둘을 만났는데. 그들은 나비를 발견하자 놀라워하며 손뼉을 쳤다.

나비는 '아하, 나를 박수로 맞이하다니 분명 내가 흉하게 보이지는 않나보네'라고 생각했다. 그런 다음 나비는 말 타는 사람들, 미장이 견습공들, 굴뚝 청소부들, 한 무리의 양떼, 초등학생들, 어슬렁거리며 걷는 사람들, 개들, 아이 보는 여자들, 장교들, 젊은 아가씨들을 만났다. 그리고 나비 위로 펼쳐진 공중에서는 온갖 종류의 새들이 빙빙 맴돌고 있었다.

나비는 생각했다.

'나와 똑같은 것들이 많지는 않을 것이라고 짐작은 했지만 나 같은 족속이 오직 나 혼자뿐이라는 것은 완전히 예상 밖인데.'

나비는 계속하여 날아다녔고, 조금 지쳤으며, 배가 고파 무언가를 먹고 싶어 땅바닥에 내려앉았다. 하지만 어디에서도 먹을 것은 찾을 수 없었다.

나비는 생각했다.

'추위와 배고픔을 견뎌내는 것이 천재에게 주어진 운명이라는 건 정말 옳은 말이지. 그저 참아내는 거고, 난 이겨낼 거야.'

그러는 사이 해가 점점 더 높이 떴고, 몸이 좀 더 따뜻해진 나비는 다시 힘을 내어 계속 날아갔다. 이제 나비 앞에는 도시가 모습을 드러냈고, 나비는 성문을 통과하여 광장과 거리 위를 날아다녔는데, 거기에서는 많은 사람들이 거닐고 있었다. 그리고 나비를 본 사람들은 모두가 놀라워했고, 즐거워하며 서로 마주 보고 웃으면서 말했다.

"이제 봄이 오려나 봐."

나비는 우단으로 수놓인 장미꽃 한 송이가 유혹하고 있는 어느 어린 소녀의 모자 위에 앉았지만 비단실로 된 그 꽃은 도무지 맛이 없었다. 나비는 생각했다.

'이건 다른 사람들이나 즐기도록 놔두고, 나비인 내 처지에서는 내 입맛에 당기는 먹거리를 찾을 때까지 굶어야 되겠다.'

나비는 아무 도움도 얻지 못한 모자에서 날아올라 열린 창문을 통해 어느 집 방 안으로 날아 들어갔는데, 거기에서는 아버지와 어머니와 세

자녀가 식탁에 앉아 있었다.

나비가 국그릇 위로 날개를 푸덕이며 다가오자 아이들은 펄쩍 뛰어 일어났고, 큰 아이는 날쌔게 나비를 잡으려고 하면서 곧장 날개를 붙잡았다.

나비는 괴로워하면서도 긍지를 느끼며 생각했다.

'박해에 기꺼이 몸을 내맡기는 게 천재라는 것 또한 내가 체험하지 않으면 안 되는 일이지.'

나비는 이러한 사실을 다른 모든 사실들과 마찬가지로 잘 알고 있었는데, 그가 천재여서 세상일을 예상해왔기 때문이다.

아버지가 아이의 손을 한 대 치자 아이는 나비를 놓아주었고, 나비는 다음에 기회가 되면 자신을 구제해 준 사람에게 융숭한 보답을 해야겠다고 다짐하면서 다시 밖으로 날아갔다.

나비는 도시의 성문을 통과하여 다시 마을 도로 위를 날았다. 그는 생각했다.

'오늘은 이걸로 충분한 것 같은데. 내 어린 시절은 체험들이 너무 많아 비망록에 적어놓을 생각을 하지 않을 수가 없군.'

아주 멀리에서 나비가 살고 있는 고향 정원의 나무들이 손짓을 했다. 따뜻한 곳과 꽃가루에 대한 그리움이 점점 더 강렬해졌다. 그때 갑자기 나비는 자신을 향해 나풀거리며 날아오는 자신과 똑같아 보이는 어떤 것을 보게 되었다. 나비는 잠시 놀라서 멈칫했지만 곧 정신을 가다듬고 말했다.

"다른 나비 같으면 아마 이 지극히 특별한 만남에 대해 아무런 생각도 하지 못할걸. 하지만 나에게는 이 만남이 굶주림과 추위로 인해 격앙된 상태 때문에 허공에서 자기 자신의 환영을 보게 되는 것이라는 걸 분명하게 일깨워주고 있지."

한 아이가 달려와서 그 새로이 나타난 나비를 손으로 붙잡았다. 그러자 처음의 나비는 웃으면서 생각했다.

'인간들은 얼마나 어리석은지 몰라. 지금 저 아이는 나를 붙잡았다고 생각할 테지만 사실은 단지 내 환영만을 붙잡은 거지.'

나비는 눈앞이 가물거렸고, 점점 더 기운이 빠졌다. 더 이상 날아갈 힘이 없자 나비는 잠을 자기 위해 길가에 누웠다. 쌀쌀해지고 어둠이 밀려왔으며, 나비는 잠이 들었다. 나비 위로 밤이 내려앉았고, 추위가 그를 에워쌌다. 아침 햇살이 비추기 시작할 때 나비는 또 한 번 잠에서 깨었다. 나비는 저 멀리 자기가 살고 있는 정원에서 어떤 것들이 날아오는 것을 보았는데, 한 마리… 두 마리… 세 마리… 점점 더 많아졌고, 모두가 그와 똑같아 보였으며, 그를 알아보지 못하는 듯 그를 지나쳐 날아갔다. 나비는 지친 채 그들을 올려다보고 깊은 생각에 잠겼다. 마침내 나비는 생각했다.

'나는 착각하고 있었다는 걸 깨달을 만큼 충분히 위대하지. 우주에는 적어도 겉으로 보기에는 나와 닮은 것이 존재하는 거야.'

초원 위에는 꽃들이 피어 있었고, 나비들이 꽃받침에 앉아 쉬고 있으며, 성대한 식사를 하고는 날개를 퍼덕이며 계속하여 날았다.

나이 든 그 나비는 땅바닥에 누워 있었다. 그는 마음속에서 뭔지 모를 쏠쏠함이 솟아오르는 걸 느꼈다. 그는 생각했다.

'너희들은 쉽게도 날아가는구나. 이제 도시로 날아가는 일은 분명 특별한 기술이 아니지. 내가 너희들에게 길을 찾아주었고, 길 위를 날

아가는 너희들 앞에 내가 뿌려놓은 향기가 풍기고 있으니까. 하지만 아무래도 상관없어. 나는 하나밖에 없는 나비로 존재하는 건 아니지만 최초의 나비였지. 그리고 내일은 나와 똑같이 너희가 길가에 누워 있게 될 거야.'

그때 나비에게 바람이 불어왔고, 그의 힘없는 날개가 한 번 더 부드럽게 이리저리 움직였다. '오, 내가 기운을 차리기 시작하는구나'라고 그는 기뻐하며 생각했다.

'이제 너희들 기다려라. 오늘 너희들이 나를 지나쳐 날아가 버렸듯이 내일은 내가 너희들을 지나쳐 날아가 버릴 거야.'

그때 그는 어마어마하게 크고 검은 무언가가 자신에게 점점 더 가까이 다가오는 것을 보았다.

'저게 뭐지?'

그는 깜짝 놀라면서 생각했다.

'오, 알겠어. 이렇게 내 운명이 이룩되는구나. 무시무시한 운명이 나를 산산조각내기 위해 다가오고 있구나.'

그리고 맥주를 운반하는 마차의 바퀴가 그를 짓밟고 지나가는 동안 그는 죽어가는 정신을 마지막으로 흔들어 깨우면서 생각했다.

'그들은 내 기념비를 어디다 세워줄까?'

삼중의 경고

Die dreifache Warnung

아침 안개 속 푸르스름한 하늘에서 내리는 여명에 에워싸인 채 한 젊은이가 멀리서 눈짓을 보내는 산등성이를 향해 걸어가고 있었다. 기쁨에 찬 그의 심장은 이 세상의 모든 맥동과 함께 똑같은 파동으로 고동치고 있음을 느꼈다. 그가 아무런 위험도 느끼지 않고 스스럼없이 탁 트인 들판을 지나 몇 시간을 걸어가는데, 어느 숲의 입구에 이르자 갑자기 자신을 에워싼 채 가까이와 멀리에서 정체를 알 수 없는 목소리가 동시에 울려왔다.

"젊은이, 이 숲으로 지나가지 말게. 그랬다가는 살인을 저지르게 될 걸세."

젊은이는 당황한 채 멈춰 서서 사방을 둘러보았지만 그 어디에도 살아 숨 쉬는 존재는 찾을 수가 없었기에 어떤 유령이 말을 건넨 것이라고 생각했다. 그러나 그는 대담하게도 그 정체 모를 소리를 따르길 거부하고, 신경을 바짝 곤두세우고 단지 조금 조심스럽게 걸음을 떼어놓으면서 거리낌 없이 앞으로 나아갔다. 조금 전 경고를 했을 알지 못하는 그 적대자를 제때에 알아내기 위해서였다. 젊은이는 아무와도 마주

치지 않았고, 의심이 가는 어떤 소리도 듣지 못했기에 곧 주저하지 않고 나무들의 짙은 그림자에서 빠져 나와 사방이 탁 트인 곳으로 나아갔다. 그는 마지막 나무의 넓게 펼쳐진 가지들 아래에 앉아 잠시 쉬면서 드넓은 초원을 지나 산등성이들로 시선을 던졌다. 마지막 목적지인 굳건한 산봉우리 하나가 꼿꼿한 윤곽을 드러내고 솟아 있었다. 그런데 젊은이가 다시 몸을 일으키자마자 두 번째로 그 정체 모를 목소리가 그를 에워싼 채 가까이와 멀리에서 동시에 들려왔는데, 첫 번째 목소리보다 더욱 간절했다.

"젊은이, 이 초원을 지나가지 말게. 그랬다가는 조국에 재앙을 불러올 걸세."

젊은이의 자만심은 이 새로운 경고 또한 존중하려 들지 않았다. 그는 비밀스러운 의미를 뽐내려는 그 허무맹랑한 말을 비웃어주고는 서둘러 앞으로 나아갔는데, 마음속에서는 날아가듯 발걸음을 급히 떼어놓는 이유가 초조함 때문인지 불안 때문인지 분명하지 않았다. 들판에는 축축한 저녁 안개가 끼어 있었고, 마침내 그는 정복하고자 마음먹은 암벽과 마주하게 되었다. 그러나 그가 매끄러운 바위에 발을 딛는 순간 그를 에워싼 채 가까이와 멀리에서 동시에 정체 모를 세 번째 소리가 전보다 더 위협적으로 울려왔다.

"더는 가지 마, 젊은이. 그랬다간 죽음을 맞아."

그러자 젊은이는 허공에 대고 큰소리로 웃어젖히고는 머뭇거리지도 서두르지도 않고 자신의 길을 계속해서 걸어갔다. 그는 좁은 산길을 오르느라 현기증이 날수록 가슴이 더 확 트이는 것을 느꼈다. 용감하게 기어올라 산꼭대기에 서게 되자 하루의 마지막 햇살이 머리를 휘감으며 반짝였다. 그는 "드디어 내가 여기에 올랐구나!"라고 위험에서 구제된 듯한 목소리로 외쳤다.

"천사의 짓이든 악마의 짓이든 이것이 시험이었다면 나는 시험을 통과한 거야. 살인을 저질러 내 영혼을 괴롭게 하지도 않고, 저 아래 평원에는 내 사랑하는 고향이 누워 있으며, 나는 이렇게 살아 있어. 나는 네가 하는 말을 믿지 않고 내 뜻에 따라 제대로 행동했으니 네가 누구든 간에 나는 너보다 강한 거야."

그때 아주 멀리 떨어진 암벽들로부터 뇌우와도 같은 우렁찬 목소리가 점점 더 가까이 들려왔다.

"젊은이, 자네는 착각하고 있어!"

날벼락과도 같은 이 말의 위력에 놀라 그는 몸을 납작 엎드렸다. 그러나 그는 마침 여기서 푹 쉬려고 했던 참이었다는 듯 산마루에 사지를 쭉 뻗고 누워 조롱하듯 입을 실룩이며 혼잣말을 했다.

"그럼 내가 정말로 살인을 저지르고도 전혀 몰랐단 말인가?"

다시 젊은이의 주변에서 큰 소리가 울렸다.

"네 조심성 없는 발걸음이 벌레 한 마리를 짓이겨 버렸어."

젊은이는 그게 무슨 대수냐는 듯 대꾸했다.

"천사도 아니고 악마도 아닌, 어떤 익살맞은 유령이 나한테 말을 걸어온 거군. 그런 유령이 허공을 떠돌며 우리같이 언젠가는 죽을 수밖에 없는 사람들 주위를 맴돌고 있다는 걸 미처 몰랐는걸."

그때 흐릿한 저녁 노을빛 속에서 쩌렁쩌렁한 소리가 주변에 울려 퍼졌다.

"너는 이제 더 이상 오늘 아침 너의 심장이 이 세상의 모든 맥동과 함께 똑같은 파동으로 고동친다고 느꼈던 네가 아니다. 네게는 생명이라는 것이 하찮게 여겨지고, 네 영혼이 귀가 먹어 들리지 않으므로 생명의 기쁨이나 고통이 어떤 것인지를 알지 못하는 게 아니겠느냐?"

젊은이는 이맛살을 찌푸리며 응답했다.

"그런 뜻이었나요? 그렇다면 나는 이루 말할 수 없이 큰 죄를 짓고 있는 거고, 나처럼 언젠가는 죽을 수밖에 없는 다른 사람들 또한 악의적이지는 않지만 조심성 없는 발걸음으로 무수히 많은 미물들을 계속하여 끝없이 죽이고 있는 거로군요."

"너는 벌레 한 마리로 인해 경고를 받은 거다. 이 벌레가 끝없이 이어지는 생성과 발생 속에서 어디에 쓰이도록 정해져 있는지 너는 아느냐?"

젊은이는 머리를 숙인 채 대답했다.

"나는 그것을 알지도 못하고 알 수도 없기에 그저 겸허하게 당신께 고백이나 하고 싶습니다. 내가 숲속을 걸어감으로써 다른 많은 사람들과 더불어 당신이 막으려고 했던 바로 그 살인을 저질렀다는 걸 말입니다. 하지만 내가 초원을 지나감으로써 어떻게 조국에 화를 불러왔다는 것인지 정말 너무나도 듣고 싶습니다."

그러자 그의 주위에서 나지막하게 소근 대는 소리가 들려왔다.

"젊은이, 자네 오른편에서 조금 떨어져 날고 있던 울긋불긋한 나비 보았나?"

"물론 수많은 나비를 보았고, 당신이 말한 그것으로 짐작되는 나비도 보았습니다."

"자네는 수많은 나비를 보았겠지. 그런데 자네의 입김이 많은 나비들을 자기들이 가야할 경로에서 벗어나게 했네. 그리고 내가 말한 바로 그 나비는 자네가 내뱉은 거친 입김 때문에 동쪽으로 쫓겨나 계속하여 몇 마일이나 날아간 끝에 왕궁 정원을 둘러싸고 있는 황금 울타리를 넘어 들어갔네. 그런데 이 나비에게서는 유충이 나오게 될 것이야. 그것은 해가 지나 무더운 어느 여름날 오후에 젊은 왕비의 하얀 목덜미로 기어오르게 될 것이고, 여왕이 졸다가 너무나 심하게 놀라 깨는 바람에 몸속의 심장이 뻣뻣하게 굳고 뱃속에 있던 태아도 죽을 수밖에 없게 될 거네. 그리하여 존재가 사라져버린 정통 후계자 대신 왕의 동생이 나라를 물려받게 되는 거네. 왕의 동생은 본래 성품이 사악하고 악랄하며 잔혹하여 백성을 절망과 분노로 몰아넣고는, 마침내 스스로의 목숨을 구하기 위해 일으킨 전쟁의 소용돌이 속에서 자네가 사랑하는 고향에 엄청난 화를 불러오게 되는 거네. 이 모든 일에 대한 책임은 어느 누구도 아닌 바로 젊은이 자네에게 있는 것이네. 자네의 거친 입김이 그 초원 위에 있던 울긋불긋한 나비를 동쪽으로 내몰아 황금 울타리를 넘어 왕의 정원으로 들어가게 했으니 말이야."

젊은이는 어깨를 으쓱하고 말했다.

"보이지 않는 유령이시여, 우리가 사는 이 땅에서는 언제나 한 가지 일이 다른 일로부터 비롯되고, 흔히 사소한 일에서 어마어마한 일이, 그리고는 다시 어마어마한 일에서 사소한 일이 생기는 법이기에 모든 것이 당신께서 예언하신 그대로 들어맞을 수도 있다는 것을 제가 어떻게 부인할 수 있겠습니까? 그러나 제가 이 바위산을 오름으로써 죽음을 당할 것이라고 위협하며 하신 그 또 다른 예언은 아직 실현되지 않았는데 그걸 제가 어떻게 믿을 수 있겠습니까?"

그러자 젊은이의 주위에서 소름 끼치는 무서운 소리가 울려왔다.

"여기에 올라온 자는 살아 있는 사람들 틈에서 계속 살아가고 싶다면 반드시 다시 저 아래로 내려가야만 하네. 자네는 이걸 진지하게 생각해 보았는가?"

이 말을 듣자 젊은이는 재빨리 자신을 구해줄 하산 길로 들어서려는 듯 힘껏 몸을 일으켰다. 그러나 돌연 자신을 에워싸고 있는 한치 앞도 보이지 않는 깜깜한 밤 앞에서 두려움을 느끼고, 과감한 하산을 시작하기 위해서는 밝은 빛이 필요하다는 것을 깨달았다. 그리고는 아침은 틀림없이 밝아올 것이라 믿고 다시 좁은 산마루에 누워 깊은 잠이 몰려오기를 간절하게 바랐다. 하지만 꼼짝 않고 누워 있어도 생각과 감각은 또렷하게 깨어나 있었고, 피로에 지친 눈꺼풀이 열렸으며, 불길한 예감으로 가득 찬 전율이 심장과 혈관을 통해 온몸으로 퍼져나갔다. 현기증 나는 심연이 그의 눈앞에 잠시도 사라지지 않고 계속하여 존재했는데, 그것은 그가 삶으로 돌아가기 위해 거쳐야 하는 유일한 길임을 뜻하고 있었다. 지금까지 자신이 내딛는 발걸음은 어디서든 안전하다고 생각해 온 젊은이는 마음속에서 이제껏 알지 못해온 의구심이 꿈틀거리며 솟아올라 점점 더 고통스러워지는 것을 느꼈다. 마침내 더 이상 견딜 수가 없게 되자, 어떻게 될지 알 수 없는 불확실함의 고통 속에서 날이 밝아오기를 기다리느니 차라리 지금 당장 그 피할 수 없는 길을 과감하게 걸어가기로 결심했다. 그래서 그는 길을 밝혀주는 빛의 축복 없이 오로지 더듬거리며 내딛는 발걸음만으로 위험한 하산 길의 지배자가 되려는 대담한 시도를 행하기 위해 다시 몸을 일으켰다. 그러나 젊은이가 어둠 속으로 발걸음을 내딛는 순간 이제 자신에게 내려졌던 앞서의 그 운명적 예언이 곧 틀림없이 실현될 것 같은 확고부동한 판단이 들었다. 그는 침울한 분노에 싸여 허공에 대고 외쳤다.

"보이지 않는 유령이시여, 저에게 세 번이나 경고하셨음에도 제가 세 번 다 믿지 않았습니다. 이제는 저보다 더 강한 존재인 당신께 굴복하오니 저를 파멸시키기 전에 당신의 정체가 뭔지 알려주십시오."

밤의 어둠을 뚫고 몸을 감싸 안듯 가까이에서, 그리고 측정할 수 없을 만큼 아득히 먼 곳에서 동시에 목소리가 울려왔다.

"언젠가는 죽을 수밖에 없는 인간들 중에 내 이름을 알아낸 자는 아직 아무도 없지만 나는 수많은 이름을 가지고 있네. 미신을 믿는 자들은 나를 운명이라 부르고, 멍청이들은 우연이라 부르며, 경건한 자들은 신이라고 부르지. 그러나 나는 자신이 현명하다고 생각하는 자들에게는 힘이며, 이 힘은 태초부터 존재하여 온갖 사건들을 주무름으로써 쉬지 않고 영원히 작용한다네."

그러자 젊은이는 죽음의 쓰라림을 가슴속에 품고 외쳤다.

"그렇다면 제 삶의 마지막 순간에 저는 당신을 저주하지 않을 수 없습니다. 당신이 태초부터 존재하여 온갖 사건들을 주무름으로써 영원히 작용하는 힘이라면 왜 모든 일이 이렇게 되어야 하는 건지요. 왜 제가 숲을 통과해 감으로써 살인을 저지르고, 초원을 건너감으로써 조국에 재앙을 일으키고, 암벽을 기어오름으로써 몰락을 맞이해야만 하는 것인지요. 당신의 경고를 거역하고 말입니다. 어찌하여 저는 당신의 목소리를 세 번씩이나 들을 수 있는 운명이었는데도 그것이 제게 아무런 도움도 되지 않았습니까? 이럴 수밖에 없었단 말입니까? 오, 왜 그랬는지 모든 것이 경멸스럽고 또 경멸스럽습니다. 어째서 저는 삶의 마지막 순간까지도 당신을 향해 왜 그랬냐는 무기력한 물음을 옹얼거려야만 합니까?"

그때 보이지 않는 하늘의 가장자리에서 무시무시한 대답을 묵직하고 진지하게 회피하려는 듯 이해할 수 없는 웃음소리가 젊은이의 귀에 들려왔다. 젊은이가 멀리 그 소리에 귀를 기울이는 순간 발밑의 땅바닥이 흔들리며 무너져 내렸고, 그는 추락하여 수백만 길 심연보다 더 깊이 — 깜깜한 어둠 속으로 떨어져 내렸다. 그곳에는 이 세상이 시작될 때부터 종말에 이르기까지 이미 찾아온 밤들과 앞으로 오게 될 모든 밤들이 기회를 엿보며 도사리고 있었다.

아르투어 슈니츨러 연보

1862년 · 5월 15일 빈에서 유대계 후두과 전문의 요한 슈니츨러와 부인 사이에서 장남으로 태어남.

1879년 ~ 1884년
  · 빈대학에서 의학 공부.

1882년 ~ 1883년
  · 지원병으로 빈의 위수 병원에서 1년간의 군복무를 마침.

1885년 · 의학 박사 학위 취득.
  · 지크문트 프로이트와 알게 되어 무의식과 잠재의식에 대한 관심을 함께 나눔.

1886년 ~ 1893년
  · 빈의 여러 병원에서 보조 의사로 일함.

1890년 이후
  · 후고 폰 호프만슈탈과 함께 작가 모임인 '빈의 현대'에 가담함. 오스트리아-헝가리 전제통치와 19세기 말 그 세력 강화에 맞선 가장 영향력 있는 비판자들 중 한 사람이 됨.

1893년 · 병원에서의 고용 의사 활동을 접고 개인 병원을 엶. 의사로서보다는 문학 작품을 쓰는 작가로서의 활동에 치우침.
  · 단막극 모음 『아나톨』 발표.

1897년 · 열 개의 대화로 이루어진 드라마 『윤무』 발표. 검열로 인해 무대 공연이 금지되어 24년이 지난 후에야 초연됨.

1899 ~ 1930년

- 일부는 사회 비판적이며 일부는 심리학적 주제를 다룬 많은 드라마를 씀. 독일의 무대에 가장 많이 오르는 극작가가 됨.

1900년

- 노벨레 『구스틀 소위』를 발표함으로써 독일 문학에 내적 독백이라는 새로운 표현 양식을 도입함.

1901년

- 『구스틀 소위』에서 오스트리아 군대의 명예에 관한 불문율을 공격했다는 이유로 예비역 장교 계급을 박탈당함.

1903년

- 올가 구스만과 결혼.

1908년

- 유대인 사회의 동화 문제를 주제로 한 소설 『트인 데로 가는 길』 발표.

1914 ~ 1918년

- 1차 세계대전 초 전쟁에 열광하는 보편적 기류에 함께하지 않은 오스트리아-헝가리 제국의 극소수 작가들 중 한 사람이 되어 작품의 대중적 인기가 눈에 띄게 하락함.

1921년

- 베를린에서 『윤무』의 공연이 '공공의 분노를 촉발'했다는 이유로 재판이 열림. 이에 따라 슈니츨러는 작품의 무대 공연 허용을 취소함.
- 부인과 이혼.

1921 ~ 1931년

- 이혼으로 인한 심리적인 문제들로 점점 더 고립되어 감.
- 두 번째 소설 『테레제, 어느 여인의 일대기』와 함께 말년에는 주로 세기말에 나타나는 개개인의 운명들을 심리분석적 관점에서 묘사한 단편 소설들을 씀.

1923년

- 오스트리아 펜클럽의 초대 회장에 추대됨.

1926년

- 매년 현저한 업적을 남긴 극작가에게 수여하는 부르크테아터링상을 수상함으로써 독일의 무대에서 가장 많이 공연되는 극작가에 속함.

1931년

- 10월 21일 빈에서 뇌출혈로 사망.